華南師範大學文學院“嶺南文化傳承發展與全媒體傳播交叉學科創新”資助項目

廖恩燾集

上册

廖恩燾 著
閔定慶 點校

浙江古籍出版社

圖書在版編目(CIP)數據

廖恩燾集 / 廖恩燾著; 閔定慶點校. —杭州 : 浙江古籍出版社, 2019.12
(別集叢刊)
ISBN 978-7-5540-1636-7

Ⅰ.①廖… Ⅱ.①廖…②閔… Ⅲ.①詩詞-作品集-中國-現代 Ⅳ.①I226

中國版本圖書館CIP數據核字(2019)第280940號

廖恩燾集

廖恩燾 著　閔定慶 點校

出版發行　浙江古籍出版社
(杭州市體育場路347號　郵編:310006)
網　　址　www.zjguji.com
zjgjcbs.tmall.com(天貓旗艦店)
責任編輯　沈宗宇
封面設計　劉　欣
責任校對　吴穎胤
責任印務　樓浩凱
照　　排　浙江時代出版服務有限公司
印　　刷　浙江新華數碼印務有限公司
開　　本　850mm×1168mm　1/32
印　　張　23.375
字　　數　516千
版　　次　2019年12月第1版
印　　次　2019年12月第1次印刷
書　　號　ISBN 978-7-5540-1636-7
定　　價　120.00圓(全二册)

整理前言

廖恩燾（一八六四—一九五四），字鳳書，又字鳳舒，號雪崖、懺盦、懺綺盦主人、疏肝齋主人，齋名半舫齋、捫蝨談室，筆名外江佬、珠海夢餘生、春夢生，是廖仲愷先生的長兄、陳香梅女士的外祖父。

廖氏先世是福建客家人，廖景昌遷居廣東惠陽鴨仔埗白石坎陶前村務農，不久前往香港經商，獲得成功，娶妻楊氏，生子竹賓、維傑。竹賓求學於聖保羅書院，通曉英文，畢業後進入香港匯豐銀行工作，後來升至美洲業務副主管。維傑，字紫珊，日後成爲清廷的洋務官員，先後任汕頭招商局總辦、香港招商局總辦、電報局總辦等職，可謂是『一門通曉洋務，得風氣之先』〔一〕。

清道光三年乙酉十月三十日（一八六四年十一月二十八日），廖恩燾降生在陶前村祖宅，是廖家的長房長孫。廖恩燾從小就接受了良好的中英文教育。九歲那年，父親外派至美國舊金山擔任匯豐銀行副經理，一家人一道遷居舊金山，廖恩燾隨即進入英文學校學習。廖竹賓協助處理匯豐銀行在美國的業務，積極協助籌款興建華人醫院，很快成爲舊金山著名的僑商與僑領。廖竹賓對子女的學習很關心，要求他們每天攻習傳統國學經典。

光緒四年戊寅（一八七八），廖恩燾回國，由時任汕頭招商局總辦的廖維傑代爲監護，投入東莞名儒陳伯陶門下苦讀詩書。陳伯陶，光緒五年己卯科解元，光緒十八年壬辰科進士，以一甲第三名任翰林院編修、文淵閣校理、武英殿協修，後歷官國史館協修總纂、江寧提學使，協助創立暨南學堂，清亡不仕，以遺民終。陳伯陶著述甚豐，有《勝朝粵東遺民録》《宋東莞遺民録》《孝經説》《東莞縣志》《增補羅浮志》等。他對廖恩燾產生了非常大的影響。

經過五年多的潛心學習，廖恩燾在十九歲的時候考中了舉人，隨即進京趕考，却未能考取光緒九年癸未科進士，此後似乎也參加了光緒十二年丙戌科考試，名落孫山，於是在科舉一途上便止步於此了。一八九〇年三月二十六日美國新奥爾良 *The Daily Picayune* 在一篇報道中稱廖恩燾是 A Literary of the Chinese second degree，這應該就是『舉人』的對譯。

廖恩燾二十三歲時在叔叔的奔走之下，進入外交界，擔任清廷駐古巴馬丹薩總領館的翻譯兼二等秘書。在前往古巴的途中，他在舊金山短暫停留，與出生於舊金山的客家女邱琴結婚。父母、弟妹都參加了婚禮。一八九〇年三月，廖恩燾攜新婚妻子抵達古巴，就任領事館隨員。五月，擔任古巴中西學堂漢文教習。次年初，中西學堂因生源不足而倒閉。

一八九四年，廖竹賓在舊金山病逝，廖仲愷挈静儀奉有孕在身的庶母往汕頭投靠叔叔。次年初，庶母在廣州生下遺腹子廖恩勛。不久，庶母病逝，叔叔主動擔負起了撫養仲愷兄妹三人之責。

光緒二十三年（一八九七）五月，廖恩燾在香港與邱煒萲訂交。邱煒萲《菽園贅談》《五百石洞天揮麈》均稱其爲『歸善廖鳳舒太守恩燾』。光緒二十九年（一九〇三）四月，廖恩燾以原鹽運使銜、浙江補用知府，任駐古巴二等參贊兼總領事，直至一九一七年歸國。這期間，他頻頻致書梁啓超，又在梁氏主編的《新小説》《新民叢報》上發表文學作品。一九二二年二月，暫代朝鮮總領事，五月改任駐日本代辦兼一等秘書官，參與取消『二十一條』談判。這一時期，他與孫中山、胡漢民、汪精衛結爲莫逆之交。一九二五年初，任金陵關監督，參與中山陵選址及營造工程，六月兼任『五卅慘案』調查員。年底派駐智利代辦，旋即任駐古巴兼巴拿馬全權公使。一九三一年歸國，開始了詩酒酬唱的悠閒日子。〔二〕一九四〇年，汪精衛在日寇扶持下組建僞政權，廖恩燾參與其中。〔三〕抗戰勝利，他被捕下獄，一度有性命之虞。一九四六年，移居香港，與黎國廉、劉伯端、王韶生、張叔儔、羅忼烈等人結堅社，一月一聚，頗有聲勢。一九五四年四月十三日，病逝於香港，十五日入葬香港華人基督教聯會薄扶林道墳場。多年後，邱琴逝世，與其合葬。

廖恩燾長期從事外交工作，密切關注政局發展，見多識廣，又喜交友談晏。大致説來，他的交往圈子可分爲四個：一是以康有爲、梁啓超爲代表的維新人士，二是以孫中山、胡漢民、汪精衛爲代表的反清革命黨人，三是以朱祖謀、夏敬觀、林鵾翔、龍榆生、錢仲聯爲代表的江南作家群，四是以黎國廉、劉伯端、王韶生、張叔儔、羅忼烈爲代表的嶺南詞人群。他的創作也多與這些人有關，呈現新舊雜陳的時代特點。他的作品集在生前就已出版了一些，兹將已刊、未刊者臚列於下：

一、《嬉笑集》

從廖恩燾早年習舉子業的經歷看，詩賦策文當是相當嫻熟的了，但目前所見其最早的作品是一九〇三年附在給梁啓超的信中而披露於《新民叢報》之《飲冰室詩話》專欄的十多首詩作，被梁啓超目爲杜甫式的『詩史』之作。但是，廖恩燾甚少作詩，以至於《同聲》雜誌『編者按』説他不以詩名。其實，他更喜歡創作粤語詩，其《嬉笑集》詼諧幽默，膾炙人口，允稱近世粤語文學的代表作。一九一九年他完成《嬉笑集》，延至一九二四年（甲子）與《新粤謳解心》一起木刻出版。此本前署『甲子夏日』『懺綺弇主人』，題『廣東俗語七律詩』，計收《漢書人物雜詠》三十七首、《古事雜詠》二十七首、《録舊》十四首、《辛酉東居》二十首、《癸亥春明紀事》六首，共計一〇四首。書後跋語皆言此類詩作多是受胡漢民的鼓舞而作的。一九四九年（己丑）夏，他又對原作進行了大幅度改寫，自費印於香港，署『珠海夢餘生』。全書分《漢書人物分詠》《史事隨筆》《金陵雜詠》及《信口開河録附存》四部分，共七十三首。前面加了一篇白話序文，系統闡述了對胡適所領導的白話文運動的看法。後來，李澤甫將此本油印一次，簡又文轉登於《廣東文獻季刊》第三卷第三期。一九七〇年，曾清據此校訂，出了一個謄清本，《澳門日報》也以曾本爲底本出了一版。〔四〕據此，《嬉笑集》可分爲兩個系統：

甲、《嬉笑集》（甲子本），一九二四年刻本。

乙、《嬉笑集》（己丑本）：

（一）一九四九年（己丑）夏香港自印本。

（二）李澤甫油印本。

（三）《廣東文獻季刊》本。

（四）曾清一九七〇年謄寫本。

（五）《澳門日報》出版社一九九五年本。

二、《懺盦詞》

《懺盦詞》，鉛字印刷本，一册，八卷，民國二十年辛未（一九三一）刊行，由陳洵題籤，卷首有朱祖謀題詞、廖恩燾自序。廖恩燾曾不斷自白五十方學詞，實則邱煒萲刻於光緒二十五年的《五百石洞天揮麈》就録入了他的《金縷曲·題友人仗劍東歸圖》，已顯得很成熟了。此集全是其任職古巴期間的作品，始於一九二六年，止于一九三一年，共八集，即《初航集》《夢彊集》《柳雪集》《嘯海集》《拜夢盦集》《讀山海經集》《知稼集》《詠而集》。一九三一年七月，甫自古巴歸國，他專門送呈朱祖謀删正。朱氏花了一個月的時間進行閲讀，删落二十餘首，得詞一百二十八首，題詞譽之『幾爲倚聲家別開世界』。又聞廖恩燾將返粤，即介之於陳洵，故此集前有陳洵題籤和朱祖謀題詞。廖恩燾當年鉛印出版。

三、《懺盦詞·懺盦詞續稿》

《懺盦詞·懺盦詞續稿》，刻本，一册，計《懺盦詞》八卷、《懺盦詞續稿》四卷，民國二十四年乙亥（一九三五）刊行。《懺盦詞》一仍舊式，封面有陳洵題籤，卷首置朱祖謀題詞，但删去了自己的一段識文。與舊本相比，此本有了兩個變化：一是删去四首詞作，二是對若干詞作小序與詞作文字進行了一定程度的修改。而《懺盦詞續稿》所録皆是返國之後的作品，共四卷，即《鳴蟄集》《枌榆集》《秣陵集》《教簫集》。其中，第四卷《教簫集》自注『乙亥春』，亦即民國二十四年乙亥（一九三五）。這應該是此集作品創作的時間下限。《懺盦詞續稿》封面是張爾田題籤《懺盦詞續集》，署『甲戌秋日』，即民國二十三年（一九三四）。卷首置陳洵序，署『壬申立秋三日』，即民國二十一年（一九三二），却謂『《懺盦詞續稿》二卷』，與張氏所稱不盡一致。書後附陳衍、汪精衛、龍榆生等人的六篇跋、函，其中年份可考者寫在民國二十三年（一九三四）。

四、《半舫齋詩餘》

《半舫齋詩餘》，鉛印一册，不分卷。封面由『寶盉』題籤，署『己卯九秋』，即民國二十八年（一九三九），卷首標注收録『丙子冬迄庚辰春』的作品，但書中所録各人序言、題詞，往往有標示『庚辰』者，可知此集刊於民國二十九年（一九四〇）。

五、《捫蝨談室詞·捫蝨談室集外詞·影樹亭和詞摘存》

《捫蝨談室詞·捫蝨談室集外詞·影樹亭和詞摘存》，鉛印一册，不分卷，香港蔚興印刷廠一九四九年印行。《捫蝨談室詞》卷首標明收録壬午即民國三十一年（一九四二）以来的作品。《捫蝨談室集外詞》封面鎸『半舫齋詞集之四』『戊子春杪重鈔』等，即民國三十七年（一九四八），當是指接續《巘盦詞》《巘盦詞續集》《半舫齋詩餘》而言。《捫蝨談室詞》標示『壬午』即民國三十一年（一九四二），而《捫蝨談室集外詞》則是《捫蝨談室詞》的集外詞，標示『乙酉』即民國三十四年（一九四五），二者之間的延續性一目瞭然。《影樹亭和詞摘存》跋云『己丑二次違難穗城，轉徙至香港』，且自署室號『影樹亭』，可知廖恩燾已經移居香港，該書出版於一九四九年己丑。

六、《影樹亭詞·影樹亭詞續稿》

一九五一年由香港華强印務公司鉛印出版，所録作品皆作於香港。

七、《疏肝齋廣州俗語詞漫存》

手稿本。自序作於『癸巳夏』，即一九五三年夏，當是其最後的作品集，僅在堅社有限社友間傳閱，未曾版行。『疏肝』本是中醫術語，在廣州俗語中乃『開心』『解心』之義。《漫存》所詠，與稍前《嬉笑集》改寫、增添的新内容有一定關係，遣詞造句如出一轍，且又吟詠一些《嬉笑集》所無的新内容，生動活潑地反映了二十世紀五十年代初期香港的社會生活風貌，偶爾也詠及當時如火如荼的朝鲜戰争題材。

八、《新粵謳解心》

早在任職古巴之時，廖恩燾就仿照招子庸《粵謳》格調，創作《粵謳新解心》若干首，以『珠海夢餘生』等筆名，刊於梁啓超主編的《新小説》。這是目前所知廖恩燾最早公開發表的作品，集中體現了融入新知識、新思想，唤醒世人，挽救祖國危亡的淑世情懷。《新小説》第七號刊未署名《粵謳新解心六章》，即《自由鐘》《自由車》《天有眼》《地無皮》《趁早乘機》《呆佬祝壽》；第九號刊『外江佬戲作』《粵謳新解心四章》，即《學界風潮》《鴉片烟》《唔好發夢》《中秋餅》；第十號刊『珠海夢餘生』《粵謳新解心四章》，即《勸學》《開民智》《復民權》《倡女權》；第十一號刊『外江佬戲作』《新粵謳三章》，即《珠江月》《八股毒》《青年好》； 第十六號刊『珠海夢餘生』《粵謳新解心五章》，計有《黄種病》《離巢燕》《人心死》《争氣》《秋蚊》。共五組，計二十二篇，剛好占《雜歌謡》發表量的五分之一（《新小説》『雜歌謡』欄目署名詩作者有梁啓超（署『少年中國之少年』）、黄遵憲（署『嶺東故將軍』『人境廬主人』等）、高旭（『劍公』『自由齋主人』等）、廖恩燾（『外江佬』『珠海夢餘生』等）、陽湖胡仇、東莞生、燕市酒徒、哀郢生、金城冷眼人、水月庵主、公之癭、雪如、張敬夫、哀一、拜鵑人十五人，共計刊發各類詩歌作品七十三題一一一首）。其中，勸人戒鴉片的《鴉片烟》、勸人抵制美國貨的《中秋餅》、反映學生運動的《學界風潮》等，尤其具有强烈的危機意識和諷世鋒芒。梁啓超在其《飲冰室詩話》中表示『絶愛誦之』：『鄉人有「珠海夢餘生」者，熱誠愛國之士也，今不欲署其名，頃仿粵謳格調成《新解心》數十章，吾絶愛誦之。有《自由鐘》《自由車》《呆佬拜壽》《中秋餅》《學界風潮》《唔好發夢》《天有眼》《地無皮》《趁早乘機》等篇，皆絶世妙文，視子庸之作，有過之無不及，實「文界革命」一驍將也。』從一九二〇年開始，廖恩燾集中精力創作了一批粵謳作品，一九二四年署名『懺綺盦主人』、『珠海夢餘生』的《新粵謳解心》正式出版。此書分『辛酉稿』（五十一首）、『壬戌稿』（二十五首）及『癸亥稿』（三十四首）三輯，共計一百一十首。卷末選刊《新粵謳解心序跋三篇》。

此書有以下幾種印本：

（一）一九二四年《新粵謳解心》，署『懺綺盦主人』。

（二）一九七七年香港重印本，署名『廖恩燾』。

（三）一九九五年黄滔抄印本。

（四）二〇一一年香港天地圖書重印配圖本，署名『懺綺盦主人』。

（五）二〇一六年廣東人民出版社《粵謳採輯》（朱少璋編校本）。

九、劇作三種

任職古巴期間，廖恩燾創作了京劇劇本《團匪魁》《維新夢》和雜劇《學海潮傳奇》，反映了他對於戊戌變法及中國未來的深層次思考。

《團匪魁》刊於《新小説》第八號（清光緒二十九年十月出版），是一個折子戲，通過兩個反面人物的自白與對話，表現守舊派、『二毛黨』爲非作歹、變亂新政的醜惡行徑。

《維新夢》則與《黄蕭養回頭》由新小説社合刻刊行。其廣告詞云：『《維新夢》一套，乃演戊戌變法前後時事，句句皆道實，而其結構之佳、腔調之熟，又不在《黄蕭養回頭》之下。作者爲春夢生，即卅八九號《新民叢報》《飲冰室詩話》所稱之珠海夢餘生其人也。』又云：『欲開大多數人之智，改良班本其急務矣。舉國中不讀書、不看報之人十居其八九，而未有不看戲者。歐西、日本多注重於是，故士大夫皆不惜紆尊降貴，親演其事。而我國則鄙此道爲下流，至不屑與平民伍。此强弱智愚之所由分也。邇來倡改良班本之議者頗不乏人，其有見乎此矣。』此劇演述百日維新故事，劇中角色皆與現實人物一一對應，分明可以看見康有爲、梁啓超、榮禄、袁世凱、譚嗣同等人的影子。

《學海潮傳奇》刊於《新民叢報》第四六、四七、四八期合本和第四九期，受梁啓超演繹羅馬題材的影響，描寫了古巴的學生流血運動，規模宏大，結構完整，表現出作者對專制制度的憎惡及建立自由政體的願望，可視爲『改良班本』的『筆墨革命』的第一批具體成果。

值得注意的是，廖恩燾的一些作品散佚了。比如早年習舉子業的作品、擔任外交官期間的公牘，還有與孫中山、汪精衛的書信等，現在或不可復睹了。〔五〕目前，我們僅能從當年的報刊及酬和集中輯出若干，相信這僅僅是散佚作品中的一小部分，今後的輯佚工作任重而道遠，不可有片刻的鬆懈。

他的一些作品曾入選若干種選本，如葉恭綽《廣篋中集》録廖詞十首：《琵琶仙・滬上候船渡太平洋，挈家人游西湖歸，枚叔、詠霓設祖餞，枚叔有詩送行，舟次報以此解》《點絳唇・一晌心情》《三姝媚・十二月十八日立辛未春，夜過派克湖，感賦》《絳都春・社日飲郊市夜歸，室人以瓶花供案上》《八聲甘州・夜登逆旅樓上最高層，島國風光，光瑰萬態，以夢窗〈游靈巖〉均寫之》《玉樓春・和心畬》《驀山溪・癸酉歲末盡十日，立甲戌春，玄武湖上作》《霜葉飛・重陽前三日飲雞鳴寺，即席贈二空和尚，並預爲登高之約》《小重山・漫把心情》《拜星月慢・莫愁湖勝棊樓上，次韻清真》；《民國五百家詞鈔》録廖詞五首：《琵琶仙・滬上候船渡太平洋，報枚叔》《玉樓春・和心畬》《驀山溪・甲戌立春，玄武湖上作》《霜葉飛・雞鳴寺贈二空和尚》《小重山・漫把心情問去鴻》；嚴迪昌《近現代詞紀事會評》録廖詞一首：《西河・遊馬丹薩鐘乳石巖》；《當代詞綜》録廖詞十首：《蝶戀花・予季仲愷殉難七年，墓木拱矣，揮涕展焉，比自金陵避兵，南下倉皇，過滬聞彊邨先生捐館，未克臨奠一哭，悵觸有餘哀也》《滿江紅·清涼山掃葉樓懷古》《水調歌頭·〈東坡樂府箋〉題詞，即用坡韻》《琵琶仙·自西湖歸滬上，候船渡太平洋。枚叔、詠霓爲餞，枚叔有詩送行，舟中報以此解》《齊天樂·七星巖》《水龍吟·秋暮泛舟玄武湖》《喜遷鶯·夜聽阿根廷人弄樂器》《賀新郎·次稼軒韻》《笛家弄·榆生屬題〈授硯圖〉，檢柳耆卿譜填此》《大酺·哥侖布故居放歌，擬清真》。又如，冼玉清《碧琅玕館粵謳選》輯録廖恩燾『新解心』十五首：《離巢燕》《珠江月》《天有眼》《黄種病》《秋蚊》《地無皮》《趁早乘機》《自由鐘》《開民智》《復民權》《倡女權》《勸學》《八股毒》《鴉片烟》《學界風潮》；朱少璋《粵謳補輯初編》從《新小説》選輯五首：《唔好發夢》《中秋餅》《青年好》《人心死》（《花心蝶》原調）、《争氣》；余祖明《廣東歷代詩鈔》録《嚴光》《王昭君琵琶出塞》《雞鳴寺》《漫興》四首。上述所選數量有限，然頗可爲讎校之助。

關於廖恩燾文學創作的特色與成就，梁啓超《飲冰室詩話》、吴梅《日記》、王韶生《悼廖懺庵先生》《當代人物評述》，香港里仁書局一九八五年）及《紀香港兩大詞人》（《崇基學報》一九六四年第三卷第二期）、錢仲聯《近百年詞壇點將録》（《夢苕盦清代文學論集》，齊魯書社一九八三年）、羅忼烈《憶廖恩燾·談〈嬉笑集〉》（羅忼烈《詩詞曲論文集》，廣東人民出版社一九八二年版）、黄坤堯《廖恩燾〈廣東俗語七律詩〉與詩律探索》（《文學論衡》總第二十期，二〇一二年二月）、夏曉虹《近代外交官廖恩燾詩歌考論》（《中國文化》總第二三期）、《晚清外交官廖恩燾的戲曲創作》（《學術研究》二〇〇七年第三期）、胡全章《廖恩燾：詩界革命一驍將》（《嶺南學報》二〇一七年第一期）、齊芳《民國詞人廖恩燾詞研究》（南京大學碩士學位論文，二〇一二年五月答辯通過）等，都做了較爲全面、深入的探討與評價，均可參考。

茲就此次整理的情形簡述如下：

此次整理，將廖恩燾已編集梓行及散見於報刊、唱酬集中的作品都爲一編，題曰『廖恩燾作品新編』。其中，詩作《嬉笑集》分甲子本、己丑本二本并行；詞作以《懺盦詞・懺盦詞續稿》十二卷本爲底本，以《懺盦詞》初印本爲參校本，因《懺盦詞續稿》《半舫齋詩餘》《捫蝨談室詞・捫蝨談室集外詞・影樹亭和詞摘存》《影樹亭詞・影樹亭詞續稿》均僅一刻，《疏肝齋廣州俗語詞漫存》亦爲手稿，無從參校，以散見於報刊、唱酬集者校讎；《新粵謳解心》以一九二四年刻本爲底本，以後出的四個本子爲參校本；劇作亦僅一刻，文字訛誤甚少，按律標點即可。又，將散見於報刊及酬唱集中輯得四十餘首（篇）各體作品，編爲一集，按文體分類附於後，且依照發表年份先後排列，均注明出處，以備覆核。在格律方面，詞律一依龍榆生《唐宋詞格律》（上海古籍出版社一九七八年版），《新粵謳解心》則循招子庸《粵謳》體式標點，以彰顯廖氏粵謳創作的藝術淵源與審美追求。

此次整理，幸得薛玉坤、李玲、馬俊芬、張業明、閔哲諸友鼎力幫助，謹致謝忱！

【注釋】

〔一〕王韶生《紀香港兩大詞人》，《崇基學報》一九六四年第三卷第二期。

〔二〕例如，一九三三年，廖恩燾、林鵾翔二人主導的『如社』在南京成立，吴白匋《金陵詞壇盛會——記南京『如社』成立始末》記道：『先是，上海有詞社，奉晚清大詞人朱彊邨先生孝臧爲宗主，先生有别號「漚尹」，故社名「漚社」。當時南北詞家參加者頗多，廖、林兩位先生亦在其列，既相遇于南京，乃建議集合同道友好，另立一社，月課一詞，以振朱氏宗風不墜。』（《吴白匋詩詞集》，南京大學出版社二〇〇〇年版，第一七一頁）

〔三〕劉壽林《民國職官年表》，中華書局一九九五年，第一〇三三—一〇三五頁。

〔四〕《嬉笑集》的版本頗爲複雜，連其若干友人也不甚瞭解，如羅忼烈《憶廖恩燾·談〈嬉笑集〉》説：『他酒餘飯後所作的粤語詩《嬉笑集》，共收七言律詩七十三首：計「《漢書》人物分詠」二十七首（案：標目應作「《史記》《漢書》」方合，當是排印時漏去「史記」二字）、「金陵雜詠」十四首、「史事隨筆」二十三首、「信口開河録」九首。初版《嬉笑集》不知是那一年，一九四九年由鳳老自序重印成小册，分贈親友，我拿到幾册，多年來被友人陸續取去，結果連僅存的一册也没有了。一九七〇年有曾清抄寫影印的本子，我手頭還有一本，本文引録的，即據此本。』（《詩詞曲論文集》，廣東人民出版社一九八二年，第一三三頁）

〔五〕例如，一九一九年八月二十八日孫中山《致日本廖鳳舒》云：『頃頌惠緘，知安抵東島山居習静，甚慰想念。文近時觀察國事，以爲欲圖根本救治，非使國民群懷覺悟不可，故近仍閉户著書，冀以學説喚醒社會。政象紛紜，未暇問也。知勞注念，特此奉復，并頌旅祉！』（《中央黨務月刊》一九九四年第十二期）又如，一九四〇年八月二十三日汪精衛《致龍榆生函》云：『懺翁函二封均已收到，容遲日後作復。』（《冐鶴亭先生年譜》，學林出版社一九九七年，第一〇三頁）據此可知，廖氏均有書信寄達。一九二三年四月一日《申報》載：『廖恩濤電京報告，東京空氣極嚴重，而北京態度反冷淡，聞日本方面對於我國提出二次照會，已著手準備種種應付之策矣。』可知有電文。

總目録

嬉笑集

廣東俗話七律詩　甲子本

嬉笑集目録

古事雜咏二十五首……二〇

漢書人物雜咏三十七首

秦始皇二首

荆軻嚇失佢三魂，好在良官冇搬親。野仔執番條爛命，黿公害盡幾多人。監生點解嚟陪葬，臨死唔知重拜神。萬里咁長城一座，後來番鬼當新聞。

其　二

六國吞埋攞吓鬚，安心咁就著龍袍。收齊廢鐵燒銅像，堆起新書透火爐。過海點嚟求味藥，當天重去貼張符。既然慌到江山𡃁，生仔唔該叫亞胡。

漢高祖三首

老蕭話佢大抛禾，一味麒麟訝狆多。傳令入城安百姓，充軍趨路做乖哥。終須馬邑嚟攻打，點使鴻溝去講和。至弊箇回行錯路，幾乎蕩失兩公婆。

其　二

荷包冇貨重招呼，外父公真眼色高。皇帝著條龍打種，功臣當隻狗掤毛。亂嚟射尿淋人帽，詐去痾痂避把刀。唔係打蛇隨棍上，江山點得到渠撈。

其　三

幾句歪詩大砲車，唔通咁就嚇人咩。老婆惡馬封親戚，野仔真狼食伯嗲。用到軍師痾削屎，做成皇帝笑依牙。霸王已自烏江喪，邊箇同渠揳手抓。

陳　涉

有隻狐狸會出聲，突然叫起佢尊名。招兵直筆鬆監犯，放火開牌嚇老更。點估天書仍係假，誰知鬼卦認真靈。咁都皇帝争唔到，重做包嗡亂乜坑。

秦二世

亞官真正火麒麟，呢件龍袍點稱身。咪估懞丁唔識鹿，誰知太監係閹鶉。軍師箇陣明知死，龜旦週時咁失魂。大話重還兼好彩，江山趁早送埋人。

李斯

兩仔爸都喊一聲，呢回鬼叫你唔精。烏蠅已自褸埋脚，黄狗焉能帶出城？整定命窮該食粥。可憐屎急正開坑。先該咁辣成條令，係話趨人就趨生。

蕭何

一入咸陽屎眼鬆，執埋數部去充公。出身咪笑衙門仔，發脚嚟追褲襶虫。幾隻武牛唔忿氣，成班獵狗咁争功。若然皇帝遲開口，打到登時亂曬籠。

曹　參

呢位房科咪睇輕，週時督隊去攻城。跟埋狗尾人真笨，攞順猫毛佢咁精。打仔點關皇帝事，排班唔共相爺争。明知替手將輪到，大早行頭就執生。

張　良

闊官散盡咁多貲，只恨龜公死得遲。執起草鞋交伯父，落埋蚊帳做軍師。慣孖皇帝撑枱脚，怕見行家剷地皮。重話鍊丹唔食飯，原來借意就趨之。

韓　信

單單婆乸眼睛開，棍咁光時冇睇衰。點忿低頭揖褲襠，分明打手上雷臺。相爺趁勢吹多句，老將登時震起來。咪話書錐唔識相，果然黑狗就當灾。

陳平

劈落書包就帶兵，週身牙力會搣丁。生嚟剝殼鷄春靚，重比癡金狗屎腥。猪肉分勻唔過戥，龜頭縮住咁靈檠。若然唔得周丞相，撞板幾乎撞到清。

周勃

口馬輸人使乜慌，總之老實好商量。碰啱皇帝嚟查帳，逼住將軍要落箱。靚仔著渠抽痛脚，惡婆因咁扭孿腸。果然醒水劏蛇佬，臨死纔拉佢上場。

項羽

聲大條腰又咁麤，殺人放火亂糟糟。惡爺點忿嚟丟架，病佬唔啱想釘煲。兩隻公婆流出屎，八千人馬剩揸毛。吟詩睇白吟唔甩〔一〕，跑到烏江就一刀。

【校勘記】

〔一〕『吟唔甩』，原文闕『吟』，據己丑本補。

樊　噲

轆眼吹鬚咁嚇人，牛精又會上條陳。豬頭起勢噬多塊，狗肉先時戥幾斤？皇帝吖煲真混沌，老婆封爵咪沙塵。呢條老命幾乎凍，好在鬮邊扔點親。

彭　越

行水都收好幾年，地蔻做到出生天。咪慌獺仔爭皇帝，只怨龜公使爛錢。箇件人情唔在講，呢條狗命點嚟填。肉隨砧板擂成醬，重有裴瞿比你先。

黥　布

充軍充去做姑爺，小姐唔嫌面有瘡。往日脚鐐都帶鎖，呢回屎桶要擔枷。大王作反真該死，亞奶勾人總冇差。唔係姦夫嚟告狀，龍袍一定有揸拿。

范增

老猫燒剩幾條鬚，悔恨當年眼冇珠。濕水馬騮唔過玩音『挽』，爛泥菩薩點能扶。明知屎計專兜篤，重想孤番再殺鋪。一自鴻門渠錯過，神仙有篋亦難箍。

田橫

亞橫真正係英雄，話過唔撈重勢兇。趨到四圍都近海，任從兩箇去捐窿。吹盤猫麪監人食，成件龍袍讓佢充。一味唔兜情願死，咁嚟泡製箇龜公。

叔孫通

行家都係一蔸葱，書櫃搬齊起字茸。俾佢教精鈎鼻佬，監人學做叩頭蟲。醉猫箇陣都行禮，顛狗呢回冇亂籠。兩位秀衣扒逆水，亞通就要鬧唔通。

酈食其

伯爺公會扯皮條，吹起牛犀響過簫。一駕馬車嚟代步，四圍賊壹去招徭。帽來射屎都唔怕，鑊到加油重點趨。因爲激惱田老廣，話渠猫尾掤成條。

蒯通

髫鬚兩撇眼光光，讀過麻衣及柳莊。鹿重未曾知脱角，鱔都只可就封王。先生既係摸埋背，公仔唔通畫出腸。若話見親人亂吠，不難亦當狗嚟劏。

朱虚侯劉章

唱隻耕田咁嘅歌，幾乎嚇壞老虔婆。軍師到底紅鬚抗，兵卒誰知赤嘞多，險過剃頭皇帝仔，快嚟幫手後生哥。既然雜種都該死，索性鋤頭起勢鋤。

董仲舒

呢單古董究知星，帶部春秋上到京。皇帝親身嚟點卯，先生當面就撻丁。蛇春咁樣三條策，狗屁唔通幾位甡。諸儒習申韓之學者，皆罷之。既係聖人唔講打，非哥乜重懞惺惺。劉非，帝兄也。

嚴光

釣魚釣得咁沙塵，著件羊皮重幾斤。皇帝孖鋪真闊佬，先生反晤係星君。偶然搯被㭒高肶，有箇開窗扤起身。慌到鼻哥窿冇肉，原來佢會睇天文。

司馬相如

彈琴硬把老婆撩，呢隻鷄蟲抵煀蕉。滿肚密圈嚟賣賦，週身大話去題橋。吹啱外父鬚成執，窮到先生褲冇條。好笑白頭吟一首，書包重向醋埕丟。

蘇武

當時重係後生哥，行李威揸去講和。狗屁檄文攻鼻辣，龍頭拐杖甩毛多。既然飲奶都能飽，點使吞冰得咁傻。癲仔亞陵唔識趣，偏偏提起箇番婆。

馬援

明知鬚白有人欺音『蝦』，皇帝跟前捋手瓜。龍殿撒開成地米，賊巢砌起幾堆沙。施嘁咁就嚟騎馬，喝采幾乎要炒蝦。咪估伯爺唔駛得，當堂試過冇癡牙。

衛青

勇爺都做到功臣，抗佬唔拘點出身。亞姐生成真靚溜，將軍老重咁精神。七征使乜慌番鬼，一揖仍然當上賓。全靠箇鋪謙厚處，冇嚟敦款睇輕人。

汲　黯

熱頭靚靚音『冷』晒花廳，皇帝週時嚇一驚。急屎戴番釘縫帽，好心見吓挽油瓶。官都既要啱入做，田就唔慌到你耕。會搵堆柴嚟譬喻，皆因讀書兩篇贏。

東方朔

天上蟠桃歎到清，因何猪肉剩番叮？喫餐重要貪平貨，倒米居然笑壽星。皇帝面前痾狗屁，老婆背後做人情。一年一隻新裝艇，唔係生鷄亦係精。

朱買臣

咁窮點叫老婆捱，前世唔修嫁賣柴。重話讀書嚟起地，唔難乞米要躝街。誰知做到官番去，佢就跟啱佬住埋。箇陣冤家真路窄，可憐弔死隻平雞。

揚　雄

閣上高高跳落嚟，幾乎揸死隻田鷄。執番條命中何用？做起堆書問點擠。劉歆曰：『恐後人覆醬瓿也。』一味解嘲唔算抗，箇回作頌太恭維。激惱呢位朱夫子，直筆將渠就咁批。

灌　夫

醉猫飲醉變生蝦，口水當堂噴出花。對住上賓嚟炒賣，碰啱好酒冇嘢渣。若然馬屎憑官勢，定要牛精搭佢吧。皇帝舅爺都會點，唔通重敢再依牙。

賈　誼

眼淚成胞白咁嘥，呢條爛命水流柴。學生騎著胭脂馬，師傅裝成墮落鷄。講起幾千年世界，監埋廿一件東西。啱啱皇帝唔聽古，罰去長沙做搏齋。

李廣

怕乜將軍你會飛，封侯唔得命真奇。勢兇重敢孖人打，運滯番嚟冇藥醫。撞著醉猫吞啖氣，見親老虎剥層皮。至衰箇帳唔跟眼，白白徙埋箭一枝。

古事雜咏 二十五首

赤壁懷古

東風猛到火星多，都重吟詩講唱歌。狗利臘嚟真上當，猫鬚剃曬點收科，水龍若係幫奸仔，銅雀無難鎖老婆。有位蘇甡真識歎，湊埋和尚去游河。

金陵懷古

可憐箇座雨花臺，磤屎泇埋幾執灰。咁好六朝金粉地，變成一笪瓦渣堆。秦淮河冇燈船睇，洪武門啱屎桶來。咪估莫愁真正靚，原嚟就係蜑家妹。

姑蘇臺懷古

溪邊有箇洗衫妹，累到吴王起座臺。鬼火扮成天咁靚，妖星整定國當衰。救生執屎公條命，激死吹簫佬隻魁。白鴿放完真會歎，跟埋老范五湖來。

范蠡載西施泛五湖

施姑想話去遊河，使乜跟埋亞蠡哥。往陣貨都唔食本，呢回戥就不離鉈。魚鈎整定人先上，馬桶搬嚟佢要痾。肥水咪慌流得錯，既然咁靚蛋家婆。

漢文帝幸細柳營

幾隻貔貅守大營，龍鬚吹執剃扂清。既然皇帝都丟架，點怪差官要碰釘？若講斯文真狗屁，重行乜禮咁牛精。總歸餓死唔知到，枉你將軍會帶兵。

題陶淵明種菊圖

先生著件爛長支，擔把鋤頭挽隻筐。趕去種埋蘋嫩菊，得嚟補吓箇疎籬。幾乎趁勢釗牆脚，咁就乘機鏟地皮。孿起條腰弓字樣，縱然放屁亦吟詩。

孟浩然夜歸鹿門

詩翁乜咁夜番歸，想必吟詩要揾題。幾笪梅莊都到過，呢間茆屋早閂埋。白茫茫就成身雪，黑墨墨真滿脚泥。門口狗啱唔認得，依牙吠起主人嚟。

老子騎青牛出函谷關

滿嘴鬍鬚⿰扌逃肚臍，唔知騎隻乜東西。驢騾犢特真難估，赤白紅黄幾咁威。紫氣東來。拍閘頻頻聞狗吠，⿺走留人靜靜趁鷄啼。啱啱有隻知星鬼，開定城門等佢嚟。

題諸葛武侯前後出師表二首

成晚唔曾玷到床，五更鷄咳就曚光。中軍漏夜磨條墨，丞相當天上炷香。正在殺人傳令箭，斬馬謖。點嚟臨陣作文章。一篇講出良心話，使乜蛇春重咁長。

其二

深深入到冇條毛，趁水摟魚濕吓篙。講乜三分唔算數，託嚟六尺重稱孤。既然狗馬人能做，必定江山你會箍。抱住膝頭哥唱野，該先唔著出茅廬。

漢武帝昆明池習水戰二首

昆明池上做操場，武帝當年幾咁狼。兵部火牌傳聖旨，河廳星夜辨軍裝。練成水手唔暈浪，駛正風頭就出洋。點止敢孖人地打，重嚟想嚇海龍王？

其二

浪花飛起半天高，抛落門錨又竹篙。正在彎弓嚟射箭，忽然斬纜就開刀。水圍打到龜都怕，砲屎擔埋狗冇撈。若係敵兵唔肯退，不妨火藥噉成煲。

孫武子吴宫中教美人戰

呢鋪世界亞跛撈，教會宫娥使把刀。大刀斬嚟唔出血，細聲笑吓就吹鬚。劏猪咁易將渠殺，上馬何難叫你扶。若係當時真有砲，擔扁重要揾人夫。

木蘭從軍

亞蘭生得咁風騷，心口誰知有執毛。老豆當兵偏要替，姑娘擒賊至慌簕。石獅睇見都流淚，紙馬騎親咪甩鬚。嫩過藕瓜條手臂，點嚟揸把殺人刀。

班超投筆

掘頭掃把劈清光，呢位書錐想轉行。世界既唔興寫字，軍營就要學揸槍。帶埋筆去真疴痾。破做柴燒更慘傷。横㖞亦都無乜用，不如丟落再商量。

劉琨舞劍

隔籬有隻大鷄公，半夜三更打甩籠。咳得呢聲真響亮，嘈啱箇位冇懞忪。枕頭去摸腰刀柄，牀口嚟拉鼻涕蟲。佢話起身唔著瞓，一齊舞出兩條龍。

張敞畫眉

剛啱箇日散朝遲，太太梳成隻髻時。書案上頭拈管筆，鏡臺前面畫堂眉。史官鹹濕真嚟奏，皇帝淹粘咪去哩。你話兩公婆嘅事，咁多點講過人知。

祖逖中流擊楫

半海聽聞啪嘞聲，未曾黑就打三更。鬼揸咁樣嘈喧哋，火起番嚟悶哪喹。箇座江山仍係亂，呢條水路再唔行。馬都怕食回頭草，咪估人真冇氣争。

伍子胥吹簫乞食

形容衰過要偷猫，落難英雄熰起蕉。橫面吹嚟成管笛。週身剩得呢枝簫。肚雖係餓聲仍壯，尸未曾鞭氣點消？捱到幾餐唔食飯，鬍鬚又白好多條。

張騫浮槎至天河

呢條大杉水流柴，浮上天河載客嚟。八月好遲纔去到，雙星咁快又癡埋。唔通鵲背仍填起，點解牛頭再襟低。若問成都占卦佬，睇穿石就乜知齊。

昭君彈琵琶出塞

抱住琵琶就出關，擘開雙眼萬重山。果然寫相真該殺，點使知音正話彈。轉過番裝都咁靚，較啱條線亦唔難。姑娘騎馬行沙漠，咪當盲妹半路攔。

張翰因秋風起思蓴鱸

箇味鱸魚食法新，切絲蓴菜要撈匀。做官咪估真開胃，隱逸唔曾得甩身。樹葉落嚟都幾寸，海鮮戥到就成斤。挂帆趁有秋風送，紗帽丟低快走人。

終軍請纓

細佬哥真咁勢兇，敢孖皇帝領花紅。遇啱箇隻鹹蝦籊，認得呢條臘鴨蟲。先帳布都唔肯要，呢回帶就咪嫌鬆。歸根南越王當咃，綁住嚟拉佢入籠。

易水送荊軻

風吹海水嗚嗚聲，唱隻歌嚟送佢行。磨到把刀光攕攕，捲埋張紙咁丁丁。點知衰鬼唔中用，著箇龜公又趨生。可惜老樊真正笨，白將頭殼做人情。

張松獻西蜀地圖

兩眼朝天八字鬚，身裁僅够屐釘高。送嚟呢份人情禮，獻出成張地理圖。矮仔既然真扭計，亞哥點解重穿煲。總之益曬皮鞋佬，藉勢興兵打老曹。

馮婦下車

番刣猪㜷出番車，誓願唔慌甩下頤。幾耐未擒生老虎，咁啱又遇熟行家。就騎上背嚟揸頸，重攞排鬚正烙牙。引到紳衿都好笑，見渠手臂兩條瓜。

馮煖爲孟嘗君焚券

闊官點會咁疎財，花筆冤錢當賑灾。呢隻大難精出屎，成幫舊契化埋灰。相爺飯椀慌唔穩，人地荷包怕乜嗺。捉到亞文嚟做兔，山窿監硬替渠開。

録舊十四首

自由女

姑娘呷飽自由風，想話文明揀老公。唔去學堂銷暑假，專嚟旅館睇春宮。梳成隻髻鬆毛狗，剪到條辮掘尾龍。靴仔洋遮高褲脚，長堤日夜兩頭春。

捉水鷄

亞相專門捉水鷄，灣埋沙艇五仙西。三蚊買菜嚟兜架，十馬猜枚就到題。死佬九成行卯運，姣婆一味搵丁撻。嫖完番去知撈野，魚口疳疔件樣齊。

放白鴿

劣佬居然攞二奶，媒人例市亦慳埋。點知蛤乸隨街跳，整定龜公上當嚟。爛賤唔慌收口貨，老光喘遇冇皮柴。近來白鴿神與放，至怕貪平食死雞。

新人物

速成師範買文憑，著起番裝未會行。牛利一條喘够本，猫鬚兩撇咁零丁。帶埋夾壁皮包袋，充硬鑲金眼鏡框。名片銜頭擠列滿，稱呼仍係叫先生。

外江壯士

戥起烟油有幾斤，重還咁惡去蝦人。招牌擺出龍王字，號褂釘嚟蝨乸春。四大金剛當統領，一班火記認鄉親。借題搶劫平常事，婦女行街亂摸身。

叉麻雀二首

買齊幌子當孤番，跌落天嚟幾咁閒。拚命做成清一色，絶張摩起大三番。尾糊整定輸家食，手氣全憑旺位搬。邊箇龜公唔好彩，十鋪九輸俾人攔。

其　二

通宵鬧到咁虛含，廿萬輸完重冇音。惡佬炒媽唔歇口，闊官逢賭就開心。錢銀有乜人情講，花酒無非路數斟。至笨苦中尋快樂，黄連樹下去彈琴。

大花砲

咪估簪花又挂紅，草包癮重勢局兇。金錢襯起身真靚，烟屁冚埋肚就空。臭到滿天飛火屎，惡成平地響雷公。點知聲大唔中用，只可燒嚟嚇亞聾。

大啦叭

唔慌嗤氣就嚟吹，著起兵裝似隻魁。聾鬼開埋成對耳，學生揦壞箇胞腮。果然聲大因長嘴，轉得彎多更鈍胎。重比牛犀加額響，旁邊打鼓要人陪。

遊西湖二首

汽車直坐到西湖，我獨行嚟探小姑。門外闌干生鐵銹，橋邊泥汲變漿糊。叢林佛寺多人拜，淺水輪船有客租。染得一身洋氣味，見親梅鶴定聞臊。

其二

別莊漆出幾多閒，蓮藕塘乾掉艇難。賣曬魚蝦真好市，養齊鷄鴨就成欄。趕蚊要帶埋妹仔，打雀誰知係老番。唔估岳王墳咁闊，有堂西式栅嚟欄。

走馬燈報紙有『走馬燈內閣』，因廣其意

冇班人物咁靈檗，走馬焉能上得燈。轉吓番嚟真面熟，內中有隻係頭生。紙糊老虎仍禁睇，火爇麒麟亦會行。至怕弔高唔到地，呢回想落落唔成。

題寒江獨釣圖

滿海鋪勻雪重飛，漁翁褸住件蓑衣。蕯低隻鶴依還瘦，釣起條魚乜咁肥。連影計埋人兩箇，冇聲抛落竹成枝。月光上到蘆花岸，詩屁唔痾等幾時。

贈某友人

六年不見先生面，今見先生重冇鬚。識透舊看唔合炒，怕同新鑊湊埋撈。風車世界啦啦轉，鐵桶江山慢慢箍。眼鬼咁冤唔願睇，暫時詐醉學糊塗。

辛酉東居二十首

熱海道中

嘞嘞車都撞面來，車夫拼命重嚟追。碰親兜樹居然險，碌落條坑問幾衰。伊豆山離還咁遠，小田原到好多回。可憐鐵路真輕便，半路唔行用手推。輕便鐵路每至半途不能行駛，用人力推之。

蘆之湯温泉

唔係温泉隔夜擠，何難淥熟隻蝦嚟。塘深僅僅齊心口，水熱先先到肚臍。温泉有礦質，浴時必徐徐而下，否則令人暈眩。點使亞聾醫好痔，温泉能治痔疾。若然老密躀親跛。浴塘深能滅頂，而階級甚高，時有失足之虞。近年下女真聲架，冇替人搓背脊泥。

海水浴場

搭座棚嚟靠海邊，浴場幾咁會慳錢。背心著到箍埋肶，頸領開啱突出胼。勒住太公真寶貝，碰親老舉當湯圓。有人怕水身唔洗，重去撐篙學駛船。

牛鳥料理四首

又牛又鳥做招牌，肚餓週時請入嚟。鑊仔燒紅隨意煮，蛋王擂爛好聲揩。豉油滿盌多加料。豆腐成磚當熎齋。弱係怕葱唔敢食，撥歸横便咪慌嘥。

其　二

三河屋僅兩層樓，唔賣鷄窩净賣牛。著塊切嚟真熟落，呔盤捧出重生勾。坐齊幾隻塘邊鶴，走出成班竈𥨪猫。斟酒有人唔叫局，不妨傾計把渠兜。

其　三

揸起壺湯又試添，既然夠味免加鹽。油開芥末同葱片，醋碟薑芽似筍尖。蘿白琢勻真幼細，粉絲夾起冇□黏。女中巴結嚟幫手，就把前頭快子拈。

其四

隔籬開曬幾間廳，飲醉都嚟唱野聽。大麓藕真抬起色，爛沙鑼亦出埋聲。兩人一碟唔多飽，每客三鍇點算平？忒落酒杯還喫飯，果然食量咁靈檠。

東婦四首

塊面唔慌冇粉搽，連埋頸柄熨灰沙。行嚟鬪笋成雙脚，笑起鑲金吹副牙。貼肉件衫真講究，箍腰條帶咁威揸。著鞋點樣箝都穩，白襪開齊兩便叉。

其二

雖係長袍拋咁低，有時突出脚䐑嚟。成刀沙紙胷前入，整疋花綾背後擠。若係揸脌真撞板，幾乎睇髻要擔梯。身裁好在都還矮，冇咁驚人學老西。

其三

焙得爐多怕冷天，藕瓜條臂變青磚。洗身雖話還肝净，脱脚唔知幾多肉。酸衣服思疑屌有撳，被鋪想必味都全。遇啱菩薩真盲鼻，呢隻猪頭點算冤。

其四

隻髻梳成似捲筒，曾經嫁過就唔同。咪勾脂粉嚟丟架，爲扯皮條去打工。人地老婆都係靚，店家下女冇全封。若然想食天鵞肉，千萬提防佢發瘋。

自述二首

年紀挨邊六十嚫，做人半世當嚟頑。叫花陪酒唔成樣，借米賒柴够呢餐。幾箇神仙都過海，有排老舉未收山。而家就得蚊錢賸，點係關乎話會慳。

其二

做官冇學鑽山窿，輸佢穿山甲咁紅。闊到人都傳有貨，彈啱我就詐埋聾。仔孫係好栽培易，兄弟唔多患難同。咪想後人真發達，讀書先救眼前窮。

五十七初度感言六首録一

回頭五十七光陰，想落都還算幾禁。闊佬性情窮鬼命，伯嗡年紀嫩蚊心。六旬花甲挨邊到，百歲牌坊或有𣁽。但得三餐閒飯食，揾埋白話當詩吟。

某東友招飲紅葉館歸而憶述六首

頭髻梳成一座山，長袍行起幾艱難。馬皮大鼓揸嚟跐，牛角三絃跪住彈。繡墊坐齊啱入席，漆盤捧出要排班。屏門正面搬開曬，咻啲仙姬就下凡。

其　二

舞出天花冇粒聲，原來後便唱嚟聽。碰埋老鵲逢人熟，切好鮮魚愛佢生。做客咪拘磐脚坐，使妹唔敢卸身行。至啱近住風鑪火，點著筒烟慢慢傾。

其　三

背後貧圖借吓光，誰知拍掌就收場。起身咁似生菩薩，攦眼原來貴老相。闊佬猜枚同狗吠，亞姑𣁽酒要人幫。偶然伸手拎腰帶，摸出牙籤咁在行。

其　四

回敬挨邊到隔籬，主人開首客跟哫。酒杯拈起輕揩吓，水缽拉埋再近哋。白欖整成真正大，黃瓜食著總唔知。週身屎尿兼痾痾，地下爬嚟又扮龜。

其五

逐漸嘉肴就出齊，糖撈醋浸乜東西。果然靚野燒條鱔，咁似番餐焗隻雞。麵豉放湯都好飲，茶瓜送飯點嚟捱？餸完果碟唔趨自，要等東家面洗埋。

其六

落到樓梯揾定衫，分清李四共張三。醉猫係咁撕嚟笑，老鴇何嘗講得啱。就見叩頭如倒蒜，唔慌把口會生柑。吱嘲箇隻開籠雀，送出門前重咁喃。

癸亥春明紀事六首

報紙每日登載議場種種色色因紀以四首

大家都爲兩蚊錢，半句唔啱嗌定先。墨盒啲穿成額血，茶杯打爛幾牙烟。直頭燒到開花砲，錯手傷埋起草員。有箇想趨唔得徹，飛嚟交椅當青磚。

其二

未曾出席就撈單，闊佬週時請飲餐。機會碰啱同意案，外交争到大連灣。二花面亦無妨做，五架頭都亂咁彈。冇狗拉猫嚟食屎，唔通真正係平番。

其三

人齊正話敢摇鈴，倒米提防箇壽星。猪仔也曾搬過竇，馬騮咪又電埋繩。若唔趁早投成票，就怕躭遲出曬京。内裏有人烟癮起，番歸重趕去開燈。

其四

大頭和尚架都丟，咁大功勞使乜趨。賣布佬真唔會做，拆臺派重點能撩。黑心揾佢嚟開井，白手監人去落票。好在呢回先過角，够渠半世賭吹嫖。

推牌九二首

長龍川角盡飛齊，呢注敲啱講萬鷄。地降空門惱走寶，莊家夾棍食衰牌。名爲狗肉真唔利，輸到鶴毛亦冇埋。現貨頓清贏落帳，期單吹叠音『踏』帶番歸。

其二

贉大難通想拆天，箇鋪賭法得人憐。發親火就堆頭嗌，轉吓風嚟攞口烟。密十連揸唔改色，長三配對重輸錢。至衰幾隻塘邊鶴，未到開牌震定先。

嬉笑集
己丑本

嬉笑集目録

自序

蓋自過河卒仔，提倡白話教科；串戲師爺，結束黃疱射利。廣東音特別，外江佬畫耳埋牆；外江音更差，廣東佬開喉撞板。共你講多徙氣，成班鬧咁揼泥。惟有招銘山半面琵琶抱嚟，靚密《解心》唱到够；吕拔湖八股文章講起，秀才笑口合唔埋。眼軌轉風，毛管出火。隻隻山歌對答，既客家村；枝枝《河調》流傳，又水鬼涨。監人賴厚索油蒐，鬼咁滋油；够佢褸幽鍊體操，魄不附體。點似不時拈本讀，咪怕蛇春咁長；立刻消啖痰，明知狗屁係辣。拜佛先睇佛面，賣花總讚花香。作者珠海餘生，住近柳波涌畔路。見過泮塘皇帝，微臣足領尿褒；充埋大良斗官，老友慣打牙較。排啱廣嗓，諦成律詩。一片婆心，唔算踱《西遊》怪記；幾番公認，就算補《北夢瑣言》。冇摩囉拍栅肉酸，比亞運洗鑊乾净。能聞能舞，非尿桶中關帝把刀；或掘或尖，任腦袋裡董狐支筆。是爲序。己丑孟夏，珠海夢餘生撰於香港寓園影樹下之捕風捉影亭。

漢書人物分咏

秦始皇

荊軻嚇失佢三魂，好在良官冇搬親。野仔執番條爛命，龜公害盡幾多人。監生點解嚟陪葬，臨死唔知重拜神。萬里咁長城一座，後來番鬼當新聞。

六國吞埋攞嚇鬚，安心咁就著龍袍。收齊爛鐵燒銅像，堆起新書透火爐。過海點嚟求味藥，當天重去貼張符。既然慌到江山冧，生仔唔該叫亞胡。

漢高祖

荷包冇貨重招呼，外父公真眼色高。皇帝著條龍打種，功臣當隻狗掤毛。亂嚟射尿淋人帽，詐去疴屙避把刀。唔係打蛇隨棍上，江山點得到佢撈。

幾句歪詩大砲車，唔通咁就嚇人咩。老婆惡馬封親戚，野仔真狼食伯爺。用到軍師疴削屎，做成皇帝笑依牙。霸王已自烏江喪，邊個同佢揳牲手爪。

楚項羽

聲大條腰又咁粗，殺人放火亂糟糟。惡爺點忿嚟丢架，病佬唔啱就吖煲。兩隻公婆流出尿，八千人馬剩揸毛。吟詩睇白吟唔甩，跑到烏江就一刀。

蕭　何

一入咸陽屎眼鬆，攞埋數簿去充公。出身咪笑衙門仔，發脚嚟追褲襶蟲。幾隻武牛唔忿氣，成班獵狗咁争功。若然皇帝唔開口，打到登時亂曬籠。

張　良

闊官散盡咁多資，只恨龜公死得遲。執起草鞋交伯父，落埋蚊帳做軍師。慣孖皇帝撑枱脚，怕見行家剷地皮。重估鍊仙唔食飯，原來借意就趯之。

韓　信

單單婆毑眼睛開，棍咁光時冇睇衰。點忿低頭捐褲襠，分明打手上雷臺。相爺趁勢吹多句，老將登時震起嚟。咪估書錐唔識相，果然黑狗就當災。

陳　平

劈落書包就帶兵，亞哥綠帽戴唔成。生嚟剥壳雞春靚，重比癡金狗屎腥。猪肉分勻唔過秤，龜頭縮住咁零檠。若然唔得周丞相，撞板當堂撞到清。

范　增

老猫燒剩幾條鬚，悔恨當年眼冇珠。濕水馬騮唔過玩，爛泥菩薩點能扶？明知屎計專兜篤，重想孤番再殺鋪。一自鴻門佢錯過，神仙有箆亦難箍。

朱虛侯劉章

唱到耕田個隻歌，幾乎嚇壞老虔婆。後生叻馬真唔錯，先帝從龍削嘅多。輸剩著棋幫手殺，認清堆草直頭鋤。旛竿若冇人擔起，點敢憑空指鼻哥。

周　勃

把嘴輸人幾咁僵，誰知老實好商量。碰啱皇帝嚟查帳，逼住將軍要落箱。馬桶刮净孖口呂，龍舟唱罷大喉章。縱然蕭位平哥想，執定行頭佢上場。

李　廣

挂帥當年咁走紅，而家氹溲白鬚公。失魂烟杠高聲喝，倒運將軍詐諦聾。醉到真猫衰碰特，射來假虎硬開弓。江山打啱畀人坐，算命唔該話佢窮。

秦二世

够之大癮火麒麟，呢件龍袍重幾新。未必乖哥唔識鹿，果然太監係劏鵪。一堂鼻涕真衰仔，二世頭銜咁嚇人。點估江山全送曬，亡秦應在亞胡身。

項莊

酒席開齊眼火紅，舞刀想送亞劉終。急屙詐後知高帝，通水趯先怨老宗。馬屁個班嚟救駕，牛精呢位點成功。卒之自刎烏江死，樹倒猢猻捉入籠。

再論秦王子嬰與趙高

壞極唔曾咁冇渣，原來壞在個巴巴。築城重估嚟消煞，生仔唔知會敗家。隻鹿俾人安做馬，條龍到佢變番蛇。宮中有種都泇雜，甩苄番瓜染狗屙。

樊　噲

病到昏君咁氹堆，呢回使乜震如雷。剷春大肶嚟横枕，碌眼胡鬚打直吹。馬脚咪仍抽靚仔，猪頭點重記乾杯。唔因捺住條裙帶，老命幾乎變左灰。

賈　誼

瞳人賴屎乜來由，唔講治安冇咁惱。皇帝生蝨猫入眼，先生亂吠狗開喉。扑齋雖係長沙貶，奉旨都還便殿睺。若果至尊仍避席，呢鋪牌要再拈籌。

嚴　光

釣魚釣得咁沙塵，褸塊羊皮重幾斤。皇帝孖鋪真闊佬，先生反瞓係星君。偶然擂被□開口，有箇開窗屹起身。慌到鼻哥窿冇肉，原來佢會睇天文。

汲黯

洗馬官猷够頂尖，後來拜相幾尊嚴。辣成狗屁人都怕，攞順猫毛佢咁謙。皇帝偶然唔戴帽，朝臣正在等開簾。得佢醒水先傳旨，又發倉嚟賑遍添。

衛青

將軍點忿挽油瓶，老母瓜埋去帶兵。打到匈奴慌出屎，拉齊部卒講交情。既然生仔都封爵，使乜逢人重叫兄。監蔓果然精相法，當時咪鬧佢唔靈。

蘇武

麒麟犽犴後生哥，磨利張刀去講和。狗屁檄文攻鼻辣，龍頭拐杖甩毛多。既然飲奶都能飽，使乜吞冰得咁傻。精仔亞陵唔識趣，偏偏提起個番婆。

霍光

託孤一啖就應承，扮起周公鬼咁生。鳩屎的猷登大寶，鶺毛咁亂攪唔清。點知拈幅圖嚟睇，唔使開聲講亦明。綷帶呢條交過佢，咪扒雞仔學麻鷹。

司馬相如

十月天時芥菜心，突然挑起爲彈琴。姑爺賣賦錢難搵，小姐當爐酒要斟。窮到牛頭賒褲著，碰啱獅鼻打鑼尋。茂陵重想裝埋艇，頭白吟成冇曬音。

馬援

老傢伙重咁英雄，攃住鞍還會鞠躬。皇帝出聲真喝彩，宮娥偷笑假裝聾。致冤話佢車幫貨，點忿聽人叫白翁。痞嚮殿前嚟數米，可憐隻馬似禾蟲。

東方朔

跌落天星過水磨，此公把口滑稽多。偷桃嚟食瞞王母，帶肉番歸贈老婆。鹹豆笑埋腰定刺，矮瓜飽過肚還疴。救生好幾條人命，借艇周時咁割禾。

董仲舒

夢見條龍咪當蛇，胸前揖入打交加。奏章屢上拋生藕，聖旨常頒讚便瓜。咁叻天人三度策，唔睺鬼火幾枝花。落埋蚊帳燈仍點，讀起書嚟冇嘞牙。

金陵雜咏

雞鳴寺

想必雞同佛有緣，山門題上佢名先。六朝敗剩三坑瓦，一陣啼光五鼓天。皇帝捨身真惛橙，宫娥吊頸咁癡纏。提防有個花和尚，重揾胭脂井去捐。

莫愁湖

莫愁就係蜑家妹，燕子雙飛替做媒。上岸再唔湖水食，灣船使乜竹篙推。滴油索曬燈還點，唊氣留番笛要吹。靠貼勝棋樓側便，有人叫艇快開嚟。

莫愁湖泛舟

趁潮來探莫愁家，潮氣千年冇的差。暈倒船頭拋大浪，靚成艇尾擺鮮花。皇軍踏過山唔草，番鬼遊親雀就瓜。至慘兩條生藕臂，抱完佬重抱琵琶。

玄武湖

鑿成湖後幾離啦，監硬開弓射浪花。土匪扮來充死蛤，海軍激到跳生蝦。櫻桃點夠兵丁摘，葵扇留番女丑楂。毛蟹脚魚平夾靚，果然益曬食專家。

勝棋樓

英雄做事分之奇，殺曬江山半着棋。燕子入簾睇一下，鷥哥見水恨雙飛。座樓詩屁都冇滿，呢帳烟精點算哩。好在中山還有箇，後來推冧西龍旂。

掃葉樓

石級無難躝直辯，青苔躪上佛樓前。高山剩得三唔四，好畫留番半老千。落葉歸根仍掃地，種花成畝咪耕田。達摩肚比籮還大，狗肉裝埋幾百年。

雨花臺

砲屎扣埋幾執灰，冧成呢座咁高臺。石頭聽講温嚟叺，佛眼關情定會開。重估吟詩疴狗屁，原來索嘢臭狐臊。行前幾步心纔息，路過錢前有鬼追。

臺城

柳在臺城雪甩毛，白旂升上半天高。孤皇餓死真唔抵，百姓超生亦有撈。亡了幾回心打特，冤哉呢遍首稱都。既貪獅子山形好，撞爛飛機就咪嘈。

夫子廟

何曾俎豆有馨香，告朔慳番隻餼羊。點止三家陳女樂，居然八佾舞洋裝。武城認正絃歌地，文廟開埋賭博場。唔到聖人唔掩鼻，大成殿内尿成缸。

牛首山

牛頭一笑破山顔，和尚從今咪挂單。揩曬香油抽曬水，做埋司祝擺埋攤。租牌引客叉麻雀，叫轎敲人睇白鷳。官太若嚟遊佛殿，烏蠅馬脚又褸番。

天文臺

報風報雨報埋烟，日本人稱大話團。寒暑表真多事件，測量器便係神仙。擋雷機著雷嚟劈，得月樓啱月未圓。隔海宋王臺咁遠，搬嚟呢處想摩天。日諺謂撒謊爲『天文臺』。

秦淮河

遊河點去揾燒船，白水慳埋化浸烟。鴉片自從公賣後，馬玼仍打客前眠。大堆垃圾嚟填氹，小販生涯要靠天。酒館尾樓彎屎艇，剛啱風正一帆懸。白水：白銀。

明孝陵

入門撞正馬騮頭，重冇劉邦鼻咁鈎。點估開基爭位坐，都同上市揾機投。功臣照樣嚟劏狗，壞種親生亦鬥牛。咪讚猴皇鋪相好，隔籬呷醋有人惱。

烏衣巷

夕陽斜就近黃昏，巷口搬家第幾勻。燕子尋巢尋錯路，羊咩食草食埋根。有毛再做雕陵鶴，冇血唔慌出竇蚊。王謝堂前蝇咁静，又聞狗吠倒屙人。

史事隨筆

孫武子吴宫教美人戰

呢鋪世界老孫撈，教會宫娥使把刀。大力斬嚟唔出血，細聲笑吓就吹鬚。劏猪咁易將佢殺，上馬無難要你扶。若使當時真有礮，担鬲重要揾人夫。

郭子儀單騎入單于營

吐蕃回紇乜西戎，邊個唔驚郭令公。廿四中書都考過，千三年史冇人同。諸蛯壞蛋傳佢死，單騎真狼向敵衝。睇見天門開曬後，壯成胆氣似蒸籠。

蘇東坡遊赤壁

五柳長鬚靚伯爺，叫船邊處去遊睹。想嚟赤壁詩屌拂，怕乜青帘酒債賒。甕愛惠州霉菜味，盤憎安石毒苗芽。光頭個位葷唔食，交帶船夫咪炒蝦。

天寶遺事書感二首

紵帶嚟紵大肚胡，亞環點會咁汙糟。肉都剥出鷄頭嫩，紋冇開殘蟹爪粗。狗仔抱啱棋局踫，龜公上到殿欄扶。偷偷誓願人唔見，老白憑空亂爆煲。

既然稱做太真仙，徙到都唔值個錢。綠帽昏君偏怕事，紅牌元帥咁專權。千年戾氣埋冤鴿，一縷香魂化杜鵑。弔罷馬嵬坡下水，我嚟扒隻逆流船。

王昭君彈琵琶出塞

咁靚宮娥嫁老番，琵琶抱住出榆關。收埋隻髻慌人睇，較過條絃對鬼彈。件事瓦靴揸到硬，點監石柄轉成彎。後來仔做凶奴王，廟也唔該喺賀蘭。

漢文帝勞軍細柳營

望埋堆柳係周營，掃曬其他撚笑星。皇帝駕臨唔卸甲，將軍令下似撻丁。既然飯碗同撈熟，點有兵衣敢踢生。老豆安劉真抗鬪，誰知個仔重靈擎。

魏武贖文姬歸漢

奸仔唔因靚野睺，因何咁闊挖荷包。贖番老蔡千金女，跳出匈奴百鳥巢。按住鬼腔將拍製，掃埋蟲屎把書抄。獨憐替隻公唍命，鷄乸啼親就發茅。姬後嫁董祀。祀犯罪當斬，姬蓬頭跣足哀哭求免，操憐而赦之。

田單火牛救燕

齊兵鬱嚇把燕吞，好在單哥叻過人。鬆出隊牛嚟放火，教啱堆虎去行軍。壯丁燒到成烟鬼，元帥瓜埋變灶君。幾箇踢生條狗命，投降重咁趕頻侖。

畢吏部盜飲比舍郎酒

一枝公點使人陪，擘蟹周時歎兩杯。索嚇鼻嚟知酒熟，偷將手去把埕開。飲成龍過江唔止，醉到猫躝地咁衰。唔係睇真啱識佢，老更綁起當猪抬。

書唐代叢書虬髯傳後

鬍鬚勒特眼光光，睇白江山係曬唐。半步圍棋全局讓，呢條硬漢冇天裝。因緣碰面先趨路，病懵躝尸點勒纏。要洗定杯將酒奠，旂開八卦佢稱王。

餘意再咏畢吏部

箇官偷酒咁饑荒，何不當時解嚇囊。但咁斯文嚟做賊，究唔係劣去貪贓。醉因酒已清成甕，轆倒街還叻過牀。吏部老爺真爛飲，劈低紗帽又開箱。洋酒皆箱裝。

王猛捫蝨見桓温

一邊談話仲挍痕，乜敢嚟欺音『蝦』大粒温。懵鬼眼中冇日月，老牲肚裡有乾坤。名爲猛就終歸猛，呢遍捫完咪再捫。硬把孔明嚟比佢，苻堅想學國三分。

老子騎青牛過函谷關

長鬚氹過肚臍窿，好似瘟鷄亂咁舂。騎隻古靈精怪野，担枝壞鬼熟烟筒。聖人拜佢爲師傅，道士開山叫祖宗。昨夜冚城嘈火燭，誰知就爲呢條龍。

漢武帝重見李夫人

皇帝單思病要醫，茅山道士電機師。傳齊太監嚟開嘜，請出明星去扮妃。猫尾掤嚟真地利，龍肝疏曬乜天時。只惱密偈傾唔得，心事成籮佢點知。

范蠡載西施遊五湖

江山一冧鬼趫清，連靚老婆踢𪓟繩。益曬支公扒净水，帶埋隻㓥叫孖舲。亞文條命啱收檔，蘇貨原單就出城。人地報仇佢享福，蠡哥都咪話唔精。

陶淵明採菊東籬

先生着件爛長支，擔把鋤頭挽隻筻。人正澹如先日菊，花還靚過舊年枝。種都冇話釗牆脚，採更唔該剷地皮。彎到條腰弓字樣，自然放屁就成詩。

馮驩客孟嘗君

魚唔畀食唱應該，唱出埋車點落臺。刀柄敲親嘈過鬼，帳單燒到變成灰。收租點當人情送，撻數終歸主顧賠。捉住亞文嚟做兔，山窿監硬替佢開。

諸葛亮出師表書後

斗官真算敗家精，敗剩堆渣白帝城。盡在呢煲瓜老虎，唔難一拍散烏蠅。鞠躬重去拚埋命，監病還嚟出乜兵。但係個條蘇鼓尾，死雞掙脚够靈擎。

六壬扭到咁多年，寫得文章兩大篇。咪估不毛深入地，就能有蔑穩箍天。周身八寶圖成陣，一國三分爛過錢。羊係亞崩剷個隻，茅廬未出佢知先。

劉阮入天台

行條山路做姑爺，點估溪窿重好花。碰着兩單都靚野，食完個碗係胡麻。有緣酒既陪人飲，冇話鋪唔共佢孖。番去見啱孫七代，打開族譜不妨查。

旗亭畫壁二首

亭嚟點有瑧牆啫，四柱批灰畫起蛇。黑過烏烟堆狗屎，靚成鬼火朵猪花。首詩揾箇姑𦅜唱，尾注靈擎第一扒。唔係黄河車咁猛，幾時輪到佢稱吖。

蘇幫算佢至紅牌，猫仔都嚟當㑳拉。筆叫揸枝同秤較，墨交磨砵把名題。貪新咪笑酸薑竹，照舊仍温顯水柴。唱到收聲齊喝采，隔籬重佔亂籠雞鷄。

信口開河録

自由女

姑娘呷飽自由風，想話文明揀老公。唔去學堂銷暑假，專嚟旅館扮春宫。梳成隻髻鬆毛狗，剪到條辮倔尾龍。靴仔洋遮高褲脚，長堤日夜兩頭春。

叉麻雀

買齊幌子當孤番，跌落天嚟幾咁閒。拚命做成清一色，絶張摩起大三翻。尾糊整定輸家食，手氣全憑旺位搬。邊個龜公唔好彩，十鋪九趟畀人攔。攔：截糊。

推牌九

做起莊嚟想拆天，呢鋪賭法惹人憐。發親火就堆頭啞，轉吓風嚟攞口烟。密十連揸唔改色，長三配對重輸錢。至衰幾隻塘邊鶴，未到開牌震定先。塘邊鶴：週邊『買馬』者。

廣州即事四首，用一先韵

廣州唔到十三年，今再嚟番眼鬼冤，馬路窿多車打滾，鵝潭水淺艇兜圈。難民紀念堂中住，闊佬迎賓館裏捐。酒店老車俱樂部，隔房醮打萬人緣。

泮溪居菜算齊全，塘蝨田鷄淡水鱣。燒隻肥鵞皮幾脆，炆條爛蟮骨都緜。荔枝怕食荷包大，班本興聽薛覺先。戲院打單還事小，丘爺錯手送盲拳。粵諺有講：『大個荔枝揾笨七。』

鹽都賣到咁多錢，點怪鹹龍跳上天。官府也收來路貨，賊公專刼落鄉船。剃刀刮耐門眉爛，賭棍扒多蓆面穿。禾米食完麻雀散，留香光塔伴紅棉。鹹龍：港幣。

水灾聽話要開捐，預備從中揾個錢。猫麵誰知監佢食，牛皮點肯任人煎。埋壇照例燒輪砲，入格週時歎口烟。想咪剩番條鼠尾，汽車胎早喊冷完。

廣州漫興

全城幾十萬撈家，唔够官嚟夾手扒。大麓藕真擡慣色，生蟲蔗亦啜埋渣。甲仍未飽偏輪乙，賊點能知重有爸。似走馬燈温咁轉，砲臺難怪叫車啞。

八十四歲自壽

壽桃歎過廿多年，姜太公還讓我先。笨伯近來身要憑，老婆好在脚唔纏。詩吟幾句天之籟，日食三餐海上鮮。真有睇頭班咁戲，執番埋頂狗毛氈。

贈　友

六年不見先生面，今見先生重有鬚。識透舊肴唔合炒，怕同新鑊湊埋撈。風車世界啦啦轉，鐵桶江山慢慢箍。眼鬼咁冤唔願睇，暫時詐醉學糊塗。

著者附記

己未年，與胡公展堂在横濱旅館居無俚，讀《漢書》下酒，籲衡古今人物，有名合符節者，戲成廣州俗話七律若干首，展堂爲擊節，慫恿付梓。三十年來，度存散佚，傾就朋輩夕酒，資爲談柄，或記憶所及，摘録十之四五，再補新作，書之於帙。見者傳播，索閱紛來。因序而付印，不足登大雅之堂也。著者附記。

題詞

從少飄慫恿將李澤甫先生重印嬉笑集轉登廣東文獻季刊并試仿製廣東白話詩以跋其後二首

梁寒操

重記南京住時事，風義隔日過寒家。唔嫌粗菜多留飯，每愛長談猛飲茶。妙句時常帶玩耍，奇情真正冇渣拿。如今始見詩鈔出，讀過幾本笑甩牙。

拈來隨手偶然間，鬼咁輕鬆鬼咁難。急轉風車新世界，慢箍鐵桶舊江山。小輸小勝塘邊鶴，難舞難聞屎沊闘。老藕細蚊喜歡念，任人缺舌笑南蠻。粵諺有講：『屎沊闘刀，聞又唔得，舞起來更臭。』抅墨大佬重印《嬉笑集》，戲效其體題記。

題嬉笑集後

有甫老漁

捉影詩翁詩幾章，呢回印過有排忙。舊看嚼出真滋味，冷飯番炒仲幾香。使乜噤沉頻擺腦，千祈唔好笑攣腸。叫埋伯父後生仔，買部真攔唱廣腔。

更余梁兩位大佬戲題重印廖懺庵嬉笑集

竹下閒人

時興白話作新詩，白話舊詩確出奇。零舍唔同長慶體，一於叻過竹枝詞。唐文集部都無嘅，番鬼文歌似有啲。師傅應推廖老大，讀完好嘢笑嘻嘻。

戲題重印嬉笑集

參天閣主陳本

何須怒駡放開喉，嬉笑成吟聽出油。借古諷今真曆落，捕風捉影有因由。車天未必輸牙較，識貨應當識嘍頭。句句真言鬼都怕，針針見血利於矛。

嬉笑集題後

簡又文

何胡兩位算先鋒，番話夾埋有伍翁。論到此翁真架勢，編成專集顯神通。廣東文獻添新菜，中國詩壇起怪風。可憐撈嵩唔會睇，冬冬乜嘢芫茜葱。何、胡：何澹如、胡漢民。伍：伍廷芳。

嬉笑集校正後跋

用粵語入詩的，以往有何澹如、譚卧樓、廖恩燾等，其中廖恩燾所作較豐，較生猛，於是成了個中翹楚。廖恩燾以粵語撰成的分咏史詩，取民間習用成語襯托，並借古諷舊社會，生動有力，能啓人深思，衹惜有些字句用得太俗一點。由於詩句詼諧，奇趣百出，醰醰有味，每一讀之，不禁哈哈大笑。至於他諷咏舊社會的《廣州即事》《漫興》等詩作，揭露得淋漓盡致。近日重讀，還能令人憤恨昔日騎在人民頭上的軍閥、官僚、惡霸、劣紳之横行霸道，慨歎人民之受盡苦難的慘痛情況，可惜作者已經作古，如果他尚健在，見到今日新社會正在欣欣向榮，『閱盡人間春色』，他必會詩興大發，佳作連篇的吧。作者廖恩燾，字鳳舒，號懺盦，係仲愷（恩煦）之兄長，原籍惠陽，於一九五四年四月十三日在香港逝世，得壽九十。他生前常住香港，曾居廣州、上海。早歲留學日本，一度旅居横濱。廖恩燾早年作粵謳甚有名，但聲望不及招子庸，隨後研究我國詩詞，甚有心得。他曾替番禺屈向邦（沛霖）所著《粵東詩話》撰序，從序文中，他道及向邦詩話有六個特色，其特色之一，所撰詩話專説粵東，前人所無。還指出向邦詩話持論透闢，必盡其辭。他生前曾花去卅餘年時間，用粵語寫了不少七律，經他詳加選擇，分別集成

《漢書人物分咏》《金陵雜咏》《史事隨筆》及《信口開河録附存》，總名『嬉笑集』，曾一再付梓，印成小册分贈親友，書店不易購到，重印書於己丑年四月下澣（即公元一九四九年九月間）在香港印成，當時作者不具真名，而以『珠海夢餘生』筆名代之。重印本錯字不下數十，筆者覺得這本詩集有可取之處，特手録全册，並加校正，同時在《信口開河録附存》加上作者未編入之《贈友》一首，這首詩，當日曾傳誦一時。作者遺著除《嬉笑集》外，還撰有《捫蝨談室詞》等行世。

曾清　一九七〇年冬月

懺盦詞

懺盦詞目録

懺盦詞卷二　夢彊集戊辰春

懺盦詞卷三　柳雪集戊辰夏秋冬……一一二

懺盦詞卷四　嘯海集己巳……一二〇

懺盦詞卷五　拜夢盦集庚午春

懺盦詞卷八　咏而集辛未春夏秋……一五六

題詞

胎息夢窗，潛氣內轉，專於順逆伸縮處求索消息，故非貌似七寶樓臺者所可同年而語。至其驚采奇艷，則又得於尋常聽覩之外，江山文藻，助其縱橫，幾爲倚聲家別開世界矣。孝臧拜讀并註。〔一〕

【校勘記】

〔一〕初印本自注：『辛未七月既望，歸安朱彊邨先生在病中。余自海外歸滬上，賫六年來所爲詞百五十餘首親詣就正，未獲晤，留稿去。一月後再訪，則先生扶病起，以稿見還，汰存慢令百二十八首，殷殷勸付剞劂，重違先生宏獎之雅，鐫版焉，即以先生題語并簡端。恩燾謹識。』

懺盦詞卷一　初航集丙寅、丁卯

琵琶仙自西湖歸滬上，候船渡太平洋。枚叔、咏霓爲餞。枚叔有詩送行，舟中報以此解〔一〕

西子西湖，我曾記、載鶴擕梅來集〔二〕。花裏催發輕舟，殘年怕聞笛。春未老、東風柳緑，已纖盡、舞腰無力。雪點袍斑，霜絲鏡影，人又遷客〔三〕。　更誰信、鐙閣杯光〔四〕，映寒夜、歌衫好顏色。知否詰朝相送，黯千山雲碧。憂患在、文章底事，誤畢生、幾兩吟屐〔五〕。且向吹角龍沙，醉魂將息。

【校勘記】

〔一〕初印本小序作『滬上候船渡太平洋，挈家人游西湖。歸，枚叔、咏霓設祖餞。枚叔有詩送行，舟次報以此解』。

〔二〕『集』，初印本作『別』。

〔三〕『又』，初印本作『况』。
〔四〕『更』，初印本作『又』。
〔五〕『兩』，初印本作『緉』。

掃花游 舟次扶桑，櫻花落盡，惘然撫此

東風第一，記町路三叉，酒人初到。障寒側帽。聽歌聲相勸，接羅同倒。俊約來遲〔一〕，綠鬢當門已掃。惹煩惱。正著意賞花，花太開早。　閒事寧意料。但造物於人，恁般欺了〔二〕。負春尚小。怕笠簇麗玉，素絃彈老。燕婉鶯嬌，只索離離露草。共歸釣。擁溪雲、半竿殘照。

【校勘記】

〔一〕『俊』，初印本作『再』。
〔二〕『般』，初印本作『都』。

側　犯

舟泊金門，有懷黄公度〔一〕

浪輪緩鼓，看鐙塔外、繁星聚〔二〕。蟾吐。正海挾飛雲、啓雙户。樓臺二十萬，總是黄金鑄。愁竚。記舊日〔三〕，詞仙此間住。鷄鳴禁人，天與秦關阻。誰使我、舵樓欹，横劍待風雨。見説當年，裂天能補。叱石成羊，女媧休妒。

【校勘記】

〔一〕初印本小序作『舟泊金門，已入夜。憶四十年前公度曾官是地，正美國禁華工例發軔伊始，今則變本加厲矣，竹屋所謂「倚闌一望情何極」者也』。

〔二〕『看』，初印本作『指』。

〔三〕『記』，初印本本作『甚』。

倦尋芳

醉眉壓恨，吟鬢黏愁，寒夜鐙墮〔一〕。細數花風，二十四番都過。短袂誰親楊柳折〔二〕，脆簫纔引櫻桃破。恁如今〔三〕，又湖樓百尺，元龍高卧。　便莊蝶。蘧蘧招我，未卜三生，因證香火。夢雨飛回，慵翅濕紅難馱。近市鮫人珠更泣〔四〕，隔鄰雛女錢猶簸〔五〕。這銷魂，没來由，竟成真箇〔六〕。

【校勘記】

〔一〕『墮』，初印本作『炧』。
〔二〕『誰』，初印本作『曾』。
〔三〕『恁』，初印本作『甚』。
〔四〕『更』，初印本作『乍』。
〔五〕『猶』，初印本作『還』。
〔六〕『竟』，初印本作『儼』。

瑣窗寒

斷絮飄鐙，飛梅礙笛，夜窗慵賦。觚稜夢影，寒入玉豚吹雨。數蠻春，鬧了幾番，架紅半落鶯無語。賸鏡鸞領略〔一〕，十年滋味，鬢根霜苦。　眉嫵。休輕妒。看簾月纖鈎，挂愁不去。

鈿箏寶雁，點檢淚珠盈柱。滿天涯、巢燕未歸，故園忍説誰是主。鎖無聊、鬭鴨銀塘，聽徹喧蛙鼓。

【校勘記】

〔一〕『賸』，初印本作『只』。

高陽臺 閣龍公園晚步有感〔一〕

烟拂花鬚，雨敲松子，山河一局棋枰。蜕劍凝塵，鶴歸華表瑶京。濃陰未放斜陽入，早蒼然、暮景侵亭。又飛鴉，亂影浮圖，射海紅鐙。蕭條四百年人物，不帝秦島客，誰慕田横〔二〕。喬木無端，廢池猶厭言兵。英雄事逐沙鷗去，賸敗殘、鱗甲秋鯨。惱東風，未有垂楊〔三〕，也有啼鶯〔四〕。〔五〕

【校勘記】

〔一〕初印本小序作『閣龍公園晚步，瞻石像有感。閣龍者，西班牙譯音「哥侖布」也。公遺蜕厝古巴三百餘年，古巴獨立後，輿櫬歸西班牙，正首邱矣』。

〔二〕『誰』，初印本作『曾』。
〔三〕『未』，初印本作『那』。
〔四〕『也』，初印本作『竟』。
〔五〕初刻卷本自注：『古巴襲美國故智，立例禁止華工入境，島中不種柳，故云。』

蝶戀花 六首

落盡酴醾如雨細。濕透斜陽，怕上寒鴉背。日日鴉兒盤上髻。玉顏早自拚憔悴。酒在花前休惜醉。只恨東風，不爲流鶯計。鶯夢欲圓風攪碎。金鈴錯向花枝繫。

碧瓦紅牆誰院宇？千古垂楊，總是樓前樹。樓外纖腰今不舞。萋萋芳草天涯路。莫問王孫歸甚處。句句啼鴂，抵死留人住。蝴蝶穿花飛已去。可知夢也全無據。

綠滿枝頭陰萬頃。庇得鴛鴦，兩兩憐同命。月轉迴廊風乍定。未防露重闌干冷。濃睡海棠呼不醒。莫是和人，殢酒懨懨病。怕見銀瓶沈斷綆。行裙又近黄金井。

拆了鞦韆人未覺〔一〕。忽見游蜂〔二〕，飛到尋紅索。嗅得餘香還亂撲〔三〕。黏簾花片風吹落。隔院琵琶聲又作。遮莫江頭，有客青衫著。海樣恩情猶說薄。淚痕十斛量珠博。

徹夜歌筵鐙不燼。月到天心，早没人間分〔四〕。絮絮陰晴都莫問。一般恩怨渾無準。

妝罷彩蟬妨睡損。燕子呢喃，鎖日教儂困。百計留春春未允。落紅報道春歸訊。

滴向淚盤多少蠟。暗問紅龍，含睇還羞答。衣換吴緜初試夾。槐烟散入梨雲霎。十二雕闌看鬭鴨。嬾步沙邊，笑共閒鷗狎。好雨年時新菜甲。郊原青滿無人蹋。

【校勘記】

〔一〕『未』，初印本作『自』。

〔二〕『忽見』，初印本作『不待』。

〔三〕『還』，初印本作『徒』。

〔四〕『早』，初印本作『正』。

蕙蘭芳引〔一〕

鐙顫九華，照人瘦、料輸明燭。濺滴點蘭襟，知是淚痕可掬。露行不怕，怕冷入、被鴛鴦宿。正夢魂無據，半晌貪歡甯續〔二〕。

片霎歌雲，都疑蒼狗，漫笑黃鵠〔三〕。歎花總飄零，何況道旁柳禿。哀箏聊擘，此情難足〔四〕。聞隔江、猶唱定風波曲。

【校勘記】

〔一〕初印本小序作『寅夜歌院步歸』。

〔二〕『甯』，初印本作『難』。

〔三〕『漫』，初印本作『那』。

〔四〕『難足』，初印本作『誰屬』。

渡江雲殘夏風雨竟夕，兀坐無緒，倚作秋聲

祓愁無酒夜，暗簾閣雨，窗影亂飄鐙。夢身將化蝶，遠遠笳吹，乍醒又重溟。魚龍氣惡，牽一髮、無奈山青。何故還、問天賒月，照徹玉關情。　凄清。先秋紈扇，褪粉雕闌，想歌餘舞賸。消幾番、西風蟬鬢，魂斷飛鶯。彈棋不入興亡局，甚鐵馬、簷際長鳴〔一〕。來日事、簪巾試約殘英〔二〕。

【校勘記】

〔一〕『甚』，初印本作『任』。

〔二〕『試約』，初印本作『商略』。

眉嫵　六月晦夕，纖雲在空，殘月挂樹，黯然成詞

便游鱗猜餌，宿羽疑弓，驚定倦魂悄。解得窺簾意，殷勤甚，都來殘夢催曉。素娥耐老。怎未教、長伴花好。但人背，碧漢紅牆見，正眉樣新巧。　休惱。麻姑伸爪。向額雲一掐，重損天貌。自樂昌鸞鏡，分飛去，金杯又誰邀到。繡裙拜了。漫玉階、猶弄餘照。怕明日披圖，山河影、更愁小。

祝英臺近〔一〕

鷺孤飛，天一色，秋淡戍樓景。人立斜陽，不辨鬢塵影。玉豚吹浪無聲，笛雲呼起，聳波底、鬌蚪潛聽。　峭闌憑。十年消受黃昏，風高袖香凝。扶夢蟬枝，餘溫足花暝。問伊搖落江潭，霜枯片葉，可還認、碧梧金井。

【校勘記】

〔一〕初印本小序作『江樓晚眺』。

長亭怨慢石帚引桓温語度此曲，因次其均。美洲各地皆有柳，古巴獨無，原因不可考

問蛛網、何曾牽絮。礙著花飛，緑梛庭户。妒舞西風，漢宫腰細定難許。老夫耄矣，還念切、柔條樹〔一〕。樹不見柔條，只客鬢、蕭蕭如此。　薄暮。笑藏鴉未穩，破驛冷楓寧數〔二〕。城笳起也，漫重把、黛愁輕付〔三〕。怕咽斷、故國江南，好春色、嬌鶯無主。勸記取樽前，休惜黄金歌縷。〔四〕

【校勘記】

〔一〕『還』，初印本作『猶』。『柔』，初印本作『垂』。

〔二〕『寧』，初印本作『慵』。

〔三〕『重』，初印本作『還』。

〔四〕初印本自注：『美工黨因嫉華工奪食，倡禁垂四十年。古巴不排斥華工，顧亦有禁，則美干政時作俑，流毒至今。碎璧秦庭，使者之責，争之不獲已，負疚深焉。然而嗷鴻謀稻粱海外，招鷹鸇逐，誰實驅之？而尸其咎，不忍言也。巘盦附注。』

雙雙燕

陳蘭甫先生登華首臺，得『羅浮睡了』四字。潘老蘭爲足成《雙雙燕》曲，人境廬主人有和作。偶爾憶及，聊復繼聲，次梅谿均二首〔一〕

羅浮睡了，夢千樹梅開，枕雲清泠。花陰伺蝶，看煞翠交紅竝。依約丹流橘井。正蠹榻、枯禪坐定。泠然白雨吹厓，化作空潭龍影。仙徑。春衣霧潤。記鶴舞經壇，也如人俊。扶歸丫髻，五百洞天新瞑。應是梨雲更穩，那還問、今番風信。呼起玉鏡秦娥，試與畫屏共憑。

又

羅浮睡了，又還見飛來，一峰秋冷。雙成別後，約負彩鸞驂竝。泉涸仙翁舊井。甚樹拂、霞光不定。扶頭醉已千年，夢入斜陽無影。窺徑。雲容玉潤。恐我佛低眉，妒伊嬌俊。濃妝初卸，早是月昏巖瞑。應諗芳盟未穩。誤梅尉、重探春信。商略踐草香蹄，且解繡鞍笑憑。

【校勘記】

〔一〕初印本小序作『陳蘭甫先生登華首臺，得「羅浮睡了」四字。潘老蘭爲足成《雙雙燕》曲，人境廬主人有和作，余酷嗜之。今三十餘年矣，詞已遺忘。偶爾棖觸，聊復繼聲，次梅谿均』。

夜合花 玉簪花〔一〕

淺暈描蛾，幽芳含麝，此花宜伴冬郎。蘭情蕙盼，窺來宋玉東牆。冰綺潔，粉肌凉。問白雲、何處仙鄉。歎胡沙遠，明妃久謫，垂淚成行。　不曾寂守空房。記當時，玳瑁鸞鏡留妝。簾前被酒，釵蟲夢暗無光。朋便盍，態休狂。度壺中、天地春長。最憐今夜，銀屏燭底，蕭鬟評量。

【校勘記】

〔一〕初印本小序作『玉簪花本西洋種，此地獨無。粤東移根到此十年，園林皆滿。士女投贈，非此不可。廳事供數枝，爲賦此解』。

暗　香 故園梅花

古香玉色。正夢痕縹緲，龍沙飛笛。冷卧白雲，不抵衣裳卧花側。驢背馱詩去後，空愁煞、紗窗人隔。甚寄得、驛使孤枝，書素絶魚尺。消息。水惻惻。悵雁到已遲，望極天北。淚綃暗滴。金屋誰還貯嬌識。殘賸南朝粉黛，先謝却、鉛華重飾。漸冉冉、春至也，畫簷笑憶。

疏　影 梅影，石帚均

寒漪映玉。惹啼烟翠羽，池上鷩宿。竚立庭陰，鬢亂釵横，銀蟾正捎窗竹。春風解寫真妃面，却不是、沈香亭北。有對湖、放鶴逋仙，認得縞衣人獨。依舊羅浮色相，鏡鸞那不記，鈿黛凝緑。雪裏孤標，脈脈無言，只怨殘鐙金屋。南樓昨夜曾吹笛，漫濕向、玉闌干曲。待一枝、重返芳魂，繡作畫綃裙幅。

懺盦詞卷二　夢彊集戊辰春

燭影摇紅和彊邨老人『人境廬話舊』均〔一〕

鯨沫黏天，潑雲如墨春空蔽。社鷗飛散不成盟，菱鏡霜絲墜。無故東風剗地。背啼鶯、輕簾揭起。青紅偷换，流夢韶華，新愁重繫。　當日詞仙，引杯閒話殘鐙事。劇憐撾策過西州，又灑羊曇淚。百尺湖樓舊倚。好江山、摩挲劍氣。扶桑刊稿，早定千秋，浮生聊寄。

【校勘記】

〔一〕初印本小序作『人境廬主人，余四十年前海外忘年交也。戊戌，約同赴歐洲，又約東渡扶桑，政變牽率，皆不果行。公歸梅州，閉門著述，成《日本國志》若干卷。貽余書謂曹子桓云：既成老翁，尚未白頭。未幾遽溘朝露，悲夫！讀彊邨老人「人境廬話舊」一曲，凄然和均。感人事今昔之異，不止黄壚之悲已』。

氐州第一〔一〕

花氣篩簾，鐙香月艷，人間夜覺春悄。劍蠹身閒，鸞驂侶舊，塵外掀髯一笑。庭樹酣霜，葉葉漸、新陰成了。莫問東風，池臺醞造，綺愁多少。　繫馬長楸當日道。想鋪滿、王孫芳草。卧笛青山，箋詩白屋，缺髻羅嬌小。數銀壺、更箭轉，關心事、猿孤鶴峭。化蝶莊魂，莽天涯、飛還不到。

【校勘記】

〔一〕初印本小序作『夜不成寐』。

望海潮 美艦士兵紀功碑三十年紀念感賦〔一〕

沙都沈鐵，碑還留石，兵端忍問誰開。劫洗羊紅，濤翻馬白，飛灰恨島長埋。華表峙雲階。笑千秋疑案，幾點殘苔。是是非非，付他遥夜鶴歸來。　鶯花換盡樓臺。只孤峰舊在，喬木新栽。横索斷江，摇旆蔽野，鐃歌拍帶笳哀。吹夢玉簫猜。過鬧鐙十日，猶趁裙釵。冷眼鷗邊斜照，百感酹蒿萊。

【校勘記】

〔一〕初印本小序作『古巴革命軍與西班牙戰，不支。美艦名「緜延」者，巡洋至古巴海岸，爲人炸沈，美、班遂構戰釁。古巴革命功成，美有力焉。古巴人不忘德，因爲艦中士兵殉難者二百餘人建紀功碑，歲時致祭。今年鐙節後十日，爲三十年紀念，舉行慶祝。踵事增華，極一時之盛。顧美艦之沈也，有議美國自炸以圖干涉古巴內亂者，蓋當日艦中員弁，多已登岸，留守衛兵耳。疑竇至今未破。是日觀禮畢，歸撫斯曲』。

賀聖朝 寒食有感〔一〕

瓦鴛不見炊烟碧。日日疑寒食。千門畫鴨，幾家調燕，一般沈寂。　飛花斜柳，依前費力。爲東君裝飾。黃昏時候，漢宮傳燭，都成陳迹。

【校勘記】

〔一〕初印本小序作『寒食夜，憶況舍人云：「車馬殷填，裙屐襍遝中，能有幾人知今夜是寒食耶？」閱天津報載某貴人近況一則，愴然拈此』。

留客住 新居。調見毛氏《宋六十家詞》選《清真集》〔一〕

飛鷗鷺。已濛濛、迴環闌檻，況對千竿修竹，鬧烟疑雨。驀記香留過蝶，冉冉殘影，試問山鬟雲擾，絶似秦宫，忽忽又誰偏賦。　換新主。算點檢園林，春光良苦。鋪翠張紅，日就鶯笙填譜。漫道梅教鶴守，燕依人住。世上何者吾所有，便天地可廬，且任棲去。〔二〕

【校勘記】

〔一〕初印本小序作『西班牙舊友有曠宅，莊嚴綺麗埒王宫，營造費金幣二十餘萬，極園亭之勝，牆邊修竹成林，石臺臨大海，一望無際。願假余居之，重違其意，徙焉并紀以詞。擬清真，見毛氏《宋六十家詞選》』。

〔二〕初印本此詞後有《花心動》：『休問茶烟，怎雕闌、黄昏殢人殘醉。紗逗語香，詩染簾痕，記聽隔花彈指。捲簾收了真珠串，垂一串、還如珠淚。噪鴉外，林聲又唤，怨蟾東起。　莫道魚龍海氣。裝點好樓臺，勝他紅翠。雲影片帆，塔勢清江，過眼百年興廢。浪淘畫鷁笙歌去，淘不散、羌邨燈市。無那也、鉛仙暗流恨水。』

宴清都 送春

午檻花枝亞。紅襟客，杏梁離緒留話。明年此會，知誰尚健，更番游冶。簫聲冷落雲東，歎鏡裏、朱顏易謝。忍遣得、舊稿園林，丹青又裝殘畫。　疎陰雨後斜陽，輕輕送入，前度臺榭。榆錢買醉，驄鞍馱夢，好春難捨。鶯金蝶粉休問，恐散向、飛鴛翠瓦。勸渭城、莫唱何戡〔一〕，妨伊淚下。

【校勘記】

〔一〕『勸』，初印本作『記』。

解蹀躞

片紅點茵似繡，乍礙離人眼。午鐘敲幕、東風起來嬾。纔自撇過闌干，又謝病酒心情，雨巾誰岸。　暗吹散。雲裏將曉春雁。滄波淚痕泫。寶釵鈿合，疏恩早成怨。往事千載悠悠，可憐桃李新陰，到門都晚。

懺盦詞卷三　柳雪集戊辰夏秋冬

摸魚子寓齋修竹〔一〕

翠篔簹、小窗敲徧，隔花環珮疑近。逍遥倦枕閒牀在，争奈西風催緊。眠怎穩。鬧一片、雨淋鈴曲凄清韵。啼禽也哂。道夢裏封侯，先生休矣，垂老更無分。　雲行處，鷗鷺平安莫問〔二〕。籬根萌得新筍。天寒袖薄人誰倚，曾記淚彈銀粉。高不盡。何必向、竿頭百尺還前進。瀟湘畫本。待月轉迴廊，石苔爲紙，揮帚與君論。

【校勘記】

〔一〕初印本小序作『寓齋修竹百竿，夏日益濃翠可喜』。

〔二〕『鷗鷺』，初印本作『沙雁』。

一萼紅四月二十五夜，念京師西苑十刹海荷花盛開，因賦〔一〕

故園思。正蛙堂鼓吹，鳴徹井欄西。涼漏寬宵，殘鐙續夢，荷衩猶掩華池。翠壺載、城根路入，記倚棹、曾唱鶴南飛。舞蓋亭前，顫蟬聲裏，千騎今馳。　兒戲棘門何在，料軍屯細柳，不似當時。收釣看花，呼鬟滌硯，江海人已歸遲〔二〕。繡苔薄、沙禽卧熱，此情問、流水也應知。便得金波蕩愁〔三〕，露又霑衣〔四〕。

【校勘記】

〔一〕初印本小序作『四月二十五夜，池蛙聒耳，因念京師西苑十刹海一帶荷花盛開，游賞已成陳迹。晋軍入駐，南遷之説甚囂塵上。海外消息沈滯，渺兮予懷也』。

〔二〕『已』，初印本作『尚』。

〔三〕『便』，初印本作『但』。

〔四〕『露』，初印本作『漫』。

綠蓋舞風輕〔一〕

一笑水仙王，素韈凌波，飄然步層綺。天樣闌干，鸕鶿飛永日，斷笛猶倚。漫與催妝，髻雲亂、蕢絲難繫〔二〕。乍湖光，月色開奩，都化霜蕊。　窗底。看浴真妃，翠羽辨分明，粉靨風洗。縞袂雙鬟，捧金盤，幾許露珠暈淚。落照沙邊，寸心託、蘋歌偷寄。畫船回，人帶赤城霞氣。

【校勘記】

〔一〕初印本小序作『白蓮花，草窗均』。

〔二〕『蕢絲』，初印本作『蒉絲』。

天仙子 六首〔一〕

日聽采菱歌一曲。胡姬小住臨溪屋。城中姊妹往來頻，裙六幅。車金犢。蹋莎行過鴛鴦浴。

薄暮微涼生袖底。汗香乾透冰綃膩。蜻蜓款款欲依人〔二〕，荷葉背。蒙鷗水。斜陽灌了青山醉。

十二迴廊連曲苑。招招玉手新團扇。迎頭落葉打釵風，愁一綫。并州翦。簷前又墜雙飛燕。過了浣花天氣蕩。悠揚野蝶飛三兩。蘭橈桂棹不曾回，閏月上。眉兒樣。金蟲繡在流蘇帳。

輭沁麴塵初過雨。羅裙濺得新泥土。年年懊惱看荷花，花欲語。人誰訴。無端結子心還苦。宿鳥池邊閒響屧。虛堂不見笙歌月。歸來悄自剔殘缸，消瘦骨。秦絃拂。明朝又送金鞍發。

【校勘記】

〔一〕初印本小序作『邨居即事』。

〔二〕『欲』，初印本作『尚』。

大酺 哥倫布故居放歌，擬清真

帶橘烟幽，川帆迴〔一〕，飛宇題名高矗。隨流青雀舫，正銀笙吹處，釧交釵觸。亂碧禽枝，殘暗蛩唱，叢莽灰黏廊燭。樓前無聊水，斷簾陰一綫，恨緜莎竹。歎留蝶痕輕，弄雯寒淺，故年心目。　才人今古哭。每驚問、誰又河山屬。怎奈向、鸞軿猶渺，鶴軶偏遥，等閒時、宴休金谷。只有滄浪客，腰短笛、幕天孤宿。弔芳躅、杯澆緑。澆罷應醉，沈醉消來棋局。盪眸凍雲似玉。

【校勘記】

〔一〕『迴』，《當代詞綜》作『迥』，誤。

木蘭花慢 孤雁二首

記梁州乍别，渾飄泊、到江湖。甚和雨和風，又和月色，清影還孤。須臾雪泥爪印〔二〕，向玉關、曾白幾頭顱。一點蕭然賸墨，争教寫得成書。　游居。與鹿豕何如。木石漫終疎〔三〕。

正哀柳斜橋〔三〕，寒沙淺瀨，滿目烟蕪。愁呼十年伴侣〔四〕，帶暮雲、排陣落荒都。却笑往來避繳，不辭辛苦銜蘆〔五〕。

鎖逍遥海上，輕拋却、稻粱謀。算野曠烟低，帆飛日落，無數滄洲。城頭笛聲又起〔六〕，念那人、猶倚舊妝樓。欲寄相思隻字，誰憐枉度殘秋。江州。楓葉荻花稠。衫淚底難收。想身世微塵，蟲沙浩劫，此意悠悠。汀鷗幾曾是伴〔七〕，覓故巢、寧認漢時溝〔八〕。一水蒹葭宛在，吾廬天地長留。

【校勘記】

〔一〕『須臾』，初印本作『平生』。

〔二〕『漫終疎』，初印本作『正相須』。

〔三〕『正』，初印本作『況』。

〔四〕『呼』，初印本作『看』。

〔五〕『不』，初印本作『難』。

〔六〕『城頭』，初印本作『凄然』。

〔七〕『汀鷗幾曾是伴』，初印本作『珍叢翠禽再見』。

〔八〕『覓』，初印本作『料』。『寧』，初印本作『還』。

月下笛〔一〕

籟寂青林，霜天破煗，篆留殘炷。鐙唇似語。笛聲招唳鴻妒。還疑人、在梨花院，舊時月、溶溶照處。正疎陰沁夢〔二〕，凉痕如水，暗裏飛度。　無據。愁寧貯〔三〕。問此曲誰曾，鷓鴣傳譜。零腔斷拍，狗兒吹已成句。年涯尋到銷魂地，鬧鄰飲、烏孫醉去。漫將恨，遠引行雲起户。又喧雨。

【校勘記】

〔一〕初印本小序作『寒夜，笛聲起林木間，詢知吹者爲黑種人。細聽之，殆粤調也，爲詫歎久之』。

〔二〕『沁』，初印本作『繞』。

〔三〕『寧』，初印本作『還』。

臨江仙 擬稼軒

莫問成連東海去，抱琴幾度蟾圓。我來島國又經年。白鷗同住久，玩月也無眠。　不識金銀真有氣，長疑燭散青烟。喁喁私語醮冰絃。夜潮愁一綫，訴上畫闌邊。

轉應曲三首

鸚鵡，鸚鵡。調舌簾前誰語。天寒商略温存。擁髻圍鑪麗人。人麗，人麗。一樣玉籠身世。

明鏡，明鏡。雲鬢幾番留影。池冰結得清圓。玉勒青絲面前。前面，前面。風撲柳花如霰。

清酒，清酒。不必樽中常有。杖頭日挂千錢。近市黄壚醉眠。眠醉，眠醉。星斗滿天飛墜。

懺盦詞卷四　嘯海集己巳

過秦樓和片玉〔一〕

紫勒飛騮，玉釵分燕。久別素書都斷。支頤對鏡，蘸額憑梅，怕檢舞裙歌扇。無那又是晚來，銀鹿心頭，急弦催箭。正虛廊月上，愁絲千縷，鳳沈簫遠。　教象尺、帶結量腰，絨針穿孔，彩絹淚痕重染。蚪籤度幕，螢穗昏鐙，密意未妨終變。渾恐因循，洞中人面依稀，桃花嬌倩。但劉郎再到，容易淒霜鬢點。

【校勘記】

〔一〕初印本小序作『别情和片玉』。

霜花腴　和夢窗

怨眉恨額，沁素霜，殘年換戴緇冠。羌調吹晴，鳩音啼雨〔一〕，東風忍俊都難。帶圍舊寬。瘦沈腰，甯獨鐙前。算閒牀〔二〕，伴得窗娥，熨肌應歎薦猶寒〔三〕。莊蝶夢邊休舞，早千金不擲，扇底歌蟬。吟席鷗推，行厨詩膾，雁賓捧出雲牋。甚煩畫船。又載來、丫髻人娟。待濃春、點就螺鬟〔四〕，駐橈江上看。

【校勘記】

〔一〕『鳩』，初印本作『⿰石鳥』。

〔二〕『算』，初印本作『但』。

〔三〕『應』，初印本作『偏』。

〔四〕『待』，初印本作『乍』。

一斛珠

脂侵粉掠。臉霞漸比夭桃薄。巫山除是雲遮却。花底逢人，一綫羞紅覺。

歌顰那仗閒愁博。笑聲偷向鐙帷落。沈腰子細思量著。回月虛廊，瘦影松陰鶴。

荷葉杯 擬韋莊

燭影捎簾釵落。人覺。花底又重來。月光如水浸鴛苔。薄暈上香顋。

歌罷那回行酒。雙袖。臨别淚千絲，緑窗殘夢漏聲稀，郎馬去猶遲。

蝴蝶兒 擬張泌

蝴蝶兒。草烟霏。莊生初入夢魂時。夢回花滿枝。

翻盡黃金縷。佳人妒舞衣。鞦韆牆上撲還飛。扇羅教放低。

減字木蘭花 過派克湖上

雁汀春暮。過客支筇頭似鷺。笑語西風。亭上開花不許紅。　赤欄橋倚。看煞黄昏鐙火市。帆影飛來。横海將軍舊有臺。

唐多令〔一〕

篆炷睡前添，鐙花夢後占。到晨來、喜鵲喧簷。只恨整妝明鏡裏，愁不掃，兩眉尖。　底事〔二〕引微嫌，鴛針總怕拈。侍兒也、小病懨懨。除是玉籠鸚鵡叫，渾嬾去，捲珠簾。

【校勘記】

〔一〕初印本小序作『閨情』。

〔二〕『底事』，初印本作『偏又』。

前調

烟水正迢迢，春歸趁畫橈。好斜陽、攔向虹橋。知道倚樓人未老，和小住、聽吹簫。燕子也魂銷，簾花帶雨澆。最桐陰、門巷無聊。載酒欲尋蟬唱去，渾輸與，晚鶯嬌。

定風波

自送春歸燕倍親，飛來簾底故依人。天際夕陽鴉上陣，休問，十年華髮嶺頭雲。到枕邊聲猶料峭，填胸史事半酸辛。蝴蝶暗猜花未穩，香近，輕輕瞞過鬧蜂聞。

鷰山溪

眉梢眼底，冉冉春歸恨。梁畫黯歌塵，早泥香，飄零燕吻。思量半晌，索性莫思量，風漸引。清和近。雨影添花暈。彈來瑶軫，解得瞋嬌愠。淡泊過朝昏，石榴裙、紅綃眠損。蟬聲一夢，柳下碧陰涼、迴雁陣。都休問，夫壻封侯訊。

八節長歡四月八日蕭齋坐雨〔一〕

風午蟬鳴，灑黄梅雨，細響簾晶。雲容三寶相，湖翠兩眉稜。佳辰删了便忘却，灌佛頭、湯又蘭馨。且把襟塵袖垢，淘洗清瑩。　山荒未必無僧。牽世網、除歸墨怎逃名。垂老感飄零。拚白首、皈依暗問傳鐙。天花艷，渾恐被、一霎留情。酣來態、狂奴非故，西鄰軋上哀箏。

【校勘記】

〔一〕初印本小序作『蕭齋坐雨，檢曆書，知爲四月八日。記賦《繞佛閣》詞，忽忽一年矣』。

鶯啼序古巴總統蟬聯就任，是夕國宴，用夢窗『豐樂樓』均紀之〔一〕

泱泱大風表海，從藍天曳綺。向螭楝、引起飛雲，瑞鰐狂舞波際。驟日午、銅笳放熌，吹開鏡裏瑶顔霽。擁六州元首〔二〕，香飄萬卉車隧。　温玉崇階，軟幔廣坐，背笙屏乍倚。馬聲近、叠叠人山，雪毛遥颸冠翠。衒軍容、金麾畫纛。鬟蟬沁、釵光如水。俯層闌，染眼鶯花，紺塵何世。仙鳬履舄，上國賓僚，頌獻奂輪美。誰省記、初闢鴻昧，問鬱鯨手，仗劍何年，怯談前事〔三〕。樓臺形勝，川原改換，沈戈銷戟通文軌。賴丹青、粉飾炎荒地。高瞻遠矚，雄圖聳立新基，繡旗顯分纖緯。鐃歌鬧夕，警蹕清塵，正輦迴户遲。勸旨酒、琉璃杯盞，鼎俎錯珍，扇映氍毹，麗鬟十二。奩鸞笑臉，檀蛾羞黛，玄宗休聽宫女道，淚痕雙、沾繡羅衣袂〔四〕。白頭早苦低垂，蠹墨題詩，謝娘舊里。〔五〕

【校勘記】

〔一〕初印本小序作『賀古巴總統在新建國會行蟬聯就任禮。是夕，赴國宴，用夢窗《豐樂樓》均紀之』。

〔二〕初印本自注：『古巴分省爲六。』

〔三〕『怯談前事』，初印本作『莫談前事』并自注：『謂哥侖布。』

〔四〕『繡』，初印本作『透』。

〔五〕初印本自注：『古巴脱西班牙羈軛三十年，庫藏充實。邇者蔗糖爲美利堅箝制，菸業受歐戰掊擊，負債漸重，顧猶縻帑千四百萬金幣建築國會，議者以爲過也。古巴總統近又傾心以事西班牙，訂協定條約，豈未忘舊君歟？抑别有作用？弗可解已。懺盦附注。』初印本此詞後有《三部樂·展堂題梁節厂詩集有「落花飛絮尋詩處，明月清風送客時」句，隱括其意爲詞》：『真箇詩仙，占罨畫水堂，對峰如滴。峭闌聊倚，得共閒鷗分席。雨簾外、聞木樨香，註梵經蠹卷，且休吹笛。絮飛欲寫，淚迸落花飄墨。　黃公故壚在否，酹酒杯試灑，暮山秋色。記掀美髯一笑，終成頭白。武昌魚、早都厭食。廊月暗、南園謝客。簫韵怕續，西州路、扉薜捫碧。』

惜秋華

萬縷柔情，委新詞半篋，西風縈恨。冷照下樓，江鐙亂星搖蜃。青娥怕見殘秋，況鏡裏、凝塵頹鬢。當年瘞花銘草入，雲鴻高陣。　歸計向誰問。歎招潛把菊，芳期難準。劍氣指、牛斗看，釃杯慵引。休憑鬬鴨闌干，早壯懷，斷簫吹盡。無分。恁纍纍〔一〕，佩黃金印。

【校勘記】

〔一〕『恁』，初印本作『甚』。

齊天樂 杜鵑花〔一〕

不聞催喚人歸去，籬花底名鵑也。暗裏銷紅，頹然賸緑，裝綴無聊殘畫。斜暉已挂。正橋月天津，相南占罷。翦雨窗鐙，夢痕孤劍十年話。　蓬瀛三島舊住，仙雲藏翠閣，猩暈鴛瓦。

兩地欣逢，經時愁別，一例歌陶琴寫。憑將恨卸。漫醮入枝頭〔二〕，淚珠盈把。見説蠶叢，頓教行路怕。

【校勘記】

〔一〕初印本小序作『杜鵑花東洋最盛，此間寓園籬落皆滿，雖冬未著花，除代日别之，不可無詞』。

〔二〕『醮』，初印本作『蘸』。

暗　香 和石帚

滿庭雪色。對雁天冷淡，殘鐙飄笛。小損額黄，莫遣宫鈿鬢邊摘。前度懷春嫁了，新眉入、逋仙閒筆。最羡煞，十里鷗波，分占一湖席。　傾國。正寂寂。甚破蕾故遲，蘚屐蒼積。暗蛩自泣。寒蝶重回漫相憶。扶起羅浮夢舊，飛雨濕、千巖雲碧。有冉冉，姑射影，澗龍覷得。

喜遷鶯 夜聽阿根廷人弄樂器

金箏彈裂。問雁足那絃，增人凄切。乍按商聲，忽傳宫譜，似燕又和鶯説。趣在箇中誰會，怪底當前無物。只繞處，認梁塵飛落，迴波曾折。　還怯。長記取，但與耳謀，聞奏鈞天迭。遲暮看花，閒眠消酒，聾宋伭教驚聒〔一〕。便憑唾壺擊碎，難覓行雲彌缺。迷倦眼，幾歌場歡笑，華鐙明滅。

【校勘記】

〔一〕『驚』，初印本作『警』。

懺盦詞卷五　拜夢盦集庚午春

塞垣春歲旦小雨，和夢窗

曉幕喧城箢。驟雨破、銅衢熌。銘椒不頌，勝旛無綵，簧嬾鶯囀〔一〕。洗客襟、且酌葡萄琖。只莫問、鐙光短。聽新晴、簷鳩喚，一簾烟景春遠。　何處繡鵷泥，記黏絮鋪花，紅濺苔岸。老覺鬢絲繁，歎身更如燕。算飄流瀚海，還是雕梁，舊巢痕、忽教見。雲濕又依岫，謝娘啼妝淺。

【校勘記】

〔一〕『簧嬾鶯囀』，初印本作『寅但杓轉』。

聲聲慢

困花增媚，偃草含嬌，簾雲弄日初晴。袖手杯旁開軒，笑揖山青。西郊罕逢柳眼，語黄鸝、長欠丁甯。算依舊，有陽春郢曲，和怎成聲〔一〕。　無那玉關殘笛，乍鄰人吹起，撩故園情。霜雁來遲，鏡天窺鬢零星。東風忍猶費力，綺羅塵、飛滿閒庭。蘸詩影，翠微烟、鴛蘚又生。

【校勘記】

〔一〕『怎』，初印本作『那』。

絳都春 玫瑰花〔一〕

風欺露井。染塵紺怨入，霓裳仙咏。繡閣麗姝，簪押秦鬟香雲凝。彤屏歡夕華鐙影。幻海鶴、千年丹頂〔二〕。綺羅叢裏，趨鳧乍過，笑鴛初迎。　端正。庭蟾漫又，半奩鬭、漢額宮彎新整。暈粉臉圓，薰麝肌豐，當時省。猩林嘶騎重來徑。幾貰酒、雕闌親憑。可曾商略嬌扶，醉歸酩酊。

【校勘記】

〔一〕初印本小序作『玫瑰花大如盌，土人呼爲美洲之美人，因賦』。

〔二〕『幻』，初印本作『占』。

玉京謠梅蘭芳以演虞姬、玉環、天女得名，航海獻藝於美國紐約城，拈夢窗自製腔賦寄〔一〕

鷁彩霓仙擁，破浪如飛，縹緲歌雲起。袖裏蠻春，壺天閒步層綺。暈翠黛、橫掃腥巖，問一笑、褰簾誰解。釵光底。鶯簧數曲，羊裙書字。　銅琶漫語江東，早有虞姬，正帕羅拭淚。宮燭雙挑〔二〕，華清恩宴初賜。上界迷，花雨繽紛，枉鏡海、玉娥偷睇。渾不抵、妝改幾回時世。〔三〕

【校勘記】

〔一〕初印本小序作『梅郎航海演劇於美國紐約城，傾動一時，拈夢窗自製腔賦寄』。

〔二〕『渾不抵』，初印本作『都不辨』。

〔三〕初印本自注：『報載梅連日演《霸王別虞姬》《貴妃醉酒》《天女散花》諸劇。』

珍珠簾 春分

薄寒乍向簾衣款。瓊壺倒，費煞閒眠消嬾。殘夢落紅天，已減春成半。柳染桃熏都過了，甚綺閣、吟梅人怨〔一〕。還算。有嬌鶯更解，一曲相勸。無故笛脆簫柔，惹東風來住，鞦韆庭院。賣杏隔明朝，問幾家留燕。兩點妝蛾臨寶鏡，便暈開、新痕猶淺。誰遣。又蝶外流光，忽忽催轉。〔二〕

【校勘記】

〔一〕『甚』，初印本作『尚』。

〔二〕初印本此詞後有《永遇樂·三月朔日，譜依竹山》：『黏蝶紅牆，殢驄青陌，雲正行處。媚水回眸，秀巒覼面，春已留人住。葱盤奩甕，蝦罾魚艇，舊訂鷺盟猶誤。何須問，將歸燕子，妒花者番風雨。

韶華一瞬，輕彈僵指，錦瑟繁絃澀柱。絡緯鐙前，鞦韆索畔，芳恨添幾許。茫茫誰授，斑斕才管，寫盡黯然南浦。堪憔悴，江關庾信，暮年又賦。（《戊辰和稼軒此調》云：『記得當時，洞簫吹過，花底嗚鑣路。幾回猶聽，隔船蠻女，學打青腰小鼓。從渠問，人間尚有，《廣陵散》否？』節録於此。）』

瑞龍吟春感，次夢窗均〔一〕

映歌袖。長是斷岸仍橋，畫堤未柳。黄昏吹角晴陰，女牆放了，南州豆蔻。點茵繡。一片翠雲江上，半妝螺岫。晶簾咫尺鷗天，漲痕平占，菱菰萬畝。遥念鶩湖家在，笥鞵塹路，玉肩罌酒。紅出寺棉浮屠，高與枝驟。棲禪地僻，苔磴蚪紋皺。玄經展、蟬蛹細看，花深鐙漏。澗底尋碑籀。想猊鼎裊，沈檀炷舊。佛偈消香口。空换與，琵琶胡塵緇後。亞闌按曲，西風彈瘦。

【校勘記】

〔一〕初印本小序作『春感，有懷吾鄉小西湖，次夢窗送梅津均』。

繞佛閣

艷春未了，紅翠滿郭，雲擁山勢。禽引池睇。旅愁漫遣、筵開坐花醉。淚鉛酒洗。懷遠又阻，衣帶間水。俊游須記。閬風不管，成蹊自桃李。秉燭夜呵壁，細審苔紋新蘸字。猶笑蠹魚、千年攢故紙。暗寶髻金蟲，遑問珠履。亂鶯呼起。驟雨過溪橋，梅老青子。鬧光陰、度簫如沸。

金縷歌 賦寄半櫻詞人林鐵僧

策蹇西湖上。挂詩瓢、兒童笑煞，嬾殘和尚。只道此僧真是鐵，那識孤山近況。又冷艷、梅花偎傍。荒島好春尋不到，倩玉簫、吹夢雲東向。聆午磬，動清響。　雞林有賈曾欣賞。舞筵間、紅添醉葉，館娃低唱。半折町櫻移栽後，剗地風光瀏亮。料鶯燕、知人無恙。雪夜扁舟歸日事，認桐陰、門掩深深巷。談興發，抵吟掌。

如夢令 三首

蝴蝶未穿花去，飛向繡簾高處。一嗅髻雲香，釵上玉蟲應妒。回顧。回顧。眉眼那人曾許。

燕子畫梁間語，多少舊情難訴。前是月和花，今却是風和雨。何去。何去。從我水西涯住。

鸞管鳳絃無數，不抵脆鶯啼樹。從此謝笙簫，攜酒且聽鶯去。吾與。吾與。門外玉虬人語。

換巢鸞鳳 張銘之量移智利國〔一〕，歌以送之

殘客遲歸，怎雲鴻送遠〔二〕，也自歸遲。半肩琴與劍，滿篋淚和詩。荆州王粲久相依。見鶯燕都、樓前亂飛。宵還夢，畫就了、黛眉窗倚。　塵起。風靡靡。吹盡岸花，閒付魚龍戲。礴笛牙檣，濺潮茸帽，人在沙鷗天地。呼海同觀玉芝圖，泛槎遥叩星官事。傾餘杯，又南溟、十萬山翠。

【校勘記】

〔一〕『張銘之』，初印本作『張隨員銘之』。

〔二〕『怎』，十二卷本作『甚』。

虞美人 三月十六夜對月，四鼓後小雨，漫成

舊時簾底纖纖月。惆悵銅華闕。倚闌今夜看嬋娟。三五盈盈依約破瓜年。　枕函睡損紅妝薄。酒帶些兒惡。雨聲還又到芭蕉。明日落花門巷太無聊。

鳳啣杯

心事將花都瞞了。恁還肯、向旁人道。便百計消愁，怕愁消更無懷抱。拚是剩些愁好。　斷雲橫、孤烟裊。逐笙船、弄波鷗小。占風月一江，半江分作奚囊料。半分付、丹青稿。

懺盦詞卷六　讀山海經集庚午夏秋

倒犯和夢窗〔一〕

醉眼、看江山畫圖，暝痕何許。高樓過雨。嬋娟素影孤烟阻。簫聲裏，有人鬧飛觴、呼傳羽。我願就青門，學種瓜成圃。甚黄金、買歌縷。　林籟龍吟，冷上鐙唇，風來穿繡户。卧處沁亂碧，夢驚覺，雲一塢。想佩玉、乘鸞侣。藕花深、凌波輕展步。漫老却南湖，歸更依鷗住。浪蘋雙鬟舞〔二〕。

【校勘記】

〔一〕初印本小序作「解使篆半載，淹滯未歸。長夏借宅江鄉，極湖山歌舞之盛。夕雨乍歇，酒後登樓，和夢窗」。

〔二〕「雙」，初印本作「霜」。

秋　霽 次均梅谿〔一〕

江雁蕭蕭，帶斷綺殘霞，淺畫秋色。恨入峰眉，困含波眼，鬧蟬正疲歌力。韵梧未息。近牆壁破苔殘碧。似去國。無那、賦情黏鬢老催客。　曾是夢裏，咫尺雲山，鯉魚風吹，鄉訊猶寂。布帆輕、書裝待壓，掀天塵起鷺迷白。何處釣艎渾繫得。只蜃樓暝，還又莽莽人烟，大星垂野，迅郵飛驛。

【校勘記】

〔一〕初印本小序作『張翰秋風起思蓴羹鱸膾之美。久滯海邦，不覺情之同也。次均梅谿』。

醉蓬萊 客自美西來，云梅郎演劇畢歸國，瀕行，某大學贈以博士學位，爲欷歔久之〔一〕

一聲河滿淚，灑夢鐙前，塞鴻能道。流落新亭，歎人才江表。彩筆書裙，勝花簪鬢，冷謝郎閒抱。嚇鼠文章，翻鴉事影，匏樽空倒。　最念簫鄰，舞梅身世，障隔銀紗，珮拖瑶草。蟬翼峩冠，襯鏤金衣好。太息窮年，案螢曾守，幾蠹枯芸槁。院燭分蓮，詩催宮點，雙鬢誰報。

【校勘記】

〔一〕初印本小序作『客自美西來，爲言梅郎演劇畢歸國，瀕行，某大學贈以博士學位，欷歔久之』。

念奴嬌 秋心油然，讀稼軒詞，觸所好，率擬一解

淵明歸未，問伊家、三徑猶存松菊。門外柳都腰恥折，管甚纖圍消玉。吊影山河，傷心風雨，且展離騷讀。人之佳者，乃能遺世而獨。　堪笑捫蝨雄談，當年王猛，真箇收殘局。今已滿盤淆黑白，旁立虬髯瞪目。誰是車螳，誰爲蟬雀，誰又爲鴻鵠。滔滔天下，只知秦失其鹿。

法曲獻仙音 三十年前作粤謳，有人採入詩話。嗣在京師偶有所作〔二〕，柳溪、瘿公、季裴、瑑青、公睦輒擊節，慫恿付剞劂，重違其意。既而悔之，顔園曰『懺綺』，良有以也。顧餘綺未懺，習爲倚聲，則冥冥中有若驅策之者。凉秋鐙夕，百感棖觸，吾欲無言得乎

月押簾低，酒消衾薄，夜色催殘風檠。短髮疎簪，敗苔休屐，闌干自温花影。便已到招提境，還愁衆生病。　乍深省。記臨江、珮環初解，龍女去、塵事比秋更冷。洗恨玉壺冰，忍重

看、漪皺蘋鏡。舊日彈詞，宵孃歌、銀淚簫迸。甚凄蛩咽雨，又惹隔窗人聽。

【校勘記】

〔一〕『偶有所作』，初印本作『偶作』。

賀新郎 次稼軒均〔一〕

忍對西風説。漸人間、笙歌夢裏，换裘拋葛。秋遠中原迷落雁，雲擁寒天欲雪。渺一綫、吴山如髮。負壑舟藏今不見，恐巨靈、擘破千江月。杯擲去、勸彈瑟。　漫教折柳輕傷别。看横刀、橋頭斷水，漸還冰合借韵。記否吹笳城邊路，沕穆腥塵沁骨。恨無故、當年裾絶。淚鑄黄金都知錯，又瞢瞢、錯鑄神州鐵。南共北、正分裂。

【校勘記】

〔一〕初印本小序作『稼軒詞：「起望衣冠神州路，白日銷殘戰骨。歎夷甫、諸人清絶。夜半狂歌悲風起，聽錚錚、陣馬簷間鐵。南共北，正分裂。」古今事如出一轍，黯然和均，即用原句作收。彊邨老人云：「天涯别有憑闌意，除是杜鵑能道。」蹈襲云乎哉』。

新雁過妝樓中秋，次均君特〔一〕

島嶼荒寒。清輝共、秋宵賦就年年。度花一片，疑是桂殿鳴環。玉籟飛聲來雁後，璇樞倒影畫筵間。醉難眠，露蛩占得，冰腕闌干。誰教涼鷗也覺，怕水樓噴笛，喚下嬋娟。望中劍氣，銀浪不洗蜺天。浮槎海宮看舞，記曲節、驚波釵墜鬟。銅華滿、賸斷愁痕在〔二〕，人馭青鸞〔三〕。

【校勘記】

〔一〕初印本小序作『夢窗賦中秋之作，集中凡五見。余島居，四度中秋，每輒賦一詞。今夕讌客江樓酒酣見月，益不自支，次均君特』。

〔二〕『賸斷愁痕在』，初印本作『賸有愁根在』。

〔三〕『人』，初印本作『娥』。

惜黄花慢 白菊花，夢窗均

霧縠輕裳。向畫闌省識，竚立真娘。未傳心素，已憐影瘦，夕樓雁過，書斷衡陽。怨秋那怨秋色淡，最堪稱、梳内家妝。宴水鄉。麗霞漾錦，休蘸流觴。　雲英杵玉多霜。擣露珠灑徧，嫣紫嬌黄。賀湖歸老〔二〕，散來鏡髮，陶籬送酌，貼近衣香。嫩枝不上衰年帽，滿頭怕、簪處生凉。盪寸腸，冷簫坐月吹狂。

【校勘記】

〔一〕『歸老』，初印本作『歸隱』。

送入我門來 曩居東京，每歲宫内省菊花會，數百種燦然陳列，歌舞盛一時。南竄荒陬，前塵如隔世矣。客有餽盆菊者，室人取苗植園中殆徧。忽忽重九，述得此解

池影金浮，籬痕翠掩，重陽蹀躞天涯。噪晚林鴉，去遠復飛來。先生邨裏沽尊酒，已費煞牀頭謀玉釵。乍歡夕，甚又籠鐙照得，雲鬢奩猜。　衰帽茱萸怕上，誰猶帶霜折贈，蕊正黄開。

傍竹鋤畦，纖手試移栽。宅無五畝同桑種，問車鹿何年駕老萊？記東風舊逐，屧廊千笑，密數花牌。

朝中措

潮聲剛趁碧烟平。天老月生稜。過雨簷花寒落，涵霜雁陣秋橫。消磨世態，十年長劍，千佛名經。斷夢歸樓殘點，稀星隔水初鐙。

懺盦詞卷七　知稼集庚午冬

江城梅花引〔一〕

宵來風雨送殘秋。徹江樓。滿香溝。蠟淚不收。玉結小盤虯。鐵馬簷聲和恨洩，澀鷄籌。珠簾曉，怕上鈎。淺杯醉覺尚扶頭。宦情休。簪乍抽。片帆遠影，去鴻渺、早落滄洲。壺裏天穿，歸夢水悠悠。翠笛圍歌今老矣，倦雲游。室如斗、隘九州。

【校勘記】

〔一〕初印本小序作『十月朔夕風雨達旦』。

點絳唇 二首

一晌心情，思量半晌都無著。霜紅飄落。滿地燕支薄。鎖日啾啁，簷鬧争枝雀。新來覺。酒懷偏惡，消瘦渾如昨。

九折迴腸，彎環一水東流似。并刀犀利。不翦愁邊水。水自東流，舟趁東流未。孤篷繫。十年身世，轉柁風波裏。

探芳信 和夢窗

漸吹瘦。問暮雲城邊，笳聲知否。正畫羅裙遠，無人勸杯酒。夢花寒落空潭底，獨客傷高後。又稜稜、野水舟横，荒鷄潮候。霜蘚淡鴛繡。早倦旅光陰，棋消閒晝。憶得瓊筵，箋曲記紅豆。淚綃不短英雄氣，那得桓温柳〔一〕，帶愁痕、幾縷烟鬟彈岫。

【校勘記】

〔一〕『那得』，初印本作『只惜』。

金錢子〔一〕

信宿雲鴻，滯去程催放，嶺梅寒萼。壘塊仗杯澆，須還我、生平此中邱壑。箭飛鷺外帆輕，恨歸心無着。剛褪了、林衣縞壺天地，舊情霜薄。猿鶴。故山約。豪竹減、哀絲漸冷落。吟魂古愁喚起，孤檠對，風籤弄影索索。熨衾篆鼎香銷，早檀灰應覺。閒身好、無那水釣烟鋤，總費商略。

【校勘記】

〔一〕初印本小序作『譜依夢窗吴城賞桂詞』。

霓裳中序第一 鄰家秋海棠冬日初花，過牆一枝，嫣然似人

牆窺杏靨窄。宋玉東鄰先嫁畢。天外一花乍坼。正寒翅低飛，枝頭慵覓。纖眉淺額。襯翠鈿、顋粉凝白。相逢笑，不須避却，半面似曾識。愁客。子雲無宅。但到處、闌干醉拍。珠塵吟袖漲得。故榭妝梅，遠阻攜屐。麝塵流夢入。晝炬照、年時麗質。松陵路，吹簫曲罷，坐

我小紅側。

一寸金

吹箖荒城，幾樹鴉藏又寒落。甚鏡空奩玉，愁塵乍斂，書沈牋素，別情猶託。叙燕排雲約。羅扇疏、故恩漸薄。年年瘦，略似東陽、見盡腰圍損犀角。　垂暮閒吟，樽前多事，臨風想珠箔。歎汎紅無語，一江鷗鷺，夕暉已接，千家樓閣。生計漁梁在，輸田買、茂陵負郭。歸來認，舊日人民，慰藉丁令鶴。

玉蝴蝶〔一〕

塔遠風摇鐙淡〔二〕，夢痕斷角，依枕吹冰。瑟鼓鮫絲，今夜定有湘靈。九州小、鬢餘霜白〔三〕，一雁勁、烟帶峰青〔四〕。漫行星。繞闌貪看，棋賸殘枰。　江陵。須將舊事〔五〕，付潮載去，那問楊瓊？伴蝶裙邊，好花修得是前生。甚缺處、尚愁簾月，更醉來、閒數簷鈴〔六〕。雨還晴。颶凫天氣，猜上蘋汀。

【校勘記】

〔一〕初印本小序作『江樓夜感』。

〔二〕『淡』，初印作『小』。

〔三〕『小』，初印本作『後』。

〔四〕『勁』，初印本作『外』。

〔五〕『須將』，初印本作『都將』。

〔六〕『更』，初印本作『試』。

漁家傲 二首

一桁小鈎簾放下。輕顰淺笑人如畫。記得玉梅妝故樹。花艷冶。丰姿那似人瀟灑。直到更殘釵始卸。憑伊卜就歸期卦。夢穩雨歡重見也。來歲夜。簫聲弄月薔薇架。

倦繡已妨茶破睡。汲泉撥火還呼婢。玉盌品來消宿醉。人不寐。勝教酒病懨懨地。細爇熏鑪烘素指。冰絃澀盡須重理。莫恨雁書無一字。金鵲尾。瑞烟篆出相思意。〔一〕

【校勘記】

〔一〕初印本此詞下有《雙雙燕・友見余丁卯所作此曲，因鈔示公度舊詞，欣然如逢三十年前故人。詞爲和潘老蘭與夫人有偕隱羅浮之約而作，循誦數四，依均再賸一解》：『羅浮睡了，便擬叱金虵，山靈鞭醒。潭花妝靚，半浸簪痕玉冷。曲唱屯田泉井。誰更覓飛瓊舞鬟。待看合十開巖，都向衆生摩頂。村徑。梅招未隱。任雙蝶騎來，盟香先穩。濃雲似雨，怕又林昏鴉暝。眉照古天秦鏡。莫畫得、霜娥瘦影。記人間世結廬，早闢千年詩境。』附録原詞：『羅浮睡了，試召鶴呼龍，憑誰喚醒。塵封丹竈，賸有星殘月冷。欲問移家仙井。何處覓風鬟霧鬢。祇應獨立蒼茫，高唱萬峰峰頂。荒徑。蓬蒿半隱。幸空谷無人，棲身應穩。危樓倚遍，看到雲昏花暝。回首海波如鏡。忽露出、飛來舊影。又愁風雨合離，化作他人仙境。』

六醜

乍天寒念遠，綺閣正、千嬌妝額。帶寬舊圍，何郎羞賦筆。靨粉凋色。待寫無題寄，雁牋猶渺，殢暗塵飛陌。登臨自古傷詞客。草木山河，衣冠第宅。蘭成暮年蕭瑟。問歌雲一縷，誰和吹笛。簷暉漸入。恨花枝影隔。袖染闌干淚，晞未得。羣鷗住久人暱。笑忘機海上，雪仍頭白。妖鬟舞、鳳笙喧夕。不應判、薄絮心情，總付汎紅潮汐。良辰透、釵股消息。任醉了、又著殘鐙下，西風夢役。

浪淘沙漫

遠吹動、飛鴉樹杪，聚雁橋側。帆葉欹烟自碧。溪痕過雨乍白。漸落照頽城催暮色。酹壺酒、不慰孤寂。歎眼底、微塵渺如許，天和地寬窄。殘客。水濱漫問消息。點鏡檻風花，隨潮去、看看流正急。空只笑游魚，銀浪翻得。蓼邊趁席。尋舊盟，聊對翁鳧長揖。填海今都無青翼。誰還記、女媧煉石。黍宮杳、人猶歌怨抑。怕鐙夢、又入銅駝，卧冷月。沙堤四望愁荆棘。

月當廳 鐙下檢梅谿詞，依譜填此

玉液滿注琉璃琖，當筵照影，塵鬢成絲。笑倩好花，還插莫厭衰遲。年少練裙污字，漸羊曇、冷淚付雲飛。倚樓問，書空斜雁，又爲誰題。韶華去住渾無迹，甚區區、曲闌青換紅移。一晌雨晴，閒費嫩葉禁持。猶記綺鄰放梅早，鬧蜂喧過隔窗枝。争得似，今宵句，就没箇人知。

柳梢青 六十六初度，依稼軒例，作《八難辭》〔一〕

説壽身難。喬松瑞鶴，斯又何難？非述作難。一編壽世，揚子知難。瓿之覆也傳難。牛汗棟、充兮故難。山倒玉難。人猶是醉，我便醒難。

【校勘記】

〔一〕初印本小序作『周竹坡言「世固未有自作生日詞者，蓋自竹坡老人始也」云云。陳同甫有《垂絲釣》一首，《劉後村集》稱自壽詞，凡三見。稼軒壬戌歲生日書懷，有《臨江仙》一首，惟《八難辭》則作於生日前兩日，非生日詞也。小寒日，爲余六十六初度。十六日，依稼軒例，亦作《八難》以自況焉』。

三姝媚 十二月十八日立辛未春，夜過派克湖感賦

麴塵波影外。記青驄教人，錦障泥解。故國千林，漸笑聲偷换，燕鶯無賴。皓首韋郎，空眷念、玉簫難再。歲近天寒，鐙夜誰招，好春同載。臘鼓辛盤都改。只戍角西風，皂貂裘在。

冷落池臺，問水流花放，幾番朝代。畫鷁飛來，却又道、將軍橫海。未見如雲旛勝，釵蟲髻賽。

八　歸歲除前一夕，鄰家看水仙〔一〕

笙吹髻散，雲侵裳冷，塵影素韈曾滌。仙山幾度滄桑變，誰念蕊珠宫裏，又彩鸞謫。歲晚賣花門巷過，已不見、嚬眉蛾窄。便賺得、簾底回春，説與燕還嫉。偏是西鄰解事，培瓷盎〔二〕，似遺芳辰孤寂。玉徽彈月，粉綃黏淚，漫擬當時傾國。怕風沙萬里，染作王嬙畫圖色〔三〕。争如展、翠微江步，貼水蓮纖，鴛波淩寸碧。

【校勘記】

〔一〕初印本小序作『嚮吾國人居海外，殘臘輒沿街設肆售花。改朔後，此風未除。今年國内厲禁祝舊曆年節，花肆闃然，水仙不可得矣。偶過西友家，見几間一二枝含蕾半吐，香氣襲人，夷然感賦，譜依梅谿』。

〔二〕『培瓷盎』，依律闕一字，初印本、十二卷本皆闕。

〔三〕『染』，初印本作『沁』。

玉漏遲〔一〕

暈鐙紅一點。檀烟繡箔，玉霜雕簹。漉酒烏巾，猶伴故年書劍。萬里江山勝處，問臺榭、幾回春占。憑省念。素梅圖好，又消寒染。　尚未小築團焦，笑范蠡魚經，怎收鉛槧。續曲絲闌，過眼鶯花雲淡。門外碧陰似水，算嬌柳、藏鴉偏欠。妝弄艷。娥天半鈎銀閃。

【校勘記】

〔一〕初印本小序作『歲除前一夕偶成』。

鳳池吟 除夕約友爲消寒會，酒酣，歌院聽曲。三鼓歸，兒女輩猶歡呼，作葉子戲，不能無羊去禮存之感

笑語圍鑪〔一〕，酌椒杯又，草草歲餞重溟。奏雲簫第一，聲休惹起，醉舞髯鯨。曲顧周郎，誤絃拂偏總傾城。宮移羽換，開元遺譜，忍問瑶京。　殘年乍轉深夜，正物華燦寶，玉漸低繩。看簇錢行樂，隔窗兒女，入影春鐙。那管東風，裏寒猶凝小池冰。朝來事，料翠禽、道著平生。

【校勘記】

〔一〕『鑪』，初印本作『罏』。

滿庭芳 瓶供紅繡球花，奇麗天然，感香成均〔一〕

笑擁彤雲，香團絳雪，環肥也自能嬌。山頭羣玉，浪費謫仙描。鐙影入春無罅，鏡鸞見、依約魂銷。故園夢、千花凝艷，如海泛猩潮。　潘凋。吟鬢後，芳情綺緒，一例蕭條。問綵樓，歌袖今夕誰招。飛燕妝成可惜，舞將軍、掌上纖腰。休還認，金扉醉欵，人在謝孃橋。

【校勘記】

〔一〕初印本小序作『前闋脱稿，對案頭瓶供紅繡球花，大逾吾國牡丹幾倍，奇麗天然，感香成均』。

懺盦詞卷八　咏而集辛未春夏秋

探春慢人日〔一〕

風信頭番，露枝手折，黏鷄門庭猶是。白髮新冠，青鹽殘甕，長守酸儒故味。游倦詩情減，賸寥落、山河雲綺。草堂應念當時，浣花題句曾寄。　誰分輶軒再訪，憐翦綵俗删，荆楚無記。畫荻灰寒，啼鶯簧巧，正惹緑窗人起。梅蕊遲催發，又放慢、東君心意。歲月都忘，桃開武陵溪未？

【校勘記】

〔一〕初印本小序作『人日，依石帚譜作』。

瑞鶴仙〔一〕

爲誰留畫本？已不少，池臺妝成金粉。春陰護花嫩。怕忽忽開落，蝶情輕引。繁紅尚靳。上梢遲、番風正準〔二〕。放繡簾燕子，歸來細數，故園芳信。　閒恨絶塵書幌，疎影闌干，鳳簫慵困。巢鶯乍穩。嬉游事，怎無分〔三〕。過燒鐙，漸是清明節也，拾翠佳人又問。問溪頭一寸，鞋尖草生幾寸。

【校勘記】

〔一〕初印本小序作『春情』。

〔二〕『正』，初印本作『怎』。

〔三〕『怎無分』，初印本作『正無限』。

絳都春 社日飲郊市，夜歸，室人以瓶花供案上

花分酒氣。似鐙影殢人，華妝羞倚。社鼓罷喧，聊賞芳辰謀春醉。玉壺沽向蠻邨裏。正繡

閣、停鍼無寐。夜闌歸去，鈎簾暗度，膽瓶香細。　長是。文園病渴，賦情嬾、那更斟紅酌翠。取次相看，消得禁持流年駛。東風偷換閒桃李。　便莫問、緇塵何世。曉來鄰又湔裙，徑鴛到未。

丁香結 展堂養疴湯山，因寄〔一〕

嬌綠藏鴉，亂香迷蝶，簾影乍重晴綺。正寶釵垂髻。　響繡靸、動葉驚鴛廊底。鳳笙搖珮弄，清湍寫、院篁韵細。臨歌頻勸，釅酌酹午偎花須醉。　閒背。晝檻看新枝，省識雲行迤邐。沁入詩眉，三分黛色，一分流水。游騎原草漫踏，賸得芳菲幾？裁春紅落翦，還有烏衣小隊。

【校勘記】

〔一〕『因寄』，初印本作『賦此却寄』。

還京樂

晝簷底，鵲噪新晴，又説風簾燕。正酒消人起，亞闌拍處，雲烟舒卷。放眼郵亭路，年年草色成秋苑。鶯都老，誰恣勝游，教嘶驄勸。　想歸舟畔。未寒盟鷗鷺，銀濤碎踏，應隨帆影去遠。平生藺足無山，欠青鬟、寫付鵞絹。看斜陽、知繡陌寬春，紅妝弄晚。謝屐欣然蠟，詩囊聊爲伊辦。

燭影摇紅 暮春，派克湖上望摩羅臺有感

春色花深，翳袪塵表湖摇鏡。碧痕依樣畫闌干，鴛甃紅成暝。杯底詩魂半冷。被流鶯、嬌聲唤醒。水窗虚掩，雛燕低飛，纖肩猶竝。歌吹都疑，沼吴雪恥層臺媵。青溪紗浣靚妝人，不見來幽徑。雲意做晴未定。只垂虹、聊堪繫艇。種魚十畝，誰羨榮名，勒殘彝鼎。

桃源憶故人 逆旅工人，十五年前舊宅居停也[一]，重見其歡，爲言年七十有七，長女已適人，猶日在逆旅中部署諸務，豐容盛鬋，無復垂髫時嬌小玲瓏矣

緑陰窗户鐙摇舊。一笑雪髯呼酒。同看眼前蒼狗。和月循牆走。　雲英瓊液斟盈斗。依約纖蛾圖就。舞損玉環腰瘦。應記園東柳。

【校勘記】

〔一〕『十五年前』，初印本作『余十五年前』。

高陽臺 和彊翁均〔一〕

雲海詞仙，鷗天畫稿，當時縮本西湖。點檢行塵，鷲峰有夢飛徂。東華卅載頻來去，更殢情、玉塞烟蕪。早清霜，侵鬢杯前，澀鏡堂隅。　一竿依舊錢塘著，料扁舟簑笠，應仿髯蘇。載得花枝，看殘鴛水飄珠。尋詩不爲裙書帶，爲小窗、寒夜鐙孤。伴蒼顏，丈室維摩，那箇人如。〔二〕

【校勘記】

〔一〕初印本小序作『東坡守錢塘，無日不在西湖，余宦浙半載亦然。自轉内秩入譯垣，于役海外三十餘年，中間只丙寅春一游。然吾鄉小西湖則幾如隔世矣。讀彊邨老人此曲，感往思來，悠然和均』。

〔二〕初印本自注：『東坡贈朝雲詞結句云：「尋一首好詩，要書裙帶。」』

八聲甘州 夜登逆旅樓上最高層，和夢窗均〔一〕

引天梯縹緲遡虹河，飛杯載行星。正纖雲連袂，華鐙低閣，寒蜃荒城。化杖驂風好喚，劍水洗鮫腥。鸞鶴烟中語，鈴塔千聲。　塵世漫漫長夜，問幾人繡幄，蝶夢初醒。笑溫犀燃後，留得怪峰青。峭闌干、殘笳吹上，看雁猜、弦月落遥汀。誰收了、半痕濤綫，江又奩平。

【校勘記】

〔一〕初印本小序作『夜登逆旅樓上最高層，島國風光奇瑰萬態，以夢窗遊靈巖均寫之』。

解連環〔一〕

滿頭華髮。曾衝冠，記得唾壺還缺。漸冷落、韶景流年，看梅子已黄，怒芽羞發。訴與薰絃，語鶯杳、咽蟬聲切。沁嬌塵怨入，賀老定場，舊沙檀撥。　悠悠眼前過蝶。采園林賸香，自度生活。甚慷慨、横槊稱雄，對殘酒當歌，醉呼星月。繞樹無枝，那輕問、秋來啼鴂。有蛟龍、夜深未睡，浪花噴雪。

【校勘記】

〔一〕初印本小序作『花事闌珊，芳春去矣。依夢窗「賦秋情」譜，填此以抒鬱伊，因簡展堂，時適在報紙上見湯山所爲詩也』。

西　河

游馬丹薩鐘乳石巖，次夢窗『陪鶴林先生登袁園』均〔一〕

烟景霽。鈎藤瘦杖融洩。閒尋禹穴下瑶梯，凍巖滲水。素妝仙女散花回，千鐙猿鳥娟麗。繞危檻，看墮蕊。蠛羅翦露層碎。晶虬細甲近嫏嬛，洞天似咫。有人擊壤按商歌，鸞簫吹又何世？　汞成鶴氅半委地。沁殘雲、雕粉屏綺。壺裹沽春無計。向冰泉、試約長房一醉。青玉簪宜寒光洗。

【校勘記】

〔一〕初印本小序作『游馬丹薩鐘乳石巖，次夢窗「陪鶴林先生登袁園」均。巖在古巴，距都城二百里，平地下百三十餘尺。道光末葉，吾國人墾地海岸，得隧道叢莽中。告居人，相率持火入，蜿蜒行十餘里。峭壁四起，滴水凝結，纍纍如貫珠、如水晶、如玉，作山川神佛珍禽異獸形狀。又肖笙磬琴筑，叩之鏗然有聲。美利堅人沿徑曲折環以鐵闌，澗谷則架橋通焉，電鐙照耀如白晝，洵奇觀矣。相傳巖由海底達美國邊界，迄未能窮其究竟也』。

花犯 瓶中石榴花

浸斜枝，壺天清淺，紅塵乍吹到。絳妃仙貌。憐弄影猩裙，嬌妒多少。唾茸點染脂櫻小。詩吟人醉了。按錦瑟、無端一柱，看花愁眼老。　游情那堪，更園林番風，裏次第春榮秋槁〔一〕。湖海事，霞珠舞、紺龍夭矯。澆懷乍、膽瓶注水〔二〕，誰忍向、鐙窗樽又倒。但淚灑、碧闌猶熱，蜀禽應解道。

【校勘記】

〔一〕『裏次第』，初印本作『次第裏』。

〔二〕『乍』，初印本作『漸』。

西子妝慢 派克湖新荷未花，和夢窗孤調爲催花詞

雲擁碧幢，露凝素蓋，記襯籠鬟紅霧。賞花翻恨著花遲，早魂銷、幾回香塢。霓裳未舞。萬一是、西風挽住。鏡開匳，又鷺絲羞對〔一〕，潮妝如許。　芳情誤。不見凌波〔二〕，怎共攜笛去〔三〕。緑陰深裏宿鴛鴦，夢昨宵、綵旛千樹。桃根麗句。待雙槳、來時重賦。怕江隈〔四〕，薄翠綃衣捲雨。

【校勘記】

〔一〕『又』，初印本作『怕』。

〔二〕『不見』，初印本作『韈再』。

〔三〕『怎』，初印本作『定』。

〔四〕『怕』，初印本作『漫』。

夢芙蓉 影樹，次夢窗均〔一〕

飛朱霞染綺。向平林驟敞，錦圍十里。艷陽斜轉，樓影髻螺外，紺烟鴉殢醉。都來籠夢鴛被。異越王臺，飄搖風雨夜，衝漢紫虬起。　萬古凡塵眼底。憔悴幽蘭，怨結佳人珮。此情聊付，詩袂酒襟洗。火雲蒸輭翠。誰還會，歲寒意。絳早成河，傾盤仙掌露，淘恨化鉛水。

【校勘記】

〔一〕初刻小序作『沿堤多種影樹花，時如懸火齊萬串，遠望仿佛紅棉，第不如紅棉高且葉茂陰濃，作鳳尾形而長耳，次夢窗均寫似』。

蘭陵王 于役古巴六年，未嘗見柳。舟泊金門，登山園，喜見千行翠縷，婀娜臨風，舟中次清真均

暝烟直。鴉外峰峰沁碧。郵亭裊，垂柳萬絲，不數當年漢南色。飄零久，去國猶識。攀條送客。縈懷處，誰把故情，商略桃潭水千尺。　迷離絮花跡。正燕蹴新波〔一〕，鶯占前席。斜風曾與裝寒食。聊藉草偎坐，取樽相酹，酣來甯問第幾驛。雁雲渺西北。　悽惻。鬢霜積。

漸立影人移，歌韵蟬寂。樓臺炯炯鐙何極。驟掣電回輦，趁流鳴笛。鼇舟重鼓，巨浪起，夢翠滴。

【校勘記】

〔一〕『新波』，初印本作『多時』。

江神子 七月四日舟發扶桑，日已晡，富士山在層霧裏。俄而弦月初上，蓊然露頂，殆所謂可望而不可即者耶

天風不洗九微塵。境中人。彈鬟雲。十載經過、山舊客愁新。冉冉鈎蟾妝點上，蛾黛色，二三分。　閱殘徐市長兒孫。骨嶙峋。劫灰痕。氣作青銅、磨海起秋氛。咫尺蓬瀛清淺水，無限好，是黄昏。

夜飛鵲 七夕五鼓，舟抵吴淞，候天明泊岸，感賦

雙星度河夜，銀海回槎。纖月映帶鷗沙。天孫裁翦到能巧，人間江筆生花。穿鍼舊亭榭，

問瓜筵誰乞，様錦連誇。飄零有恨，盼南翼、飛落烟斜。休更露蘋千頃，生計羡浮家。淞水之涯。遥指鐙光一片，叠樓紅霧，層綺仙霞。笙歌夢裏，料今宵、不是吹笳。只船闌憑徧、寒流照影，殘鬢霜華。

石州慢 不晤彊邨老人十易寒暑矣。比自海外歸滬上，聞有閶門之行〔一〕，風雨浹旬，未往訪也。用老人『聽成竹山談香雪海之游』均，以寫鬱陶〔二〕

急雨敲窗，塵夢乍凉，秋又南國。螢光小閣鐙紅，雁迹極天雲白。詞仙十載，海上記狎鷗閒，堂深烟閉漪生碧。苔石剥詩痕，費今番重覓。因憶。帶鵶黄柳，賓主當年，漫猜消息。喚酒皋橋，畫扇青山能識。幽扃待款，正恐已老情懷，鴟夷慵載人吹笛。笑上古臺高，倩花扶無力。

【校勘記】

〔一〕『聞有閶門之行』，初印本作『亟思再挹丰采。聞已回閶門故居』。

采桑子慢滬上呈彊邨先生

維摩病起，殘影孤鐙誰共。乍鶴夢、涼雲吹醒，又報疎鐘。丈室吟成，散花人笑畫屏空。聊伸一指，玄機正抵，頭白天龍。　迤邐艷塵密圍，鶯燕隨分青紅。歎霓羽、而今都換，鼙鼓酸風。夜雨江南，酒杯消向笛聲中。無言閒對，韓陵片石，秋菊霜容。

懺盦詞續稿

懺盦詞續稿目録

懺盦詞續稿卷二　枌榆集壬申夏秋冬

懺盦詞續稿卷三　秣陵集癸酉、甲戌

來　函……二三八

廖鳳舒恩燾懺盦詞再續稿書後……二四一

題記

《蠘盦詞續稿》二卷，皆辛、壬歸國後所作。其奇情壯采，不減海外諸篇，而格益蒼，律亦益細。昔王湘綺謂文章老成者，格局或老，才思定減。至如蠘盦，豈復有才盡之患哉！惜彊邨先生不及見也。壬申先立秋三日，陳洵記。

懺盦詞續稿卷一　鳴蛩集辛未秋冬、壬申春

霜葉飛重九和夢窗

雁邊零緒。孤烟淡，閒愁還翳江樹。故園花事數籬東，依舊多風雨。正脈脈、金烏斂羽。開簾誰見天眉古。歎鬢雪無聊，帽未插、紅萸倦袖，惜抛紈素。　曾是彩筆塵淹，殘杯弔甫，怨曲今又重賦。短檠摇影亂星簷，漏斷秦絃語。夢不涇、河橋翠縷。飛鴉從帶秋聲去。便更休、登樓望，畫角臺城，淚痕知處。

浣谿沙

自入冬來意更消。霜天寒月隔藍橋。玉人樓上記吹簫。　書遠客猶煩素雁，尊空誰復惜金貂。鬅鬖飛後木蘭橈。

探芳新九女承荔結褵三日，隨壻渡太平洋，送之登舟，時暮雪初霽，拈夢窗自製腔賦別

趁飛雲，正玳梁燕雙，艬舟容載。漫數郵程，心事蚪箋甯耐。人生似、萍聚散，笑圍鐙、愁斂黛。甚依依、癡兒女，我也情懷襬襶。　鞶又何申帶戒。便强飲自寬，閒眠却廢。咫尺山河，烟樹迷濛鴉外。漚珠鴛波颭影，乍千花、齊競賽。按瓊簫，憑闌看、舵樓春在。

婆羅門引題某君海外詩卷

征帆洗雨，萬山青裏一編詩。炎禽諱説相思。吹笛伊人曾共，雲海泛頗黎。問歸來菱鏡，幾許霜絲。　長安似棋。動遷客、廿年悲。殘畫滄洲轉景，觸處皆非。深杯潤眉。渾不管、清宵玉漏稀。牆礙月、入影花遲。

滿庭芳有以西湖水竹居主人題詩便面索詞者，援筆賦此

頹柳撐波，峭梅欹雪，住湖仙客耽吟。麴塵輕輭，凝翠沁蘭襟。竹占二三分水，鄰鷗費、幾

日盟尋。晴簾午，游絲罥蝶，摇曳過花陰。　難禁。鴛睡嬾，池萍雨濺，甃石苔侵。乍飛落空杯，雲影沈沈。不見淡妝西子，青紗浣、人隔谿深。宵來約，湘娥同載，緑綺弄清琴。

木蘭花慢 歲暮客金陵，戰雲陡起。眷口在滬，塗梗不得歸。酒後懷古，切聲不數仲宣《登樓》之賦已

泠笳吹戍壘，攬殘夢、秣陵潮。問贈别年年，隋堤幾樹，攀折纖腰。臺高。雨花散易，賸三峰、雲氣拂長橋。不見鐙船傍岸，隔江笛步誰邀。　蕭條。吟袖漫空招。湖上莫愁橈。算金鷄未報，銅駞有淚，怕説前朝。離巢。舊家燕子，到斜陽巷口總魂銷。記否頭顱鏡裏，君王一笑無聊。

祝英臺近 除夕立春，風雨

殢霜鐘，延臘鼓。催徹歲華去。繡箔朱樓，鶯燕幾時度。最憐春色今宵，一年偷换，又愁對、鐙牀風雨。　被誰誤。閒裏中酒光陰，病花竟成痼。殘調江南，流怨采芳杜。嫩條烟柳欹斜，藏鵶不穩，恁還是、石頭城住。

醜奴兒慢 雨甚，繼以大雪，再拈此解

宵深市遠，杯酒盤椒寒凝。那還問，笙歌塵世，變幾陰晴。語入新年，鬧花消息不聞鶯。風姨催喚，凌虛步綺，初下飛瓊。前伴探芳，屐痕鴛蘚，都化春冰。料廊月、當時曾見，宮草飄螢。天滯書鴻，此心誰報玉壺清。蕉窗滴了，雪和殘雨，人夢吴舲。

江神子 元旦小飲江干客邸，夜分雪甚，僦宿，聲爲此詞

東風和雨送春回。麝飛煤，洗殘灰。詞筆何郎，綺閣正吟梅。裝就玉壺天地好，華鏡裏，又霜催。昨宵餞歲强銜杯。水雲隈。浪花堆。醉眼登樓，鈎月暗相陪。不是荒鷄頻喚夢，蝴蝶約，選香魁。

古香慢 避亂南歸，元宵朋舊席間憮然拈此

恨鉛染水，愁翠妝春，羈思零亂。故壘川塗，夢迹幾回轍換。雲氣鬱青葱，引連海、鼉腥被

面。正新亭、事影賸與，過江特地游宴。且漫把、良辰教看。鐙市秦淮，鼙鼓驚散。倚笛何人，對月也還吹怨。客燕説興亡，記依約、簾前語輭。漸鄰箏，又淒上、素徽錦雁。

紅林檎近 白雲麓訪鄭仙祠，日暮不及登能仁寺，小憩山亭而返

分泉華煮茗，坐雲凹看山。午磬韵禽籟，晴嵐粉花顔。叢祠仙翁蜕久，澗險墜藥流丹。望極塵外諸峰，飄鬢幾時還。浴日翻海闊，纏石倒藤繁。凉飔扇檻，片紅飛落人間。驟初寮鐙火，遥亭暮靄，半空懸瀑收影殘。

綺寮怨 彊邨老人嘗語余云：『海綃翁詞逼真兩宋，近代獨一無二。』頃因秋湄之介，相見恨晚。出示所著《説詞》，發前人未闡之秘。秋湄約飲市壚，依翁詞律賦此

舊恨青衫彈淚，釃壺春又斟。念水曲、換紫移紅，閒鶯燕、恁費銷沈。琵琶嚶嚶自泣，沙洲上、雁落愁到今。問是誰、第一流人，清詞好、按笛曾恣吟。悵悵畫扃乍尋。蟲魚注罷，簷花細雨猶淋。鏡獨何心。遺殘絮、鬢沿侵。孤身亂峰扶起，有晚照、怕登臨。天聲在岑。成連

怎海去，張素琴。

蝶戀花 予季仲愷殉難七年，墓木拱矣，揮涕展焉。比自金陵避兵南下，倉皇過滬，聞彊邨先生捐館，未克臨奠一哭，棖觸有餘哀也

屹屹豐碑花外峙。老眼摩挲，認得留名字。收盡鴒原枝上淚。要離冢畔游人醉。　六百年來詞絕系。哀罷江南，瘴海春憔悴。莫問珠厓真割事。魚龍寂寞寒無睡。

浣溪沙 六首

曉起妝成麝染衣。廊深簾密放香遲。一雙蝴蝶已先知。　拌把新愁消一曲，悔緘殘淚寄相思。海棠昨夜正開時。

團扇依依轉似人。一回捐棄一回親。秋風彈指又前塵。　未必笙歌全了夢，揭來雨露漸無恩。土花零落繡鴛痕。

一抹峰眉太瘦生。張郎去後畫難成。效顰分付與雛鶯。　羅帶瞞愁緣底事，蠟珠饒淚若爲情。孤衾遥夜冷於冰。

鬭草年光冉冉過。風絲無奈鏡流何。畫橋衰柳閲人多。見的可憐花更苦，别時聊勸酒微酡。此情天也有平頗。

六幅湘裙曳夕烟。銜泥巢燕自年年。相逢驀地兩神仙。觀裏桃花人去後，樓頭雲影雁來前。落紅千丈蔚藍天。

荇佩牽風翠未殘。眼波横翦水潺潺。蜻蜓牢立又飛還。已惜鈎纖泥汙鳳，莫嫌釵妥髻偏鸞。洛陽花譜近全删。

風入松 清明小北道上

春郊無雨過清明。人也斷魂行。年年桃李成蹊慣，何曾惹、瞋燕顰鶯。飛到逡巡蜂蝶，酒旗邨店從横。　玉簫寒落暮雲平。隨分賣餳聲。悠然今古空山裏，一拳石、一片苔凝。多事瘞花銘草，馬塍誰薦芳馨。

水龍吟 鎖海樓雨中晚望

越王臺榭登臨，殢人天氣廉纖雨。危闌慣是，行雲經過，悠然今古。佛界鐘聲，霸圖山色，飛甍層度。問流花在否，垂虹杳矣，提壺鳥、焉知處。　看到珠江容與。記笙簫、月簾星户。東風舴艋，當時浩劫，消殘一炬。百尺榱題，紅棉挂上，斜陽愁舞。放高歌試落，空潭怕又，有仙鵝訴。

前　調 送秋湄歸滬上

人生難得相逢，相逢漫惜金杯把。江南自古，杏花時節，先生歸也。春雨霏微，蘭舟催發，溪山如畫。料行囊滿貯，班香宋艷，還擬向、鷗天寫。　血濺狼烟青野。甚書生、忍言戎馬。頭顱健在，儒冠羞比，兜鍪聲價。牛耳騷壇，憑君旗鼓，從容定霸。看詩疆拓就，重來便好，結雞豚社。

隔浦蓮近 題前明張麗人二喬《蓮香集》

啼綃枯淚已久。痕在情依舊。故壘東風便，堪銅雀，春深又。眉嫵山夢秀。吴鸞杳，舞影憐身後。　斷腸驟。干卿甚事，吹池一例都皺。落花沈恨，何況章臺人瘦。遺集而今忍瓿覆。澆酒。愁鐙飄下紅豆。

琵琶仙 有贈

霜老芙蓉，也還是、鏡閣顔嬌如玉。遮面輕撥冰徽，閒愁翠眉蹙。催去棹、紗窗灩蠟，正飛過、舊磯黄鵠。掠鬢韶光，飄花浪迹，殘夢相逐。　便尋淚、教濕青衫，忍重聽、春風大堤曲。休問越娃烟艇，傍江天誰宿。空只歎、巢鶯有柳，但築金、貯已無屋。那更香澤猶分，趁時妝束。

玉樓春

紫臺一去無消息。誰把胡笳翻舊拍。小憐鬢濕杏花烟，恨破東風錢幾值。　青衫費淚都堪惜。枉爲江山留艷迹。等閒老盡有情天，海水淘沙終變石。

好事近

寶枕碧頗黎，栩栩蝶魂剛著。飛絮一簾輕引，上薰風池閣。　壺中相信足天寬，愁釀費斟酌。鶗鴂隔年心事，在闌干西角。

杏花天

商量欲便隨春去。簾幕底、呢喃燕語。揭來留得和花住。閒過黄梅好雨。　臨窗影、頻窺翠嫵。斜陽巷、凌波舊路。當時玉砌雕闌處。無那風光又暮。

懺盦詞續稿卷二　枌榆集壬申夏秋冬

荔枝香近四月二日立夏

送了穠春，清晝無箇事。繞牆低撲飛螢，羅扇應猶記。薰風不管人愁，煗夢閒窗睡。蛛網、漸較鴂苔少新意。　澆恨地。畫船傍、荷休繫。好樹亭臺，依約水晶簾底。吹笛招涼，小袖輕衫峭闌倚。沁面遠峰雲翠。

澡蘭香浴佛日，拈夢窗『淮安重午』均

明漪盪垢，早荔凝丹，佛擁倦盦晝覺。蘭紉佩靚，藕雪人佳，肯負綵船簫約。鬭芳辰、廊底繁蟬，驚心榴花半萼。裊鬢飛、絲亂似□，鷗汀菰蒻。　勿論天池飲散，賸得如鈎，小冰壺魄。薰香露盎，蠹粉蟫幗，與世幾重塵幕。問憑何、洗者煩襟，休采江芙薦酌。怕暗送、入苑邊愁，斜

陽吹角。

十二郎 白鶴洞望素馨斜，隔一衣帶水，懷古成詞，聲均依夢窗

素馨乍蕊，岸隔處、艷斜白凝。記好笛闌干，空江亭子，曾載吟壺繫艇。變起歌鬟如雲散，總世局、興亡隨定。嗟絳蝶馱來，青鸞招去，現曇人境。佳興。凌滄試看，越臺飛鏡。奈鬟雪依前，銷魂憑弔，愁共磯鷗賽影。罥袖香繇，沁眉藍水，還濺鶴苔清冷。扶醉步、澗石棲鴉，幾點紺林喧暝。

西江月 擬史梅谿

十里湖山放犢，一廬風雨聞雞。笙歌鐙火畫樓西。又是人間何世。　躡足下臨無地，振衣高據層梯。雙瞳炯炯翦波齊。雲影烟光清泚。

西江月

釧玉痕深臂雪，鬟鈿印上頤霞。語香濃未透窗紗。睡穩雙鴛廊下。燕子渾輪崔護，重來不見桃花。門前紅茁石榴芽。若箇人兒裙衩。

菩薩蠻 古意十二首，集李長吉詩句

楊花撲帳春雲熱。江山迢遞無休絶。急語向檀槽。玉裝鞍上搖。邀人裁半袖。呵臂懸金斗。何日刺蛟回。鏡中雙淚姿。

中天夜久高明月。桂花幾度圓還缺。花入曝衣樓。凝雲頽不流。繫書隨短羽。病骨傷幽素。不忍過瞿塘。闌珊懸佩璫。

千山濃緑生雲外。梁王老去羅衣在。鏡上擲金蟬。稍知花簟寒。憂來何所似。爲決天河水。無物結同心。洞房思不禁。

鴉鴉向曉鳴森木。去年南陌歌離曲。半醉百花前。瑤琴重拂絃。夢中相聚笑。夜起游天姥。沙遠席箕愁。明朝桐樹秋。

日絲繁散瞟羅洞。鸞裾鳳帶行烟重。夢載楚溪船。楞伽堆案前。南塘蓮子熟。夜静
吹横竹。意氣自生春。濃眉籠小唇。
窗含曉色通書幌。歌臺小妓遥相望。門掩杏花叢。似悲團扇風。曉匳妝秀靨。晚樹
迷新蝶。暫得見何郎。誇嬌來洞房。
春營騎將如紅玉。酒中倒卧南山緑。雪下桂花稀。老鴞成木魅。今朝擊劍去。灞水
樓船渡。垂翅附冥鴻。人間無阿童。
無情有恨何人見。梨花落盡成秋苑。爛熳惱嬌慵。波間吟古龍。洛南今已遠。身與
塘蒲晚。白馬不歸來。亦須生緑苔。
芙蓉泣露香蘭笑。雨梁燕語悲身老。簾額著霜痕。逗烟生緑塵。羲和能走馬。海水
杯中瀉。對月鬬彎環。千觴無赭顔。
禿襟小袖調鸚鵡。樓頭曲宴仙人語。緑刺罥銀泥。傍簷蟲緝絲。犀株防膽怯。莫鎖
茱萸篋。與作耳邊璫。光明如太陽。
舍南有竹堪書字。思君清淚如鉛水。竹葉翦花裙。馬卿家業貧。深屏生色畫。石鏡
秋涼夜。何處逐英雄。麒麟腰帶紅。
落花起作迴風舞。不須浪飲丁都護。青簡一編書。龍州無木奴。桃花連馬發。獨睡
南牀月。燭樹□烟輕。買冰防夏蠅。

六么令

半痕烟景，湘水裙拖緑。鏡空黛蛾慵整，雨霎林鬟沐。不信蜻蜓點小，玷却荷衣玉。凫髦飛速。霓裳怯冷，菱唱都非舊時曲。　便教消夏種得，百畝淇園竹。風裏恁地敲廊，一鶴眠猶足。紅袖旗亭已往，誰見添窗燭。花落人獨。雕闌立徧，未解閒情尋簫局。

垂絲釣近 濱亭逭暑，夢窗均

殢風滯水，幽亭虛壁苔掩。盪槳越娥，閒采江艷。迴笑靨。正絮烟縈纜。飛鷗撼。亂蠟鐙影瀲。　瘴雲連海，無因天放瑶鑑。舊愁頓減。杯洗珠光灩。襟袖嫣香染。相對飲，喚岫螺兩點。

萬年歡 端午觀競渡，被聲梅谿并次均

戲鼓沿花，紺雲高、旆摇船迅衝雪。濺起波心飛鏡，靚光争發。臂縷猩痕褪了，賸寶軫、歌

薰復絕。千嬌媚、綵箑誰招，輭風涼沁纖骨。　箋騷素懷頓歇。漫湘蘭佩好，還贈人別。海市冰綃，除淚那有佗物。多恐蛟腥易汙，第一是、江妃塵韈。何當倩、雨滌菰樽，興來篷罅斟月。

戀繡衾

籠鐙初上屧響廊。逗烟紗、花氣自香。亂蟾送、荷風細，到流蘇、纔放夜涼。　畫簾飛下金釵影，正觀星、臨水倚窗。做一段、池鴛夢，費銀壺、蚪箭漏長。

賀新涼 端午後一日，追憶昨游感賦

岸際鼕鼕鼓。走邨翁、汗流相告，又逢重午。翦得菖蒲紛薦琖，綵鬢游船似霧。佩辟惡、香囊無數。忠骨那憂蛟龍食，枉冰盤、玉糉頻投與。看畫鷁，正飛渡。　沈湘幽恨歸詞賦。歎才人、江湖落魄，古今何許。不怨蛾眉終見嫉，料怨華年易暮。便只合、吾行吾素。萬卷陳編飢難煮。笑蟲魚、校訂都迂腐。多識字，畢生誤。

芳草渡

振民約湘帆、勵剛、子勉、暨志澄壻，以萬花、晚鮮二舫載眷屬游頂湖。途次風雨雷電交作，舟子旁皇急趨西南下椗。經宿再前行，夾岸烟巒迎客欲笑，依《片玉》均喜賦

夕照裏，放畫檝悠揚，載吹簫侶。驟縠波飛片，敲篷亂響風雨。諳否游味苦。天冥濛鼉訴。霧障了，賴有阿香，叱馭鞭去。旋覩。靚鬟秀臉，共喜江晴重上路。漫縈想、新荷故苑，跳珠夜喧户。此心已醉，任宛轉、曙禽撩緒。但岸幘，笑看汀菰又舞。

透碧霄

頂湖山宿慶雲寺，依《樂章》均

白雲邊。數峰青抱滿湖烟。卍開舊字，蓮生今世，有界三千。經堂深邃，緇流導入，金粟諸天。問何人、能耐悲歡。漸兩甌齋粥，初更鐘磬，夢準游仙。覓冠纓濯處，寒潭飛水，濺起浪花妍。盪酒襟、涵詩鏡，飄影柳帶如鞭。石華冷沁，塵根悟徹，幽賞依然。待平林、妝上嬋娟。試細捫蝸迹，應省蟫幮，佛典編年。

花上月令 雨中發羚羊峽，抵肇慶城下小泊，擬夢窗

慵雲翻峽雨飛聲。黛螺色，鬅烟青。一舟斜遡虹河上，御風行。鷗夢醒，雁愁生。城堞不收形勢盡，人面起，塔嶒崚。暮潮咽似秦絲急，勸瑶觥。醉休問，種魚經。

泛清波摘徧 西潦方漲，七星巖一片汪洋。正呼渡間，大雨滂沱，同游諸人衣冠盡溼。舟子取蓑笠至，共易之。回棹，拈晏叔原聲均漫成

歌徵舫小。燭引杯長，争似釣綸湖上好。菜饒蝦足，近晚衡門閉須早。行驄道。鞭絲雨洗，衫影風欹，無限俊游都謝了。過客相逢，頓惜知音世間少。　水大渺。空翠釀霖沛然，下注灌苔淹草。奔潦妨車徑迷，霧昏烟曉。趁船杳。沙鷺背郭競飛，山靈笑人遲到。矧更偎蓑枕笠，放篙眠倒。

齊天樂 七星巖

飛星無語蛾天墜，何年蛀成空洞。翠羽啼昏，幽雲迸裂，峭壁蒼龍猶夢。冰泉解凍。馭瑶鶴仙回，斷簫初弄。午磬聲中。繡殘蛛網鼎長供。　石函深扃未啓，馬蹄碑故在，甯問僧衆。撥蘚尋詩，緣梯看瀑，人物誰非錢鳳。當時見重。照官燭雙雙，爲伊矜寵。笑我今來，破橈舟子共。

過澗歇近 和柳耆卿聲均

午醒。噪簷鵲、煗幄花氣融愁，皺鏡池痕流影。絃索静。夜裏賓筵，夢綺衾凝。歌雲窗灑，雨蕉點點，疏篁阻繁聽。　壘塊胸杳，那惜醺醺渾酒病。世塵轉燭，歡盟竟何定。縹緲樓頭，雁起烟冷。驄行江遠，陡情動把游鞭整。

三姝媚 賦羅岡洞荔支亞娘鞋，被聲夢窗『過都城舊居』之作

戎州慳置郡。甚郊坰，雲痕雨痕如粦。拄笏林端，見絳珠無數，醉虬狂噴。似雪圓膚，模樣

好、邨鬟羞近。皓齒青娥，閒擬樓船，載來嬌俊。仙步凌波須寸。幾紺韈飛塵，涴殘蟬鬢。殿曲長生，自海南休貢，太真添恨。舞貼歌氍，弓未改、羅緣香褪。那有紅馳一騎，嚬蛾翠暈。

喜遷鶯次南唐李後主均

午幕透，日絲微。眠損彩蟬欹。泥人窗柳故依依。風輭絮花稀。游舠散。鈿車亂。曲折畫廊通院。去年羞道便留伊。殘醉夜扶歸。

清平樂同上

笛樓天半。遏得行雲斷。夜久月摇銀燭亂。落淚一聲河滿。露凉冰腕何憑。漏移詩句纔成。危檻不游鴛侶，再來再是苔生。

中興樂擬李德潤，四聲同原作，見《瓊瑶》《尊前》二集

世塵歷歷入蒼黄。愔愔月户雲窗。杖懸瓢大，谿汲泉芳。平生詩興能狂。笛聲長。廣寒

直透，嫦娥乍聽，晚起梳妝。　侵天荷翠著輕艭。錦鳧弄影穿廊。等閒眠處，甃石爲牀。醒時苔濺衣香。試新涼。遠鴉旋覺，烟林初暝，催引清觴。

秋思 白雲晚眺，夢窗孤調

杯影孤亭側。墮半簪、烟翠髻螺真色。鴉背負暄，雁聲收雨，雲入眸窄。響泉玉瑽琤、籟天商過變掩抑。早澗空、蒲自碧。歎占却青山，　一抔香土，定有碎鈿零佩，泥人追憶。宵酌。虬籤任滴。敘素懷、語笑濃飾。恨添瑶瑟。鴛鴦沙上，那頭不白。念萼綠華來，夢招身欠雙健翼。叩洞鑰、渾未識。但皓月依前，花扶殘醉送得。照徹橋南路北。

更漏子

玉燕釵，金蟬髻。容易翠攲雲委。嬌殢醉，嬾尋眠。月高花影妍。　飄粉汗。染羅薦。争奈已抛紈扇。思往事，怎爲情。問天天未明。

暗香疏影題高其佩指頭畫梅花，依夢窗聲均

素枝一一。是硯池放了，梅花欺雪。半縷春痕，流怨關山管吹裂。不數神蛟弄爪，却幾曾、懸鍼爲筆。溯影斜、依舊谿南，雲已隔明月。　誰羡華光妙腕，粉瘢暗補處，還更清徹。頰上毫添，贏得濃妝，嬌竝玉環琳闕。争知窗底持螯罷，正鐙火、昏黄時節。染袖香、墨汁初晞，陡覺野烟寒闊。

望江南題同前山水册，次均夢窗『賦畫靈照女』之作

天尺五，特地聳螺鬟。雪迹孤鴻留爪外，烟痕京兆畫眉間。留待後人看。　紅塵世，無此好山顔。磴逼霜枝穿萬險，潭廻雲麓起千寒。花雨又漫漫。

懺盦詞續稿卷三　秣陵集癸酉、甲戌

宴山亭題《海綃樓填詞圖》，用海綃翁《壬申重九風雨登高》均

千載鶯花，同結世緣，占得谿山佳處。鮫淚染綃，雁翼欹樓，珠玉九天吹雨。巷陌飄零，燕都似、斜陽無主。延佇。吟款笛嬌龍，軟波休語。　誰畫高卧詞仙，想經歲滄江，素懷能苦。龜紋浪影，鳳錦霞光，憑闌翠樽遥度。怎説風流，除岸柳、楚腰非故。愁暮。渾未損、蘭成詞賦。

木蘭花慢爲冒鶴亭題《水繪盦填詞圖》

水明樓在否，冷梅影、一鐙盦。正癯鶴慳眠，詞仙起看，銀宇光涵。閒簾。共誰鬪韵，灌花陰涼氣，毿蟾諳。公子風流老去，鶯邊殘笛江南。　嗔貪。癡與愛同參。悟徹到伽藍。鶴亭

嘗刻小印，文曰『從貪嗔癡愛入手學佛』。試摩挲舊石，碧痕蘚籀，古意重探。高瞻。眼縈萬感，好山川休化鉢池曇。繡佛人間買偏，新絲初上吴蠶。

八聲甘州 褉集莫愁湖，分均得『文』字〔一〕

泝空明、半醉倚危闌〔二〕，三峰見雲真。問永和何世〔三〕，蘭亭何地，修褉何人。欬唾如珠落處，劍水起星文。花木烟光底，淡沱妝春。　消受風鬟倭墮，想箇儂情態，不數桃根。費飛來鴻燕，閒弔韈羅塵。淚難乾、龍鍾雙袖，更廢樓、蝸壁醮苔新。憑誰與、六朝金粉，洗恨無痕。

【校勘記】

〔一〕《青溪詩社詩鈔》第一輯小序作：『三月三日，諸名士集莫愁湖上褉飲，分均賦詩，余檢得「文」字，不能詩，代之以詞。』

〔二〕『泝』，原作『沂』，據《青溪詩社詩鈔》第一輯改。

〔三〕『問』，《青溪詩社詩鈔》第一輯作『管』。

渡江雲前題〔一〕

平湖歌咏地〔二〕，水樓夢迹，句艷古愁分。背花笙語好〔三〕，漫認吴儂〔四〕，怨曲翠陰聞。相如病渴，縱解得、難袚塵根〔五〕。沿畫廊、不言魚鳥，故故款情文〔六〕。銷魂。悲歡兒女，成敗英雄，總樽前莫問。春正憐、飛烟迷草〔七〕，征雁隨雲〔八〕。山河未到殘棋局，被遠角、吹下斜曛〔九〕。浮艇去、年年判約湔裙〔一〇〕。

【校勘記】

〔一〕《青溪詩社詩鈔》第一輯小序作『禊集莫愁湖上勝碁樓，分韵得「文」字，既成《八聲甘州》一闋，再賸此解』。

〔二〕『平湖歌咏地』，《青溪詩社詩鈔》第一輯作『晴湖觴咏地』。

〔三〕『背花笙語好』，《青溪詩社詩鈔》第一輯作『背花鶯語軟』。

〔四〕『漫認』，《青溪詩社詩鈔》第一輯作『錯認』。

〔五〕『難袚塵根』，《青溪詩社詩鈔》第一輯作『難拔情根』。

〔六〕『故故款情文』，《青溪詩社詩鈔》第一輯作『意象早成文』。

〔七〕『飛烟』，《青溪詩社詩鈔》第一輯作作『鋪烟』。
〔八〕『征雁』，《青溪詩社詩鈔》第一輯作『隨雁』。
〔九〕『被』，《青溪詩社詩鈔》第一輯作『奈』。
〔一〇〕『判約』，《青溪詩社詩鈔》第一輯作『待約』。

渠蘭香 閏重午，漚社詞課

釵符正卸，酒艾重斟，鷁彩競波罷掣。無聊夢影，冷落城陰，怎地再酬佳節。料吹殘、天上雲璈，依稀梅花舊闋。□久滯，江鄉過眼，風鐙明滅。　欲爲湘纍寫怨，按拍離騷，古音全別。清簫故苑，畫舫秦淮，往事水禽能説。問羅裙、可似榴猩，消與歌鬟妒煞。但怕又、玉指冰絃，嗚蟬悽咽。

醉花陰

莫説鴛盟狼藉盡。巢占花枝穩。夜久月籠明，院落彈箏，濕淚桃顋粉。　閒眠把箇紅妝損。鸞鏡偎相近。鬟亂玉釵横，惱煞徐妃，半面依稀認。

桃源憶故人

玉簫吹皺鴛池水。月盪碧波生綺。樓上宴闌人醉。鈿壓鬟雲墜。　羅衾猶滴多情淚。沾濕花紋連理。樹早緣成陰矣。羞見枝頭子。

滿江紅 漚社詞課，次夢窗《澱山湖》均

明鏡姮娥，應怯見、霜殘鬢蓬。花底有、鶴奴曾侍，偃石虯松。窗近雲光搖夢亂，晝長棋影落杯空。語參軍、可惜舌南蠻，禽未通。　簾捲處，愁雨風。人別後，水西東。付小憐彈怨，錦撥聲中。鄉國漫乖青鳥信，客船纔動上方鐘。載玉簫、遠引問何年，斜曳篷。

前調 清涼山掃葉樓懷古

無數青山，遮不住、新愁舊愁。人頗似、逐風飛上，拱北高樓。千樹斜陽鴉背送，半奩香火佛前收。看秦淮、淺碧入冥濛，何處流。　門嬾掃，僧已休。雲一去，古難留。賸題紅遥想，

往迹宫溝。羌笛吹殘聲是淚，菊花簪徧鬢成秋。待百壺、酒盡倩釐蟾，扶醉頭。

揚州慢 題《詡盦填詞圖》，白石道人均，爲林子有作

寒水籠烟，緑莎黏岸，采香趕上鷗程。向荒盦息影，感華髮山青。計惟有、深杯在手，破愁無物，聊用奇兵。幸芸籤、堆玉封侯，新拜書城。　避秦故侶，算殘灰、重話休驚。看徑樹移陰，溪雲帶雨，何限關情。飼鶴灌梅餘暇，逋仙後、好續吟聲。笑牆根題石，苺苔知甚時生。

玉燭新 半櫻屬爲嗣君覺俶作新婚詞，次均清真

蒽屏飛雀後。正鏡影妝臺，靚雲梳就。麝鐙鳳蠟，高輝處、那管籤聲催漏。傳呼却扇，早燕客、華堂迎候。鴛户啓、嘉耦旋成，神仙竝肩交袖。　趨庭記受新詞，問體效花間，咏情工否。黛蛾試鬬，應略似、畫裏一般山瘦。風姿挺秀。好襯得、銀紗蒙首。施步障、教解郎圍，鶯笙細奏。

臨江仙

又是

啼鴂那知人世恨，恁般撩起秋心。簾紋篩影動宵吟。鐙前無限事，隨夢轉花陰。

平居思故國，魚龍寂寞江深。砰然爨下一聲琴。不曾焦到尾，誰與辨清音。

永遇樂重陽，清凉山掃葉樓上，以龔半千《半畝園詩》分均，得『大』字

秋色籬開，午陰樓拂，重九堪愛。領取高曦，能消暗雨，放眼風光大。簷牙蛛網，城頭龍氣，龕佛見殘興廢。算清凉、還有此山，看人掃雲澆菜。

茱萸漫插，烏巾已改，便著一塵都礙。曇鉢蓮生，瓶花座散，天女頤休解。石匳窺鳥，霜絲梳柳，倚妝與誰爭態。認詩僧、閒園半畝，舊題句在。

水龍吟前題

重陽有約登高，層梯拾級僧樓外。賦萸咏菊，風流休溯，義熙年代。一笑憑闌，悠悠今古，

乾坤偌大。問六朝舊事，佛無言答，聞花樹、喧禽籟。　畫本丹鉛未壞。震詩名、幾家羅拜。青山黃屋，白雲蒼狗，眼前纖芥。遠市笙簫，近城鐘鼓，禪心䃔䉶。校蟫蝡梵典，魯訛掃盡，如殘葉在。

聲聲慢 放翁生日，穎人招集青溪社分均賦詩，未赴，鶴亭爲拈得「師」字〔一〕

家家團扇，樹樹梅花，放翁欣動吟眉。七百年間，騷壇制勝偏師。生朝酹杯沾地，費殘苔、蛩砌根移。人已老、乍谿山驚眼，鷺裊秋絲。　誰念承平觴咏，但衣冠南渡，多宴臺池。鄰笛無端，隔江三弄桓伊。銀屏畫紗淹夢，又寒雲、孤雁飛遲。霜角曉，動石頭城外馬嘶〔二〕。

【校勘記】

〔一〕「鶴亭爲拈得『師』字」，《青溪詩社詩鈔》第一輯作「鶴亭爲拈得『師』字，因成此詞」。

〔二〕「動石頭城外馬嘶」，《青溪詩社詩鈔》第一輯作「落石頭城上翠微」。

雙荷葉

青溪社拜東坡生日，分均得『惜』字。記公湖州贈賈耘老小妓詞，改《憶秦娥》爲是名，因戲譜三首〔一〕

公生日。拜公遺像髯如戟。髯如戟。朝雲素手，也曾拂拭。　當年鞍馬斜橋側。一溪風月教人惜〔二〕。教人惜。同安漫記，放魚事實〔三〕。

公生日。羡公蓑笠攜雙屐〔四〕。攜雙屐。吟牋早染，外湖淺碧。　後之視今今猶昔。酹殘江月杯誰惜。杯誰惜。飛來一鶴〔五〕，徑苔爪跡。

公生日。祝公應獻詩成帙。詩成帙。維摩境界〔六〕，散花丈室〔七〕。　賦才千古周郎壁。江山賸與閒吹笛。閒吹笛。黄州謫宦，曷云可惜。

【校勘記】

〔一〕《青溪詩社詩鈔》第一輯此詞小序作『公湖州贈賈耘老小妓詞，改《憶秦娥》爲是名，因譜』。

〔二〕《青溪詩社詩鈔》第一輯『教人惜』自注：『公春夜行蘄水題橋柱《西江月》云：「可惜一溪風月。」』

〔三〕《青溪詩社詩鈔》第一輯『放魚事實』自注：『公《蝶戀花》自注云：「同安生日放魚，取《金光明經》放魚事。」』

〔四〕『羡』，《青溪詩社詩鈔》第一輯作『想』。
〔五〕《青溪詩社詩鈔》第一輯『飛來一鶴』自注：『惠州府署額書此四字，公手書也。』
〔六〕《青溪詩社詩鈔》第一輯『維摩境界』自注：『「白髮蒼顔，自是維摩境界」，公詞語也。』
〔七〕『丈室』，《青溪詩社詩鈔》第一輯作『暗室』。

驀山谿 癸酉歲末盡十日立甲戌春，玄武湖上作〔一〕

游船多少，長是城根艤。飛夢著湖天，杳閒年、沿堤歌吹。渡江梅柳，早早約春回。鶯未巧，燕猶癡，怎會提壺意。陰晴不定，猜徧雲行止。獨立弔蒼茫，灑烟蕪、詞人費淚。夕鴉啼後，還賸幾斜陽，桃李下，漸成蹊。莫問今何世。

【校勘記】

〔一〕《民國五百家詞鈔》小序作『甲戌立春，玄武湖上作』。

秋思

十二年前，亡弟仲愷爲季公題《秋庭晨課圖》。圖失去而題詞獨存，季公倩人補圖，與題詞合裝成册。覽之泫然，因作此解

瞰影甎花覺。正艷晨、閒課綰蚫兒學。萱帶露姿，桂饒風意，庭石如濯。早濡墨揮毫、案頭摇腕動五嶽。硯皺波、眉燦萼。料象尺停裁，荻芽添畫，定有引雛簷燕，向人商略。　圖索。慈暉杳邈。檢笥塵、粉本無著。故山猿鶴。凋零空賸，舊題一角。問尺幅誰還寫生，情况長記昨。待對燭、聊喚酌。怕酹溼秋魂，城烏啼夢更惡。片霎愁縈恨縛。

高山流水

褉集玄武湖，一時應招莅止者七十餘人。有吹笛者，西園舊主爲度崑曲，聽之黯然，感音而歎。分均得『義』字〔一〕

種湖一一柳初荑〔二〕。賞佳辰、吟緒紛飛。英氣仗花銷，芳樽正祓愁宜。當歌地、有竹無絲。何戡在、猶恨翻殘渭曲，翠笛聲移。似開元座上，白髮話軒羲。　牆西。春來久陰雨，羣雀已、鬧盡争枝。閒賸采香人，笑蹋野岸青歸。算蘭亭、往事休提。逐雲去，看徧烟螺擁髻〔三〕，

背郭山姿。任林鴉晚噪，苔滑杖藜遲。

【校勘記】

〔一〕《甲戌玄武湖修褉・豁蒙樓登高詩集》小序作『石遺、鶴亭、釋堪、纕蘅、仲鳴同在季公席上，酒酣，修褉集玄武湖，一時應招至者七十餘人。鶴亭召吹笛者，西園舊主爲度崑曲，黯然久之，分均得「義」字，因譜此解，四聲依夢窗』。

〔二〕『種湖』，《甲戌玄武湖修褉・豁蒙樓登高詩集》作『蘸湖』。

〔三〕『看徧』，《甲戌玄武湖修褉・豁蒙樓登高詩集》作『須看』。

三部樂彊翁下世二年有半矣，《遺書》以次畢鉛槧。春杪，榆生書來，言翁《語業》卷三將付影印，屬題詞，泫然拈此

鶗鴂聲沈，早淚眼問春，斷紅誰續。棟充牛汗，百輩詞流同哭。怎能比、歌雪争傳，記夢邊校稿，夜窗消燭。練裙不忍，點檢墨汙殘幅。　熱闌舊曾怕倚，對半髡岸柳，翠烟猶沐。更堪水樓筆杳，絲絃琴觸。好簾櫳、有鸎占得。憑閱盡、楸枰幾局。蘭佩自結，千秋下、人被芬馥。

最高樓雞鳴寺僧石霞拓景陽舊址，添建一樓爲游人茗憩處。落成日，索詞題壁，書此應之作中秋。

六朝恨，牽眼底淮流。峰翠幾曾收。胭脂井水渾空色，蝦蟆天子怎無愁。看臺城，雲氣又、甚放下、午簾妨蝶舞。更撞起、晚鐘攙燕語。藤蔓長、認前修。捨身頗記梁王寺，布金誰葺梵王樓。息栖栖，塵鬢影，一茶甌。

霜葉飛重陽前三日飲雞鳴寺，即席贈二空和尚，并預爲登高之約〔一〕

亂鴉啼起。秋陰換、臺城重九天氣。去年招手翠雲飛，人上清涼寺。笑白髮、如今到此。鳴雞真恐非塵世。甚帽落龍山，小醉怯登樓，早負拂襟風意。　誰共話劫前朝，談玄故院，向夕螿韵吟費。影鐙留與伴維摩〔二〕，慣是花開麗。墮一笛殘陽占地。鐘聲猶在三峰裏。更那堪、芳辰見，淺碧秦淮，半痕烟水。

【校勘記】

〔一〕《民國五百家詞鈔》小序作『雞鳴寺贈二空和尚』。

〔二〕『留與』，《民國五百家詞鈔》作『當與』。

水調歌頭 榆生輯《東坡樂府箋》成，書來索題，步坡詞均賦寄〔一〕

桐葉下如雨，轉首雁霜天。集箋坡老剛畢，須憶丙辰年。我亦浮鷗身世，還解瓊樓玉宇〔二〕，高處必應寒。渺矣鳳雙起，雲裏帝城間。翦宵燭，披縹簡，殢遲眠。一編手授，師去龍子説能圓。曾是蘇辛同轍，却與周吴殊迹，領會早完全。洗硯池紋滉，花影較鬟娟。

【校勘記】

〔一〕《當代詞綜》小序作『《東坡樂府箋》題詞，即用坡韵』。

〔二〕『還解』，《當代詞綜》作『猶解』。

水龍吟 秋暮泛舟玄武湖

夢中行徧江南，樓臺裝點仍烟雨。林端乍起，峰鬟一簇，向人無語。酷似春陰，颯然秋景，微雲吹絮。笑孥舟按笛，隨波去遠，渾商略、誰風度。籬菊招邀欲住。怕白衣、攜壺先誤。

遲歸塞雁，猶紅水葉，此情良苦。金粉飄零，六朝殘迹，儘多佳處。飲邨壚醉了，斜陽影轉，看飛鴉舞。

瑞鶴仙 重陽社集雞鳴寺，分均得『帽』字。憶夢窗《丙午重九》亦用此均，依聲漫成

翠筇飛午嶠。正梵樓重九，齋鐘約早。雲陰款瑤草。漸行經籬菊，素芳縈抱。鳴禽似眺。籟繁喧、詩天縹緲〔一〕。算秋風、也解憐狂，忍落半斜烏帽。　誰道。湖山歌散，鼓角聲殘，柳衰蟬老。霜絲休裹。丹長駐鏡顔少。但凝苔眢井，胭脂何在，空鎖禪關夜窈。恁無聊、澗底寒泉，亂蟾倒照。

【校勘記】

〔一〕『籟繁喧』，《甲戌玄武湖修禊·豁蒙樓登高詩集》作『籟頻喧』。

笛家弄 榆生屬題《授硯圖卷》，檢《樂章》譜填此〔一〕

青墨頻磨〔二〕，紫雲初割，當時曾記，硯材雙選端巖秀。巧工雕罷，故里攜歸，詞場染藻〔三〕，珠塵凝袖。與共千秋，幾多吟稿，莽莽誰知守。是傳人，定應似，衣鉢瞿曇，案頭早授。著手。舊田新筆，臨池那怯，百變陰晴，對燭空悲，十年師友。際此乍寫成圖，小眉翠點，玉痕烟瘦。可堪渾疑，一凹清淚，從濺龍華後。彊翁《龍華看桃花》詞云：『剩濺感時淚。』休沉醉，怕西州、哭倒依前，正花飛又。

【校勘記】

〔一〕《當代詞綜》小序作『榆生屬題《授硯圖卷》。檢柳耆卿譜填此』。

〔二〕『青墨』，《當代詞綜》作『新墨』。

〔三〕『染藻』，《當代詞綜》作『染管』。

鷓鴣天 雨夜述感三首

瑟瑟秋歸雨外鐙。占人清抱幾蟲鳴。胷餘塊壘堅於鐵，手觸衾裯冷似冰。催漏箭，咽簷鈴。不眠陪客有籠鸚。重簾直恁埋愁地，遲放東方一隙明。

夢裏胡雲捲作沙。怎生風色問琵琶。關河落落渾孤注，城郭恢恢又萬家。鳩笑鵲，鳳隨鴉。秋階殘葉漸如麻。感時濺淚還些賸，付與人間海樣花。

多事寒灰撥雀釵。修薰尋上篆鑪來。有情碧海何曾涸，無女高北爲底哀。津劍合，月匳開。蛛絲能結亦長才。年年市駿千金擲，誰賺燕昭浪築臺。

減蘭

君前雙淚。千古悲歌何滿子。試隔簾聽。還又惺忪笑語聲。 無端哀樂。絲竹中年吾也覺。夢繞花枝。蝶是揚州杜牧之。

愁倚闌令

離筵月，戍樓鐙。暗還明。長照怱怱行色幾，雁宵征。　垂柳紫陌紅亭。秋風裏褪了深青。何況簪愁雙鬢在，舊臺城。

小重山

隨分衣香試畫篝。衾羅渾不耐、五更愁。枕珊凝淚未忺收。蘭釭影、微損玉搔頭。　花氣篆烟浮。郎邊無夢到、故情休。籤聲迢遞水西樓。垂簾地、閒煞是銀鈎。

小重山

漫把心情問去鴻，依前殘酒醒、錦屏空。柳橋吹笛那回同。從今起、紈扇畏秋風。　歌罷穩金蟲。闌干剛好月、上弦弓。斷無鸚鵡不房櫳，年時教、猶恨語能工。

東坡引 叔問遺筆鏤『小圃指揮』四字，半櫻慨然見貽，拈此報之

綵毫誰夢授。良工正刀奏。勒名那取樵風舊。一枝春在手。一枝春在手。　松煤未染，霜鋒仍透。半還似、町櫻瘦。折梅聊贈情同否。江南何所有。江南何所有。

隔溪梅令 移居新邨，戲示內子二首，因柬半櫻

年年賃廡似梁鴻。慣傭舂。椎髻飛霜婦有、孟光風。一瓢陪醉翁。　延津劍在意還慵。漫騰空。世上何人所好、是真龍。笑看奔葉公。

才名夾袋縱然儲。白髭須。呂相平生大事，不糊塗。怕遺滄海珠。　園筍能作釣竿無。卜溪居。細雨桃花流水、膩於酥。天教肥鱖魚。

清平樂 玄武湖上作，擬晏小山四首

湖平水淺。羅薄眠鷗薦。不復無愁天子見。獨自琵琶彈怨。　畫隄絲柳烟搓。西風爲

爾消磨。山色青青如此，浮雲空際偏多。禽鳴竹外。漸漸斝音改。粉靨嬌荷經雨壞。猶妒六朝眉黛。陂池別樣迴環。斜陽絕好闌干。蝶去蜂來幾度，依前草草幽歡。

臨流照影。藉便猜魚性。城月弄鉤波萬傾。依約發人深省。雁來初放霜紅。殘杯酹向遥峰。長記越王祠下，玉纖輕捩烏篷。

憑高弔古。冷翠侵裾暮。怕過賣餳前日路。上有飛鴉無數。御風列子泠然。足資鄒衍談天。遼鶴眼中人物，是非分付歌筵。

臨江仙 壽王劼孚六十初度。三首存一

西北浮雲倦眼，東南孔雀修翎。笙歌鐙火又逢迎。文章家國事，詩酒古今情。我已皤皤髦叟，公猶好好先生。皤溪他日釣竿銘。後車隨斧鉞，殘局整棋枰。

浣溪沙 雨花臺口占二首

荒盡高僧說法臺。烟鬟十二劫餘埃。墮釵飛作劍池苔。冶山道院有吴王鑄劍池。黄葉

早和霜雁見，白雲曾爲紙鳶開。江山如此費詩才。
只有流塵涅石斑。了無法雨起花殘。木魚仙去隔人間。　服藥未緣添健步，支藤甯復怯層巒。天風吹上看鴉翻。

安公子

惹夢鴛鴦枕。枕痕巧織香顋錦。白雁關河端的在，却書沈雲襟。漸小蕊、盤虯抱影伶俜甚。窺半蟾、瀲灩簾漪浸。問繡裙寬盡，争似郎腰消沈。　渾未長謠禁。按笙花底音誰審。漫省年時簪寶髻，翦朱旛成雋。便拾取、蜂愁蝶恨歌眉沁。從那回、領略歡情恁。歎殢酒懨懨，病懷不曾勝飲。

臨江仙

繡屧響廊下，粉香簌簌，衫影飄飄。鳳釵溜、蜻蜓正撲雲翹。紅潮。透顋暈淺，鴛池上，翠翼輕招。凝眸處、是送郎蘭槳，回傍楓橋。　鐙宵。簾櫳坐悶，先便鸚鵡休調。却重添檀炷，細擫瓊簫。無聊。念江淹賦，除南浦，怎不魂銷。真珠淚，自賣綃人泣，還有誰饒。

捉拍滿路花

綃薄籠肌雪，鏡浄裹鬟雲。繡工夫漸困腰身。舊裁樣錦，鴛翠不成文。等閒抛鍼了，只恁扶著畫闌，一晌銷魂。　滿園烟草誰主，三兩蝶逡巡。西風容易起嬌嗔。唳殘筝雁，淺淺入眉顰。最是如珠雨，彈上梧桐，頓教立盡黄昏。

殢人嬌　靈谷寺探梅，未開，悵然歸賦

無雪巖扃，故怠東君行意。羅浮夢、粉奴高髻。覺來惟有，珍禽多麗。宿霧底。嬌隱紺麈，何世款笛姜仙，尋幽鄧尉。閒年慣、自饒風味。山靈在也，唤冰魂應起。休賺得、似此泥人凝睇。

拜星月慢依聲夢窗，爲劉北鄉題其尊人省齋先生舊藏乾隆時沈補蘿畫《風雨歸舟圖卷》，卷端有金冬心題詩

勁竹鳴條，弱楊飄綫，水國偏多風雨。客夢初回，解維舟官渡。歎歸計，鬧盡、閒雲一片行止，短笛無端朝暮。遠引飛帆，有涼鷗欲語。　氣蕭森、似石尤新妒。江山好、冷翠沈烟古。未寫倚袖谿橋，想羞蛾扃户。只當時、醮墨淋浪處。經百换、歲月痕如故。且漫認、軸首留題，隔花人覓句。

前　調莫愁湖勝棋樓上，次均清真

廢堞吹笳，高樓搔鬢，影入江山緑暗。一鏡清霜，隔前王鈴院。世間事，算得、伊家橘住仙老，幾局棋彈柯爛。賭墅閒情，想湖花應見。　畫船中、怕憶新妝面。何須又、細問銀塘畔。浩瀚柳浪蘋烟，早飛鴛分散。賸蕭條、舊日芙蓉館。憑欄聽、悴葉飄零歎。叵耐那、澈膽寒光，鴂聲凄不斷。

望江南

紅燭底，遲散是笙歌。脈脈花陰低玉漏，微微曙色淡銀河。寒入被鴛多。　榴巾淚，心字兩重羅。麝氣融愁成枕霧，鶯聲啼夢上簾波。殘醉斂修蛾。

采桑子

茜裙新繡花和蝶，花也交枝。蝶也交飛。裙底雙鈎得得移。　繞亭行過風吹帶，影落華池。鴛睡濃時。只有廊蟾省識伊。

霜天曉角

殘臘放晴，燠如三春，盆梅不得雪，亦爛然開矣。索笑成均

鶴苔繡屐，籬落渾相識。玉盎依前還見，瓊釵小、雲容窄。　消息。寒未惻。翠簾銀蒜覓。吹徹關山殘夢，知何處、數聲笛。

竹馬兒　楊子毅以倚松漱石小影索題，依聲石林譜此

是誰畫、斯人丰姿俊爽，灑然塵表。問天寬地窄，芒屩何處，登臨曾到。四顧烟水濛濛，層霾乍斂，翠巒仍渺。雲壑起晴空，有吟龍高喚，千巖花曉。　況又松泉在，迴風澗冷，皺苔崖老。冰霜幾年懷抱。忍計抽簪遲早。卜築便擬孤山，擁梅偎鶴，争似家園好。朱籠鸚鵡，想迎門先報。

千秋歲　東坡生日，集青溪社，分均拈得『入』字，依聲公作漫成

早梅寒勒。臘盡江南坼。風格羨，誰能入。舞腰肢柳小，煞是金絲擘。春近也，新詞好按坡仙拍。　眼底湖山窄。人自千秋隔。相約望，空遥揖。年年溪上社，似燕鶯飛集。休便笑、酒酣冠落銀箏側。『江南臘盡，早梅花開後。分付新春與垂柳。細腰肢、自有人格風流』，又『盡日無人，誰見金絲弄晴晝』，皆東坡《洞仙歌》咏柳句也。

少年游 除夕市况盛常年，因紀

閒門幾處斷桃符。裙屐又歡呼。徹夕珠鐙，鬧雲瓊管，花市繞銅衢。

衰年舊節渾忘得，難避是詩逋。華髮山川，故林鶯燕，亦會此情無。

懺盦詞續稿卷四　教簫集乙亥春

一翦梅元旦有感

小萼疏梅聊强簪。花怎能甘，髮豈無慚。避兵燒鵲幾曾諳。殘夢鶯聲，人在江南。　曼衍魚龍何太憨。寂寞吟身，伴一鐙盦。遣愁尋醉已難堪。聞道屠蘇，鄰飲方酣。

虞美人樹人畫楓林孤鳥長幅見貽，并綴以句云『萬里江關秋氣厲，故園無計避鴟鴞』，殆有所指而作也。爲題二闋

寒林昨夜霜痕灑。葉葉燕支染。啼鵑聲裏看山河。扇影桃花凄斷不成歌。　一枝安穩珍禽占。付與無拘檢。故園風雨落紅多。叵耐秋棠開處便蹉跎。

丹楓自向亭皋舞。未嫁西風去。聘錢十萬費東皇。枉買漫天霞錦爲添妝。　巢湖別有閒鷗鷺。欲託微波語。陸沈休問水雲鄉。覓得吴江一葉此身藏。

醉翁操 黄晦聞挽詞

人生。浮萍。飛螢。等飄零。班荆。逢君廿年前燕京。玉樽和淚澆亭。詩大鳴。勁氣帶幽并。劫换河與山幾枰　病魔太酷，催去騎鯨。痛君地下，因底修文應徵。山有峰兮雲凝。水有源兮泉清。君詩懸金繩。千秋留汗青。綺夢了花塍。拜鵑誰是今杜陵。

憶舊游 依均夢窗，寄懷海綃翁

紺雲明醉眼，海氣收，珠光漾無涯。半樓殘陽裏，正烟條曳緑，亂柳藏鴉。故羣散作飛絮，心事入蟲沙。念舊日吟情，王風蔓草，有淚沾花。　瑶華。久珍重，算雁只安排，書字横斜。梅索巡簷笑，任游蜂喧過，門巷人家。夢痕帶雨多感，千壑鬬龍蛇。但燕子閒簾，呢喃似説春晝賒。

燕山亭　花朝風咏閣看杏花作，徽宗均

林點徘霞，虚閣弄妝，臉窄猩渦微注。羅綺上春，更値芳辰，嬌入浣紗谿女。嫁得東風，最妨是、江南多雨。良苦。飛粉蝶逡巡，幾番朝暮。　何况挑菜年年，正橋畔斜陽，鳳韡人語。青帘賣酒，繡幰停車，依稀過牆紅處。怎不銷魂，剛送了、小桃歸去。無據。閒夢與、梨花月做。

絳都春　陳小樹、吴霜厓、林半櫻招飲市壚，在座喬大壯、沈豫庵、唐圭璋、石弢素、仇述盦，合余爲九人，相約結社課詞，名曰『如社』。議既定，余有他約，不終席去。越翼日，簡諸名勝

承平舊館。記前度過江，更番游宴。送日禁謡，依約高呼，華鐙畔。年年懽夕同飛琖。正柳陌、初回青眼。故情無恙，林鶯占盡，翠温紅軟。　閒散。何郎賦筆，漸而今、老覺東風都嬾。大地龍蚫，孤月湖山，行題徧。旗亭歌袖誰曾見。付絮語、商量簾燕。畫紗籠燭，天明替人淚泫。

傾杯 如社詞課，以柳耆卿《散水調》命題，依均成此

鶴柵烟新，兔園霜老，依前迸作鐙色。舊雨夢入。咫尺正怯，隔冷楓荒驛。瓊筵夕敞羣仙在，也不堪吹笛。吟壺縱倒，和淚綺、軋軋愁腸同織。乍憶。封侯垤蟻，肘懸金印，頭上垂蟬翼。甚院落春回，鶯聲頻喚，醒湘簾眠客。柳北雲飛，花南淮濺，極目盤鵰迹。念傾國。空月影、滿江摇碧。

前調 上闋成，案頭水仙謝，久未忍棄也。適得阮伶玲玉香消之訊，棖觸百憂，仍依《樂章》聲均感賦

沃雪香肌，晝蛾纖嫵，華鬘悟徹空色。漢水記得。解却佩玉，立晚汀烟驛。泠然韈小凌波處，引鶴天笙笛。成連見也，琴定撫、曲曲蚓紋濤織。悵憶。宮霓絶響，舞慵歌嬾，誰跨翔鸞翼。只恨煞飛瓊，伊家名字，早喧傳塵客。淡薄霞綃，飄零雲鬢，萼緑迷仙迹。問花國。鵑血染、幾枝凝碧。

倦尋芳太平門外桃花盛開，綿亘十餘里。正約攜屐，一夕風雪，游興索然，悽黯成均

暈霞笑影，凝露啼妝，春恨誰見。夢入山陰，憔悴去年人面。博得呼鬟廊下掃，幾曾迴棹谿根看。料飛瓊，弄金釵易落，玉醅空薦。　便霧裹猶青老眼。薄命憐伊，衰帽插徧。怕啓冰匳，千縷鷺絲愁綰。鶴與梅仙寒共守，我和花姊緣終淺。聽鈿簫，又番風，畫闌吹轉。

古香慢余戚許公武築農隱園於麒麟門外，掘地得甘泉。村人來觀者言，相去十里，爲宋王安石故居。亂後子孫式微，貧無立錐地。因導至其處，則土阜纍然，石祭臺猶在，碑已無矣，墓門石柱二。父老出族譜，按址求之，不差累黍。按世説荆公葬半山寺，即今半山亭，《江寧縣志》因之，殆不然矣。爲記以此解

引泉刈霰，裁地犁雲，人正耕圃。乍識臨川，往日兔裘卜處。封疏乞歸骸，料蟬蜕、還依故樹。甚花塍浪道舊在，半山有箇亭古。　歎幾點、炊烟低户。兵後殘黎，雞犬三五。未蝕蟲魚，破篋久藏家譜。底事覓苔碑，認門外、雕螭繞柱。試斜陽，酹杯看、倦鴉飛舞。

念奴嬌 明孝陵見櫻花作

市朝幾换，賸麒麟青冢，花開如故。虎踞龍蟠成底事，艷説江山千古。王氣銷沈，降旛吹動，考考城頭鼓。地雄天險，只今猶保抔土。　何苦鐘簴輕遷，衣冠遺蜕，後嗣㢌南顧。月夜不飛華表鶴，敢信神靈呵護。非種應鋤，似曇聊現，一片東風樹。草鶯啼外，銅駞疑作人語。

花犯 槁木一别十年，晤於舊京所居園。梨樹數株，蟠根老榦，殆百年物矣。花正盛開，登土山望之，如置身香雪海中，欣然爲賦此解

似雲飛，春明夢影，殘年怕重見。素妃真面。誰念蕊珠宫，玉輦初轉。縞裳便阻靈關遠。遥知夜鐙掩門深，鉛華洗、雨後歌眉空泫。池臺猶故苑。那可惜、客中霜鬢，新痕渾未辨。　和露點。箋天問、涷香凝硯。溶溶漸、銀蟾照處，鄰漫又、笛吹前度院。但數盡、番風彈指，一樽澆醉淺。

天香 舊京之游，不及牡丹期，忽忽南下。贊堯書來，言崇效寺今年花開特盛，悵然撫此

京洛名花，禪房閒地，游情只任回首。一鞚飛塵，十年吹帽，俊約鼠姑還又。艷春過却，渾未極、池臺堆繡。惆悵沈香檻北，依稀畫羅屏後。　無端去來太驟。聽流鶯、勸人厮守。判忍此行，不倩醉扶紅袖。空賸隋隄舞柳。伴夜雨、窗鐙暈紅瘦。想像環兒，猩唇帶酒。

換巢鸞鳳 清和後天氣驟熱，自桃葉渡買舟至復成橋下，小泊納凉。華鐙甫上，笙歌盈耳矣。拈如社課題，依均梅谿漫賦

桃葉無嬌。賸殘流漾影，畫舸通橋。寵花酬甕酒，款蝶解囊簫。千絲纖柳鬬宮腰。漲鴛水春紅痕怎銷。波迴處，正兩岸、翠簾收照。　雲悄。思眇眇。鐙火滿江，誰又琵琶抱。湛碧秦淮，舊皤潘鬢，猶認飛霜黏草。天界常寬足鷗眠，歲華容易空鶯老。推篷窗，對斜蟾，不辨昏曉。

綺寮怨

美酒甯同愁釅，淺杯宵又傾。漸斷續、漏轉籤虯，紋簾影、漾夢瞢騰。風前危闌記拍，新吹鬧、此曲誰願聽。念絮雲、聚合無聊，迴腸甚、夜色遲向明。　湛湛盪懷故情。波層。乍降如繩。雁度橋平。鬐昨飛星。點華鏡、有涯生。江頭弄潮兒在，好嫁與、慰飄零。桐今爨仍。休憎。縵已老、薰未成。

來函

陳衍來函

根柢夢窗而無絲毫蹇澀之致，其肆力於此道者深矣。讀《懺盦詞》畢，不禁爲之一快。衍。甲戌重九後三日。

林鵾翔來函

大集攜歸，捧讀數過，拜倒之至。彊邨師得夢窗之傳而無此奇麗，海綃翁衍夢窗之緒而無此恣肆，海内無人能抗手矣。鵾翔拜上。

陳洵來函

懺盦先生左右：得書甚慰。江南草長，佳日勝游，殊可羨也。大詞才情富麗，而游思閒散，是真四明家法，非貌爲七寶樓臺者所知也。洵近亦得令詞三首，别紙録呈，乞較其優劣一評之。北行何日？仍盼嗣音。敬頌道祉，不宣！洵頓首。四月七日。

龍榆生來函

尊詞麗密之中，潛氣内轉，用能運動無數麗字，一一飛舞，異乎世之以晦澀求夢窗者。鄙意學夢窗，貴乎能入能出，而於蘇辛一派，勢不能無所沾染。彊翁從夢窗入，從東坡出。公詞則從稼軒入，從夢窗出，固宜其異曲同工矣。晚生龍沐勛上。二月十二日。

吴梅來函

天風海濤，詞之境也；金釭華燭，詞之遇也。至雄奇而沈著，縝密而疎俊，其詞心未易窺測矣。彊邨丈、海綃翁之外，學夢窗而不囿於夢窗者，又遇一先生，讀竟歎服不已。甲戌臘八日。吴梅謹注。

汪兆銘來函

大作沈博絶麗，造詣之精，令人感佩。五日此間有一禊會，先生赴平，未克共叙爲悵。專此敬請台安。弟兆銘頓首。

廖鳳舒恩燾懺盦詞再續稿書後

余於詩不喜香山，於詞不喜耆卿、玉田，蓋以其文從字順，竈下老嫗皆解，殊少餘味也。詩在唐至昌黎、長吉、義山，在宋至山谷，宋人詞至夢窗，其言語艱澀，其旨趣奧僻，其色香幽秀雋永，此獨足矯平易之病者哉！懺盦先生刻意爲詞，老而彌篤，刊落浮艷，走避通逵，直欲入夢窗之室而食其胾，老輩如彊村，時賢如大厂、榆生，無不傾倒者，無俟贅述已。顧志愚以爲評四部稿者，謂如七寶樓臺，拆下都不成片段，懺盦所爲詞，並不規橅七寶樓臺，如畫漢未央宮殿者，彤墀青瑣，羅列千門萬户然，故將七寶樓拆得粉碎，使之片不成片，段不成段，而自以沉鬱拗折艱深之思經緯之。鈍根人驟讀，墮入幽雲怪雨，迷離恍惝，莫知所謂。然潛心默會，不難於零甎斷甓中，忽睹七寶樓臺，海蜃青紅，當前湧現，見此則善學夢窗得神駿於牝牡驪黄之外，而不爲所囿者也。雖然，匠心獨苦，解人難覓，揚子《玄經》，或覆醬瓿矣！此非餘一人之私言也。試檢閲《懺盦再續稿》寄大厂索叙詞稿《朝中措》下半闋，有云：『會得先生微旨，犀心不屬詞人。』自注云『大厂詩「百折詞心不要通」，彊村引爲知音』云云，然後知懺盦先生之爲詞，其微尚别有在也！承示《再續稿》，謙挹垂問，及於下走，我愧此道，淺嘗輒止，何敢自附解人！管蠡所得，聊書於後，當代詞宗，或不河漢斯言乎！ 祥符靳志仲雲。

《衛星》第一卷第四號，一九四〇年

半舫齋詩餘

半舫齋詩餘目録

廖懺盦先生半舫齋詩餘序

序一

詞之興，猶之詩也。令盛於唐五代，猶樂府新體之盛於六朝；慢盛於宋，猶律體之盛於唐也。自唐以來，燕樂大曲，多爲五、七言絶句，詩家以爲難於他體，而令詞自絶句演成，故詞家又以爲令難於慢。令似易成而難工，慢似難成而工較易於令，無他，繁略有不同耳。劉彦和謂：『精論要語，極略之體；游心竄句，極繁之體。二者適分所好。』此雖以論文章裁鎔之道，詞豈不然？矧令、慢固顯有定裁耶？蓋文體雖别，文心不殊。必使略不可益，繁不可删，思致乃臻於密也。北宋若永叔、叔原、子野、方回、少游、美成，無不鎔鑄唐、蜀，接踵《花間》，故其慢詞亦益密麗深厚，南宋漸趨於薄。然若夢窗詞，能使縟采飛動，亦《金筌》《陽春》之遺法也。近頃詞流輩出，慢體多工，於小令輒不經意，獨懺盦先生於唐五代詞，得其精髓。細心微詣，曲折盡變，由是而規橅夢窗，神明於鑪錘機杼。諸評君詞者，或惟知其爲夢窗詞而已，惟漚尹侍郎稱爲能

『潛氣内轉，專於順逆伸縮處求索消息』，信乎窮流溯源，有所從入，有所從出，莫君若也。君前已刊詞十二卷，方在古巴時，賦其山川，詞藻奇麗，輝映異域，世訝爲輶軒絶代語復見於今。兹續刊是卷，雖曰别集所存，精采未之稍減，予於此益歎君之才力爲不可幾及矣。庚辰初春，新建夏敬觀。

序二

戊寅秋，違難上海，始獲奉手於惠陽廖翁。翁年七十五，而氣度磊隗，如四五十，文章翰墨，老而愈捷。間出其《半舫齋詞》，督爲一言。趨叩其淵源，則中歲爲稼軒，晚乃折入夢窗也。既又求得其舊刻《懺厂詞》讀之，運密麗而能飛舞，信乎非貌似七寶樓臺者。夫辛、吴殊尚，翁一手爲之，才大誠無不可，然非其身世閱曆之所摩漸，亦烏以臻此哉！竊嘗申而論之，兩宋樂章，蜕自唐詩。飛卿瑰瑋奇秀，上承昌谷。昌谷在中唐，立意與元白分北，其於昌黎，蓋拔戟爲一隊者。遞衍爲少游、清真，而集成於夢窗。自濫觴而江河，波瀾固莫二也。稼軒以縱横恣肆之才，益拓東坡之宇，驅使經子，并好櫽括昌黎字面，其鋪張排比，用漢賦法者，尤與韓詩同杼軸。集中若《哨遍》《六州歌頭》《蘭陵王》諸作，不能一二數也。文事尚變，有揣其末如胡越，探其本而肝膽者，辛、吴之與昌黎，貌異而心同，殆亦猶義山、山谷之於杜耶？自彊邨先生以東坡爲夢窗，二十年來爲吴詞别創風會。今翁又合之稼軒，其海外蹤跡，遠出於尋常視聽之外者，自來詞人所未有，身世閱曆之所摩漸，宜其不終囿於夢窗也。予於翁詞，不敢妄有辭贊，謹舉辛、吴相通之義以求印可。世之讀翁詞者，倘不以爲河漢耶？己卯大暑，永嘉夏承燾序於滬西緑楊村。

序　三

《夢窗四稿》，自佑遐給諫、古微侍郎校定重刊之後，人始知規橅四明，然所作不失於隱晦拗澀，即流於佻巧纖弱，其能得四明之神髓者幾何人哉！己卯春，余從吴門來滬，始與𢿃厂相識，年已七十餘矣，倜儻權奇之概，及耄弗衰。閒嘗述其身世升沈得失，翛然曠視，無介於中。余以爲此人英也。暇日，出所刻《𢿃厂詞》十二卷讀之，沈博閎麗，深厚芬悱，是殆出入四明，獨張一幟者夫！豈今世率爾操觚，侈於標榜、弇鄙夸誕、傲睨自雄之流所能望其項背耶？𢿃厂貴仕數十年，散資百餘萬，而豪情奇氣，不減當年，觀其詞可以知其人矣。近復有《半舫齋詩餘》之刻，樂爲片言，弁諸簡端。己卯立夏，吴興姚肇松亶素。

序 四

惠陽廖鳳舒先生既刻《懺盦詞》八卷、《續集》四卷，復删定兩年來避難淞濱之作，别爲《半舫齋詩餘》，將續刊行世。叩以『半舫』之由來，則先生三十年前于役古巴所營别業，而與彼都人士夏日游宴之所也。先生壯歲持節海外，足跡徧東瀛及南、北美洲，而居古巴最久。素習倚聲，於宋賢特崇夢窗，時亦出入稼軒。舉遐荒絶域、詼詭奇麗之境，一託之於詞，鏤金錯采，適與彼土山川相輝映。及歸國，而南北奔馳，不遑寧處，浮沈宦海，若顯若晦。行蹤所至，輒復探幽訪古，發爲咏歌，渾灝光芒，不少摧挫。此其胸次之曠遠，與夫天稟之超卓，洵有以異乎恒人。宜其麗藻繽紛，風力遒上，一編出，遂不脛而走矣。予始識先生於精衛先生席上，一語投契，忘年下交。嗣是每至金陵，必走視先生。先生健步履，喜登陟，雖年逾七十，而容色益敷腴，望之若四十許人。每與碧桐夫人童顔鶴髮，並肩相顧，儼然神仙眷屬也。前歲，於戎馬倉皇中扶病轉徙來滬，一廛之寄，屋小於舟，在恒情宜所難堪，而積年沈痼，一朝霍然而瘉。吾以是益信先生天稟之獨厚，後福且無疆矣。海天遥睇，渺兮予懷，吞雲夢於胸中，納須彌於芥子，一彈指而樓閣重現，豈第以七寶眩人眼目哉！晚近學夢窗者，歸安朱先生推君鄉海綃翁爲獨至。翁與先生亦相見恨晚，而朱先生所稱得於尋常聽覩之外，江山文藻，助其縱横者，則又先生之所獨有也。予不敢妄爲評品，因雜書所感以歸之。己卯孟秋之月，萬載龍沐勛謹序。

自序

自己丑以迄乙巳，于役美洲之古巴，於鄉落間買地闢園，極亭臺花竹之勝。塘六畝，累石爲假山；山之下，仿珠江畫舫式築齋焉；山銜其半，其半曲欄繞出水之中央，顔曰『半舫』，因自號『半舫翁』。夏日荷花盛開，招彼都士女游宴無虚夕。秩滿解組歸國，園遂爲西班牙某巨室購作别業。民國改元，持節再至其地，則棟宇如新，手植樹已合抱，而所謂『半舫』者，蕩然無零磚斷瓦之存矣。頃者，避兵淞濱，端居閉門，得詞若干首，復搜舊篋，得金陵病中所爲慢、令十四首，不忍投敗紙簏中，又不及增入《懺盦稿》，故别以『半舫齋詩餘』名之。集夢窗句題《水龍吟》一闋，聊志鴻爪，曰：

移鐙夜語西窗，芙蓉心上三更露。冷空淡碧，烟江一舸，虹河平遡。别岸圍紅，送人雙槳，萬妝争妒。聽鳳笙吹下，飛軿天際，新鴻唤，半汀鷺。　洲上青蘋生處，載清吟，數聲柔艣。低簾籠燭，翠翹欹鬢，游情如霧。峭石帆收，裴郎歸後，幾番風雨。記行雲夢影，隔花時見，等閒留住。

己卯荷花生日，半舫翁自記

半舫齋詩餘丙子冬迄庚辰春

還京樂元宵，四鄰爆竹之聲不絕於耳。因念不過秦淮酒家，荏苒一年，雨雪輒阻攜屐。東事已爆發，惘然賦此

夢飛到，隔户元宵，鬧極聲未已。記賣鐙門巷，故年十里。光飄珠琲。歎徑霜猶滯。馳車怕入橋南市。暫避了，沽酒去處，笙歌囂世。覷銀蟾起。正開簾聊與，杯浮大白，蕭然三影共醉。諸軍破敵崑崙，怎兹辰、又付流水。灑吟牋、應淚墨縈絲，愁烟皺綺。但逐莊蝴蝶，花間依舊游戲。

四園竹鶯

如簧弄舌，背檻語新鶯。巧曾翠織，群又亂飛，傾國傾城。高唱時，雲可入、狂風轉景。柳

陰吹斷千聲。爲誰青。江南樹盡垂絲，金衣到處逢迎。最怕工顰善妒，還惹東牆，浪蝶關情。殘照迴。睡正熟，懨懨醉未醒。

玲瓏四犯牡丹，清真均

匀紫敷紅，是舊日昭陽，新試妝艷。第一霓裳，屏裏乍呈芳臉。誰道醉舞楊妃，髻鳳早顫鈿教亂。歎霧鬟却未須換。垂老杜陵能見。

釃杯因底花時薦。愛端凝，半含嬌蒨。神仙笑擁朝暾出。塵世甯留眼。春正繪色繪香，肯便買，胭脂不點。布絳雲十陣，鴛有託，爭飛散。

渡江雲病中問孝陵尉靈谷寺梅花開未，託意於詞

癯梅干底事，惱人病榻，寤寐兩無端。在山開過了，會向簾前，點額帶妝看。曾經鍊骨，便似鐵，衝得林寒。哀衆生，藥籠誰貯，顆顆返魂丹。

非關。蕭齋相對，翠盎孤培，抵巖株十萬。蟾鏡來、紗窗留影，苔砌添斑。荒畬縱自慳游屐，借酒力、應可躋攀。遲到處、巢禽未蹋枝翻。

氐州第一 病起，山中看紅緑梅花，清真均

堆緑屯绯，山占萬畝，懸天粉本猶小。翠蝶交飛，喧蜂互鬭，穿入香叢縹緲。新倚宮妝，淡正帶、亭亭斜照。染雪孱顏，支寒瘦骨，故人俱老。　道是園林佳興少。恁還又、花陰行繞。冷蕊彈襟，疏枝點鬢，入浪吟閒抱。只風流、何遜減，巡簷怕，嫣然索笑。一醉瞢騰。夢羅浮、仙鄉未曉。

意難忘 況蕙風嘗和清真此調，四聲陰陽平一絲不苟，聊爲效顰

窗影昏黃。記筵開鏡閣，素手行觴。顯霞融酒淺，肌粉染鐙香。蓮漏滴、月廳涼。吹玉管淋浪。笑使君，明珠報曲，受授私相。　文鴛未約成雙。甚尋春較晚，亦恨崔郎。閒談簫史事，羞倚雪兒妝。鸚課罷、惹愁腸。放飛去無妨。那忍伊、籠中過却，暢好韶光。

前　調

卧病中央醫院時，髡柳未荑，原草尚枯。一日窺窗，見翠縷拂牆，緑茵遮路。碧桐君憮然曰：『今日三月三矣。』慨自纕蘅開藩貴陽，都下修禊，僅穎人以青溪社招集三四十人，視曩年掃葉樓、雞鳴寺之會，判若天淵。因憶五十年前鄉居讀書，每禊日約二三同輩，攜酒郊游，此景宛然在目。伏枕泚筆紀之，不啻服清凉劑也

郊柳篩黄。正繁鶯按曲，勸我流觴。谿迴人倒影，風煗草飄香。嵐翠濕、客衣凉。聽瀑瀉淋浪。徑漸深、尋碑峭壁，幾費端相。　游車未挈鬟雙。有巖花笑臉，恰迓荀郎。林晴蜂喜鬧，天晚蝶慵妝。囂世外、洗煩腸。恣夕飲何妨。唤遠空、雲開半隙，放下蟾光。

遐方怨　憶舊

花窈窕，柳嬌嬈。記得月明，那人樓頭吹玉簫。如今樓在已人遥。獨留團扇月，照斜橋。

浣溪沙 偶至玄武湖上三首

簇簇鴉群散似烟。柳條疏處見歸船。不妨隄上稍流連。　無酒不成長日醉，有花聊放一春顛。擬隨漁父學攤錢。

歌哭平生且勿論。兒時啼笑老還真。可堪浮世作詞人。　款款蝶情容易縛，昂昂龍性本難馴。竭來雲雁是知津。

漸覺禪林報晚鐘。六朝山色去忽忽。夕陽消受好簾櫳。　水鳥飛時剛過雨，河豚起處欲吹風。一聲菱唱記吴儂。

玉樓春

低鬟一笑渾何似。絶似牡丹初破蕊。酒顔無那燭花紅，歌黛可堪山色翠。　籠鸚未解人顛頞。念得郎詩空惹淚。月痕猶戀海棠梢，簾下猧兒甯穩睡。

虞美人 紅蕖正自

江天尺幅丹青稿。添箇漁翁好。石磯西畔立多時，看煞落霞孤鶩、一齊飛。新妝了。對鏡盈盈笑。鴛鳧穿葉出偏遲，直得雙鬟打槳、又來催。

前調 蘭衾夜

春風著意嬌楊舞。那計花仙妒。沈郎休道不勝衣。換與妾身還算、好腰肢。烦金猊炷。麝氣氤氳吐。恩情容易化寒灰。切記添香須趁、未殘煤。

薄倖 旅懷

海棠開處。逗一尺、游絲絆住。記嘖笛、高樓江上，都是行人心緒。甚亂山、啼鴂芳菲，偏教迷斷還家路。歎雨澀蛩聲，宵明鐙火，棖觸昵昵兒女。且漫怨、春容暮。渾不見、六橋烟縷。算年年依舊，風霜茸帽，染成客鬢如殘絮。不應凄苦。待花梢笑指，薔薇架下歡期數。雲涯望盡，消息來鴻穿户。

風流子 咏燕，依清真『新緑小池塘』體

珠箔捲紅樓。春無語、燕子解言愁。歎絲竹畫堂，舊時王謝，草烟殘壘，前代曹劉。趙婕好、還嬌似汝，怎説領封侯。掠蝶翅低，細風深院，蹴花身弱，微雨香溝。人間千江水，飛雙翦、將恨剪却都休。奈有故巢孜孜，厥爲孫謀。看幾回覓伴，烏衣窄巷，帶歸泥絮，穿過簾鈎。徵夢宵來不圖，偏又懷投。

龍山會 戊寅重九前一日，榆生招飲訒盦齋中，諸名勝畢集。榆生出紙索詞，次夢窗均成此

落帽風何早，料到明朝，鬢短茱萸亞。幾人江又過，殘淚點、飄影新亭亭下。鄰户絶簫聲，那還記、歌衫蒨冶。暗銷凝，河山話劫，唾花寒灑。　誰漉甕酒烏巾，頓杳狂朋，向古臺飛馬。五星今縱聚，愁聽處、羌笛城陰吹夜。多難莫登高，怕詩趁、哀泉亂瀉。便怎捨。有匣劍、久磨腰際挂。

龍山會重九後三日，最高樓上晚眺書感，仍次夢窗均

忽放登樓眼，憑徧闌干，字總排成亞。冷雲和淚看，斜雁影、幾與殘陽齊下。秋水一痕飛，驟橫破、江烟翠冶。沁乾坤，詩愁萬斛，縱情揮灑。攜笛到此休吹，怕引山軿，馭紫鸞如馬。染霜髭鬢滿，還怎忍、浮白笙邊連夜。須勸惜分陰，歎華鏡、流塵迅瀉。意未捨。似百仞斷崖藤倒挂。

龍山會亶素訪我於層樓，談次，因言夢窗此調和均之難。是夕獨酌，再賸一解

驀又過重九，試問殘英，賸幾霜枝亞。擬追陶令醉，誰送酒、教我酣眠花下。新雨竭來時，滯鄉訊、滄波宕冶。對鐙牀，摩挲故匣，劍塵飛灑。知曲世罕文君，那忍求凰，效鼓琴司馬。仰觀星象後，歌再起、贏得徬徨中夜。餘怒觸共工，怕天墜、銀河地瀉。計漫捨。待笛外、雨蓑漁艇挂。

十二郎 次訒盦和人均

麗花燦管，正入夢、繡帷蝶影。羡薌足游躭，霜髭吟斷，閒恣長謡意迴。付與歌鬟旗亭上，早畫壁、安排曾定。堪碎擘錦絃，偷彈綃淚，唱餘猶哽。　因省。淞涯望盡，碧流千頃。便按笛飛篷，天河尋到，還怕金仙問鼎。駐馬鐙橋，解貂帘市，殘酒著懷冰冷。宜絳袂、乍輟添香粉手，熨人宵静。

漢宫春 冼玉清女士畫故都春色，爲二圖，曰『崇效寺牡丹』，曰『極樂寺海棠』。書索疚齋題，疚齋約余同賦。次君特均，題《崇效寺牡丹》

天上霓裳，趁東風拂檻，低舞群姝。佛幢麝烟，細透七寶流蘇。池灰幻劫，恐華鬘、色相偏殊。争又見、含毫繪就，洛妃嬌捧霞盂。　十丈輭塵飛處，看鄰旛招展，閒引蜂娱。須妨現曇過眼，蝶弔金鋪。黄鸝舊約，記開時、曾共傾壺。空笑道、花無人勸，勸花若醉誰扶。

憶舊遊 次清真均，題『極樂寺海棠』

正苔凝古甃，露冷禪房，人静春宵。晝燭通明殿，照紅妝睡足，淚點瀟瀟。溜簪自落鬟畔，敲枕玉光摇。歎夢國清閒，花場艷冶，幾箇能消。　　迢迢。探芳訊，甚梵鼓聲中，胡騎連驃。且把無多酒，酹香叢聊效，騷辨魂招。杜陵那有詩咏，腸斷赤欄橋。待倚得熏籠，朝暾挂煞千樹桃。

丹鳳吟 爲亶素題填詞圖，次均君特

鏡底韶光流水，换幾詞場，百年消寂。江山劫後，休問蠹菭詩壁。花枝任揀，酒杯怯倒，事影悠悠，邊聲索索。尚有千層鳳錦，爛似嫣霞，飛向空際翻碧。　　况是探芳嶺表，句新盡奪巖桂色。料理聲名早，歎長安塵汙，繡虒應識。紅圍香繞，却憶畫簾人隔。認取笛中三弄手，隸霓裳仙籍。烏啼只漫，猶勸歸去客。

江城梅花引 遊山園漫成

拕笻橋上趁飛鴉。竹新芽。翠交加。一片落花，颯颯繡鱗遮。石轉苔翻流水急，入谿斜。催人影、換鬢華。

亂蜂隊結又排衙。酒誰家。供醉賒。竟無纖手，向壚處、整得烏紗。閒傍箏邊，看煮雨前茶。半壑雲陰天正晚，淡殘霞。玉蟾弄、岸嘴沙。

還京樂 吾郡城在羅浮之東，有湖曰豐湖，亦曰西湖，彊邨老人所謂『裝成縮本西湖』者也。朝雲墓、六如亭在焉。余別四十餘年，聞迭經兵燹，迄未殃及。去春日軍陷落，不知如何矣。寒夜酒後，浩然有思，率拈此解

故山在，鶴悸猿驚，夢跡今記否。縱渡江胡騎，亂蹏蹋後。芳菲依舊。怕膩消湖瘦。寒吹畫角嚴城久。賸鏡裏，西子怨斷，妝春烟岫。

問長亭柳。送關河人遠，纖條慣折，腰圍因底尚鬬。干戈萬劫心魂，試安排、自酹壺酒。了無端、空兔魄斜飛，虯籤暗吼。正欲歸期卜，燈花飄墜紅豆。

解連環 聞半櫻病瘥，春分後五日偕碧桐往訪，不遇。用愚世兄導遊兆豐花園。歸而述此，寄半櫻

應門惟鶴。知林逋載屐，笑攜紅萼。念病久、苔滿閒庭，是騎馬貴遊，饋無康藥。泥我題扉，掃蛛網、却妨花落。但萊車駕鹿，碾起麝塵，似惹蜂覺。　名園那曾有約。歎頹年怎禁，換盡哀樂。早到眼、春色分明，甚穠李夭桃，數枝剛著。未墮機心，任消與、鳶飛魚躍。漫低頭，鏡漪弄影，怕教露角。

高陽臺 蔡師愚《聽潮音館詞鈔》有和余此調，題爲『秦淮畫舫』，原詞不復記憶。夜不成寐，依均補作

文字緣深，鶯花夢淺，襟痕鐙影游船。釃酒憑闌，彈釵曾貼吟肩。歌雲不逐飛瓊去，了無因、離恨漫天。任淘殘。六代豪華，依舊嬋娟。　泥鴻爪印休重問，問秦淮膩水，消向誰邊。棘卧銅駝，東風攬柳成緜。一池吹皺干卿甚，寫鴛鴦、和雨和烟。付傷心，朱雀橋南，白髮樽前。

八聲甘州 吴瞿安挽詞

渺昆明在眼漢旌旂，神州莽飛埃。向鷗天遥問，蟲沙殘劫，闇竟誰排。上界玉樓有記，修賴謫仙才。催客騎箕去，撒手雲階。空賸文章壽世，要羲熙風骨，委靡扶來。看成陰桃李，遷地又重栽。忍回頭、白門吟社，賦媚香、遺址託騷哀。挑鐙夜、怕翻詞録，猶是霜厓。

花心動 瓊花，和亶素

簇粉堆雲，是華鬘、妝成本來空色。舊夢蕊珠，新浴真妃，摇影紵裳消碧。料應披氅飛仙杳，飄玉佩、却遺蘭澤。只休誤，天香富麗，上林曾植。巧鬬輕纖體質。羞還比、西施載歸吴國。未染瘴薰，聊滌冰魂，那損故家丰格。淡描不買燕支繪，東風厲、有根依石。甚吹散、一團素心共惜。

瑞鶴仙 徐南屏母五十生日，移壽貺所得振灾，繪《養志圖》徵題，倚此應之

鳳笙吹繡甸。正婺星南極，璇圖初展。薰風趁琴轉。護北堂慈竹，春暉長煖。百齡届半。帶清霜、芙蓉鏡面。認鐙幃、念五年來，畫荻課丸人健。　　欣見。萊斑嬉處，訓誡諄諄，綵觴休獻。嗷鴻澤畔。感時淚，向花濺。借蟠桃、滴取楊枝甘露，世界大千灑徧。自無煩、一勺仁漿，翠釵又典。

滿江紅 夏映盦新居落成

鄴架縑緗，有藏本、谿山書屋。安梅鶴、數椽還見，詩翁卜築。樓外半簾宜捲雨，堦前尺地堪栽竹。手騷經，天問漫裒裒，箋和續。　　松濤韵，收琴曲。花陰暑，消棋局。正璇閨商略，丹青成軸。幸免蟲魚秦火劫，笑看雞鶩胡麻逐。放金杯、裂笛又吹，雲窗蕉緑。

蝶戀花 訒盦示《落花》詩八首索和，不能詩，拈六一翁句率酬六闋

庭院深深深幾許。緑未成陰，紅已先辭樹。樹底啼蛄聲漸苦。聲聲似替殘紅訴〔一〕。
燕子不分泥與絮。銜上雕梁，一例同擡舉。十萬金鈴空説護。無端只惹東風妒。

庭院深深深幾許。怕捲珠簾，簾外風和雨。但得雨晴風亦煦。倚樓看煞天魔舞。
銀鹿馱歸何處所。堆向谿根，依舊黏泥土。羅韈絶塵人淡素〔二〕。飄飄正試淩虚步〔三〕。

庭院深深深幾許。舊日池臺，金碧都非故〔四〕。半角園林新缺處。憑誰更把空枝補。
莫遣游蜂爭攫取。一片花飛，減却春無數。茵溷何曾甘自汙。不堪零落依朱户。

庭院深深深幾許。有美人兮，對景傷遲暮。輪與姮娥奔月府。年年搗藥教顔駐。
散盡綺霞隨海鶩。不賸些兒，點綴斜陽渡。錯喚花奴撾羯鼓。匆匆開過成孤負。

庭院深深深幾許。門外塵香，曾送郎車度。莫遣馬蹄痕掃去。歸來須認當時路。
鎮日流鶯偏不語。脈脈含情，也似妨鸚鵡。不是工愁同杜甫。感時濺淚休哦句。

庭院深深深幾許。蝶夢回時，匝地迷緋霧。夢裏渾忘春去住〔五〕。都來夢也無憑據〔六〕。
滿目殘棋誰賭墅。爛錦山河，一擲同孤注。醉倒花前花漫忤〔七〕。明年花又重歡聚〔八〕。

【校勘記】

〔一〕『聲聲似替』，《落花詩》作『聲聲聲似』。

〔二〕『羅韈』，《落花詩》作『羅襪』，同。

〔三〕『凌虚』，《落花詩》作『凌波』。

〔四〕『金碧都』，《落花詩》作『金粉渾』。

〔五〕『渾忘』，《落花詩》作『那知』。

〔六〕『夢也』，《落花詩》作『萬事』。

〔七〕『醉倒花前花漫忤』，《落花詩》作『醉向花前傾緑醑』。

〔八〕『明年花又』，《落花詩》作『約花明歲』。

歸國謡 温飛卿體二首

宵永。錦帳繡衾花蒂並。兩鴛眠熟交頸。可堪嬌獨醒。　户對絳河斜耿。背鐙孤抱影。恁般人遠天迥。淚痕珊枕冷。

呼酒。酒醉看花花更瘦。兕觥聊祝花壽。壽花詩百首。　頗記畫闌憑久。牡丹開似斗。只今雲盡蒼狗。亂紅知也否。

荷葉杯 韋端己體二首

鏡閣髻螺剛妥。些箇。宮額未勻黃。悄回嬌面向檀郎。濃淡細商量。　臨砌幾枝紅萼。吹落。愁擬惜春詞。簾間鸚鵡夢醒遲。心事暫瞞伊。

釀得艾成清酒。依舊。佳節醉如泥。雨沈山去帶雲回。應有妙詩髓。　樓外水天搖碧。消息。渾似隔仙槎。誰教淞翦半歪斜。飛燕正無家。

卜算子 荷花五首

長記莫愁湖，鏡裏芙蓉面。一別無端雨又風，香褪嬌顏變。　說甚勝棋樓，輸了江山半。簾燕空飛鐵翦雙，不翦愁根斷。

出水曉妝妍，淡着燕支色。款款蜻蜓點破紅，怎道無瑕璧。　素韈自凌波，不見汙泥迹。帶笑含顰欲語時，抱影亭亭立。

葉葉現如來，花現大千界。玉井應輸咒鉢生，歷劫渾無礙。　不嫁汝南王，底事蘭舟載。解佩年年贈與誰，一鷺烟汀外。

粉靨暈潮紅，晨未消殘酒。驀地妖鬟打槳來，玩弄憑纖手。盡在不言中，直恁緘香口。澤國鷗盟似水寒，難得花蟲守。

花漫對儂羞，儂也花羞對。恨煞將花比六郎，玷却花名字。說愛自濂溪，花合稱君子。淚化珍珠滿玉盤，傾盡酬知己。

綠蓋舞風輕乞巧前一日，午社召集於李文忠公祠，擬弁陽老人作

約客醉深杯，故相祠堂，荷風透窗綺。昆劫吹灰，闌干殘染得，斷袂愁倚。莽莽中州，記烟草、紅心曾繫。燕歸遲，落徧江花，蔆鏡千蕊。天底。又促佳期，浪影耿星河，幾見戈洗。點滴盈頣，泣銅仙、恁地似花飄淚。淡已忘言，紫霄迴、封章誰寄。雁飛同，書帶九關秋氣。

望湘人吴湖帆夫人潘静淑挽詞，東山均

乍呼鳩戰雨，驚雁墮雲，最憐留滯淞半。紙閣殘鐙，畫箱賸稿，早是江鄉烟晚。漱玉詞工，仲圭山好，偎鴛池煖。問怎生、花劫優曇，頓拆吹簫鸞伴。須信吟腸寸斷。對兒愁女慘，荻窗人遠。賴慈竹堂深，漫道庇雛陰淺。飛輧載後，碧桃谿畔。隱約神宫仙觀。只恐到、隔歲春

歸，誤了虚簾窺燕。

玉京謠 題静淑夫人《緑遍池塘草圖》

覓句蘭窗底，夜起池窺，浪淺鴛紋皺。嫩草旋生，游仙魚夢回否。念到眼、如許芊緜，正造物、工描還又。春葱手。拈毫寫得，怡情稀有。能傳自豈須多，語妙無雙，想苦吟獨久。吹緑千絲，渾應潘鬢相守。恨户庭、經者番風，總付與、落紅消受。嘶勒後。休勸玉樓人酒。

水龍吟 汪憬吾挽詞

砉然雲裂烟飛，峨松千尺懸崖倒。罷兵穗石，移家濠鏡，白頭遺老。人欲横流，耆賢長逝，傷哉吾道。問蒼茫何意，百年泡影，馬塍事、今朝了。雨屋深鐙賸稿。記詞仙、聲名最早。玉田雕琢，夢窗凝鍊，樓臺七寶。子敬琴亡，廣陵散絶，誰彈古調。看殘棋收拾，屬公門第，九京含笑。

霜葉飛 湖帆、榆生重九日招五次社集，拈得此調，依均清真，酬兩主人並簡同社諸名勝

舊游詩草。飄零外，人才偏數江表。社盟重踐畫堂西，正雁天秋悄。歎絶壑、烟昏雨曉。何堪簪帽紅萸小。捲繡簾今宵，怕瘦却、黄花半臉，月鏡愁照。籬畔漸覺霜高，盈樽清酒，徑滑鬢送難到。陸沈真箇賸青山，問甕泉誰抱。黯鐵笛、關河聽了。胡姬還譜伊州調。念往昔、冠裳盛，雲散星寒，夢華應少。

垂絲釣 次清真均

錦書滯羽。妝樓人皺嬌嫵。漫引亂蟾，又攬雲絮。寒幾許。沍繡箏淚柱。驚秋暮。念隋堤輦路。河冰凝後，浮沈鴛鷺稀遇。舊游俊侶。尋到前朝處。簾捲西峰雨。猶笑語。向畫闌鬧否。

雪梅香

健腰脚，蚪藤蠟屐訪奇峰。但侵尋愁病，平途步屧還慵。長惱驕猧倒棋局，每隨馴蝶繞花叢。小梅萼，向鬢嘲人，頭腦冬烘。　無風。也因便，密把書辭，付與賓鴻。已劫心魂，那闗雨滴堦桐。海氣樓臺賸陳迹，洛城歌管入殘烽。晨來聽，喧簷凍羽，知報霜濃。

木蘭花慢林鐵尊挽詞

崑山灰劫後，甚猶禍及君身。溯三島航回，一官匏繫，王粲依人。狼氛。倉皇出走，有梅妻蠻語似參軍。語冰夫人通日語，避兵揚州時，得以秋毫無犯。庭鶴正豐毛羽，逋仙脱屣紅塵。　淞濱。杯酒重温。窗雨舊，社盟新。歎霜髭撚斷，珠璣欬唾，忽化烟雲。君久患氣喘欬嗽，乃忽因氣逆不治而逝。松筠。歲寒凋落，亘千年不滅是靈根。兩卷半櫻詞續，天之未喪斯文。

小梅花 貞白示新詞，次均奉答，聲律依東山

白墮酒。黄金斗。蟠桃如瓜上仙壽。簇螺峰。插花紅。七香寶案，鼎俎排璁瓏。雲和奏歇飛瓊語。菩薩小蠻吹笛女。玉爲堂。石爲梁。棲向天池，兩兩比翼鴦。　樂未半。星猶粲。禽駕雙橋耿銀漢。絳宫深。紫鸞音。虯猊烟裊，一縷海檀心。真妃沈醉還謳曲。怎暇悲人成淚燭。臉痕妍。鏡光圓。長羨奔娥，入月作嬋娟。

齊天樂 吷盦爲題詞稿，倚此報謝，即書其《填詞圖》並詞集後

文章海内推宗匠，填詞晚年餘事。筆大如椽，懷虚若谷，人物過江誰似。雕蟲小技。但品題一經，聲價十倍。漉酒挑鐙，夜寒猶自擁吟鼻。　讀公雲錦幾卷，周吴且平揖，而况姜史。弩挽千鈞，劍飛五步，射馬擒王游戲。元音正始。早氣作蛟蟠，韵諧鸞翽。笑我頭陀，片花紛著體。

玉女摇仙佩 臘鼓正喧，風雪大作，呵凍成詞，聲律依柳耆卿

封姨陡下，引鶴翩翩，幻造瓊天瑶地。縞素軒窗，玲瓏樓瓦，但覺粉雕心細。改盡繁華市。甚妖霾障久，猶聞歌吹。那知有、横戈戰士。寒忍沙場鼓角聲裡。堪還擁貂裘，唤燭傳觴，金釵十二。休問叩門夜寂。訪客高車，管取袁安僵未。最感落鴉，飄然簷底。灑墨淋漓如紙。且漫音書擬。怕西北、雲渺鴻沈難寄。便朵朵、梅花碎瓣，小園頻糁，也無新意。慰情易。陰山道滑阻飛騎。

撼庭竹 堦前稚竹爲雪壓倒，檢王晋卿作，依體漫成

六尺低牆正圍著。新種筍成籜。鐙窗夜静龍吟作。雨緜風絮闃然撲。誰與祝平安，傳箭召瑶鶴。恰似海棠春睡去，梨花恣輕薄。翳寒那唤鄰蜂覺。相持鷸蚌未甘弱。行見拂雲霄，羞傍人籬落。

越谿春歲末盡三日立庚辰春，次六一翁聲均

春入隔年猶臘日，消息問淞涯。劫灰掩盡樓臺霧，望故林、空記嫣霞。愁滿江南，飄鶯蕩燕，何處爲家。　康衢閃電飛車。簾面障青紗。幾回歌者舞者散去，香殘粉褪釵斜。吾醉欲簪衰髮，無聊摘到瓶花。

東風齊著力元旦喜晴，檢均得『和』字，亦善頌善禱之意也

瑶笛吹晴，珠簾篩煗，景換祥和。天光日彩，倒影弄金波。皎皎鴉林擁雪，乍消去、洗出青多。依然是，花團錦簇，無恙山河。　小隱有詩窩。休更説、兩軍築壘操戈。柏椒上頌，子墨正同磨。蘸水籠烟嫩柳，黄鸝唱、引動衢歌。邨壚近，吴鬟笑博，百琖紅螺。

沁園春人日遣懷

天地生才，忍使投閒，鬢眉染霜。看蜂曾釀蜜，調和鼎俎，蠶還吐繭，製作衣裳。舟涉巨川，

棟支華廈，物各因時展所長。甯摇筆，但夷然獨寫，大塊文章。杜陵落拓江鄉。正今日、題詩寄草堂。念黏鷄簇燕，徒工粉飾，艾人紙虎，故弄譸張。劫洗秦灰，光緜漢祚，重見陰符握子房。吾耄矣，且扶藜觀治，日獻千觴。

菩薩蠻 游花市，欲購盆梅，無愜意者，索然口占二首

年年一度梅花放。叵耐今年花改樣。玉骨病懨懨。横簪支亂蟬。美人憐袖薄。寒重冰綃覺。因甚苦禁持。鶴樓聞笛吹。

傾人城又傾人國。還説驚鴻影翩若。誰使衆香魁。頹然眠翠苔。生機渾未絶。底降封枝雪。無數買花錢。抛殘成藥烟。

前　調

濕花微雨黏雙翅。蝴蝶滿園飛不起。一曲念家山。銀箏和淚彈。畫闌愁獨憑。雁滯音書梗。燕也久淹留。珠簾空上鈎。

望江南

歌筵畔，詫燕與瞋鶯。漫忤灌夫撩罵座，願聞武帝賦傾城。難再得卿卿。　簫和笛，何止是關情。百轉秋波無賴甚，雙垂玉筯可憐生。殘蠟照分明。

減蘭

閒花閒草，長恨此身閒不了。偷得閒身。草色花香與蝶分。　蝶偏忙煞。花草亭臺飛活潑。岸幘烟巒，珍重吟身莫放閒。

如夢令 庭花破蕾矣，忽降大雪，愀然倚此

旖旎春光堪愛。叵耐雪花飛再。繁卉正含苞，一霎緑衰紅敗。休怪。休怪。到底東風無賴。

更漏子

鴨鑪添，鴛被擁。争那未成香夢。思往事，屈纖葱。漏聲花幾叢。　關山路。行雲度。悄悵滿天風絮。聞過雁，感流螢。無人知此情。

定西番　擬温飛卿

醉淺不勝寒力。推角枕，倚熏籠。墮金蟲。　鸚䳇忽猜天色。鐙明簾幕重。忘却緑窗殘月。恰如弓。

黄鸝繞碧樹

風拂繁陰翠，鸝笙百囀，暗傳春素。罨畫紅樓，記韋娘按曲，惹伊曾妒。捧心未忍，忍還效、西施顰嫵。拚盡把、靡靡新聲換了，冰絃重譜。　展翮雲鴻倦數。甚池鯤、向天飛去。這人世、總蘧然夢蝶，花際酣舞。對酒夜應大醉，那管得殘蟾曙。歌餘笑指銀河，唤杯同渡。

山查子

閒課玉籠鸚，親飼金鈴犬。十五小姑年，居處無郎慣。　蝶悠揚，鶯睍睆。不抵舞蔥歌蒨。行過浴鴛鴦，紅暈窺池面。

憶秦娥 余年七十有六，碧桐君七十有二，戲示此詞

風前燭。行年七十還加六。還加六。六州長調，醉時歌曲。　鴛鴦頭白同棲宿。夜寒強起尋簫局。尋簫局，局中猶是，其人如玉。

鷓鴣天 近得鄭板橋《竹》，自題云：『君子一身都是節，疎疎澹澹許多葉。問予作畫是何人，揚州興化老鄭燮。』并有『二十年前舊板橋』印章

嶰谷疎疎澹澹雲，移來圖畫屬詩人。板橋二十年前舊，竹葉兩三枝上新。　鳴鳳在，咽龍頻，甯同鄭俠繪流民。虛心古自成千个，直節今猶見此君。

江城子

蛾眉新畫月初三，上新蠶。試新衫。新梳雲髻、瑶鳳彈新簪。只有杏花春雨舊，還認是，舊江南。　如海嫣紅且築盦。戒杯貪。飽詩饞。乾坤雙甕、留待鐵肩擔。白髮當筵人健在，天寶事，按簫談。

紅窗迥檢元人《撫掌詞》有此調，愛其拗澀，依聲漫作

窗眼底。日影裏。逗一片烟篆，鵲鑪飛紫。簾礙引雛燕子。總惱人恁地。　天角幾行排雁字。甚玉郎一别，忘了書寄。欲把殘妝重理。弱腕僵嫩起。

黄鸝繞碧樹社課甫脱稿，眉孫昕新作，棖觸綺懷，次均奉和

春色窗紗逗，殘寒勒盡，護花深院。午睡初回，正愁蛾翠蹙，畫簾慵捲。短牆過杏，鎮長念、天涯飄燕。何苦是、邂逅當時便把，香雲輕翦。　已隔蓬山路遠。有情人、恁偏成眷。歎鴻

雁、早傳書謝却，閒恨誰管。舊舞扇羅縱在，奈斷闋霓裳换。都來顧影伶俜，鏡光流轉。

清平樂 三首

鵲聲喧旦。猶見鐙花燦。喜未曾來愁滿眼。夢裏江山無限。　畫簷殘溜初乾。繡窗人怯朝寒。昨夜落紅多少，没他巢燕相干。

欲歌偏咽。愁重難言别。待向簾前收淚説。又怕籠鸚饒舌。　渡頭楊柳絲輕。客舟煩爲牽縈。莫似斷橋流水，恁般一去無情。

不留君住。拚任揚鞭去。解識青春容易暮。早勒飛驄回駐。　無言桃李成蹊。到門鷗鷺休提。只問帶書鴻雁，夜來將恨何之。

祝英臺近 二月十三日春分

訪流鶯，商鬬草，俊約謝橋畔。殘雨收寒，添得韈羅綫。絶憐繡陌簫聲，賣餳天氣，漸猜到、緑陰庭院。　韶光滿。不解誰爲園花，强分好春半。消瘦東風，蝶飛恁生嬾。争教眉恨能平，妝蛾鏡底，記曾把、兩邊匀偏。

前調 餘意再賸一解，約吷盦、眉孫繼聲

問人間，春幾許，禁得剖爲二。爛錦山河，半壁賸如此。可堪乍煖還寒，密雲籠日，尚留滯、宜蠶天氣。 殷勤意。經過裁柳量花，燕教翦雙試。池面魚游，劃開緑波綺。無端烟雨江南，樓臺四百。總拚付，單杯婪尾。

和作附録

吷盦夏敬觀

柳如癡，花似夢，誰解作春主？燕雁相逢，腸斷代飛路。可憐九十韶光，勾銷一半，怎禁受，無情風雨？ 酒旗處，還看扶醉人來，鼕鼕社邊鼓。那得長繩，教繫隙駒住。何曾再有三分，一分流水，更分與，二分塵土。

吴庠眉孫

曉寒輕，烟景薄，小立畫欄畔。轉緑回黄，幾日柳垂綫。算來剛過花朝，無人撲蝶，且

深鎖，蘼蕪庭院。酒尊滿，莫教懊惱年芳，東風已輸半。簇繡池臺，不信燕鶯嬾。放懷等到春濃，香簾絮幕，把新曲，艷陽歌徧。

同前

錦成堆，香似海，春在月過二。九十平分，好景盻從此。只愁不定陰晴，未來風雨，易磨折，看花英氣。且娱意，安排一隊笙簫，柳黃舞衣試。繡蝶描鸞，錯認合歡綺。最憐溝水東西，殘紅流去，也羞唱，竹竿魚尾。

點絳唇 擬稼軒二首

曉起開窗，浮雲西北闌干遠。雨飛如彈。不打鴛鴦散。詞筆何郎，老減風流半。殘梅換。舊時妝面。笑索巡簷嬾。

對酒當歌，月明休賦無枝鵲。醉來橫槊。舞看天花落。今古江山，勝負英雄角。功名薄。鞦韆紅索。幾蝶殘香撲。

前調

牽引柔情，雨絲不數垂條柳。綫穿珠後。化作簷前溜。　裝綴穠春，笑倩花枝繡。鶯笙奏。燕吹簫湊。耳聒元聲叟。

訴衷情

臉霞消暈髻雲鬆。人正隔簾櫳。漏聲驚起無寐，笑語不惺忪。　花底蝶，可憐蟲，夢相逢。海棠開後，香老春深，猶舞闌東。

阮郎歸

恨深如海倩誰填。銜石鳥飛天。夢中說不盡纏綿。須憑箏雁傳。　塵世上，幾桑田。秋風紈扇捐。無書嬌眼望將穿。書來翻惘然。

前　調

斷魂不向别時銷，分付秣陵潮。出牆紅杏似人嬌。當年依約招。天下事，使君操。醉吟聊自豪。揚州廿四早無橋。月明誰教簫。

一落索

巧被春風裁翦。草齊如鬋。莫教啼鴂怨芳菲，恐聲裹、成秋苑。金井銀瓶索斷。轆轤還轉。劉郎白髮乍添新，忍又使、桃花見。

少年游題滿州瑞亭仿郎世寧畫馬。按：瑞亭，鐵保子也

滹沱河上帶禽歸。遑惜錦障泥。伯樂難逢，燕昭安在，神駿有誰知。重瞳眥裂虞兮泣，䫌頟此斑騅。沙漠牽來，繪成圖畫，百戰想龍媒。

前調

清歌宛轉下鶯林。移酌坐簾陰。叱犢西郊，釣鼇東海，音訊兩般沈。相思見説能銷骨，還戒采桑吟。紅燭華堂，送人依舊，不稱買山心。

醉花間 擬毛文錫二首

休相問。怕相問。相問還招悶。長恐藕絲風，吹白郎雙鬢。客燕早飛飛，流年渾一瞬。孤宿畫樓寒，酒惡添慵困。

其二

深相憶。莫相憶。相憶愁如織。無那是吴蠶，織到愁千尺。銷魂分袂日。灑淚榴巾濕。當時别更悽，嗚咽離亭笛。

風入松 夏映老爲畫山水直幅，懸之窗壁間，兀坐相對，輾然成吟

迴廊修竹動清吟。和籟寫幽襟。悠然古意溪風過，掃殘苔、客正張琴。少箇吹笙低髻，醉來扶坐花陰。　佛樓飛閣起遥岑。偕隱十年心。萊妻幾度同浮海，儿州烟、踏破鴉林。那抵雲山渲染，夏珪傳到而今。

風入松 甲戌清明，粵中賦此調。今於亂離之際又逢佳節，新愁舊恨，何以爲懷

花朝纔過又清明。寰宇未銷兵。斜陽流水寒鴉外，惜燎原、劫火飛星。不見降旛招展，笙歌殘霸宫城。　郫帘出杏爲誰青。巢燕殢春程。家家竈冷愁時節，甚行人、還管陰晴。啼到杜鵑無血，銅駝依舊荒荆。

春從天上來此調宋以來作者多人，紅友獨收元人王秋澗作。文瀾論列吴彦高與王巽同之點，因作二闋

烟水吴淞。記老病扶來，笳角聲中。雨添花淚，雲改春容。恨惹不是殘烽。正韶華換了，縱鶴健、人漸龍鍾。怕開簾，見尋巢謝燕，低逐飛紅。　江南者回佳節，幾溪上羅裙，拾翠相逢。碧玉釵頭，朱旛夭裊，一般莫爲東風。想舊盟鷗鷺，鬧弄影、何處孤篷。好吾從。聽滿湖歌管，沈醉衰翁。

前　調次均彦高，四聲同原作

柳髮凋零。看過盡千帆，水際飄螢。浪撼山動，飛雪摇屏。霾霧乍起穹冥。恨東風吹下，屢乞到、海目無靈。泣嫦娥，早愁烟漠漠，凄雨泠泠。　梨雲向棠壓處，正酒醉春嬌，眸困殘星。且勸將軍，如强諸夏，何不繫頸犁庭。甚綸巾談笑，狼氛靖、月朗天青。舞虯醒。試促彈湘瑟，宵永鐙熒。

太常引 有攜王石谷山水册求售者，索千金。好之甚，未能購也，拈此志憾

先生不媿號耕烟。雲疊嶂、樹分泉。早嚇倒南田。染色作、花枝去傳。　明清兩代，幾家能畫，神妙到毫顛。欲集四王全。只可惜，行囊乏錢。

昭君怨 三首

嬾盡酒情詩興。寒夜孤窗鐙影。匣劍在牀頭。吼潛虯。　香草美人遲暮。無分銷魂南浦。丹堊褪雕闌。况朱顏。

漫道十回花事。八九不如人意。昨夜一枝開。暗香來。　翠笛銀箏檀板。叵耐歌鬟星散。何處繞梁音。草蟲吟。

長是月圓花好。那管鏡中人老。顦顇損眉梢。太無聊。　顆顆相思紅豆。不種初開情竇。彈淚十三絃。向誰邊。

謁金門

聲滿樹。晴日和風鶯語。都似勸春教且住。待花開了去。　燕子斜穿朱户。訴説興亡千古。不是池蛙鳴羯鼓。渾忘天色暮。

齊天樂 春日江樓晚望

天涯飄燕春誰主。畫梁定巢前度。亂緑迷烟，斜紅照水，猶喜羌無風雨。行塵倦旅。忍還約游絲，帽簷輕駐。殘笛一聲，酒腸迴似柳搓絮。　横流滄海正久，有人鞭可截，惜未曾遇。半壁江山，千門鎖鑰，斷送清談揮麈。沙鷗欲語。倘喚起淩波，韈羅微步。笑逐鴟夷，五湖晞髮去。

永遇樂 上巳過矣，春意闌珊，兀坐晴窗，聊抒綺抱

山額匀黄，粉頰凝白，雲辮低髻。緩步銀屏，窺妝玉鏡，流盼秋波媚。重簪釵朵，遥聞鸚鵡，

叫徹侍兒名字。製冰綃，殘寒勒盡，燕飛翦雙誰爲。簾前小立，蝶翩翩舞，忍覓扇羅相試。風過迴廊，梨花又落，愁損眉峰翠。熏篝昨夜，海棠經雨，一枕扶頭濃睡。鶯還在，庭陰轉午，繡窗喚起。

掃花游 題奚鐵生爲郭頻伽畫《西湖餞春圖》手卷

訪梅探鶴，正酒載湖船，有人春餞〔一〕。畫圖蠹卷。認詩痕夢迹，柳嬌花倩。取次留題，翰墨閒緣非淺。恣游宴。問嘉道至今，吟筆誰健。韵事天怕管。任冷盡鷗盟，水流雲散。障歌綵扇。乍狂雨東來，庾塵吹面。話劫千年，西子淚妝猶泫。暮笳怨。礙鶯飛、草長不剗〔二〕。

【校勘記】

〔一〕『有人』，《同聲月刊》第二卷第四號所刊作『好將』。

〔二〕『礙鶯飛，草長不剗』，《同聲月刊》第二卷第四號所刊作『看鶯飛，亂愁莫剗』。

淡黄柳

春殘幾日。花落還留葉。楚楚輕衫圖百蝶。漫繞垂虹岸曲，空惹鴉啼暮烟闊。　向誰説。芳菲又鳴鴂。記南浦、黯然别。歎黄金，叠損裙腰褶。夜夜西樓，按歌團扇，猶似秦淮舊月。

珍珠簾為貞白題《碧雙樓圖》

拂牆淡沱琅玕影。迴欄引、舞蝶悠揚交立。樓住璧人雙，正裊烟虯鼎。脆管繁絲空厭耳，愛挂石，松羅閒净。吟興。檢詩中畫本，尺幅天迥。　遑計閱盡桑田，向烏巾華鬋，分簪桃杏。過眼白雲飛，那便心情冷。萬卷書城長坐擁，視布衣、封侯聊勝。春醒。又榼酒看花，鶯聲三請。

雙雙燕次梅谿均，題夏映老爲青島友人畫《雙棲小築圖》

夏圭畫稿，又環閣江山，放眸雲冷。花前覓句，夜立繡簾肩並。屏帳安排井井。任島上，飛濤不定。翻殘皓月波心，未攬鴛鴦眠影。

穿徑。吟眉酒潤。看浴浪磯鷗，鬪身輕俊。游船簫鼓，鬧徹柳邊鴉暝。輸與雙棲燕穩。問桃李、今年番信。榴口笑見閒時，蛺蝶過欄約憑。

題詞

雪梅香 懺盦先生齋中茗談，展誦所著詞卷，因譜此奉題，即希教正

水澄澈，鏘然一曲上孤桐。認蓬瀛歸櫂，攜來海角僊峰。渲染霜華熨寒寂，揣侔雲物麗晴空。錦紋織、萬草千花，知費春功。　沖融。夢痕繫，伏檻心情，半舫蓮風。剥荚論文，盡披閲世深衷。茗椀光、浮動巖碧，飯盂香、熯漬番紅。閒悲恨，共付危絃彈，看飛鴻。

敬觀呈稿

夢横塘 懺盦先生出眎新寫《半舫齋詞卷》，雒誦數過，譜此奉題，即希拍正

詠花裁簡，鬥酒題襟，墮歡聊爲收拾。草緑天涯，枉目斷、王孫消息。牽袂秦淮，繫船黄浦，

丹徒吴庠眉孫呈稿

可憐春色。算柔絲脆管，遺過中年，拚顦顇、江南客。回思海國浮家，笑鷗鄉寢處，枕簟分席。萬葉風荷，曾醉麼，水欄涼笛。待重話、羅浮蝶影梅香，恨輕擲。問訊湖山，只餘清籟，在飄零詞筆。

奉題懺老仁丈大人半舫齋詞卷

愚姪貞白呈稿

舊句曾傳海外吟，雲山千疊蘊詞心。茗艼閒託芳菲思，譜入黃鐘大吕音。

七寶樓臺呈絢爛，九天雲綺散晴妍。新詞細唱江南好，草長鶯飛又滿川。

八聲甘州 奉題懺盦吾兄社長半舫齋詩餘，即乞正拍

庚辰清明，弟葆恒第一稿

是何人，蕭瑟比江關，惸惸抱離憂。正兵戈俶擾，音書遠隔，欲語先愁。忍對燕釵蟬鬢，重話少年游。回首西江水，鄉思悠悠。試憶當時豪俊，擁皇華使節，曆美經歐。奈紅桑換劫，客鬢已驚秋。算平生封侯無分，賸判將漁笛譜蘋洲。休傳唱、怕迴腸處，有淚盈眸。

解蹀躞清真均，奉題懺盦社長詞宗大集，録呈教正

庚辰二月，江甯仇埰述盦初稿

萬里星軺歸後，倦看花舞。夢尋烟月，羅浮遺羈旅。重理玉簡金荃，最憐寫怨孤桐，撫絃心苦。黯無緒，猶記鍾山微步。行吟慣相遇，舊情商略，今宵晚淞雨。引睇一髮中原，佇君彈淚高歌，大江東去。

奉題懺翁半舫齋詞卷

大厂居士易孺

千年官羽久銷沉，賸使華辭默賞音。八寶樓臺君占取，堯章旁譜惜難尋。

吾鄉舊有半帆亭，半曲維君半舫聽。我近零篇輸什九，當年知我鬢青青。

淡黃柳奉題鳳舒同年《半舫齋詞稿》

疢齋冒廣生

輶軒使者，老作填詞客。說著惠州人便識，記得當時江孝通李漢珍，曾共春明拓金戟。豐湖側。朝雲舊遺跡。試攜酒，蠟雙屐。更遠招、明月羅浮客。如此江山，幾番風雨，合有一枝漁笛。

捫蝨談室詞

捫蝨談室詞目録

捫蝨談室詞序

序一

列禦寇稱：林類壽且百年，拾穗行吟於故畦；榮啓期行年九十，行乎郕之野，鹿裘帶索，鼓琴而歌。二子者樂其所歌，歌其所樂，雖其辭不傳於後世，其音吾不得而聞之，然味乎子列子之言，吾有以知其克引大年者，即在是也。夫歌者咏其言，諸心之聲，今古相嬗，其言其聲演變而異，其爲心之聲，則無以異也。自《三百篇》以迄六朝、唐、五代、宋之詩若詞，豈有異乎？宋詞人如陸放翁、楊誠齋，皆壽過八十。周草窗易代之際，爲逸老遺獻，所遭之世，亦猶乎今，其能若斯者，亦在是乎？翁年七十有六，刊所爲詞《半舫齋詩餘》，余曾序之。今四年矣，翁壽登八十，又將刊所續爲詞，署曰『捫蝨談室』。余於翁詞前序已論之詳矣，因述自昔詞人得壽之道，以爲翁祝，而書簡末。夏敬觀拜撰。

序 二

懺盦先生以杖朝之大年，爲倚聲之鉅子，隨身筆硯，彈指樓臺。舊所刊《懺盦詞》及《半舫齋詩餘》，海内脛走，同社傳唱。鍥而不舍，復成《捫蝨談室詞》一卷，屬爲喤引。夫其宿世詞客，前身聖童，居近羅浮，帶李泌之仙骨；家有德曜，勝高柔之賢妻。帷房之間，唱酬已盛。迨夫中歲，奉使絶域，簡書之暇，不廢絃誦。陬隅佳什，播入蠻筝；榛苓美人，來問奇字。比之西夏有井水處歌耆卿詞，其事逾盛，其届逾遠。自頃以來，兵塵未息，戢景斗室，發爲長謡，撫節序之變遷，則託意時花；慨山川之緜邈，則每懷陳迹。競四上之氣，屈宋接乎風雅；應雌雄之鳴，伶倫調其律吕。詩人老去，子野之辭愈工；故國神游，東坡之興不淺。僕未燥元髮，亦耽小技。推襟送抱，彌多北海之流；浮李沈瓜，恒預南皮之讌。孝通已逝，漢珍云遥，嗟此二雄，皆君鄉里。惠州天上，碩果僅存，尚冀異時與君日啖荔支於黃龍、白鶴之間，發其遐唱也。年愚弟冒廣生。

捫蝨談室詞壬午

夏初臨午社九集，此調作者洪瓶齋、劉巨濟、楊孟載，後有竹垞、迦陵。迦陵用孟載均，余效之

搔首堦桐，曲肱庭石，看殘千岫雲歸。宿雨收炎，綠窗人怯單衣。晚林景換斜暉。漸過牆、蝶影低飛。酒兵重點，詩壘徐平，教解愁圍。　百年睫轉，奔逐徒勞，精鋼竟屈，完璞終稀。曷如結網，繫船罨畫橋西。山黛濃時。試簪巾、摘取巖薇。有誰知。暗管吹來，和雁爭啼。

金縷曲題屈沛霖《居庸駐馬圖卷》

殘雪鞭絲拂。出雄關，馬頭雲起，笛聲吹裂。振得弓衣罔千仞，萬樹梨花翳蝶。渺不見、中原一髮。粉飾如銀新天地，看蟄龍、舞作飛仙活。歌未竟，唾壺缺。　棄繻生早持旄鉞。問冠纓、筵前大笑，幾人曾絕。經過鐵蹏紛蹂躪，枯草猶藏兔窟。忍回首、西風陵闕。款段與誰還

鄉去，踏越王臺上，今宵月。聽欲對，杜鵑說。

沁園春爲陸虛舟題印鑑，擬稼軒

今古誰如，解牛庖丁，奏刀砉然。笑南山虎射，將軍没羽，武城雞割，宣聖聞絃。百戰投閒，大才小用，似我虛舟治印年。錐三寸，問甚時換得，長劍橫天。焉知博奕猶賢。漫只作、雕蟲末技研。看獸文搨篆，商彝周鼎，蛛絲摹籀，魏瓦秦磚。剖析陰陽，權衡輕重，宰石還同宰肉般。夫何讓，漢陳孺子者，專美於前。

長亭怨慢冬深寒重，緑慘紅愁，愁然有感〔一〕

又飛滿江南霜訊。冷上華鐙，不温眉暈。酒嬾茶慵，賦情孱愸正難忍〔二〕。六橋烟柳，還白了、如雲鬢。鬢白果如雲，却怎縛、絲絲愁緊。莫問。自書鴻一去，幾夜夢歡難穩。長淮浪淺，未淘得、劫成灰燼。晝燭底、點點飄紅，替誰作、啼痕頻揾〔三〕。好待與、封家姨，洗殘奩金粉。

【校勘記】

〔一〕《同聲月刊》第一卷第四號所刊小序作『冬深矣，緑慘紅愁，愁然感賦』。

〔二〕『賦情僝僽正難忍』，《同聲月刊》第一卷第四號所刊作『賦情僝僽更無準』。

〔三〕『替誰作啼痕頻揾』，《同聲月刊》第一卷第四號所刊作『替誰作啼痕聊揾』。

一寸金

脣上小髭薙三年矣。連宵風雨，端居閉户。晨起攬鏡自照，蓊然者頓復舊觀，不忍再芟去之，詞以堅其留。是日適爲余七十有七初度，輾然進一卮焉

飛雪山巔，映帶巖前草斑白。正喟毛侵啄，半奩妒影，金刀揮手，數莖泯迹。參透無遮域。眠雨經旬，窺池俄見，脣邊又堆歌式飲、庶幾式食。惟花徑、徹夜行吟，撚處三年苦相覓。呼吸東風入。固吾圉、藩籬漫撤。旋看汝、得。笑幽人在户，葉何曾掃，邦君有樹，門爲之塞。八卦圖成，羲開天一畫。

【校勘記】

〔一〕『正喟毛侵啄』，《同聲月刊》第一卷第十號所刊作『正蝟毛侵啄』。

水龍吟社集，拜東坡生日，不限調。爰拈先生此闋起句發端，并次原均

古來雲海茫茫，老坡控鶴翛然處。眉山噴起，白虹千丈，迴旋鳳翥。文采風流，至今猶聽，玉堂人語。宋百家派別，揚驃道上，先生早、羣材馭。　蓮炬送歸未久，怎荒陬、隻身飄絮。孤忠耿耿，瓊樓欲問，高寒何許。攬揆茲辰，拈花笑獻，佛前箕踞。倘關西漢在，銅琶定按，大江東去。

滿庭芳爲孫秉之題《雪映廬畫鑑》

官帶拖金，野袍垂苧，祖風昭代彬然。畫開新派，灘水自成湍。無那峰谿舊蹟，早同付、昆劫淞烟。猶能認，承平珥筆，紀盛似貞元。　流傳。憑此卷，鴻泥印幾，鵝絹收全。喜結廬人境，隨地邱園。今歲江南未雪，却須映、月好花妍。看誰爲、千間廣厦，寒裏徧裝緜。

醉吟商小品

乍換了春衫，又是釀寒絲雨。繡鐵停處。　邃閣花遮路。却似鶯笙飛度。簾前小語。

謁金門

鐙影共。縹緲行雲載夢。酒向山泉思抱甕。白衣人那送。　伴得梅花寒重。逋鶴千年飛玨。顆顆相思無地種。雁絃閒自弄。

卜算子慢 映老畫山水立軸見貽，倚子野體報謝

丹青得氣，神韵湛然，石激遠泉天瀉。筆底飛烟，萬點皴苔融乍。揮灑。覺騰蛟舞鳳還奔馬。溯畫法淵源，禹玉谿山，夏圭字禹玉，有《谿山書屋圖》。今又重寫。　淡染微塗赭。羨古澗蚪籐，劈空垂下。策拐松陰，有箇觀雲人雅。吾也。溷塵緇、臂莫仙翁把。愛珍幅、長懸素壁，慰游情暫借。

玲瓏四犯 和史梅谿均

咫尺吴淞，悵望倚層樓，烟縠眸翦。掠水欹篷，不趁晚雲高捲。花底乍覺天寬，又只惹、翠禽啼徧。笑茂弘、障甚塵也，腰瘦早羞懸扇。　故家庭館徵歌處，記吹簫、小紅曾見。痕襟點滴收殘淚，心漸飛鴻遠。無那燕客放歸，猶絮絮、簾前恩怨。料倒擎荷露，千筩教飲，滌愁還淺。

紫萸香慢 入秋溽暑如盛夏，單衣汗猶浹背。重九前二日忽朔風料峭，九日寒氣更砭骨。是夕社集，約拈姚江村此調。勞敬修擬翌日補登高，未赴。夕應潘梓彝家賞菊之招。歸寓二鼓，挑鐙泚筆成詞

鬧重陽，雖慳風雨，隔簾冷徹鐙唇。漫今宵猶報，捲殘劫、入炎氛。正待霜鴻飛下，向東籬呼醒，夢蝶花魂。記茱萸舊插，玉損一簪雲。早添了、斷愁幾分。　孤根。叵耐黄昏。渾不覺、是佳辰。念鱸鄉蟹港，朝烟夕火，難掩烽屯。酒無白衣誰送，任陶令、自關門。嬾登高、怕還吹去，孟嘉烏帽，頭秃何有參軍。青嶂笑人。

摸魚子為洗玉清女士題《海天躑躅圖》。圖作於香港。時屆殘春，徧山皆杜鵑花也

莽狼氛、樓臺淒碧，憑誰添堊丹粉。城春草木深如許，安得亂紅成陣。天欲問。甚啼蜀愁禽，血向花枝噴。斷腸畫本。漫更道從來，感時濺淚，没箇裙釵分。　西風緊。吹碎萬星鐙暈。有人羅袂寒忍。殘陽勸得留些子，無那朱顏暗褪。移根穩。喜五嶺之南，桃李新陰認。女士爲嶺南大學教授幾二十年。鬘仙莫哂。早羞煞山前，低頭臣甫，下拜且搔鬢。

金人捧露盤《歲寒執硯圖》，爲子鼎作

歲寒姿，雲根性，畫圖傳。承祖蔭、有硯如田。紅羊幻劫，故家鴝鴒化飛鴛。名巖搜石，好重雕，鏡缺還圓。　舊青山，新白髮，浮蟻酒，看狼烟。甚偕隱、貰米家船。筆耕墨稼，也堪謀取杖頭錢。倩添香袖，向瑶窗、捧箇齊肩。

惜黃花慢金陵重九宴橋西草堂賞菊，同日清涼山蠟屐之約未赴。倚此調酬太疎并簡榆生〔一〕

漫説登高，過草堂偏也，鳬舄蹣跚。託根雖淺，破苞便老，菊憑素手，簪上欹冠。愛秋只愛秋色淡，滿城任風雨催寒。護那般。野籬直抵，金谷闌干。　橋西雅集多歡。正卧虹映水，飛鳥窺園。佳釀盈樽，醉猶能飲，繁英半掬，秀可容餐。游蜂日爲尋芳到，有門笑陶令常關。伴影單。傲霜早拆盆蘭。主人廳事盆供草蘭正着花，異種也。

【校勘記】

〔一〕原刊《同聲月刊》第二卷第十號，作《惜黃花慢・壬午重陽，寥士招掃葉樓登高，未赴。赴橋西草堂賞菊，以杜甫〈九日藍田崔氏莊詩〉分均，拈得寬字。太疎貽盆菊，載歸賦謝》：『漫説登高，過草堂竟也，鳬舄蹣跚。託根雖淺，破苞便老，菊憑素手，簪上欹冠。愛秋當覺秋光好，甚風雨花總摧殘。庇清寒。東籬勝却，西苑闌干。　林亭地窄天寬。正斜橋弄影，疎柳窺垣。額黃初染。餐宜秀色，袖香未溢，摘待妖鬟。白衣若送千壺酒，醉來恐歌哭無端。賴幾番。傲霜鬥得盆蘭。（主人廳事盆蘭正開。佳種也。）』

木蘭花慢淫雨達旦，映老書來，録示舊作，謂柳耆卿此調三首，平仄皆一律，於『數千里』及『向庭院静』二句，中間二字相連，步之不易云。原均勉和一闋

殢帷鐙過雨，夢搖影、籟窗空。乍書雁將回，故人高咏，曾著紗籠千重。似霞樣錦，墜塵寰璀燦逐天風。珠串安排妙語，屯田歌譜旁通。　孤悰衆醉寧同。留眼看世惺忪。自淋漓潑得，營邱筆底，百二雲峰。絲桐。縱絃外賞，但清音、猶在素琴中。可有雙鬟滌硯，小名喚向鶯櫳。

菩薩蠻玄武湖又曰後湖，不游經年矣。憶及，以迴文體寫之

後湖裁偏鬖鬖柳。柳鬖鬖偏裁湖後。先斷水投鞭。鞭投水斷先。　劫荷殘膹葉。葉膹殘荷劫。流盡不教愁。愁教不盡流。

小重山 爲人題《赤壁泛舟圖》，依薛昭蘊作

如畫江山收此圖。劫灰殘，賸壁插天孤。樓船燒後一舟無。誰泛月、豪氣似髯蘇。 喬鎖事成虚。東風猶挾恨、失呑吴。美人名將總邱墟。興亡迹、留與話樵漁。

惜秋華 重九風雨浹旬，輒阻攜屐，看菊之約亦爽。片霎放晴，康甥邀往觀劇，乘輿駕矣，雨來而止。端憂扃户，兀坐挑鐙，滂沱益甚。檢夢窗均，愬然成詞

戰雨鳴簷，正鐙痕染劫，淒添寒抱。換盡鬢華萸簪，鏡羞鸞照。重陽占滿乾坤，似總有、龍虵來擾。羌無論，封姨妒煞，年年吹帽。 秋也笑人老。自登臨未約，山靈修好。酒怕對籬卉飲，那呼鬟到。笙場鬧。入愁笳，又幾人、歌嬌舞小。忘了。問行雲，怨鴻多少。

臨江仙

寂寞紗窗人未睡，殘蟾同耐寒更。無風鴛被不紋生。枕痕狼藉，猶記墮釵横。 真箇霎

時斯見了，夢魂夜夜娉婷。何如銀漢隔雙星。一年一度，天與注深盟。

定風波 檢李德潤《瓊瑶集》，有感於『莫道漁人只爲魚』句，憮然衍作三解

莫道漁人只爲魚。吴江楓落繫船初。當時釣雪翁何在。吾愛。谿山堆粉揑成圖。天與寒林紅片葉。殘劫。血痕鬬雀未全枯。贏得臨淵偏是羨。帆遠。風波泊處自然無。

莫道漁人只爲魚。白雲鄉裏謝孃居。年年漲到桃花水。來會。湔裙因便采菰蒲。一曲叩舷歌未了。誰料。浪頭吹雨濕衣裾。羞共鄰舟舟子語。柔櫓。猝然驚散卧沙凫。

莫道漁人只爲魚。忘筌心事與雲俱。那知天下垂綸手。持有。千竿嵌得是珊瑚。獨惜割崖成慣例。空費。停橈合浦待還珠。盍把蓑衣聊脱去[一]。眠處。銀箏依舊酒家胡。

【校勘記】

〔一〕『盍把』，《同聲月刊》第四卷第三號所刊作『好把』。

花犯 央老有《玉樓春》詞咏雪加烟，極佳。眉孫和以此調，描寫亦工。余因效顰，續貂之誚，知不免耳

口吹蘭，虬髯掀處，鑾薰垢襟洗。乃心方寸，聊效捲芭蕉，諳盡滋味。冰綃裹體争如紙。環兒肌見理。漫買擬量珠價貴，鏤金箱洵美。　行人那回訪鷗鄰，瓊筵畔，裊裊氤氲飛起。傳王命，盈廷拜，御櫥恩賜。李文忠歷聘歐洲，某國王宴之宫中。國例御前不得吸烟，文忠不知也。酒數巡，探懷出雪加，燃而吸之，衆愕然。國王立下令羣臣各賜雪加一枝，吸於御前。一時傳爲佳話。堪嗟歎、這緣靳我，徒掉臂、鮫宫多寶市。記領受、一枝香絶，頽然沈醉矣。古巴世稱『大吕宋』，産雪加烟最佳。余鼰之輒醉，以故于役彼都二十餘年，未敢嘗鼎一臠也。

一葉落 萬紅友云此調爲唐莊宗自製，平仄不宜亂填。余雖不盡韙其説，姑以其意，率成一解

攧一曲。聲飄玉。幾曾引得鳳相逐。唱霓雜鼓鼙，悲音漸離筑。漸離筑。冷砌秋蛩續。

點絳唇 極目狼氛，檢均得『火』字，爲填三解

休聽啼鴉，映窗落照紅無那。雨絲飛過。淚濺花千朵。　欲拾江蘺，野徑殘苔鎖。愁歸卧。顫釵驚墮。夢入吴宫火。

休嫁王昌，小姑獨自嬌無那。沼鴛經過。暈上桃顋朵。　寂寞深更，底又眉雙鎖。和衣卧。一星鐙墮。乍覺燎原火。

休教籠鸚，楚騷讀罷愁無那。膽瓶淘過。且供含霜朵。　著力東風，禁柳還烟鎖。青蟲卧。鬠旛吹墮。爲乞鄰家火。

迎春樂

人家幾處疑寒食。歇炊火、黯鐙色。咽西風、樹杪殘蟬寂。誰説與、真消息。　撾鼓當筵催底急。滯梅訊、江南江北。召蝶約花，神傳凍羽，吹瑶笛。

虞美人　觀演某國劇有感

山河寸寸春蠶葉。此恨和誰説。翠籠嬌鳥獨能言。叵耐如弓月影正橫天。　停杯替把干將拭。血認萇弘碧。酒澆不到黛眉愁。鐙火笙歌花淚幾曾收。

秋蕊香　室人碧桐手植盆菊著花，喜賦

省憶淵明解組。偕隱東籬眉嫵。後堂散盡艷姬舞。隨分釵荆裙布。　滿城鬧煞風和雨。放遲暮。傲香不肯繡籠護。盆是寒梅借與。去年購盆梅，今春移種院中，以盆栽菊。

少年游　重檢《半塘定稿》感作，次均清真

轟然一疏放還山。人懾面霜寒。不索簪花，展眉嬌笑，填與好詞看。　流分派別爭墩處，公獨穩吟鞍。去古云遥，審音誰是，遺稿校歸安。

喜遷鶯慢 洋水仙，紅、白、紫、藍四色，産法蘭西，滬上花店偶有陳列。頃見於酒肆几上，嫣然似人，以白石自度腔寫之

一聲羌管。正喚起海棠，殘酒消半。顒暈嬌紅，眉添羞翠，新拜漢家寬典。西風夜來惡甚，爲恩被、薄情抛斷。只自伴。謝阿蠻，鐙下含顰偷泣，相與愁暫遣。應記那回，早在瑶窗見。密綴檀心，小開櫻口，香國萬般裁翦。蝶飛過牆欺燕。恰趁窺簾人遠。未澆徧。似車薪杯水，還教伊怨。句法、字數、叶韵與諸家不同，故認爲自度腔云。

殢人嬌 鶴頂蘭

蕊破思飛，欠兩沖天健翅。休還問，玉堂仙吏，鸞簫一曲，付雪兒歌未。游閬苑、乘軒萬紅驚避。立徧鷄羣，排先鴒隊。香國拜、王冠新賜。老陪松柏，遜争春桃李。追悔是、昂頭四圍亂翠。

一叢花 鷄冠花

天心應未厭雄争。花作恁般形。枝頭戴上猩冠麗，柰如火、禽怒難攖。叫近夢稀，流多血盡，沈痛故園情。　唐宫遺事且休驚。坊鬬賭輸贏。而今戰地啼鵑徧，淚痕重、猶濕朱纓。風雨夜來，翹然放得，只待曙窗明。

一落索

援得冬郎先例。補修眉史。休云吕相便憐才，一夾袋、儲才幾。　蝴蝶入簾，應是知春行止。落紅何必定東風，燕子也、能扶起。

夜半樂 家人談近日生計，謂無車無鐙，又復煤荒米貴，禦寒乏具，斷炊堪虞，慨乎言之，仿柳七此調賦慰，因自況也

豆鐙冷颭危夜，蕭然一室，歌艷忘環堵。記掃壁秋蛇，驛亭題處。院箏乍輟，鄰笳又起，自

憐荒遠文姬，漢家嬌女。竟抱得、琵琶按胡語。　夢邊影事隱隱，八十頭顱，少年回顧。彈鋏孟嘗門，歸來曾賦。迓無飛轂，烹無餉鮓，困窮怎似而今，火幾難舉。笑留客、茅容那雞黍。瘦了休問，帶削犀圍，耐寒如故。未盡落、旌旄慣風露。只妝梅、驚見墜㲮搖釵股。同避也、兩兩尋鷗鷺。水蕻烟晚揚舲去。

鷓鴣天

雪意今宵欲放梅。慵蟾邀下洗殘杯。箋書未忍研花露，入硯因妨䵎麝煤。　蘭似茁，柳將荑。前修冉冉照温犀。綢繆牖户剛無雨，不待牽蘿侍婢回。

瑞龍吟

泰西耶誕節，人家取松樹綴鐙爲魚龍曼衍狀，上縛兒童諸玩具。人扮聖誕老人，雪鬢古裝，背負大紗囊，貯玩物數十種，復以之實韈羅中，伺兒童熟睡，懸牀上，旦而啓視，謂爲老人夜來所賜。神話流傳，浸成習俗。自耶教盛行中土，吾南北官民之家多有效顰者。次清真均，爲賦此解

花盈路。還見燦蕊鼇鐙，弄珠虯樹。飄飄欺雪長髯，荷囊箇老，笙庭降處。　甚延佇。

渾未賣獃嬌小，對眠鄰户。黎明剗轖争尋，具供戲玩，喧簾笑語。　圍向華筵餐罷，棗糕梨餅，狂歌歡舞。俄頃寺鐘風來，聲送如故。琴邊念熟，祈禱天堂句。今誰想、嚴城告警，虚壇妨步。顫羽鷙啼去。臢髡柳也，撩人亂緒。鶯杳梳金縷。凄望眼、羶腥雲西吹雨。引愁漸入，落梅飛絮。

玉樓春 新曆除夕

紅入戰塵鐙最覺。猶照千場呼縱博。令威遼鶴夜飛回，人是新民城舊郭。　唱徧家家河曳落。不見餼羊今告朔。沈沈醉裏夢鈞天，何處雲璈聞廣樂。

定風波 八十初度，家宴，次均夢窗

八十殘年鬢不青，强濡銀管艷題屏。無數笙歌扶夢影。纔省。酒眉紅勝畫筵鐙。　蜂蝶退藏何處所，江潭搖落此時情。紙帳玉梅呼似醒。宵冷。熏篝微火到天明。

早梅芳甲申歲不盡八日立乙酉春，次柳耆卿均

酒螺紅，歌鶯翠。繡郊驄馬行春地。鞭香漫拂，土牛廢了，吹笛村童孤倚。黛蛾展岫，旛鳥飛空，記承平景好，閒居偏慣，良辰抖擻，百念無端裹。笑游人，醉來帽底簪梅，頓薄蟬貂貴。盤堆菜滿，杜陵覓紙，題詩浣花有里。吾今叵耐，歲晚鄉遥，問番風，第幾桃開，尋到仙源，便作移家計。

角招不到石頭城三年矣，諸游覽地日往來心目中。春晴，棖觸前塵，分闋賦感玄武湖，白石均

爲詩瘦，那堪瘦影，如幾縷橋柳。暮烟青在岫。步入小舟，蚪杖扶手。霜侵鬢久。早怕踏、嬌荷阡畝。碧落雲低遠水，問當日浴湖鴛，惹船孃垂首。還有。憑欄翠袖。維亭錦纜，遥對三峰秀。瘁紅鶯啄溜。聽徹歌簧，芳春濃候。兹游已舊。想不似、孤山攜酒。譜鶴南飛再奏。醉呼蝶、出花前，開梅後。

徵招 鷄鳴寺，白石體

南朝迹賸浮屠古，鳴鷄可曾飛起。縱不井泉流，也燕支痕洗。粥魚聲到耳。問誰識佛家真諦。悟徹華鬘，嗒然花墜，展眉而喜。　旖旎引林鶯，還窺笑、巍巍梵王宫地。下界隔塵紅，幾蕭梁軼事。昨非今覺是。有天子、捨身僧寺。甚愁上、一曲琵琶，記又彈清淚。

玉蝴蝶 掃葉樓，《樂章》均

暮靄遠空橫斷，寺樓縹緲，獨占烟光。是處風多，山早喚作清凉。上層梯、晴嵐帶紫，執敝帚、殘葉消黄。老懷傷。霧濃來看，花雨迷茫。　毋忘。摩仙訪道，影留石壁，境換林霜。巨幅龔圖，乍觀雲水瞑三湘。縱滔世、憑杯可渡，恐洞天、呼筏難航。梵宫望。幾回逃了，劫火咸陽。

西平樂慢 莫愁湖，夢窗均

泛得蘭橈，趁將松雨，沿岸暮色依依。殘雪髡林，賸烽頹堞，乾坤帶甲何歸。但地接名王故苑，荷裊香風畹晚，當時艷影，紅桑片霎晴暉。休記生涯冷落，一艇外、萬柳綠垂絲。　壞橋通市。欹篷蘸水。極目烟蘋，人去舟移。還見有、樓凝瓦碧，閣掩扉朱，正擬憑高對景，酌酒消愁，無那喧簾燕鬧枝。釵杳劍沈，悠悠代古，幾局棋收，費恁低徊。袖手觀魚，機心付與鷗飛。

西　河 明孝陵，美成均

争戰地。鍾山王氣猶記。艱難大業刱偏經，布衣刱起。祚移鵲鶴守荒陵，青苔殘篆碑際。偃虬樹，馳道倚。昔年仗馬曾繫。銅駞卧月泣酸風，旆摇戍壘。横去聲江鐵未鎖長淮，可堪東去流水。　弛樵禁後野有市。聚村翁、談舊鄰里。換盡劫灰人世。却來游、最惜無端空對。開落櫻花，頹垣裏。

念奴嬌 明孝陵櫻花感作

市朝幾換，賸麒麟高塚，花開如故。虎踞龍蟠成底事，艷説江山千古。王氣銷沈，降旛吹動，考考城頭鼓。地雄天險，只今惟保抔土。　何苦鐘虡輕遷，衣冠遺蜕，後嗣廑南顧。月夜不飛華表鶴，敢信神靈呵護。非種應鋤，似曇聊現，一片東風樹。草鶯啼外，銅駞疑作人語。此癸酉以前作。戊寅夏間，彙入重刊《懺盦詞》。鋟版矣，事變倉卒，未及付印，手民以版藏地窖中。掘而出之，土蝕過半，記憶所及，録存於此。

蝴蝶兒 擬張泌二首

蝴蝶兒。舞酣時。雙雙穿過畫闌枝。惹人蹙翠眉。　長恐金鈴犬，沿花正戲伊。翻殘官錦費矜持。未應低處飛。

蝴蝶兒。影迷離。園林佳處在斜暉。覲雲足四圍。　長恐花開早，花殘景漸非。尋芳偏是晚春宜。好花遲上枝。

水調歌頭吾鄉羅浮飛雲頂，奇境也。余年十九往游，今别六十二年矣。憶及，紀以此解

四百卅峰外，雲氣忽飛來。羅浮有約難到，誰叩玉扃開。潭自五龍騰去，鱗爪了無痕迹，丹竈夜生苔。六十二年影，入夢不須猜。　蝙蝠巖、蝴蝶洞，總消才。記曾空桑三宿，詩倘换仙胎。擁得吹笙低髻，放出持螯左手，肩試拍洪厓。一覽衆山小，大地只纖埃。

渡江雲春晴閒步園林，繞江岸歸。感懷舊事，集夢窗句成此

隨花追野步，《倒犯》熒波印日，《掃花游》日暮起東風。《西河》轆轤春又轉。《瑞鶴仙》燕子初來，《訴衷情》簾外凍雲重。《江南好》蘭詞沁壁，《漢宫春》甚此夕、《玉漏遲》唱入眉峰。《塞翁吟》生怕遣、《瑞龍吟》玉簫吹斷，《水龍吟》驟褭帶金蟲。《江神子》　從容。《塞翁吟》鶯聲門徑，《祝英臺近》粉黛湖山，《探芳信》有青蛾傳夢。《漢宫春》歡未闌、《解語花》錦飄一箭，《水龍吟》飛趁輕鴻。《聲聲慢》當時明月娉婷伴，《絳都春》稱十香、深蘸瓊鍾。《風入松》殘醉醒、《花犯》夜吟敲落霜紅。《荔支香近》

滿江紅 戲擬稼軒，自題《捫蝨談室詞稿》

半篋秋詞，應自笑、描鸞無筆。只豪放、欲同王猛，夷然捫蝨。抵掌縱談當世務，披襟細認微蟲迹。料終輸、紅袖拂蠨塵，詩題壁。　花底句，收吾集。天下事，非吾責。記莊周羊蟻，義猶難析。火鼠論寒寧足據，冰蠶語熱何曾得。誤英雄、三兩蝶飛來，頭空白。

八聲甘州 余喜集句填詞，既集覺翁句成《水龍吟》《渡江雲》二闋，春日無聊，復集美成句賦此。大抵集句詩易於詞，詞爲調束縛，稍能自圓其説，輒不恤天孫雲錦，雨碎風裂，未免猨鶴笑人，顧剪裁得天衣無縫，亦煞費匠心。昔石帚《慶春宫》詞，過旬塗稿乃定，銛朴翁咎其無益，石帚謂意所躭不能自已也。余之爲此，殆又無益中之無益者，或亦猶石帚之不能自已耶

倚曲欄凝睇數歸鴻，《虞美人》蝴蝶滿園飛。《滿江紅》歎將愁度日，《掃花游》飄風遞冷，《紅林檎近》帶眼都移。《宴清都》清潤玉簫閒久，《一落索》樓閣淡春姿。《少年游》爲問花何在，《六醜》翠藻翻池。《丹鳳吟》　惆悵周郎已老，《六么令》想開元舊譜，集外《月下笛》恨入金徽。《掃花游》趁歌停舞罷，《迎春樂》有酒遣誰持。《定風波》縱相逢，《品令》流鶯勸我，《瑞鶴仙》向殘陽、《夜飛鵲》莫上

最高梯。《浣溪沙》三銅駞陌、集外《瑞鶴仙》尋題壁字，《浣溪沙》一不似當時。《少年游》

玉漏遲 曩年拈《祝英臺》賦春分，映老、眉翁有和作，今忽忽四見春分矣。戰塵彌漫宇宙，情隨事遷，觀感自異，爰依夢窗四聲賦此，白石所謂不自知其詞之怨抑也

賣花深巷早，春容鏡裡，欲窺猶淺。嫁了東風，浪説杏嬌桃倩。雨點烟痕試抹，怕還惹、妝蛾飛亂。簾正捲，爲誰面掩，徐妃一半。　喜園卉色平分，甚幾日紅裁，又須憑燕。碎錦離披，已苦窠蜂香斷。何况山河舊感，楚歌起、鴻溝聲滿。笳未遠。瓊樓競喧絃管。

念奴嬌 春分遲至三月八日，拈『八』字爲均，再賸一解

滿園春色，又被誰，無故十分其八。只道殘棋收半局，叵耐鶯花三月。雲裡嬋娟，世間兒女，一樣圓還缺。箇中消息，畫堂雙燕能説。　休説。天氣宜蠶，餳簫吹過，線早添羅韤。經雨海棠猶睡去，枉怨芳菲鳴鴂。取次陰晴，幾曾偏袒，造化知齊物。采香幽徑，作團吾羡飛蝶。

應天長 春暮賦感，示碧桐君

慢窺艷杏，簷映秀篁，鳴鳩破了春寂。似喚戍樓殘角，聲聲向人咽。詩腸隘，吟韵澀。甚淚睫、問天呵壁。舊題處，掐徧牆枝，影亂苔碧。 遲暮怕登陟。望斷行雲，飛羽正西北。下視萬鐙摇閣。歌嬌侈笙席。南朝恨，金粉迹。便痛飲、怎消今夕。算還是，海燕棲雙，梁玳堪憶。

聲聲慢 暮春寄懷簎公、茄盦白下，並簡吷老、鶴翁、拔翁滬西，訒翁滬東

淞烟摇夢，淮月淘愁，尋聲厭聽邊笳。旗鼓騷壇故人，天半朱霞。無言自芳桃李，被東風、吹作殘花。啼布穀，説田園蕪穢，不見桑麻。 著我儒冠非誤，誤青門當日，種未成瓜。贏得閒身，莓苔掃幾秋蛇。飛昇入雲雞犬，總恒河、一例蟲沙。逃世約，武陵谿、垂釣艤查。

月下笛 許氏園牡丹盛開，主人約游賞，未赴。夜窗兀坐，二鼓，撤電炬，改油鐙。陡聞簾外雨聲淅瀝，不能成寐，和白石均感賦

有約芳園，看花負了，艷辰無雨。鐙唇夜語。惜飛蛾、飲投去。芭蕉喧、斷簷蛛網，夢還引、愁絲萬縷。念屧廊蘚繡，明朝重到，墜鈿盈路。　延竚。憑欄處。問換幾枯榮，覷殘鸚鵡。留春話劫，泫紅飄淚如許。霓裳仙散瓊簫在，勸人共、歌鶯住否。但張緒，頓老靈和柳，那恁風度。

安公子 鄰女歌曲悽艷不忍聞，雨夜倚柳耆卿均感賦

幾陣喧簾雨。雨簾陡覺春將暮。昨夢鴟夷西子側，立霜絲孤鷺。歎小艤、吟舠老滯淞烟浦。聞過牆、娓娓簫能語。甚墜紅飛亂，還囀流鶯千樹。　萍浪愁漂旅。杖藜扶影河橋竚。蘸眼滄波渾是淚，灑江天無處。念曲撫箏絃，落雁沙洲聚。音繞梁、轉入啼鵑苦。便怎比何戡，渭城昔曾唱去。

雨霖鈴 春未盡二十日立夏。晨起雨止，户外紛傳德軍已降，歐局結束在即。次柳均賦此

簷鳩聲切。喚花梢雨，向曉須歇。殘紅亂攪愁緒，春餞處、餘香猶發。劫幾桑田問海，乍無語聞噎。任滾滾、風捲天翻，去盡英雄鳥飛闊。　登樓對此情應別。更嬾將、景物酬芳節。笙歌斷送難了，簾底恨、眼波眉月。樹上聲偏降旛，城上琱戈，綵仗虛設。見慣是，今古興亡，燕子何煩説。

醉花陰 和《漱玉》均

不放春愁門掩晝。鍵下雙鐶獸。招蝶又開簾，竹影窗横，半臂寒侵透。　新桐譜上歌蟬後。有淚珠彈袖。隔水一鶯啼，啼損花枝，花也如儂瘦。

添字采桑子余年五十學爲倚聲，輒嗜柳七詞，自《黃鶯兒》以下二十餘闋，皆背誦極熟。探幽索微，確信周、吴導源所自。嘗謂讀吴而得周之髓，讀周而得柳之神，由柳追而上之，豁然悟南唐、五代如天仙化人，奇妙不可測。十二年前回粤，以語海綃翁，翁歎爲知言。顧武陵陳氏、鐵嶺鄭氏闡發柳詞文字，迄未獲見。近頃央老以《抱碧齋集》見貽，閱詞話中載叔問舍人一書，於柳詞推崇備至，其奧義覃旨剖析無遺。且引夢華老人言：『耆卿爲北宋巨手。』伯弢又云：『屯田詞在院本如《琵琶記》，小説如《金瓶梅》，惜百年來無人能道隻字。』余竊自喜平生對柳詞見地不謬。拙著此稿將問世，殿此小令，亦飲水思源之意云爾

井泉飲處聞歌柳，沿花喚月闌干憑，月上闌干。花滿闌干。月鏡花容、無那帶霜看。

甚百年間。索解人難。大鶴仙飛，誰與起詞孱。

華南師範大學文學院“嶺南文化傳承發展與全媒體傳播交叉學科創新”資助項目

廖恩燾集

下册

廖恩燾 著
閔定慶 點校

浙江古籍出版社

捫蝨談室詞集外詞

捫蝨談室詞集外詞目録

題　詞

捫蝨談室詞集外詞 乙酉

醜奴兒慢為鮑亞白題《小桃花館填詞圖》

明霞寸綺，花下吟壺天小。正羅箑、香風初轉，艷引顥潮。半翦淞痕，雨吹紅暈上船簫。隔紗人面，嫣然帶笑，側墜雲翹。　可奈賦情，愁余老去，禁幾魂銷。問誰擪、桓伊一笛，呼酒谿橋。燕子簾前，綠窗時見舞纖腰。三千蛾黛，却憑江管，細細重描。

解連環

畫闌干角。飛悠颺野蝶，那知花落。乍素手、重檢巾箱，歎羅扇、怎勝甃螢纖弱。又動閒愁，雁聲裏、不垂珠箔。倚鞦韆久立，望斷寄書，嬾攀紅索。　梁河去程杳邈。記蘭舟漸遙。岸柳難縛。覷絮影狼藉，西風也還似東風，恁般輕薄。褪杏銷桃，幾曾管、奩娥妝閣。算年年、帶圍暗損，任伊自覺。

澡蘭香 滬濱重午，依聲夢窗

筵斟艾酒，户挂蒲鞭，黠鬼嘯梁未滅。饞蛟正餒，彩鷁如飛，遠弔楚江沈屈。自笳吹、簫鼓無聞，休提天南舊物。眼照榴明，臏灑鵑枝殘血。卜向耆龜，忍問起、伏狂瀾不。隨鷗没。才人萬古，賦手千家，幾怨佩瓊紉玦。便湘娥、肯解連環，知錦標、誰竟奪？但笑見、角兩生蟾，猶弓彎月。

瑞鶴仙 壽墨巢詩人李拔可七十

一星南極壽。照巋然碩果，吟亭光透。句哦浣花舊。羡人生七十，古來稀有。當年太守。正尚書、端陽獻後。喜而今、棋墅笙筵，勸醉漉巾蒲酒。親友。白頭能記，治績桃源，琴清鶴瘦。墨巢詩就。昌黎健，後山厚。向騷壇揮麈，書城傳檄，添箇執桴紅袖。掃淞烟，歲歲鳩扶，看雲起岫。光緒末葉，君以知府需次江甯，曾權桃源縣篆，著有《碩果亭詩集》行世。

石州慢 讀《遐菴詞甲稿》，依公《中秋夜游虎丘次均方回》之作，感賦一闋，補題集後

亂翠河山，粉紅院榭，吟緒飛闊。卅年七寶樓成，一集幾家心折。危欄烟柳，腸斷轉到方回，歌筵敲徧鴛釵節。詞派越華分，接簫吹南雪。英發。納民於軌，公長鐵道部。觀世如棋，賦情應別。記握絲綸，逐隊鷗盟還結。白頭歸佛。笑伴丈室維摩，拈花不見人佳絶。問此恨誰知，只天邊殘月。

鷓鴣天 八十初度，吷老以陳墨八笏見貽，拈此爲謝

半世揩磨硯早穿。臨池還認化龍烟。縱然近墨妨伊黑，轉要躬似爾堅。　憑作耜，去耘田。鄰翁休贈買秧錢。翁嘗分畫潤所得贈余。力貧不受無功禄，究是張颱一輩賢。借用吷老《題王石谷爲龔蘅圃所繪田居圖》句。

青玉案丙戌滬上元宵，次東山均

殘烽不礙鈿車路。又逐隊、春游去。轉轂韶華愁裏度。十年花市，幾家鐙户。還是傷心處。

戟門渺渺啼鴉暮，酒惡應無好題句。便聽歌衢聲爾許。雪空添鬢，柳慵裝絮。雲也嫌爲雨。江南去冬至今，無雪無雨。

琵琶仙春感

春好江南。甚除柳、舊日風流都歇。飛絮黏得高枝，眠禽正疑雪。芳訊遠、孤窗句覓。賸鐙影、冷銷吟骨。玉𦂳頻添，紗巾倒著，扶醉看月。

漫提起、寒食家家，尚盈耳、笙歌鬧城闕。知否落花身世，早金仙難説。應未省、塵堦掃了，又忽堆、雨後殘葉。只問妝閣誰先，唤鬟收拾。

望海潮 夜窗雷雨交作，挑鐙坐悶，檢《吷盦詞》見此調，題曰『庚子重來京師』云云。棖觸予懷，傷今弔昔，惻然步均

霜鴛翻瓦，更鼉敲枕，寒陰戰徧愁城。剛說沼吴，還傳望蜀，元戎扇羽麾兵。鄰鬨漫相驚。念杜陵白首，空賦收京。一髮中原，那堪予亦鬢星星。　何當攬轡澄清。數春明舊曲，邊塞新聲。巢鳥滯歸，局猧亂踐，哀箏訴與誰聽。休道飲留名。正恁般霹靂，天醉難醒。山賸羅浮，蹇驢馱雨話詩僧。

泛清波摘徧 比年春分，輒作一詞。今年二月十九日春分，世界雖止戈，益復瘡痍滿目，有不忍形諸咏歌者。淫雨匝月，滬上通衢，多成澤國。感念天時人事，爲之愴然。拈晏叔原體，率填此闋，東坡先生所謂『游於自然而託於不得已』歟

沈陰翳滿，宿酒消遲，偏是喚晴鳩尚杳。溜簷喧徹，拚忍無眠爲花惱。簫吹早。霜絲幾縷，鐙影孤檠，人向賣餳聲外老。賸劫山河，便莫春光問多少。　斷愁抱。簪鬢怕尋墜紅，返駕記妨流潦。思撫吴孃淚絃，試彈清曉。夢嬌小。腰鬭半握蠻纖，眉横兩彎蛾妙。只怪釵盟鏡

約，怎生忘了。

燕歸梁依《樂章》平調

日永花甎影未低。睡覺支頤。一春心事没人知。妨窺蝶、繡簾垂。簷前雨遇開紅杏，呢喃燕、絮多時。不堪還認鬧争枝。早是約、去銜泥。

女冠子雨夜感作二首

巫山雲遠。夜雨偏教腸斷。念家山。石壞仙蹤杳，荒霸氣殘。那尋修月斧，不見護花旛。細柳營空聽，唱刀鐶。

數聲啼鴂。又是落花時節。正愁儂。絮攪鶯簾浪，篁喧鳳枕風。檢書妨濕翠，障扇避飛紅。忍畫雙蛾皺，上眉峰。

醉公子 和薛昭藴均

半彈蝸髻髮。全剗鴉頭韈。鐙點小提籠。穿花妨墮紅。仔細兜鞋處。莫著香泥汙。算得杏遲開。燕兒還到來。

望江怨 擬牛嶠四首

都休憶。却憶江南綺筵夕。歌樓誰擫笛。酒醒人遠嘶金勒。五陵客。到老不歸來，也教蟬鬢白。

都休憶。却憶江南柳條色。如今摇落碧。算除宣武誰憐惜。錦衣裼。載酒約鶯鄰，點金和露織。

都休憶。却憶江南有傾國。西施真絶色。浣紗谿女承恩畢。五湖艓。弄影白鷗波，沼吴留淚迹。

都休憶。却憶江南李王筆。樓寒笙玉徹。借押十八部。那輸春水池吹一。紫霄册。萬古作詞皇，冤旒同拜得。

浣谿沙四月二十六日碧桐君七十八壽詞二首

正約編茆隱翠微。淞杯聊洗壽萊妻。留賓長記典釵時。　花燭重逢來歲事，孫蘭並結合歡枝。浮雲游子尚歸遲。

吹笛春明共夜深。海棠扶醉到而今。舊京寓園，海棠數株，每宴坐其下，别二十年矣。　薰來依舊半牀琴。君名琴。　菽水且憑雙髻奉，七女、九女隨侍在滬。菱花休問二毛侵。此情分付白頭吟。

漁家傲依聲清真

消與殘山和賸水作去。妝樓聽兩人姝麗。折得桃花彈血淚。珠簾裏。閒牀自把秦箏理。

却恨埋愁無隙地。金杯百倒難成醉。一笛願教雲遏止。呼鬟起。玉籠放鳥迎新霽。

減字木蘭花 檢篋得六年前映老爲繪填詞圖，口占此解

詞仙瀟灑。爲我填詞圖早寫。樹石池亭。筆筆思翁亦右丞。　西江宗派。雲起軒遥公健在。白髮青樽，問字花前翠髻人。

杏花天 晏叔原謂先公生平不作婦人語，余竊嘗疑之。詞以哀艷爲體，不墮山谷惡道，作婦人語何傷？王荆公，經術大家，其詞亦不例外。宿學如映老，雖洗盡脂香粉氣，讀其『斷魂騎絮過江南』句，不禁拍案叫絶。因仿白石體，賦贈此闋

映翁羞作閨幨語。是同叔、當年雅度。半山人仰老經師，所賦。有紅牋，寄與句。　翁雄據。書城萬户。也還算、鶯花舊主。斷魂騎甚過江南，曰絮。記飛龍、乍點處。

前　調

半舫自四十年前集覺翁句題《水龍吟》，後未嘗一言及之。今仿白石調，援稼軒『八難』辭例，戲作此解

玉簫飛出紅欄半。半池月，珠簾捲半。半融花氣半鑪烟，影半、鐙半、鏡滉半。　欹巾半。船窗憑半。酒傾半，歌猶未半。米家舫不半爲名，曷半。米非半，但我半。

風入松

鶴翁昔年修《廣東通志》，近日息影淞廬，箋宋元詞曲。不晤數月，今忽見過，欣然爲拈此解

門臨闤市絶谿流。剥啄不聞鷗。儵然一鶴松間下，霜髯拂、正比翎脩。約我漱珠橋畔，橫簫吹月船頭。　年時曾記載歌游。句艷有鬟收。暫抛良史董狐筆，瓶花對、箋曲鑑樓。水繪園應無恙，當筵舞柘枝不。

好事近

南歸倚裝作

吟袖殢淞雲，鐙蘸十年華髮。過了重陽風雨，正雷舟催發。　從今唱到望江南，珠孃素

絃撥。喚醉習家池上，又羽觴飛月。

虞美人 抵香港舟中感作

隔江喧徹夷歌舊。雨洗青螺岫。依然落日照旗紅。一塔摩空。靈却幾曾鍾。香港陷落，日軍改摩天嶺上旗壘爲塔，命名『鍾靈』。英軍克復，以拆費過鉅，尚未毁去。萬星鐙引鸞簫墜。吹破癡龍睡。未應銜恨割珠厓。不割珠厓。無此好樓臺。國内兵刃相尋，萑苻徧地，留此一隅乾净土，爲吾民將息。卧榻旁遂不得不容他人鼾睡，抑亦可哀也夫。

西江月 春游二首

二十年前别去，三千里外歸來。太平山上杜鵑開。山在太平何在。散盡石塘是處昔爲妓院鶯艷，賣殘鐙市兒猷。爲文憑弔宋皇臺。那可勿論成敗。

樓起仙山有閣，風收宦海無波。一灣淺水淺水灣浴場浴嫦娥。側竟裸裎於我。漸見游人雜遝，微妨老子婆娑。鯉魚門對小坡陀。得酒且圍花坐。

鷓鴣天 元宵口占

去歲元宵度好春。胡今鐙訊阻江豚。南飛倦鶴情依舊，北望哀鴻淚又新。　樓近水，月窺人。瓶花閒伴老吟身。魚龍曼衍渾無狀，片片昆池劫後鱗。

鬲谿梅令 咏瓶中弔鐘花

此花不是鬬春妍。貌娟娟。爲底渾如蕭寺、佛堂懸。發人深省般。　一枝和我伴鑑眠。杳聲喧。夢到姑蘇城外、月橫天。暗香飄客船。

南歌子 純堅女甥偕婿盧榮孝自澳門來，邀飲於半島旅邸，樓垣四角多綴弔蘭。酒酣，望海感作，擬張泌二首

倒屣長迎客，懸瓢正買春。蒼生猶是倒懸人。我在倒懸花底，過黃昏。

順水飛輕楫，橫風撼巨波。世情如水共風銼。我在水風平處，看烟蘿。

祝英臺近 寓樓凌晨輒聞賣花聲聒耳，碧桐君厭之，余不爾也，戲取稼軒賦瓢泉詞序中意成此

賣花聲，深巷裏。充滿着詩意。堪笑山妻，轉欲打鶯起。平生不夢遼西，啼鶯何惱，惱都爲、賣花人耳。

老居士，早便懺盦風情，閒參佛家理。心在静中，喧即静中旨。須知蟬噪於林，而林逾静，可收作、睡鄉游記。

定風波 與客談珠江舊事，用坡公贈王定國侍兒柔奴均，仍引侍兒語作結

怕唱江南李十郎，檀槽箋曲付珠孃。橋上印尋金屐齒，烟起。載簫船去賸悲凉。八十三翁渾覺少，應笑。蝶殘猶戀隔牆香。不見羅浮梅更好，休道。此心安處是吾鄉。

江神子 暮春遺懷，擬稼軒

春殘燕子尚無家。海雲遮，畫簾斜。簾外青山，開徧杜鵑花。道是蜀禽啼底血。吾看似，萬枝霞。

不如歸去種園瓜。渡無槎，地成窪。也許池魚、飛去化龍蛇。忍問鵝湖鵝在否？

渾賸此，未蟲沙。

前　調羊城故居鞠爲茂草久矣，客有問歸期者，倚此答之

佗城咫尺隔重天。白雲巔。鄭飛仙。分付雙成、月下莫乘鸞。怕對越臺殘鏡影，愁不肯、舞翩韆。　素馨斜畔水平田。絶游船。若而年。公無渡河、聽徹幾歌蟬。只待貫來書畫舫，纔放得，米翁顛。

思越人廣九路軌經惠陽，望豐湖在暮色蒼茫中。余離鄉六十餘年，浩然思歸之志，聊寄此詞，期異日以示故山猿鶴耳。鹿虔扆均

數峰青，叢竹翠，望迷花遮墩迨。花墩在湖心，正對六如亭、朝雲墓。碑認舊亭澆酒處，慧根今未應銷。　將軍故里啼鴉亂。馮煜康軍門南斌，同爲鴨子渡鄉人。光緒九年以陝甘提督入覲，銜命督修御河，寓東草廠七條胡同會館。余弱冠赴京兆試，比舍而居。屈指公即世五十餘年矣。鴨隨鞍馬塵散。植柳不髯蘇再見。湖鶯千百聲斷。梁節盦太史美髯鬚，年二十七罷官，掌教豐湖書院，於湖堤蘇祠旁建范孟博祠，種柳數十株，邑人每謂髯蘇後有髯梁云。

怨王孫 和《漱玉》均

簾捲心隨雲影渺。花嬾種、殘紅少。紫簫吹徹是凉州，却不是，江南好。垂柳減金春色老。嗟見幾、飛鶯庭草。簷鳩依舊寂無聲，者雨怕、收難早。

前調 用仄均再作

閒了尋春雙謝屐。鶯斷報、花消息。花名問我怎能知，說不盡，花顏色。惟有荻花如雪白。青鏡裏、頭顱曾識。欲從鷗鷺學忘機，只好辨、舟和笛。

歸朝歡 望九龍城在山花掩映間，驟雨忽來，飛紅礙目，愨然感賦

山在九龍城更古。生徧雜花雲外樹。油然雲已幻諸峰，悲哉花不生吾土。那年山易主。沙飛石走龍狂怒。怒今消，雲猶隔海，吹到濺花雨。信道飄零花也苦。獨未見花愁著處。料輸楊柳漢南栽，自從摇落絲羞舞。幾曾花解語。無言斷送西風去。問心肝，何如叔寶，休被

錯猜汝。

浪淘沙 春暮閨情二首

江水帶春流。不管閒愁。落紅飛上繡簾鈎。鸜鵒喚人殘酒醒，嬾起梳頭。　打馬未圖收。寒怯登樓。湔裙記約百花洲。風急柳緜吹作滚，疑是冰毬。

春去恁忽忽，嬌睡方濃。海棠猶在舊熏籠。夢裏釵鸞休錯認，已嫁東風。　人醉帶惺忪。花醉添紅。一般曾住蕊珠宫。爲底高燒銀燭夜，只照渠儂。

新雁過妝樓 江樓送春，依夢窗『夾鍾羽』作

幔捲濤來。樓陰蘸、殘霞帶夕烟佳。送春歸也，卮酒一潑愁懷。片雲捎花飛雨過，鏡匳又舞影欹釵。忍窗開。岫螺翠入，不潤詩牌。　雲涯依前倦客，對故園鎮日，蝶怨蜂猜。劍龍狂吼，天外卧笛危臺。餘寒畫簷正勒，問群雀、争枝緣底哉。江山好，恨貯奚囊去，無長吉才。

前　調　四月十五夜望月書感

酹殘無言。銀蟾近、憑簫問徹高天。浩如滄海，因底涸作桑田。艷絶歌姝鐙户在，瘞花繡塚委荒烟。且休論，鏡容褪玉，怯對嬋娟。　皤然吾身健鶴，但爲丁世厄，淚化啼鵑。醉魂今夜，簾際唤月同眠。殘棋爛柯半局，記曾識、雲中雞犬仙。邯鄲道，正幾人猶夢，黄扉十年。

看花回　端午近矣，百感如潮，和清真集外第二首寫懷

鶩飛烟渺山影，弄海瑩潔。氣煐漸教放盡，照眼又榴明，菰怨休結。夢窗：『湘水離魂菰葉怨。』薰風試無，撫那冰絃侵指滑。猶記否，聽瀑簾櫳，翠紗凉透總敻絶。　寧計是、江城舊月。賸冷笛、趁吹芳節。欄倚中原在望，太息似千鈞，一縷懸髮。人非故國，誰更蘭馨堪共折。只依稀、見旗鼓，乍覺喧聲別。

南歌子 大暑後移居山樓，連夕風雨，不寐，黯然成詞

暑逭山間屋，凉招樹底亭。千峰雲擁夜窗鐙。掀動四垂簷馬、不平鳴。　葉墜蹲尨覺，枝摇宿鳥驚。聽風聽雨未分明。殘夢鬧回鄒魯、鬨時聲。

虞美人 龍眼爲嶺南佳果，味遜荔支而獨饒清脆，余酷嗜之，因賦

點睛飛去龍無跡。眼賸千林碧。摘來顆顆剥晶瑩。依約佳人雪藕共調冰。　荔支啖罷伊方熟。同是顔如玉。只憐笑未博環妃。當日紅塵一騎、貢偏遲。

更漏子

箔珠垂，瓶玉注。往事十年風雨。除徑蝶，和階螢。誰還知此情。　堤邊柳。湖上藕。總是不堪回首。天亦老，人無聊。將愁分付簫。

如夢令 粵有果狀如葡萄，色黃，故名黃皮，味次於龍眼，戲拈一解

皮相漫猜嬌賤。憶昔宣麻傳宴。宮樣額塗殘，衣露越臺霑徧。金殿。金殿。淡掃蛾眉人面。

浪淘沙 乞巧夕飲市壚，回山居頽然就枕熟睡，爲林鳥争鬬聲驚醒。仰視窗間，玉繩半落，雲送雨來，雙星渡河久矣，而格桀支啁音猶聒耳。百感填膺，不復成眠，喟然衍作三解

鳩鵲爲巢争。巧拙相形。巧偏甘任拙吞併。忍問中原紛逐鹿，誰敗誰成。紙上厭談兵。世局殘枰。典貂聊博卧銀箏。夷甫諸人應媿我，老擁狂名。

巧者拙之奴。巧者何辜。鵲巢從古已鳩居。料是穹蒼齊物意，特地憐渠。今夕漫愁余。笑語黃姑。年年壓線嫁衣無。遮莫天孫雲錦也，蘊櫝藏諸。

牛女絳河邊。淚雨潸然。濺教苔點着池鴛。莫誤東皇錢十萬，借與天孫。隱約訴鬘仙。蠱籟宵喧。老來吾覺漸知言。除是笙歌尋夢入，睡最無端。

怨王孫寓意

日日簷前占鵲喜。喜未降、愁先至。秋波臨去一銷魂，聆別語、空垂淚。　鏡約釵盟那復記。雲雨斷、巫峰十二。醉扶不見似花人，更誰喚、殘酲起。

杏花天中秋夜山居望月

憶窺眉月江樓展。只雲額、纖鈎一線。山窗今夕覩團圞，底辨。是飛來、鏡與扇。　仙軿濺。銀河浪淺。舞娥影、誰家院轉。似聞吹笛又呼鸞，玉殿。正霓裳、舊譜換。

風入松重九

捲簾空羨越山奇。垂老倦攀躋。重陽例動登高興，矍然對、千岫雲迷。滯屐狂流旋瀉，提壺好鳥應知。　菊花寧爲我開遲。霜訊到還稀。人生底事愁羈旅，逢佳節、拚醉如泥。雁陣驚寒聲裏，帽簷簪上虬枝。

買陂塘

影樹産南美、南非諸洲，余在古巴築懺綺園，於半舫前植數株，蒼翠參天，姿態奇絶。今賃廡香港，山園中觸目皆是，對之不無種柳漢南之感已

買山錢、卅年遲辦，芳盟負了園樹。誰從海外移根到，此地也非吾土。摇曳處。正天鏡新磨，照煞綵鸞舞。影兮唤取。著一字風流，銷魂惹我，依約又廊廡。　長眉嫵。浪説柳嗔花妒。歲寒松柏羞伍。記曾歌舫鐙前見，鬬盡釵光無數。今再遇。問招得冥鴻，敢否池潢顧。傘般禦雨。却戀好斜陽，烟林未暝，鴉背怎分付。

好事近

去年南歸倚裝拈此調。今在回滬海舶中再賦，仍依原均。乘興來，興盡返，泯棼世，寧獨余一人爲然？　余不自悲，顧暇爲芸芸衆生悲哉

記唱鶴南飛，籬菊去年簪髮。今逐吴鴻歸去，看簷枝重發。　行行休聽鷓鴣啼，飈輪亂愁撥。笛帶過江淚殘，忍舵樓吹月。

慶春宮戊子花朝，夜雨奇寒，重衾殢夢。晨起集覺翁句，聊遣綺懷

花影闌干，《祝英臺近》雨聲樓閣，《探芳信》碧窗宿霧濛濛。《聲聲慢》夢隔銀屏，《珍珠簾》漏侵瓊瑟，《秋思》渾疑佩玉丁東。《新雁過妝樓》芳卿憔悴，《惜秋華》便綠減、《拜星月慢》吳妝暈濃。《塞翁吟》依然纖手，《花心動》彩箋翻歌，《三姝媚》頻繞殘鐘。《江南好》　人生未易相逢。《聲聲慢》去水流萍，《瑞龍吟》惜別行蹤。《新雁過妝樓》香斗春寬，本調吟壺天小，《丹鳳吟》霜霄暗落驚鴻。《高山流水》釵頭新約，《訴衷情》欠攜酒、《探芳信》南屏翠峰。《塞翁吟》一聲長笛，《醉桃源》笑伴鴟夷，《瑣窗寒》烟海沈篷。《八聲甘州》

浣谿沙碧桐君四月二十六日生辰。前年七十八，余賦《浣谿沙》二闋爲壽。今年八十，不可無詞，戲集稼軒、石帚句各一闋，以符前例。君猶健，腰脚似昔年，行十餘里，日登樓數十次，無倦容，故次章及之

喚取笙歌爛熳游。《武陵春》此生於世百無憂。《鷓鴣天》一春長是爲花愁。《一絡索》見

底道纔十八歲，《品令》從今更數八千秋。《八聲甘州》人間八十最風流。《鵲橋仙》

巷陌風光縱賞時，《鷓鴣天》垂楊却又妬腰肢。《鶯聲繞紅樓》年年强健得追隨。《阮郎歸》

落蕊半黏釵上燕，本調與君閒看壁間題。《阮郎歸》玉笙涼夜隔簾吹。《虞美人》

清平樂 丙戌春戲作，自題集外詞後，補録於此

平生挾策。伐罪興周室。載到後車年八十。不負磻谿釣笠。　獨憐貂飾冠兒。頭和面目皆非。争似祖衣相見，昂然捫蝨談詞。

詞壇故老。評我殘年稿。僉謂必傳堪絶倒。遮莫阿私所好。　拼憑覆瓿籠紗。鐙㸒兩鬢霜華。長記雨來催句，硯池飛落簷花。

花簪亂鬢。村女塗脂粉。吾少也何嘗學問。腹笥書無幾本。　南唐五代笙竽。吴周姜柳辛蘇。頟點朱衣而後，十五年前，彊邨老人評《懺盦初稿》云：『胎息夢窗，潛氣内轉，專於順逆伸縮處求索消息，故非貌似七寶樓臺者所可同年而語。至其驚采奇艷，則又得於尋常聽覩之外，江山文藻助其縱橫，幾爲倚聲家別開世界矣。』庇寒夏屋渠渠。客滬十年，與夏吷老晨夕觀摩，獲益不淺。在詞學浸衰之今日，吷老不獨爲余作詞導師，實亦爲詞界護法韋陀也。

題詞

踏莎行 用碧山題草窗詞卷均

鎮江吴庠媚孫

烟柳危詞，霜花苦調。江山涕淚知多少。年年試酒，换單衣，青袍顔色輸春草。雪唱誰聽，冰心獨抱。天涯情味鵑能道。羅浮舊約。負梅花，壯游人在兵間老。

八聲甘州

閩侯林葆恒訒盦

問詞家私淑古何人，姜辛又吴周。正彊邨端麗，樵風高竅，筆勢羅浮。醉肯燕釵重借，餘火撥香篝。早悔秦淮泊，鄉近温柔。試憶六鼇當日，擁皇華使節，曆聘諸洲。便紅桑换劫，劍氣老貂裘。寧閒却、戡鯨身手。但褐衣捫蝨發清謳。還車載，似磻谿叟，碧水竿投。

懺盦先生別四十年重晤羊城爲題詞集

己丑暮春南海桂坫南屏

茫茫四海歎無人，捫蝨誰知尚有君。吟盡八賁人未老，清明難得志如神。
文章事業一身同，再世蘇辛拍案工。談到瀛洲捫蝨集，精神不減鹿裘翁。

過龍門

順德黎國廉六禾

世界視吾禪，旁若無人，詞龍青兕是前身。湖海雄奇蕃錦巧，奄有朱陳。　南極老倦存，
白髮紅塵，吟壺雙笑八千春。故國藐鱸欣邂逅，尊酒重論。

懺盦先生詞長大集題句

愚山陳融協之

群蝨處褌中，吸盡蒼生血。捫者自快人，談者亦豪傑。慈悲心，廣長舌。健筆爲戈矛，柔情是花月。半篋秋詞擬稼軒，八十老翁鬢如雪。

踏莎行

張瑞京

蕭瑟江關，暮年詞賦，蘭成愁恨無重數。織綃人遠月孤明，照將鮫淚填新句。意託紅箋，歌傳白紵，鸞吟那抵鵑啼苦。淺斟低唱換浮名，老還捫蝨飛珠唾。

一葉落 唐莊宗體二首

南海何香凝

集輯一，名捫蝨。帶王景略傲人骨。苻堅不再生，君身誰能屈？誰能屈，獨抱長吟膝。

若玉琢，南飛鶴。九皋渺極夜嗚託。皤然半舫翁，江湖今憂國。今憂國，杜老殘年作。

甘州子 顧太尉原均

番禺許崇清志澄

箋詞花下付鬟笙，捫蝨處，裼裘輕。海雲早趁酒淌平。飛檄記龍庭。烟島上，噓氣彩虹橫。

霜花腴

饒平詹安泰無盦

怨潮暮咽。喚酒醒，紛愁細雨涼烟。光怪裝新，唧噥聲緊，蕃街走馬年年，去程夢寬。向繡心，争入蠻箋。但闌干往日抵徊，亂紅如海漸荒寒。遼鶴舊歸何處，看斜陽一抹，廢壘千連。鶡血空啼，堯年難問，吟商掩抑尊前。舊情最牽。喜故人相對華顛。料雄深、共治辛吴，老懷無淚懸。

摸魚子

南海冼玉清

對江山渾多棖觸，傷懷翻託豪語。行人眼界詞人腕，胎息夢窗如故。光氣吐。十二渡。鯨洋珠玉收無數。旌蜺起舞。趁浪雪千堆，槎風萬里，呼吸入毫素。　年時事，頗記明公題句。海天躑躅圖補。鶡花歷亂，紅凝血濺，淚襟痕疑醑。公最恕。説那有感時。竟不裙釵許。公今按譜。正鐵板銅琶高歌，引得威鳳振霄羽。

懺盦姻大兄命題捫蝨談室詞集即乞郢教

己丑端節前三日，姻愚弟何弘景季海

雄渾非蘇即是辛，夢窗源自出清真。千秋默契傳心法，一集重刊付手民。北宋曉風殘月岸，南唐流水落花春。屏除魔道涪翁體，捫蝨詞稱老斲輪。

鳳棲梧

劉景堂伯端

翦翠裁紅情一往。海水天風，入耳非凡響。不運斧斤成大匠，風流千古歸仙掌。　幾度看花閒拄杖。但願花前，歲歲人無恙。若賭旗亭紅袖唱，新聲應壓黄河上。

影樹亭和詞摘存

影樹亭和詞摘存目録

霓裳中序第一 依均和六禾賦荷花生日

飛軿碎輾月。獻祝西池杯乍歇。飄下綺羅帶結。有蛙部鼓催，鳧塘簫節。歌雲易纈。趁十洲塵净囂絶。花仙醉，霞裾掩靨，倩吟溜波撇。　沙獺。暗香争發。笑刬去湘妃素韈。旃蒙依舊在乙。倏爾珠跳，儼若葭揭。獨憑僧咒鉢，怕著雨綃裳冷澈。天孫錦，因伊裁就，麗句羨高遏。

惜秋華 六禾以七夕連宵風雨，依夢窗『細響殘蛩』之作撰詞見示。余譜『露罥蛛絲』一首爲報，蓋夢窗此詞亦咏七夕也。并簡伯端

戰雨窗蕉，引階桐、幾葉輕敲吟鬢。前夜絳河，靈鵲借橋填恨。争知又隔雙星，渺江漢、離鴻倏瞬。行雲。太忽忽、素約明年甯準。　淞水久沈訊。記勸酒瓊筵，那人丰韵。巧歌斷、妙舞散，錦書誰問。閒牀夢裏崔徽，皺黛蛾、翠峰收潤。嬌儁。料裾腰、瘦應逾寸。

奪錦標 六禾依張埜夫調并均賦七夕。原均奉和，因眎伯端

潮落虹梁，烟横蜃市去，鏡海飛塵遲拭。好在鍼樓乞徧，魂返爐丹，石填瀾碧。趁霓歌羽舞，早催煞、鴛梭頻織。要天孫、艷錦堆雲，贈與黄姑歡夕。　何況羅池舊客。脆笛攜來，壓處不愁廊寂。只漫瓜筵空對，添燭詩尋，泣珠槃積。歎炊無婦巧，向誰邊、飢鴻將息。怕星蛾、見了籤蚪，認是鉛仙殘滴。

八　歸 初秋山樓晚眺，依聲高竹屋，索六禾、伯端和作

粉牆雲凝，瑶扉烟亘，窗見萬孔窠蜂。羊腸繞出林攢箭，羣山蟄伏形成，戰敗蒼龍。草樹斜陽凄送晚，滲川原、鵑血濺紅。歎對此、羲景忽忽，又泥爪留鴻。　蘢葱。花陰庭院，鶯聲門徑，蒿萊遮斷簾櫳。漫依坡老，艷詞傳寫，飛燕孤鎖樓空。只戈揮魯久，頓催崦日落荒叢。總愁是、劍鳥淵墜，尺五簷天蛇幻弓。

側犯 和六禾『秋郊見蓮』聲均

艷容未老，語嬌著點唇丹膩。殘翠。猶自託微波、暗通意。量珠十斛後，比翼雙棲裏。魚戲。誰會得、浮沈問身世。香港法官近正議立中國人側室待遇條例。蜻蜓颭了，玉瓣凉鷗外。仍素被。净無瑕，甯倩亂雲洗。縱祓清愁，忍銷英氣。妃子出浴，帶些顛頺。

高山流水 讀六禾『雨後山中觀瀑』佳製，和其韵，仍依聲覺翁，因約伯端同賦

霽虹颯颯彩雲間。響奔雷、喧鼓千山。天女散奇花，釵珠溜落仙鬟。掀翻處、舞篷冰紈。秋江上、休記吴楓淚葉，點滴凝丹。總清能膽照，百尺認潭寒。匳鸞。臨流嬾窺影，松鶴早、夢綺闌珊。穿石化明漪，恨不盡洗孱顔。勞生也、實恁無閒。蹙愁黛、寧問池吹水皺，却又卿干。待驚湍稍定，鞭叱叱龍還。

前　調既和六禾作，又戲依覺翁聲均，寫雨後觀瀑別感，質六禾、伯端

綫濤隔不斷江風。惹烟螺、痕減青葱。山潦也盆傾，孤峰滯却迴鴻。懸屋下、杳鳺啼紅。空餘那、揉碎珠塵萬斛，洗出瑶櫳。似雲英妥髻，插玉襯妝濃。寰中。横流有誰止，河決了、瓠子無宫。銀箭雨般飛，地濕草漫抽茸。柱天崩、撼怨共工。滌愁處、惟卧松陰，仰聽勸酌千鍾。比喧篁枕畔，先發我秋慵。按：覺翁此調用均，與觀瀑渺不相涉，殊不易押。詞成煞費力也。

塞翁吟閏七月十六夜，約六禾、叔儔、伯端、武仲山樓小集，沮風雨不果來，按美成澀調賦寄

颭濕窗鐙，愁翳曉色瓏璁。倚檻對，海雲東。劍玉礪芙蓉。深山流潦妨車到，吟夢那止成空。悵水隔，翠樓重。杳螺箋浮紅。　忡忡。休文瘦、團犀褪却，臣甫老、啼鵑拜中。矧局外、棋觀勝負，感蝸正、繞壁流涎，蘚迹難封。亭柯袖底，竚待繁吹，高振歌風。

三部樂風雨爽山樓之約，晨起成《塞翁吟》一闋，旋得六禾寄示和清真此調，依聲均奉酬

寒却山盟，正笑我倚聲，惹君纓絕。夜光珠照，聊慰虛廊無月。更知是、江筆生花，趁迅風驟雨，萬朵香發。閏餘莫管，時正閏七月。怕又窗梧飄葉。　閒愁問天底事，想毿闌賸暑，井蛩能説。恁般有嘉折首，爲戎披髮。枉傷心、淚絲罥睫。應只對、晨雞恨切。不自將息，渾一叫、千夢緣結。

滿江紅伯端賦秋聲，依均和之

急雨敲殘，送山青、何曾繞郭。余時居山中。歐陽子、秋聲賦就，夜窗蕭索。烟篆爐餘灰未冷，酒魂醒後懷猶惡。賸如紗、心眼稱平生，鐙依約。　簷忽鬧，枝爭雀。壁又見，蝸添角。漸闌干數盡，玉繩西落。衰世歌詞皆涕淚，老年樓榭空腰脚。灌硯田、香露掬花梢，渾無著。

南　浦

六禾寫示依魯逸仲此調。瑞京寄渡臺留別同人《浪淘沙慢》一闋，有句云『年去年來清秋節，不啻打疊度重九』矣！和六禾即送瑞京行，因簡伯端

離亭噴笛，送行人、淒調作重陽。蕭瑟秋之爲氣，寒蝶杳尋芳。留得砌蛩宵語，替東籬、訴説幾炎涼。誦杜陵吟句，叢猶開兩，陶徑那曾荒。只恨萬年補石，望媧天、無路覓仙鄉。羨煞飛帆珊海，風響玉琳琅。吾黨世憂如故，指黄花、被酒問穹蒼。待再來絃改，取箏彈雨灑山窗。

齊天樂

《媚秋堂尋詩圖》，爲馬武仲題。圖吴湖帆作也

城陰塔影涵兵氣。海照旗紅，昌黎贈馬總句云：『紅旗照海壓南荒。』堂施帳絳，況更艷才名異。唐詩人馬異與盧仝齊名。微吴道子。爲煌染丹青，案堆圖史。鏡檻雲廊，那知仙境在人世。江山依舊畫裏，半生飄泊慣，鷗港萍寄。笛羽吹塵，鐙漪蘸夢，側帽西風吟倚。橘霜老矣。問林屋如今，紫騮鞚未。歸去書檠，密簾收雨細。五句檃栝夢窗『送馬林屋宴清都』詞。

憶江南 伯端仿四十年前伯崇殿撰用香港地名填此小令四首見示。余和以八章，戲録其二

裙帶路，休浪説魂銷。蠻女眉痕波影緑，蛋孃膚色日光焦。黛粉不慊調。

裙帶路，風景畫能描。紅磡岸低人打槳，黄泥涌近客吹簫。伯端居黄泥涌道。香艷嗣南朝。

秋霽 六禾以節近中秋，炎威尚熾，作《秋暑吟》見示。余十五夜渡海，九龍小樓坐雨，三鼓月輪破雲而出，詞興勃然，甫屬稿，雷雨又大作，擲筆擁衾，睡夢入遊仙，晨起依均率成報六禾

收響芭蕉，乍甃牖飛雲，鏡捧匳闊。篆鴨初添，箭虯低轉，現身舞娥林末。冷篁按節。咏情笛早吹教熱。正入骨。無數、舊相思子怎拋撇。誰更浪道，畫閣梯横，總輸凌虚，雙曳羅韈。記天橱、鴛鴦譜閲，仙禽頭上也堆雪。殘贉桂蟬和露咽。只跨鸞女，花氣沁動嬌笙，勸吟壺洗，蕊珠宫月。

自記

己丑二次違難穗城，轉徙至香港。適六禾詞人亦來，介而識伯端。旅居無聊，填詞遣興，六閱月得若干闋，附印於《捫蝨談室集》後，藉留鴻爪。後有所作，則另編集也。懺盦記。

影樹亭詞

影樹亭詞目録

影樹亭與滄海樓合印詞稿序

從葉遐菴所輯《廣篋中詞》中讀伯端詞《瑞龍吟》云『天涯慣見飛花』，又云『明日滄洲路，分付與離魂，依絃低語』，《水龍吟》云『寒雲碧水，洗繁華眼』，《天仙子》云『歌一遍，歡娛短，不及雙棲梁上燕』等句，知其得力於小山、白石、梅溪者深。顧嘗鼎一臠，未余饜也。己丑春杪，自淞江南下至香港，季裴爲介，始識伯端，相見恨晚。伯端録近作十餘首，並《心影詞續稿》見示。挑燈展卷，一讀一擊節，歎爲海綃翁後粵詞家無第二人。嗣是，月必數見，約結社課詞，酬唱既頻，積詞裒然成帙。余謂伯端曰：『余詞造詣不逮君，然沆瀣一氣，猥有同聲相應之雅。曷不同付排印成編，使朋輩瀏覽而知吾二人之梗概耶？』伯端允諾，因以近稿録副授余。余喟然歎曰：『嗟乎！世變日亟，吾國數千年文獻，岌岌乎繫諸千鈞一髮。詞學小道，轉瞬間其不隨椎輪大輅以淘汰者幾希矣。然則兹編之印，聊以表吾二人「海内比鄰」之意，顧可緩乎哉！』是爲序。辛卯立秋後十五日，恩燾。

影樹亭詞集序

吾粵詞家，彊邨最推許述叔。余卅年前因六禾而得讀述叔詞，去年旅居香港，又因六禾而獲與懺盦爲友，始讀《懺盦詞》。懺盦長余二十餘歲，恨相見晚，嘗爲余言：『昔與述叔論詞，沆瀣一氣。』今述叔、六禾皆已殂謝，惟吾懺盦丈年登大耋，而詞與之俱老，所爲詞如《懺盦正續集》《半舫齋詩餘》《捫蝨談室詞》，皆以次問世，人多能誦。邇復出《影樹亭集》，屬序於余。曩者張闇公序陳、黎《秫音集》，謂述叔專於夢窗，六禾致力姜、史。余謂丈詞雖合耆卿、稼軒一鑪而冶，實亦導源夢窗。彊邨所稱『潛氣内轉，能於順逆伸縮處求索消息，非貌似七寶樓臺者所可同年而語。而其驚采奇艷，又得於尋常聽睹之外。江山文藻，助其縱横，幾爲倚聲家别開世界』等語，丈詞固早有定評矣。况斯集又與余及六禾唱和爲多，因並舉述叔及余輩四人先後離合之迹，以爲之序。庚寅夏月，劉景堂拜撰。

沁園春 吴覺生家聽瞽姬某度曲。姬徐娘半老，閲世頗深，歌罷攀談，輒能臧否當代人物，因戲拈此解

千古佳人，一顧偏能，傾國與城。奈冬山如睡，烟鬟半彈，秋波不動，月黛空横。解佩江皋，化身龍女，交甫應憐未點睛。琵琶弄，惹青衫濕透，却可勝情。　魅魑世態潛形。幸嬌眼、無由見輒驚。但菱花摸索，影難目弔；淚痕掩抑，目竟誰成。靈贗犀心，巧饒鶯舌，忍問歌場變徵聲。聞褒貶，笑豈圖巾幗，有左丘明。

陌上花 和張蜕巖均

江天幻點嫣霞，寧爲岫螺妝晚。柳娜花嬌，教想舊游娃館。一聲笛唤收船去，莫道不曾魂斷。似當年、故里漱珠橋外，揀茶人散。　矧夷歌海上、喧如潮處，捲入愁腸詩半。冷惹胡沙，漫與鬧絃彈煥。劫殘又閲新棋局，雲起西樓驚雁。算凌晨、换了芳菲啼鴃，殢情尤嬾。

玲瓏四犯 六禾患痰喘甚劇，不廢吟咏，倚此規之

風約池萍，問底事干卿，渾又吹皺。鏡額堆雲，誰見展開眉岫。須信翠管呼尊，定夢擾、痺禽眠毻。記對人、特地愁諱，還掩小憐歌袖。　病非中酒寧花覷。漸綃裙、褪殘犀扣。尋詩細響香廊屧，寒沁冰肌透。應勸線壓暫收，把艷錦、鴛絨輟繡。待唾壺撤叫鸚鵡粒，抛紅豆。

東風第一枝 己丑歲不盡十二日立庚寅春，和史梅溪均

早洩穠春，休猜稚柳，風光一例塵土。凍消菰鴨嬉池，煗入網蛛罥户。青旛插髻，久絶小溪湔裙處。賸影轉、日轂花甎，繫得駟韶如縷。　思自覓、送愁妙句。撩不起、偷香幽緒。雁筝膠柱鄰娃，燕幕换巢社侶。雲陰疑暝，怕薺誤、空教挑雨。待載酒、約結鶯盟，玉笛趁晴吹去。

浪淘沙 除夕口占

明日是新年。壓歲愁錢。老妻含笑獨嫣然。爲道潮流今尚樸，髻卸釵鴛。　漫信饒羊

蠲。不貼春聯。笙簫爆竹鬧鑾天。舊腈血般紅賀柬，化作飛鳶。

風流子 咏錢

依約點蜻蜓。飛蚨處、苔傍古榆生。笑簸向華堂，寧愁貫朽，癖來和嶠，叵耐星零。纏十萬、沈郎腰瘦甚，眼却阮郎青。玉燕分釵，辛翁腸斷，銀蟾縮影，杜老詩成。無端憑蝶化，兒家樹倒，又誰爲扶傾。况文章不值，臭逐仍蠅。歎銅山空帶，餘桃氣味，莢階難乞，阿堵神靈。何物癩仙呼出，猶孔方兄。

水龍吟 玉縈翁挽詞。

翁去冬咏殘菊，有『佳色付雲烟過了』句，余閲之不懌。未幾翁病，元日不能執筆，口授其子録示《春從天上來》詞云：『關心花信。從商略、今後陰晴。』甫兼旬遽歸道山。重展遺牋，益不禁哀高丘之無女已

春從天上來詞，悲哉絶筆真成讖。關心花信，陰晴今後，渾商略甚。老不愁遺，茫無由問，彼蒼聾噤。只問吟殘菊，云佳色付，雲烟過，胡爲恁。海捲綃收狂浸。謂述叔。妙高臺翁居、孤星又黮。人繮世網，佛言解脱，儒憂放任。吾道干城，末流鼓吹，和誰接袵。但聲蜚玉縈，霄

參樓鳳，召翁攤錦。

小重山 碧桐君以桃花枝供緑琉璃瓶中，嬌艷似人，因賦

碧浸壺天漾曉霞。瑩然源裏見、舊仙娃。笑紅微減去年些。知換盡、塵世幾繁華。浴罷絳籠紗。凝妝窺寶鏡、彈鬟斜。今宵夢擁泛虹艖。嘗櫻顆、香滑似胡麻。

點絳唇 久不晤伯端，前題戲成一解却寄

不見劉郎，黛蛾顰損春風面。瓏璁一片。翠影橫波翦。　痕漲前溪，細浪摇歌扇。奩漪濺。燭光寒顫。約鬬紅深淺。

瑞鶴仙 錢浣香樹棻，法學博士，任粤民政司司長，棄官爲律師垂四十年，近結廬長洲島，移家隱居。子乃文、乃信，法學博士；乃仁，建築工程師。今年二月，翁伉儷七十壽，撰此祝焉

蕙風熏繡陌。正伯鸞德曜，齊眉七十。蘭階三鳳集。兩箕裘克紹，刑明教弼。良工其一。

廣儲材、更堪建國。羨翁爲、天下持衡，却又家傳繩尺。因憶。鼇海槎回，光緒末葉翁隨伍使廷芳持節海外。功在枌鄉，民懷政績。縈心泉石。視冠帶，等羈勒。厭訟庭花落，鹿車同載，洲看鷺邊山色。喜從今、供養烟雲，享齡二百。

夢江南

搊錦瑟，搊罷玉纖冰。冰臆柔腸渾寸熱，鑄金爲淚不妨成。只問向誰傾。

前　調

吹翠笛，吹罷口脂香。香記年時新浴後，幾回吞吐語荀郎。熨體勝蘭湯。

菩薩蠻山園桃花盛開，明霞返映，作深紫色。前輩句云『花近霞光不敢紅』，殆不盎然矣！感括此令

天公惡紫將朱奪。肯教霞礙花光發。醲面記唐宮，桃花色特紅。人憐花命薄，不見仙

源落。扇底使翻歌。酡顔添笑渦。

惜奴嬌 陳蘭甫先生登華首臺賦詞，得『羅浮睡了』四字。潘老蘭爲依梅溪均，足成《雙雙燕》一闋，人境廬主人與余皆有和作。此五十年前事矣。近鄉人告以羅浮寺觀爲萑苻盤踞作巢穴，不禁喟然。拈梅溪此調聲均成吟，示伯端、粟秋

鞭叱飛雲，喚熟睡、山靈醒。騷魂跨、烟藤躡嶺。鼻得梅香，正怯問、梅開信。難静。見髯龍、寒潭怒影。五龍潭在華首臺側。鬟亂釵欹，似酒後、嬌扶病。懸崖上、空教引領。洞蝶慵迎，蝠蝙是、巖棲性。胡蝶洞、蝙蝠巖皆在羅浮。厭聽。雷鼓與、泉琴響並。

燭影摇紅 庚寅三月初三夜紀事寓意

隔斷横波，絳河一線紅牆迴。悄然飛櫂到嬌邊，眉月猜弓影。鐵馬簷聲寂静。過花陰、驚魂乍定。彭郎偏記，奪小姑回，那時門徑。直入犀帷，降如青鳥，無人省。相思幾度倚幽欄，今也鴛同命。只是雲殘雨冷。又妨伊、墜瓶恨井。海棠春睡，亂叫鄰雞，争堪不醒。

三姝媚 送春

江山殘畫稿。換嘶聰年年，王孫荒草。故國春光，被等閒鶯燕，夢邊催老。過眼飛紅，血淚盡、啼鵑應杳。叵耐通波，眉柳臺池，送青難了。

容易成陰休道。只景物當前，足傷懷抱。剗地東風，記海棠嬌態，爲伊顛倒。彩扇新蟬，桃李尚、無言爭噪。净洗塵霏，拚任封夷菭早。

瀕海春夏間颶風常發。

玉燭新 雨夜不寐，依聲美成漫賦

波簾收宿酒。帶雨影鐙搖，冷魂侵透。正思健筆、箋天問，熨體荀香拋舊。屏開六扇，斷夢隔、眠鴛庭甃。驚乍見、蛛網縈簷，愁絲萬端抽又。

風和漏轉花遲，奈枕畔聲聲，鬧禽先後。爲巢夜鬬。鳩不是、占了鵲飛偏驟。山窗伴守。只素魄、殘更還有。槐蟻便、招我明堂，仙班那就。

滿江紅 和伯端『春暮懷人』均

莊蝶飛回，蘧然覺、簾猶窣地。夢不放、春魂消向，笙歌叢裏。顰柳緑添陶令宅，笑桃紅減樊姬里。甚劉琨、按劍舞殘年，聞雞起。　多少事，憑珠記。愁更重，空謀醉。問恁般頭白，池鴛知未。風月銷磨天易老，冰霜挫折情難死。只落花、流水太怱怱，人間世。

夜合花 淺水灣消夏，聲均依夢窗

影轉蟬槐，光浮魚藻，裊閣沈水熏香。風亭霧箔，花魂戀蝶仙鄉。蒲帶窄，柳鞭長。有掠波、巢燕飛忙。歎新來瘦，奩窺正怯，行近迴塘。　習池昔記追涼。早呼鐙臺圮，攜杖橋荒。臨邛住久，釵猶貰酒瑶罌。『罌』應讀作『缸』。吹管急，卧箏狂。換而今、瞻顧蒼茫。醉荷篙了，湖禽想也，顛倒殘陽。

荔支香近本意，依夢窗黄鍾商第一首

引破脣丹，嬌泥誰共語。自從根託天南，隨分灣頭住。冰肌脱下紅裳，在掌輕能舞。方恨、亢有驕陽未消暑。　盤上貯。宴雲片、紅堆處。貢使頻仍，香惜鞚飛塵去。空博嫣然，笑靨真妃早黄土。到底絳仙顔駐。

讀劉伯端心影詞正續稿題慢令各一題

祝英臺近

染烏絲，融蝶粉，詩影夢聲裏。十様蠻牋，痕殢斷愁幾。鬢霜催老劉郎，桃花應笑，杜陵濺、都非閒淚。　舊歡記。爲伊緣底傷春，春嬌上羅綺。流怨湘絃，芬芳楚騷意。似曾相識啼鵑，銷魂垂柳，早掀盪、干卿池水。

鷓鴣天

劫避秦灰問水濱，帽簷猶擁故山雲。眼光换盡棋枰舊，心影彫殘篋稿新。　温李髓，晏周神。老難拋斷是愁根。郎潛髮入梅谿句，崛起天南更有人。

壽樓春碧桐君八十有二壽詞，聲律依史邦卿

輪纖蔥流光。又斟教壽酒，重滿萊觴。底事飛雛遥望，哺烏慵翔。大兒在穗，次兒、三兒皆在海外。憑戲綵、雙紅裳。九女、十女婿家皆在香港。趁雨巾、風鬟喧堂。親友數十輩歡宴，適大風雨，衣履盡霑濕。我試擬東坡，金鱗放也，新咏費平章。東坡『同安君生日放魚』《蝶戀花》句：『放盡窮鱗看圉圉，天公爲下曼陀雨。』笙呼醉，琴歌狂。碧桐君名琴。屧弓鞋記踏，鴛蘚淞江。漫笑棲遲巢燕，杏梁聊商。依海角，猶吾鄉。喜竹蓀、排塀成行。任啼鴂頻催，歸耕傍牆。蠶後桑。

鷓鴣天伯端石塘晚眺，夕飲市樓，口占此令，依均和之

風不雄當負此襟。忍從瓜李問浮沈。病消艾蓄三年妙，君抱沉疴十三年，勿藥有占久矣。居卜荷香十里深。　低漫唱，淺須斟。笑桃人面夢邊尋。重來崔護春何在，腸斷殘枝拂碎陰。

花心動送朱庸齋還羊城，依聲夢窗『入眼青紅』之作

聒耳新蟬，惹離愁、天涯戒行詞客。燕羽掩襟，鵑血收花，紅改火榴爭色。荔支香裏歌聲起，哀曲按、咽亭長笛。鏤金却、翻衣爲勸，少年人惜。　此去江鄉綺夕。笙船洗、杯邀柳陰蟾入。鬐幾串珠，簾一鈎銀，弄影霸城殘碧。雅題不上羊裙去，知風度、我輸安石。步烟雨越臺，喚君試屐。

探芳信夏夜溽暑不成寐，移榻廊間，翠陰扇凉，扶頭一覺，晨光熹微矣。檢夢窗『煖風定』一首，依聲寫懷

洗鐙暈。帶氣侵帷犀，夢緣無分。旋自抱衾裯，雲廊睡魔引。藕花風舞莊胡蝶，芳影來偏準。憑相招、逭暑仙山，洞深留粉。　編綵翅爲紖。恐鞚得魂飛，化身難認。步月穿林，簫按向誰問。巖邊忽響溪湍細，啼曙禽聲紊。但微聞、怨我霜痕兩鬢。

拜星月慢

粵俗七夕家家鋮樓鐙席，争奇鬥巧，他省所無。三十年來，此風漸戢，今年聞又有踵事增華者。干戈遍地，民不聊生，寧有此閒心遊賞耶？依均夢窗書感

駕鵲天河，叱牛雲漢，小别相攜前地。隔歲飛軿，欸笙歌囂世。話離緒，漫道、無端玉漏空數，有劫銀波難洗。祇枉紅樓，敞簾珠十里。　自嬌癡、履怯凝霜砌。金風也、引帶羅慵起。篡鼎久任苔侵，掩烟猊香膩。甚筵瓜、浪設留仙醉。機織了、料得蘭房閉。那竟又、乞巧今宵，卜鋮神閫外。

蕙蘭芳引

七月十一日處暑，前人未有咏者，漫成一解。此調夢窗於清真四聲十依八九，余則全依之

涼雨洗空，盪雲影、綺羅般薄。漫薄似恩情，嬌再扇捐淚落。暗螢甃底，暫放了、低飛休撲。只汗痕不點，粉頷今無珠錯。　帝赤行權，天青懸鑑，所處應確。問金井梧飄，曾否倦蟬喚覺。新鴻傳訊，到樓我約。歌吹堤、呼櫂載花移酌。

醜奴兒近騎秋一雨，繼以處暑，炎氛迄未盡退。咏楚十六妹駕車約小憩其近郊別墅中。

廊逐峰迴，簾扶雲起，風景信美，惜爲羶腥氣所掩。憶稼軒此調注云『效李易安體』，查四印齋刻《漱玉集》，不見其詞。余愛稼翁『無事過者一夏』句，夷然索得此解

香車遥輾，繡野一碧無價。但眼注林亭，翻想輞川圖畫。低牆堊粉，樓幾處、不管誰家。草都薰染西風，夷變用怎勿夏。乃更關情，禽披宿雨，淚教花灑。酒轉添愁，醉那笛消閒暇。匝地竹陰，曳夕霞鶩外正下。倦遊歸寢，山靈恰似，約剪燭話。

訴衷情新秋漫成。按：《金匳集》載温飛卿三首；《花間》載温作只一首，餘二首韋莊作。

毛文錫、顧瓊各二首，魏承班五首，字數皆不同。余仿温、韋、魏各一首

宵冷。金井。梧弄影。半匳開。蛾樣巧。人姣。步香苔。踐濕合歡鞋。猜猜。書鴻來未來。溜鴛釵。

不斷鐙漪摇夢曉，夢無成。鸎急喚。衾戀。隔簾聽。疎雨透紗櫺。亭亭。沼荷千蓋傾。淚珠凝。

高枝院樹不聞蟬。應拚彩扇捐。恩易斷，似箏絃。飛了雁橫天。人事恁無端。換衣般。拋將歡舊締新歡。觸心酸。

攤破浣溪沙

伯端曩示《山花子令》，即此調，述其數年前騎省之戚。頃再寄《鷓鴣天》一闋，蓋重過玉蕊翁觴咏地感而作者，讀之黯然。拈南唐李主均答其意，詞成擲筆，欷歔欲涕也

猶記掀髯賦菊殘。見前《水龍吟》挽翁詞。翁雪髯垂頷，故云。翁歌何處不花間。無那浮生竟曇泡，一般看。燕社霧迷鐘報斷。翁在日，每有詩鐘之約。鯉門風急角聲寒。香港月來籌備軍事，甚囂塵上。消長故知潮汛事，與誰干。

新雁過妝樓

咏題，四聲同君特『夾鐘羽』第一首

鏡影盤螭。添蛾皺、長緣畫角聲淒。繡簾重捲，驚陡落玉繩西。病葉初飄烟井樹，塞鴻正恁底書遲。翳愁空，字惟辨得，著箇人兒。何曾周郎顧曲，未素絃誤拂，柱竟斜飛。帳羅今夜，嬌夢漫約幽期。舟妨蓼花岸泊，又棖觸、離群和雨啼。行雲遠，賸繞牆無那，彎彎月低。

夜遊宮 庚寅香港山居度中秋，依聲君特

山館敲窗雨止。聽窗外、鶴笙喧耳。環海烟光燦鴛綺。甚璚戈，絳河邊，不教洗。　擲杖成橋未。飛鞚倒、咏霓仙屐。桂伐年年尚飄子。料吴剛，力應疲，斧收矣。

滿江紅 重九和粟秋，步均夢窗『澱山湖』之作

烏帽紅萸，雖不稱、霜殘鬢蓬。樽有酒、約持螯醉，枕石眠松。秋在籬花金布地，霧移崖樹碧撑空。庶登高、再勿藉笻扶，吟徑通。　雲擁髻，林下風。顰蹙效，只施東。甚吮毫描影，畫角聲中。荒域故應思挾纊，劫城無那鬧歌鐘。笑粟般、海小怎容吾，狂捩篷。

三姝媚 秋燕，和伯端均

丁橋尋夢路。又清秋、飛飛燕偏來暮。喜得重逢否，蹴花能落，畫筵仍舞。十里簾珠，齊捲上、却非吾土。説甚興亡，恩怨無端，付籬贅訴。　聊與賓鴻俱旅。漫化石排雲，幻千峰雨。

影息鷗磯，轉細魂驚斷，擣衣城杵。覷客湖樓，局厭見、殘棋收去。伴我明朝晞髮，扁舟載處。

金盞子 温氏植廬賞菊，夢窗聲均

賞菊年時，曳短笻應記，晚秋籬落。吟帽漫簪斜，先澆取腰瓢，灑將眉萼。那堪瘦惹魂銷，捲西風簾幄。騷賦浪云餐，少陵杯酒，感同飄泊。　聞角。誤芳約。難得又，天公意未薄。雲涯故人院宇，千枝弄影漠漠。淡妝載到多嬌，舫疑飛青雀。池邊朵、無數爛似嫣霞，更引深酌。

思越人 咏菊，賀東山體

枝到花殘尚傲霜。寄籬何損性根强。秋深百卉誰存者，賴伴蚪松守徑荒。　色有白，種偏黄。人如汝淡更宜妝。折腰學得陶公耻，態斥門前五柳狂。

採桑子 昨過伯端滄海樓，以有別約，望門未能投止。歸寓得君書，索録三十年前舊作《粤謳》，並示此調小令二首，和均答之

危樓聳翠臨滄海，歌嘯移時。睡足英姿。高卧元龍起每遲。平居故國秋風裏，爾我相期。別有因依。冶蝶游蜂那得知。

卅年前泛鵝潭水，槳乍停雙。鐙補殘陽。茉莉熏人髻朵香。越吟重爲箋莊舄，分付珠孃。唱徹船厢。緩得雲東放曙光。

玉樓春 伯端示此調，擬小山甚饒神韵。旋又示《朝中措》云：『人生有酒莫遲留，老去對花羞。』廣其意，步前作均答之

頭上禿殘霜幾縷。底又愁絲心絆住。我偏花愛老來嬌，人却美傷遲便暮。千金不賣長門賦，肯爲娥眉文字誤。多情只作壽徵看，記取青衫曾濕處。

朝中措 和伯端均

花枝招處早名留。老未覺簪羞。前度劉郎應記，觀桃一笑迴眸。　嬌嗔不在，歌筵勸酌，醉後方休。在怕三生狂杜，真成薄倖青樓。

六醜 伯端示此調，苦不得題，未即屬和。會余八十有七初度，讌在港戚串，酒闌客散，乘醉依均倚此

正笙吹勸飲，乍八七、稱觴驚覺。漫誇杖朝，朝於聞警柝。百揆零落。健賸今吾在，並頭花底，效兩鴛庭角。霜華換了顏非昨。步强扶鳩，姿空舞鶴。鐙牀夜排絃索。問飄殘碧海，梁燕焉託。　杯宜泉濯。歎羅浮負約。早擬歸樵也，梅未萼。漁竿更手難著。太公先五歲，及時投却。寒宵永、且呼添酌。争不把、榼酒千瓢注滿，替長生藥。堪容處、室隘情廓。苟此情、到老偏徵壽，情還任縛。

附劉伯端《六醜·擬清真》

又秋聲到枕，正客夢、無端先覺。半衾戀寒，銅街催曉柝。燭淚猶落。在眼追尋徧，暗移芳影，度畫闌斜角。星辰好夜今非昨。漢浦分鴻，遼城去鶴，天涯慣傷離索。況蓮山隔遠，書問誰託？涼簷初濯。記珠簾隱約。臉泛朝霞艷，眉吐萼。春心老漸無著。怎今番惹恨，欲拋難却。何時再、漫歌深酌。終不信、玉鏡緣慳，誤了鬢邊紅藥。行雲逝、目送寥廓。算閉門、擬就《閒情賦》，絲仍自縛。

念奴嬌

香港赤柱峰，余數過其下，未登其巔。伯端歲暮獨遊，賦詞見示，戲步其均

天南支柱，豈名符、赤縣神州稱九。正際殘冬風力勁，林木摧枯拉朽。燒怪留痕，觸疑崩角，石勢摩星斗。蠻夷雄長，人才雞口牛後。　君自客裏登臨，惹我傷心，遥念臺城柳。閱盡降旛千片雪，青對紫金山舊。涅血乾坤，填骸邱壟，淚濺花成酒。傳呼臘鼓，和春聲罪戎首。

前調 伯端工綺語，因次均再示此解

紫雲歌罷，便司空見慣，也迴腸九。未忍香瘢殘玉臂，此意堪銘不朽。煖熨鴛衾，寒消犀帳，熾炭猶金斗。呼鬟低語，籠鸚移向屏後。無賴劇恨西風，吹把眉愁，蹙損闌干柳。折去終妨沙吒利，寧復青青依舊。似海侯門，如年長夜，花病還中酒。猝然來夢，笑拈羅帶垂首。

眼兒媚 慷烈和伯端《念奴嬌》均，索余再賦。余以既成二闋，不欲更作，因示此令。前夕諸子集余寓樓，故借以發端

花枝折盡酒添籌。醉那漉巾休。詞人難得，連天烽火，還共登樓。　當筵不見珠釵顫，月早上簾鉤。紅兒歌杳，百篇吟徧，應是羅虬。唐李孝恭籍中有紅兒，色藝俱艶。羅虬請歌不答，羅拂衣去，賦詩百篇。

瑞龍吟

讀故友潘老蘭《説劍堂集·大潭篤遊記》有感。潭，香港供居民食水處，戰亂頻仍，國人避地來者日衆，居民遂由二十餘萬增至幾三百萬人，供食水添闢二處，猶鬧水荒。大潭篤爲最初闢處。篤，粤諺『底』也，終極意也。《水經注》：『篤，可作地名。』義頗相通。余不見斯潭六十五年矣，形狀宛然心目間，步夢窗聲均成此

近雲際，誰爲照膽寒潭，斧憑空起。鑿殘泉脈成霖，飲休向井，求還向市。縱遥睇，惶駭對門跳鯉，礙壺斟蟻。俄疑柱瑟絃琴，並箏競弄，横斜雁齒。觀動須知應静，過教於頮，妨干清泚。飛雨濺麴揚塵，濁又何世。纓曾濯試，濯愁帶鑾腥味。狂流任、恢恢漏網，波鯢厭睡，瘴海猶吹淚。我操厞蚓，《孟子》：『充仲子之操，則蚓然後可者也。』寧相見隧。喧枕笳聲裏。龍夢五，靈鞭高揮臨水。正呼未出，憶吾鄉地。五龍潭在羅浮華首臺側。

念奴嬌

粟秋、慊烈、韶生、紉詩先後和伯端『登赤柱峰』均，並約月課一詞，勉成此章應之

筵開清夜，正花陰月上、撤華鐙九。入座嘉賓詞客半，漫笑雕蟲殘朽。健筆箋天，狂歌斫

地，擊碎玉雙斗。眼中人物，騷壇占席先後。我却捫蝨空談，霜絲禿鬢，媿見新荑柳。盎卉雞冠風引舞，撩起雄心非舊。環堵蕭然，老夫耄矣，澆塊惟蒭酒。夢回得句，擁衾和醉蒙首。

八犯玉交枝 題冼玉清《琅玕館修史圖》，依元人仇山村四聲。女士任教嶺南大學有年

花下書年，蝶旁編月，曾早續成班史。晴日和風輕掃葉，皺得池波鱗起。華妝初洗。護館千百琅玕，應憑堅節完鄉誌。女史所修爲《廣東通志》。羅袖忍寒遥想，拈毫頻倚。不知是雨是烟，不堪是淚。層層堆上雲翠。定還認、絃歌佳地。待重喚、雩龍降尾。影簾隔、言禽近咫。莫教饒舌先朝事。但笑指門前，新陰頓覺桃添李。

附劉伯端《謁金門・題冼玉清琅玕館修史圖》

又秋聲到枕，正客夢、無端先覺。孤館寂。曲壁蠹編陳籍。日暮琅研吹暗碧。硯寒知露滴。門外馬蹄得得，窗下蟲吟唧唧。功業文章駒過隙。千秋惟史筆。

陽春曲 庚寅歲除前夕，立辛卯春，聲均依梅谿

柳堆金，梅堆玉，憑買繡春真色。詩祭恁匆匆，鐙窗稿、付火應免蠹魚食。故人書跡。雲雁隔、有樓西北。土牛斷拂鞭香，甚朱旙、顫鬢歌陌。

笛。銷凝年涯一線，教黛痕、纖晚鏡遲拭。林鶯定解歎息。聽語到、綿蠻誰識。乍新雨、正峰改螺舊，烟霄透碧。

如魚水 題稊園舊主《梅花香裏兩詩人圖卷》。穎人社長與織雲夫人結縭三十四年，穎人取當時證婚人徐彊齋相國賀詩結句，繪圖徵題。葉遐翁題『綺窗雙笑』四字，余依屯田體譜此

生幾梅修，蒂兼朵並，里認粵嶠淮揚。底問何郎。媒寧招蝶過牆。詔群芳。含章賦、東閣催妝。這影事、回首蓴波，鏡絲添得沼鴛雙。歡繾綣，景綿長。眄答拜鴻光。案舉相莊。吟成曾恁般剛。廣平腸。收畫本、粉色霏香。念題自、借紅葉窗笑兩，染管灑淋浪。

浣谿沙　人日漫成

忍更題詩寄草堂。羅浮梅訊報年荒。甚時高臥話羲皇。　世事形同花勝看，人生味似菜羹嘗。黏雞庭户又殊鄉。

一萼紅　初春，白石均。二期社課

竚庭陰。早冠兒嬾整，頭禿謝華簪。人卧花間，魂銷笛裏，遑問人世浮沉。畫簷下、桃枝秀發，漸弄影、高下散見珍禽。好待提壺，爰陪句哦，光迓春臨。　重認蜜圍層艷，有鶯情引動，蛺蝶關心。鐙市千家，珠簾一桁，新燕猶是追尋。怕迷路、昆池染劫，攬萍散、渾似溜釵金。繡閣窺妝，憑闌惹恨應深。

前　調　集夢窗句，再媵一解

小闌干，《水調歌頭》《一剪梅》斷江樓望睫，《解連環》華髮奈青山。《八聲甘州》塵陌飄香，《水龍吟》煖袍挾錦，《三部樂》雲氣不上涼天。《新雁過妝樓》熏鑪畔、旋移傍枕，《花犯》晚夢趁、《惜秋華》重載客槎還。《訴衷情》往事依然。《三姝媚》舊遊惟怕，《瑞鶴仙》長帶秋寒。《醜奴兒慢》　除酒消春何計，《西河》翦殘枝點點，《喜遷鶯》偷覓孤歡。《齊天樂》冷濕蛟腥，《瑞龍吟》絳籠蜜炬，《風流子》花唾猶染微丹。《浪淘沙》向春夜、閨情賦就，《塞翁吟》雨簾捲、《點絳唇》人在翠壺間。《水調歌頭》燕子不歸，海棠一夜孤眠。《朝中措》

歸朝歡 題遐菴《罔極盦圖》。毖社八期課

生出兩儀憑太極，此理推研從讀易。遐翁盦正繪成圖，繫辭涵義寧堪析。昊天句分拆，斷章聊取詩三百。一聲鐘，發人深省，箭放非無的。　頹世鴟鴞群展翼，舍恁幾難教禽格。濡毫題罷觸餘悲，椎牛歎不雞豚及。惟翁身作則，長懷鯉也趨庭日。望南雲，先塋宿草，矧尚狼烟隔。

風入松 清明，集方回、梅谿句。三期社課

楊花芳草遍天涯，梅谿《西江月》時節也思家。方回《剪征袍》今年自是清明晚，梅谿《杏花天》暗歸期、路指烟霞。方回《思越人》綵筆倦題繡户，梅谿《東風第一枝》春風消盡龍沙。方回《石州引》過雲時送雨些些。方回《浣溪沙》誰駕七香車。梅谿《菩薩蠻》江南有雁無書到，方回《鳳棲梧》怕看山、眉黛憶他。梅谿《夜行船》粉面不知何處，方回《定風波》東窗一段月華。梅谿《一翦梅》

前　調 前題和伯端均

平沙淺草緑鋪茵。不掩馬蹄痕。戰龍原野飛來血，甚南天、花雨繽紛。空賸禁烟萬竈，未忘插柳千門。　溪山魚鳥舊相親。夢影隔遊塵。殘年取次清明到，取次拚、酒暝詩昏。恐百醉一回醒，者回淒斷吟魂。

附劉伯端《風入松·清明》

曲堤芳草漸如茵。緑是去年痕。軟紅散麴春波暖，想畫船、簫鼓紛紛。寒食仍催新火，孤吟自賞閒門。　天涯歸燕更誰親？王謝已成塵。一株惆悵東闌雪，怎消他、百五黄昏。最苦關山風雨，行人欲斷無魂。

前調 再和前均

墮紅休管溷和茵。苔没瘞花痕。年年行近邨簾外，雨惱人、總是紛紛。繡屧况橋南路，雕鞍又國西門。　浮雲世態孰交親。肝膽已成塵。千迴百轉思量費，更能消、幾箇黄昏。冷引泉華一掬，空山酹杜鵑魂。

前調 餘意爲賸一解

清明影事未全虚，鳥又喚提壺。水村山郭依然在，買醉聽、閒話樵漁。借得圈花柳眼，撩將罥草蜂鬚。笙樓鐙榭近何如。欲且遂夷居。風馳電逐雷聲走，樣翻新、油壁香車。到處銅駝陌有，當年金馬門無。

紫玉簫 咫社九期課。咏頤和園樂壽堂後紫玉蘭，依聲晁無咎作

蓮社詞心，椒宫黎影，抱琴思按猗蘭。紅輕粉淡，竚玉階，今不娥髻簪珊。祇雪般煩，非殢酒、頓赤花顔。霑仙露，長生那祈，佛老旃檀。　風殊第幾番信，香占國稱王，夢趁雲殘。靈根漫灌，怕瓶教、沈似墮井孤鴛。甚簾垂久，窺燕子、笑頷都瞞。黄昏雨，羅帶倒吹，著淚斕斑。

惜餘春夢[一] 稊園書來，言四月朔立夏。古人云：『三月正當三十日……未到曉鐘猶是春。』惟今年可以當之。社課選得此調，題爲『送春』，引伸其意，和魯逸仲聲均

逕甓螢飛，庭漪鴛繡，送却殘寒收草。春宵正短，夜夢初温，誰分漏壺驚曉。猶幸珠杓未南，同抱斜欄，柳梢蟾小。問酸含梅子，因伊消去，妬紅多少。　教緩得、花外鐘遲，疎陰留影，翠箔孤鐙人惱。纔安燕壘，便止鶯笙，對鏡黛蛾慵掃。除是琴彈爨餘，音不在絃，桐焦知老。趁薰來催令，新蟬流響，總塵梁繞。

【校勘記】

〔一〕《惜馀春夢》，依律當爲『惜馀春慢』。

解連環

送春後，伯端以風雨索居無俚，感樂笑翁『無心再續笙歌夢，掩重門、淺醉閒眠』句，賦此調索和，依均奉酬

怨紅愁碧。纔和春了却，又從誰積。已醉淺、眠總宜閒，任長晝閉門，礙梟飛舄。人海花場，定還許、蝶魂將息。未老頭白。叵耐也、梅熟仙鄰，想桃李蹊成，匪伊朝夕。只心旌怕逐，細馬繡蹄，碎香南陌。劉郎記曾久客。向天台見鴛，換盡寒溫，事多少、過時堪憶。悵山窗、近同聽雨，澗泉吼急。

前調

依聲夢窗，再和伯端均

傘雲垂碧。沿天收雨脚，亂紅還積。隱導我、除是池荷，歎逃世正難，曳凌空舄。細語新蟬，燕鶯斷、隔牆消息。且追尋夢約，試繞故園，看桑盈陌。牀頭劍横有客。那塵塗怕遭，

衆眼加白。拚醉倒、眠得箏旁，甚如此幽歡，轉慳今夕。寸縷成灰，到香冷、金猊人憶。最敲簾、漫驚顫羽，喚聲乍急。

琵琶仙 香港重午，依聲石帚。四期社課

掀動閒愁，海樓起、竟夕夷歌潮聒。鄉夢空託飛鷗，懸蒲又逢節。簫鼓想、千舟競逐，弔孤墳、楚湘沈屈。欲采蘭馨，剛炊黍熟，無限淒切。　正憑酒、呵壁箋騷，誤原火、星星見榴發。冰腕合歡絲繫，掩金雙條脱。江鏡恁、如鈎鑄小，照宿妝、曉影簾撮。早分的犀辟塵消，面寧障箑。

定風波 摩訶池。咫社一十期課

水殿風來漾月天。臨池笑靨鬬清妍。送妾自從歸燕燕。誰見。深宮圖影拜張仙。　莫道蛾眉難一死。人是。出泥不染苦心蓮。蜀孟山河無寸土。何處。重尋蘚跡印雙鴛。《鐵圍山叢談》載：蜀亡，花蕊夫人隨孟昶歸宋，行至葭萌驛，題壁云：『初離蜀道心將碎，離恨綿綿。春日如年。馬上時時聞杜鵑。』書二十二字，軍騎促行。及見宋太祖時，則有『十四萬人齊解甲，更無一箇是男兒』句，非三千粉黛中

皎皎錚錚者乎？昶不死社稷，何獨以死責一弱女子哉！顧所傳在宋宫中晝送子張仙像，日夕供奉，謂即昶也。一説姑勿論焉。懺庵附注。

洞仙歌 小暑後淫雨連宵，凉籟侵睡。伯端示此調題云：『讀坡公「但屈指西風幾時來，又不道流年暗中偷换」句，漸覺「悲哉秋之爲氣也」。』因戲譜坡詞音節，和此一解

窗聲淅瀝，逗鐙痕寒凝。底訝飄梧向金井。正簷花著雨、摇落驚魂，魂夢斷，中酒新來又病。

簟紋凉沁處，曾惹瑶姬，紙扇恩疏怨同命。願嫁弄潮兒、弄盡鷗波，沙汀上、立殘雙影。試説與、飛鯤且圖南，問赤手、何時制吞性舟。按：《水經注》云：『天帝季女名瑶姬。』梅溪有《憶瑶姬》詞。坡詞『庭户無聲』，『庭』字陰平，故借『瑶』字代『班』字。

附劉伯端《洞仙歌·夜坐中庭，月斜露冷。讀坡公『但屈指西風幾時來，又不道流年暗中偷换』句，漸覺『悲哉秋之爲氣也』，爰就眼前景物，依調寫之》

闌干北斗，向孤城斜挂。牆角莎鶴怨遥夜。井梧飄一葉，秋滿天涯，疏影外、玉露無聲暗下。

人生難得是，枕簟新凉，僥倖殘宵夢能借。别有斷腸人，泣損機絲，偏坐到、酒

銷香炮。更紙醉金迷在誰家，算一樣更籌，萬般陶寫。

千秋歲 海灣觀浴。五期社課。伯端依謝無逸作，余繼聲淮海戲成

水花飄黛。環浴宮池態。今我看，芳灣賽。參無遮有美，懸一絲應礙。呈色相，欲泯鷺白天青界。

日落烟蘋外。纖步凌波懈。忘了向、洲蓮采。覓衣驚麝散，就艇商魚買。鐙萬點，笛樓照影人仍海。

虞美人 六月二十一日大暑，入夜得雨放凉，翌晨火傘又復張天。天時變幻，豈亦猶人事之叵測耶？依《花間》體，口占四首

傾盆一雨霄無暑。紙扇拚收去。曉來褰箔見驕陽。趑趄重檢鏤金箱。嫁時裳。　沼荷遮斷波還熱。垂釣魚蹤絶。愔愔六曲畫闌邊。半絲風盪夢痕圓。穩棲鴛。

籟和簷溜籤聲下。正躲愁無罅。襲人花氣釄如春。好教扶夢作梨雲。没須根。　隔簾鸚鵡猜涼訊。堂竹新成筍。添衣昨記侍兒呼。而今粉汗透羅襦。屑珍珠。

世情暗裏千端變。掩映華鐙見。錦箏彈徹枉娛賓。緑鬟羞向白頭人。勸青樽。　東勞

西燕分飛了。行止渾難料。喁喁窗語背烟紗。相思忽在海之涯。暮雲遮。

化爲萍後同生活。絮本飄零物。前身只是太形單。故離偏易合偏難。箇儂般。繡衾如鐵憑誰煖。湘簟猶堪戀。西風雁字未曾排。不知園菊幾時開。報秋來。

燭影揺紅

江陰夏慧遠社長以尊德潤枝先生光緒中葉在京師集詞人王半塘、朱彊邨、劉伯崇、宋芸子、左笏卿、張瞻園、王夢湘、易實甫兄弟於其家所爲詞，裝潢成帙，署曰『刻燭零牋册子』，丐稊園作咫社十二期課徵題，因追和彊翁『上巳同半塘、南禪登江亭』均賦此〔一〕

花燦銀臺，照殘壁畫旗亭處。吹笙仙散鞚蚪飛〔二〕，雲冷觚棱路。繞社差池燕羽。漫晨星、天猶幻杵。《前漢書・天文志》：『彗星曰天杵。』紅塵一笑，酹酒高呼，璣宫何許。

十稔長年，太沖纔就三都賦。倚聲寧復詆雕蟲，憂患詞心苦。魯殿靈光媵與〔三〕。懍前修、青袍肯誤。劉長卿詩：『青袍今已誤儒生。』滄桑頭白，人物開元，烟鴻般數。

【校勘記】

〔一〕《咫社詞鈔》小序作『前題。江陰夏慧遠社長尊德闓枝先生光緒中葉在京師集詞人王半塘、朱彊村、劉伯崇、宋芸子、左笏卿、張瞻園、王夢湘、易實甫兄弟於其家所爲詞裝潢成帙，顔曰「刻燭零牋册子」。傾徵漚社同人題，因追和彊翁「上巳同半塘、南禪登江亭」均賦此』。

〔二〕『仙散』，《漚社詞鈔》作『散後』。

〔三〕『滕與』，《漚社詞鈔》作『賸與』。

附劉伯端《燭影摇紅·丁卯二月，江陰夏潤枝先生寓北平麻力胡同。時以京師詞人集會其家唱和詞箋及庚子鈔寄秋詞之稿，有王半塘、朱彊邨、劉伯崇、宋芸子、瞻園、王夢湘、易實甫、由甫諸老之作，皆一時名，滄桑後，裝褫成帙，題曰『刻燭零牋』，并詳跋其歲月，留爲光宣問詞壇掌故。今藏其子慧遠家。慧遠能讀父書，爲漚社後起之秀，攜社徵題，爲述其緣起如此》

花發春明，夜闌刻燭催宫漏。緑深門巷幾回來，屐冷苔生甃。見説銅駝換繡，想群仙、郎當無袖。鳳笙迢遞，明月緱山，猶聞清奏。　我本多情，故關蕭瑟空回首。春猿秋鶴與飛吟，愁外惟呼酒。北望浮雲似舊。問當年、流風在否。劫灰殘墨，傳語郎君，一編長守。

影樹亭詞續稿

影樹亭詞續稿目録

過秦樓 石塘晚眺，清真聲均。堅社五期課〔一〕

酒挾襟痕，曲覘鬟態，夢跡戍笳吹斷。樊姬故里，杜作去牧華筵，頗記舊題歌扇。人影趁海雲沈，夷舶千檣，疾猶飛箭。恨殘陽不駐，狂波掀起，送流花遠。　休羨煞、跨鶴纏腰，鳴鞭過肆，老了鬢毛銀染。園空誤蝶，巢改藏鶯，色相本蔓天變。誰意撩愁，更深鴻野聲哀，蛾峰尖損。任如環水抱，寒顫星鐙萬點。石塘在本港之西環。

【校勘記】

〔一〕『堅社五期課』，據《影樹亭詞》所録《千秋歲·海灣觀浴。五期社課。伯端依謝無逸作，余繼聲淮海戲成》當爲『堅社六期課』。

前　調 前題，再依聲美成簡伯端，博諸社侶一噱

幾日花愁，一春禽夢，夏末漸秋冬杪。排鴛翠瓦，戲蝶紅簾，冷賸半斜荒照。臨水試洗吟眸，贏得吹來，遏雲高調。念桓伊笛弄，誰教衫舞，箇人嬌小。　應自覺、雁足傳書，蠶絲牽

恨，只苦寸腸頻攪。臺堪鬧屐，池可浮杯，索甚野梅嬌笑。前度劉郎換將，源裡知津，桃邊淹櫂。探奚囊準有，殘畫滄洲淚稿。

前　調

前題，拈李景元聲均，復賸一解

過眼雲烟，行蹤萍絮，那來心事悠悠。只劫灰吹滿，向户掩枇杷，究厥緣由。未算杞人憂。有情天、也墮紅愁。帶鳥陽飛去，樊籠鸚䳇，何處芳洲。　杳畫筵笑買蟲蟲後，聒笙簫醉耳，殘賸夷謳。知斷香無數，又招蜂惹蝶，改態潛遊。誰見就銀鐙，拯沈蛾、玉卸搔頭。但空濛海氣，些幻明霞，澄映迷樓。

石州慢

月當頭夕，小集林碧城書齋。主人出紙索紉詩女士畫，余請作梅，女士蘸墨作牡丹，希穎爲補石。余依方回聲均賦此

北海開樽，南郭濫竽，吹向天闊。雲移眼不犧攔，雨歇角偏巾折。鐙樓倚醉，笑見粉手揮烟，知非圈點梅梢雪。甯撰曲羅浮，拔鸞釵聊節。　花發。枝旁皺染，緣證三生，畫圖差別。淡冶嶔奇，兩兩教人稱絕。却拚囂世，詬盡小巧雕蟲，聲家白社今宵結。忍對影當頭，冷清清孤

月。按：賀作首句『寒』字陰平，用『筵』字爲合，惟『樽』字較響，削足就履，不得不然，特注。

酷相思 伯端泰西友人某倫敦書來，謂別久華文已荒，不能作華函，只寫程書舟詞《酷相思》首句『月挂霜林寒欲墜』七字。伯端以示社侶，衆議即據爲社課。余步原作均、和伯端各一首

百度杞憂天不墜，趁潮又、寒蟾起。漫圓缺、偏教翻樣是。圓樣也、伊爲計。缺樣也、爲儂計。

酒在愁腸真化淚。促繡帳、朱顏悴。繫足去書鴻飛也未。北去也，書誰寄。南去也，誰書寄。

驛路騮嘶人別後。歎妝鏡、塵封久。那還抹、頳霞如殢酒。燭對影、淚雙就。月照影、夢孤就。

抱甚秦筝鐙下奏。澀雁礙、柔葱手。試撥向、鶤絃音調舊。風乍起、簾波皺。愁更起，眉峰皺。

千秋歲 十女家翁陳松燊八十壽

向松稱叟。雪蘸蒼髯久。堂上獻，兕觥酒。百齡彈指到，八秩平頭壽。冬日也，巡簷笑索梅花鬭。

六十年前友。締結爲婚媾。鰲海記，歸航後。兒孫各繞膝，風露重回首。鐙笙

裏，難忘夜雨翦春韭。

酷相思 碧城示社作均戲成一首

落絮黏泥猶喙燕。甚榛莽、人間遍。竟無鵠、空勞頻放箭。鑷縱把、愁絲斷。截那把、狂流斷。

愈是即殷離愈遠。覺世局、奔輪轉。念功倍、何曾真事半。雲自可，吹憑管。天未可、窺憑管。

附林碧城《酷相思》

莫負將離巢裏燕。萬千語，叮嚀遍。正烟浦、舟如弦上箭。歌未盡，弦休斷。柳欲折，腸先斷。

淚自長流帆自遠。怎盼得、東風轉。料今後、牙床閒一半。針線也，無人管。枕簟也，無心管。

燭影摇紅

數學專家黄伸和，清光緒末葉以縣令需次皖城主學堂講席。旋棄官遊古巴，垂五十年。辦報館，鐫印章曰『我早荷花十日生』。今年八十，提前稱觴，書來索詞，賦此寄祝

江夏喬松，挺生十日荷花首。皖公山色講堂前，法記乘除授。不忍孤絃獨奏。鞍韉飛、天風海吼。西洲巾岸，盈掬嫣霞，芳筩擎酒。　鶴兩添籌，年符車載蟠溪叟。千秋勳業一漁竿，那抵操觚手。珍重樓高憑袖，白雲看、蒼然幻狗。評成月旦，鼙鼓喧中，歌霓稱壽。

憶舊遊

伯端五十年前侍太夫人課詩牡丹花下，忽一瓣飄墜，教拾而藏諸書頁間。今無意中檢出，色淡黄而未化。因賦此調，約社侶同作，余依聲清真漫成

記雲容竚望，線手縈懷，遊子悲傷。那若花前侍，正絃詩課讀，瓣墮天香。怕教燕嗉銜去，温語囑收藏。自蠹帙蹤潛，駒韶瞬轉，幾换年光。　渾忘。乍驚見，只蜕已些枯，形未全僵。惹起平生感，縱雞豚難逮，丫草成霜。賦情到老偏麗，摛藻壓詞場。羨影入新吟，春暉報答心更長。伯端著有《心影詞》。

附劉伯端《憶舊遊·余年十五，隨母花下課，適有落瓣，拾置卷中，顧謂余曰：『遺汝異日之賞。』久漸忘懷，今檢舊帙，忽飄墮書几，色轉淡黃，理如蟬翼。悲哉！此余母五十年前手澤也。泫然賦此，兼乞堅社諸子同咏其事》

甚侵人歲月，浪跡江湖，换却萊衣。最憶兒時事，正萱庭露曉，賦罷清詩。畫梁未醒雛燕，花外日遲遲。奈一片辭根，千紅減色，怎挽春暉？　迷離。眼前影，似寂寞諸天，散後芳菲。不作飄茵想，伴琅函緗帙，幽絶偏宜。便隨蠹魚枯死，猶勝了無歸。更掩卷虚堂，風催淚燭寒漏移。

玉蝴蝶　咫社十七集。依聲均屯田第四首，題吴湖帆爲冒鶴亭畫《羅浮仙蝶降臨圖》〔一〕

話劫園拋水繪，翠樓淞峙，湘竹簾褰。疑假疑真，舞見洞蝶便娟。顫微鬚、鐙痕翳霧，拂艷翅、鑪燼生烟。俗緣牽。粉兒留影，差慰衰年。　拖延〔二〕。棲羅浮穩〔三〕，今來胥宇，寧約飛牋。謝逸詩情〔四〕，定曾移向玉峰前〔五〕。夢中身、山河宛在，隱處地、花草俱妍。彩雲連。畫開新景，染就昊天。

【校勘記】

〔一〕《咫社詞鈔》小序作『依屯田第四首聲均』。

〔二〕『拖延』，《咫社詞鈔》作『稽延』。

〔三〕『穩』，《咫社詞鈔》作『久』。

〔四〕『詩情』，《咫社詞鈔》作『多情』。

〔五〕『移向』，《咫社詞鈔》作『題向』。

鷓鴣天俱樂部在天台大厦，伯端日必一至。升降機女郎識之稔，一見即予送達。咏以此調云：『劉郎已熟看花眼，不問天台第幾重。』余步均調侃之

莫訝飛鶯困繡籠。語紗妝鏡罩璁瓏。筍般隻手支迎送，犀點靈心待貫通。　機户啓，靨桃逢。劉郎老向笑聲中。天台更上層樓是，不隔巫山一萬重。

渡江雲 辛卯除夕花市

殘年杯酒送，忍談故革，見慣鼎旋新。萬花香是海，喚賣沿衢，引蝶趁蜂紛。人歸鏡閣，爲柳圻、添得眉顰。休問伊、帖憑何語，娓娓寫宜春。　應嗔。千金嬌盼，寸藕絲連，匪量珠斛斉。胡竟愁、仙招臨水，蚨化飛身。星燈燦映枝頭色，未鼓角、喧斷歡根。盆放朵、盈盈笑洩天真。今年花價特昂，水仙每頭索六七金。鄰家贈余一小盆，正著花，不欲解囊往購矣。

前　調 次清真均，並依聲再填一解

林霞飛蜃幻，水流更活，記賦走黃沙。東坡《泗州除夕》詩：『春流活活走黃沙。』地堪鋪錦滿，未到淩晨，屐蹋遍千家。鄰嬌縱學，弄巧舌、鶯說繁華。妝漫催、約遊宜晚，緩緩整盤鴉。　空嗟。簪羞衰鬢，會阻幽期，懶尋芳月下。情奈撩、燈光人影，裳布裾紗。多般舊事教回憶，問管却、灰幾吹葭。時代改、年年樣別翻花。

前調讀伯端作，綿麗貼切。余先成二闋，深媿弗如，然見獵心喜，因再依清真聲均，戲賸此解，社侶得勿笑其無聊貂續耶

如潮洶湧際，綺羅隊逐，麝氣散胡沙。衆香天禁臠，借聘錢來，買不到伊家。花價昂，遊人有空手回者。年光透隙，怕冷玉、教惜茗華。先共删、墨痕塗滿，户户兩行鴉。休嗟，貪歡心性，愛美根苗，種吟邊燭下。甯憚煩、因朱暈紫，和霧窺紗。招春竟夜吹鈿笛，料只隔、交葦初葭。《風俗通》：『除夕飾桃人，垂葦交，畫虎於門。』殘歲去、堂堂導蝶穿花。

沁園春 壽冒鶴亭八十

健鶴鳴皋，巢民先生，十一世孫。羨祖芬留得，弧懸同日，詩聲嗣向，笛遏行雲。渭水竿投，商山芝采，出處年高認愈真。江南岸，遍鹿裘帶索，拾穗吟痕。鶯花三月開樽。試邀下、飛瓊勸醉頻。記箋殘元曲，影回仙蝶，攬餘淞翠，髯舞虯鱗。地戢狼戈，天圓蟾鏡，翁三月十五日生辰。八十籌添海屋春。燈光鬧，簇綵衣塀戲，笙屐歌裙。

喜遷鶯 春山杜鵑花

疑啼山鳥。向行客勸歸，血成花了。螺岫簪霞，蝶叢鈎蜃，影亂紺樓斜照。開處知非吾土，望裏認爲仙島。驀然見、怕紅心難辨，斷腸烟草。　垂老。腰未折，翔步雲梯，脚力輸年少。溝葉留題，陌桑聞唱，綺緒占人頹抱。色配燕支濃艷，名襲蜀禽靈巧。卧遊去，夢故園依舊，春風桃笑。

附劉伯端《齊天樂·春山杜鵑花》

花發春明，夜闌刻燭催宫漏，碧桃飛進紅棉老，春光倩誰留住？滴露凝香，餘霞散綺，疑入仙山深處。東君也誤。怕鶗鴂先鳴，衆芳非故。幾日新陰，翠遮裙帶舊時路。　枝頭殘認淚點，是花還是鳥，相顧無語。躑躅津橋，飄零蜀道，一様天涯羈旅。朝風暮雨。怎開落匆匆，又催歸去。莫待空林，獨尋情更苦。

前　調賀古巴李崑玉新厦落成，依聲史梅谿

綠甍翹鵲。爲壁屏嵌畫，粉和雲琢。蔗海烟光，金波麴暈，扶起島天飛鱷。甃庭花繞遍，池又浴、錦鴛添鑿。避秦計，武陵溪料必，無此林壑。　　呼酌。盌笑謔。捧斝主人，語妙東方朔。戍壘笳吹，華街舄舞，霓彩霧香交錯。貴遊多故舊，渾慰藉、舟能同郭。正麗日、萃一堂，塞鴻緱鶴。

前　調曩年拈石帚此調賦洋水仙，韵與句法略異吴、史諸家。今再檢讀，因爲『春山看杜鵑花』，效顰成咏，質堅社同人

曆番風幾。又換者嫩紅，纔算花第。分影珊瑚，銷魂裙釵，枝絆溜丹鶯觜。蠶叢路殊蜀棧，問誰爲、血痕妃洗。叵耐是。倒紫霧杯後，如棠嬌睡。　　春醉。遊漫廢。朱便駐顔，老了人間世。色相蔓空，本根摩净，拈一笑天尊旨。莫教濺詩人淚。蝶悶蜂愁撩起。怎生避。有江山裝點，還懨懨地。

疎　影

昔海綃翁云：『周止菴謂玉田《疏影》賦梅影逐韵湊成，全無脈絡。』余曰：『玉田句頗麗，但意不深耳。』翁韙其言。今依聲白石，按玉田題，試擬一解，伯端知音以爲如何

池冰鏡滌。縞袂人冉冉，呼似曾出。薄掩瘢痕，鈿壓蛾低，簾前記點宫額。剛猜雪地留飛爪，透薊北、荊南消息。甚素顔、玉樣妝成，幻入暝鴉般色。　無那谿收亂照，鴟蟾又樹杪，教怨狼藉。折取烟空，却也横斜，酒醒鐙摇虚壁。凌波不辨塵生步，誤踏向、綠苔釵拾。引冷魂、鎖蝶窗紗，有客解吹長笛。白石《鶯花繞紅樓》詞云：『十畝梅花作雪飛。暗香下、攜手多時。長兩年不到斷橋西。長笛爲予吹。』〔一〕

【校勘記】

〔一〕『鶯花繞紅樓』，當爲『鶯聲繞紅樓』。『長兩年不到斷橋西』，『長』字衍。

南浦

止菴又痛詆玉田《南浦》賦春水。余謂以『絶似夢中芳草』喻春水，雖極無聊，惟『和雲流出空山，甚年年净洗，花香不了』却佳。然視玉笥山人作，則小巫見大巫矣。余不揣冒昧，依中仙聲均成此，再質伯端暨堅社同人

倒影入垂虹，見鴨頭、新緑恁濃染。天上坐船如，三篙漲、關心麴塵添徧。織漪柔艣，黛螺紋尚渦旋淺。引魚競逐桃浪底，輕唼流霞斷片。迴潮暗蕩春魂，正習習飛鴛，儆儆舞燕。拖藍拂紫，可曾淘去沉珠怨。者番風信應分付，愁載沙棠橈遠。堤柳翠眉低，陰晴驟、消與釣簑烟點。

暗香

前作梅影未水底鏡中描寫，今依白石此調聲均，再賸一解，不知能髣髴萬一否

控鸞雪色。是蕊珠舊伴，凌空飛笛。見水一泓，撇了吹雲枉花摘。塵世如京兆在，應難著、添妝眉筆。自瘦骨、入選魁春，鴛已怯陪席。香國。任寂寂。漫耐守歲寒，又鶴怨積。露梢替泣。奩玉留痕凖堪憶。林下人來有美，黏步屧、溪苔凝碧。認箇箇、圈恁底，那回畫得。

南浦

偶拈此調賦春水，適八期社集，伯端提議即據爲課。老懷多傷，寫音絃外，仍依聲玉笥山人

雨蕩縠紋平，怪碧痕半江，猝爾淞翦。消未盡殘寒，荒陂戲、先教鴨兒知煖。曲波延縷，曳垂楊岸鶯魂倚。斷簾看煞池縐錦，低掠隨流幾燕。　微瀾尚攪愁魚，況活活新添，蚩蚩敢玩。橋影歎淪胥，摇漾久、偷眼對花應泫。還珠合浦，更誰圓認桃根面。點溪烟翠飛鷗鷺，忘了機來盟踐。

前調

伯端近以香港地名『裙帶路』入詞，觸余綺緒。前塵萬斛，揉作狂吟，博社燕閧堂也，並依聲上闋

忍道石仍塘，欺覆巢墜鶯，決少完卵。吹浪豈無魚，千嬌去、風絲不摇歌扇。落花誰主，路遺裙帶牽愁遠。打來睡鴨縈恨在，鴛憶魂和雨戰。　劉郎到底多情，正獨客江干，孤燈枕畔。伯端自云詞每成於枕上。扶起夢遊身，天台賦、釵朵髻旛招展。剛腸鐵似，笑桃含淚瓊卮勸。也青衫透山公載，違等敲殘檀板。

前　調伯端拈魯逸仲體應社課賦春水，余讀之擊節，貿然步均續貂，仍守故習，依聲魯作

鴛波皺碧，漫銀塘、窺鏡惜愁容。人蹋青谿歌去，吹笛浪花中。草已鬬贏應喜，怎江般、淚滴午牕東。聽艑聲咿啞，正魚書杳，疑又唳來鴻。　忍見岸痕咫尺，乍平添、微雨濕飛紅。鷺覆梟翻鷗弄，閒了落鐙風。橋下畫艭流過，恁衣香、扇影太怱怱。吐夜明珠麗海，蟾臨世少矇曨。按：海蟾姓劉。

玉女摇仙佩觀舞，屯田聲均

銷魂舞也，舞柘枝顛，帶有唐宫遺意。動地聲淒，遼陽鼙鼓，散却小腰身妓。那想銀鐙底。再迷離倩影，霓裳成隊。送春了、殘鶯賸燕，留待祛愁，伴酣棼尾。休羅袖誇長，半脱曾窺，酥胸雪臂。　依樣畫圖謝蝶，夢入莊周，管甚笙邊醒醉。趙后一般，輕盈旋轉，板蠟應平於砥。掌上將軍倚，正翻覆、常恐花隨風墜。看兩兩、池鴛戲罷，草裙獠女，儘鄰蜂媚。又遑計，湖山剗韤空烟水。

春風褭娜 前題，依聲馮雲月再成

漸紅衰青盛，麗景偷移。春已去，好些時。雨黄梅，濺起蝶情蜂緒，繞園愁眄，花滿將離。燕唾殘餘，鶯形輸與，妙舞裙釵真可兒。獨怕蠻腰細堪抱，難爲鸞影强教支。推想東皇正了，摇槐擺柳，又分付、裂笛重吹。螺屏背，指揮誰。泰西劇臺前置蚌殼形小屏，以掩蔽指導歌舞者。箏琵按處，長袖甯垂。竟體飄蘭，裼能銜接，衆肌飛玉，突取攻圍。宵歸來後，漫氍毹徒憶，妖鬟宛在，翻徧羅衣。

疏肝齋廣州俗語詞漫存

疏肝齋廣州俗語詞漫存目録

自序

唐虞之世，鼓腹擊壤而歌，實方言爲韵語之椎輪大輅。自《三百篇》里巷歌謡，下逮曆代，濫觴不一而足。莊舄越吟，樂操土音，曰『不忘本』，其尤著者也。兩粤除臨桂外，語音不惟與中原行省距離寥遠，同省各屬縣，甚至鄉村，皆極參差不齊，不能相問答。廣州首善，婦女日飲珠江水，發音如吴儂軟語，招銘山作《粤謳》，據爲標準。本主人少日喜爲白話詩，悉依以衍成，所刊行《嬉笑集》是也。近閱報紙，有用廣州話填詞者，惜皆雜以文言，認爲缺憾。因反其例，信筆塗抹，倏成四十闋，無半句文言攙雜其間。大抵此種語體，旨取詼諧，非引用箇中人撒嬌忸怩，或販夫、爛崽、潑婦街頭謾罵、滑稽嘲笑等口吻，自必呆若木雞，絶無風趣，讀之奄奄欲睡。是以不惜輾轉摹倣，極相窮形，蕲一觸而搔著讀者癢處，忍俊解頤。顧絃外有音，則仁智各見，試爲掩卷默察，或亦知其非無病呻吟矣！癸巳夏，疏肝齋主人自序。

白話詞與詩異：詩衝口而出，意淺顯；詞有調爲範圍、聲律爲束縛，語雖粗鄙，仍非詞學慣家，未易了解奥妙所在。若不憚煩取古作者本調證之，則思過半矣！再坿記。

賀新郎嫖。連下三首爲『四門齊』分咏

咪咕算薑竹。刁那媽、黄瓜咁熟，還亞庚捉。撈飯餵猫都唔食，一味姣尸褪篤。點配叫、銷魂雪菊。好野唔慌肯平賣，兩蚊雞、重講明三掬。至生鬼，皮條玉。　滿牀飛柱震埋屋。到天光、死猪成隻，踢都唔郁。屎急起身知領野，倒弔成枝蠟燭。七仔乸、探齊二叔。快搵醫生買針打，打一針、髀罅先消毒。針藥係，六零六。

唐多令賭

麻雀打通宵。字花鴿鋪票。輪盤攤、寶總啱橋。落雨收柴仍趯注，炮仗引，點禁燒。　不歇色盅搖。輸完押手錶。飯煲煲、爆飯成焦。戒指耳環都當曬，連爛褲，當埋條。

水調歌頭飲。二十年前石塘回憶，用東坡先生韵

埋席等條鱔，等吓二更天。熱葷都變冰碟，真覺等成年。講乜紅燒包翅，唔似陳皮鴨靚，開

胃夾驅寒。癮起要傾偈，樓下佢房間。　咪冤鴿，裝假馬，借牀眠。闊官手段，唔會慳箇百零圓。人已觀音菩薩，客冇星君財帛，點算兩完全。至弊肥婆九，啱扯賴猫娟。

念奴嬌吹。用稼軒《登建康賞心亭》韵

打荷替手，肯臨時、無托除嚟叙斛。有箇床頭人咁靚，點估花徒醒目。每係烟迷，甚於瓜襯，箇處先麻木。二錢挑够，一燈仍對吹竹。　特别高擘烟喉，渣清曬斗，唱出烟精曲。捱到身成烟柱後，何得唔開烟局。土運艱難，格查容易，巡警衣稱緑。監籠雞避，睺麻鷹去搬屋。

滿江紅『四門齊』分咏後，忽憶『三鳥害人鴉鵲鴇』語，衍成此解

鴇更害人，烏何止、三爲人害。酒冇鴇、鴇加入去，飲多都壞。邊位醉猫唔好彩，全班靚雀嚟招待。算呢壺、係尿呷清光，唔慌賴。　扮黄鱔，條尾擺。劏白鶴，雙脚踹。怕坑渠跌落，變成糟蟹。結果天還有月在，拔蘭地就無錢買。問孖蒸、試過够喉唔，終須戒。稼軒詞云：『好天良夜月團圓。杜陵真好事，留得一錢看。』

浪淘沙 香港祝英女王加冕會景特寫

會景未曾嚟。企滿成街。騎樓底下逼唔埋。雨照頭淋真够慘，電燙冤哉。　褲脚放唔低，除襪除鞋。睇來似隻乜東西。大髀兩條肥夾白，帶水拖泥。

前調 嘲人懼内

正一大抛禾。單怕老婆。牀頭跪損膝頭哥。唔叫起身唔敢起，屎急難屙。　把戥配差鉈。點得收科。古時重有箇沙陀。耳仔脆茅花咁扭，痛過刀多。

漁家傲 麻子夫人

斑雀幾時搬過竇。麻姑塊面層皮厚。打滿密圈稱靚溜。真難受。梨花帶雨乾唔透。

好在嫁啱矇眼壽。除低眼鏡埋牀𥄫。掉忌重提天乜九。偷雞手。隻手摩起眉頭皺。

祝英臺近 袁子才譏珠孃爲『青唇吹火』，鄉恥不可不雪，因作此解

鬪青唇，吹黑火，顛狗放冤屁。牙以還牙，怕乜㖿煲屎。總因鹹濕詩翁，索油唔透，盌猫麪、拈嚟消氣。廣東地。靚曾發過仙姑，何家好風水。蘇小錢塘，衰到認鄉里。舊鞋成雙西施，跟人趨路，揀啱箇伯嗡乾蠱。袁嘗鐫私章曰『錢塘蘇小是鄉親』。特舉二美，反唇稽之。

應天長 加冕夜，香港海上放烟火，即景依聲夢窗『吴門元夕』之作

地方靠索，天子揼泥，烟花又咁猪嘍。電線四周圍駁，燈船就成隻。人頭衆，場面窄。係碰跌、定然瓜直。被龍乸、請去宫中，舞趁蓬拆。無爲重稱仂。放火嚟燒紅，但見星密。怕到要跛埋脚，皇冠始能出。暈車浪，還抵得，硬孖上、扯旗山脊。有乜睇、揾笨唔由，唔認山十。

望江南

鷂毛白，生性重唔曾。監佢龜婆捱木蝨，歎其雞仔扮麻鷹。裝定醋成埕。嫖經熟，拿

手係偷更。趁勢推莊收尾注，週時睇戲坐頭棚。唔怕有人爭。

玉樓春 咏楊貴妃

亞環重未曾生仔，點解帶孭盆又洗。咁肥定似蛋家婆，新剥雞頭唔會細。黄袍緑帽威揸吡。明係抱猫人送嘅。狗公向住馬嵬坡，射尿兩行專詐帝。

前　調 咏趙飛燕

老粗手板唔搽蠟。燕姐舞嚟光爉爉。瘦成真係把乾柴，憑火點能禁一擸。身材外國明星合。偏做漢宫籠裏鴿。養肥容易變埋猪，街市肉檯將戥搭。

隔浦蓮近 咏武則天。按：上官宛兒謂：『非六郎似蓮花，蓮花似六郎耳。』至『繇裏藏針』一語，真千古淫娃無恥之尤，故爲加倍形容，益彰其醜。依聲夢窗《泊長橋過重午》之作，陰陽平仄全依之

蓮花雖係話靚。全靠蓮花苧。苧似金針利，針針拮，花真醒。繇軟針透頂。虔婆老，重揾

人開井。宛兒肯。親身試過，鉱然鐵咁堅硬。殺猪情景，唐女魔王留影。清末那拉后繼興。同命。同遮兼且同柄。二人皆由才人而妃、后，垂簾而奪帝位，故曰『同』。六郎之『柄』，與皮鞘之『柄』亦無不同。

謁金門 咏虢國夫人

騎住馬。入到金門室吓。萬一至尊偷撚化。幾時嚟野㗎。淡掃蛾眉真怕。要用掘頭箇把。脂粉冇搽唔會話。鏡臺㧡筆畫。

蝶戀花 咏西施

難道嫣開療養院。靚女朝朝，紗布溪邊浣。老范索油啱撞面，美人局設幫勾踐。大盌迷湯吴懵灌。一拍江山，跟住烏蠅散。遊埠蛋家妹要扮。桅桿火燭成長炭。泛五湖，遊埠也。蛋女，挂帆人也。『炭』『歎』同音，享樂之意。

雙雙燕 咏關盼盼，依聲梅谿

燕真醒水，見樓一開窗，就嚟尋覻。裝模作樣，要入繡帷烟㣿。隨便癡埋鬼混。大抵總、生人勿近。登時四翼交加，怕會挑啱條癮。香噴。原來屁論。諦得太陰功，化灰應份。紅還稱粉，當隻靚猫禁撚。蘇大先生至笨。夢然後、挑詞追問。牛佬地下聽聞，踢裂醋埕脚震。『追問』，因坡詞有『佳人何在』句。牛一元大武，張建封文臣而有武略，故云。

虞美人 咏虞姬

牡丹插正堆牛屎。引得牛鬆鼻。靚成鬼火讓三分。就咪龍袍因佢、讓埋人。　　鬍鬚特勒玄壇面。親嘴唔多便。牛精臨死重癡纏，好在牛刀搶去、割雞先。

巫山一段雲 咏王昭君三首

壞極毛延壽，難通手撞邪。畫成彩鳳變烏鴉。塊面糝芝麻。　　恃靚錢唔出，催妝鏡要揸。居然奉旨嫁番茄。使到鬼推車。

馬跑雖騎慣，雞啼又打尖。駱駝背脊運妝奩。猪咪笑番劏。狐臭都能抵，羊臊點會嫌。後來仔做單于添。母后定垂簾。番劏『番』字，雙關解。

門點群山赴，村偏靚野生。醉猫老杜幾神情。講古令人驚。環珮魂歸夜，琵琶鬼出聲。紫臺留得塚青青。月又咁唔明。

齊天樂花炮。粵俗每年廟會，搶得花炮，供祖先堂上，翌歲送回廟中燒之，謂爲『酬神還炮』

明明知佢週身病，唔知病邊條大。黐滿金花，裏同肉粽，肚係草包沙袋。貪高鶩外，一爆蔑難箍，肚臍兜帶。響過行雷，亞聾唔震正奇怪。牛屎吹脹世界，亂車聞到爛，還喝聲彩。頸硬添繩，頭低加帽，燒到檯真無賴。神温咁拜。怕火燭牽連，半天紅曬。炮屎分擔，暗中填血海。國聯韓戰有此情形。

清波引友人告以香港新名辭『騎樓底』即乳房，余固未前知也，相與一笑。依白石腔拍戲填此解

躉騎樓底。係囤貨、出倉靚米。四圍巡禮。粉團任人睇。若果碰親吓，又會墟巴嘈閉。尼龍絲罩嚟防，問胸襲、點能避。新衫做起。只開領、難免翳肺。寸唔差幾。咪低到無比。茶樓鬭鹹豆，食件蒸籠飽仔。怕手通夜唔停，撚鑠爲止。『尼』，仄聲；『飽』，平聲。『空』『胸』同音。

夢行雲前題，依聲夢窗再作。原注即六幺花十八

下低做餐室。雪糕白。平賣出。招牌最怕，錯認雙妹嘜。度門通上知唔咋，座騎樓係乜。自從爛仔，常嚟偷野，看更未曾够仂。收燈時候，躲埋小魔賊。近街連閘橋開曬，會防胸洞拆。咋，音『乍』，助語辭也，讀作『支亞』。

沁園春 讀清史書感

史讀亡清，上自康雍，下至乾嘉。歎蛇春長過，有排厭聽，鳩毛亂到，點得閅查。道弱同微，光衰那那拉垂簾時代賤，敗水宜官兩仔爸。唔關事，義和拳匪，種落根芽。外交幾位專家。入屎窟、條蟲虧佢爬。笑身爲相國，權充走狗，租界沿海，片替銷鴉。羊石趨人，馬關送禮，險就鴻章變炮渣。商通乜，頂闊埋爛市，我地絲茶。

滿庭芳 依聲清真

專等箍煲，總難埋纜，咪慌單貨斟成。弔高先賣，顛啤係神經。蛇咬犀牛嘅角，咬唔痛、心亦驚驚。何妨斬、流完頸血，鬼信把刀靈。　零檠。唔估到，軀婆亞好，來勢縱横。豈獨擸猫尾，爬上天棚。還叫開籠放鴿，著番曬、屐板嚟行。嗺油够、真冤枉你，成晚扮油瓶。『你成晚』，諧聲。粵劇有《賣油郎獨佔花魁》戲目。隨母再醮，謂他人父，曰『油瓶』。

鷓鴣天

世界難撈抵炒蝦，人人想有二攤揸。雖精捉鹿唔除角，咁笨劏蛇冇咯牙。新書本，舊茶渣。飲嚟飲去呢壺茶。不如改食無憂米，托隻籐筐叫賣花。

脂粉唔慌冇得勾。叫完街尾到街頭。眼眉日日雕通櫳，口角時時挂住鈎。貪索野，鬧奔洲，對人未會撚油喉。呢鋪世界撈唔住，魚釣唔成學駛牛。

風入松

客自舊京來，爲述陶然亭香妃塚事，紀之如次

陶然亭下係墳場，碑石倒清光。由三個字香妃塚，搬番起、成甕酸薑。屙出詩同屁臭，熏嚟草比花黃。　當年征服左西羌。得隻靚棉羊。乾隆人老心唔老，崩哥正、傳旨劏房。點估唔劏確險，幾乎反被渠劏。妃行刺純廟不成，被戮。

西江月 警告某舞孃三首

先就舞場依翕，再而餐室拍拖。飲完遊過曬車河。雖算交情唔錯。顧住三文兩舊，提防百密一疏。癩蝦蟆想食天鵝。碟脚要查清楚。

怕乜刀橋扭令，嚟親梗板斟盤。但求小姐肯衣寬。跁處叩頭都願。票價仍然死抵，花名任得生安。馬蹄何解叫風乾。皮老佢心還嫩。

敗水亞官壞蛋，收山老舉衰牌。大班幫手去痞雞。慌俾麻鷹爬曬。拉線向針穿咁，揾糖同豆黐嚌。佢揩油你貼埋柴。躝滿成身都係蟻。

點絳唇

昇降機停，佬先開定房間等。素馨蝥戥。隔夜香還稱。鼠屭傾完，刀斬都唔應。采真病。橡皮碌頸。温咁將頭拎。

前世唔修，橋頭今世嚟屙屎。蛤隨街跳。真會雞都笑。你水流柴，我點魚能釣。抬番轎。再唔睺叫。監牡丹牛犸。

夜遊宫花瓶。普通種

明係鮮花成朵。做乜叫、花瓶一箇。玫瑰紫兼緑蘋果。又康雍，乍天晴，雨初過。經理私家貨。靚瓷質、怕人偷摸。藏欵下低認清楚。咪觀音，福州窑，睇差左。康熙瓷江豆紅玉帶圍，粤稱『玫瑰紫』『蘋果緑』『雨過天青』或曰『天晴』，康、雍皆有，亦瓶也。建瓷，粤稱『福窑製』，爲大士像，雖名貴，視景德鎮仿汝州窑粉定遜多矣！收藏家辨瓷質、底款知之。

夜行船前題。特别種

單睇美人肩靚樣。就啱曬、大班行檔。寫字樓開，辨公桌擺，一見依牙鬆頏。唔問琉璃邊處廠。面常會、摩囉街撞。夏魯天橋，秋周夜市，惜未聞、嬌聲講。花瓶有名『美人肩』者兩，四字可英語譯音。

戀繡衾 前題。名貴種

當差將水日換清。上司嚟、搬到内廳。冒充做、洋裝貨，隔籬房、聽叫打鈴。既唔供應柴同米，較其他、皮費減輕。重著數、煲穿曬，碰崩埋、官太醋埕。公家陳設品，吼獅莫奈伊何。

霜天曉角 新曆七月十一日報紙載某國事變，依聲夢窗成此

鋪牌啱夠食。還想清一色。纔發財門風打，紅中係、暗三隻。亂拆。先去一。水蟛蜞變質。甩尾依然生動，塘邊路、硬爬出。

照録原詞

香莓幽徑滑，縈繞秋曲折。簾額紅摇波影，魚驚墜、暗吹沫。浪闊。輕棹撥。武陵曾話別。一點烟紅春小，桃花夢、半林月。

桃源憶故人

朝魚晚肉唔禁歎。捱吓食鹽撈飯。至怕壞雞生蛋。未攬黃先散。揀千揀萬燈嚟揀。揀著爛泥燈呢盞。燈爛燈心唔爛。只咪斟油嬾。

過橋未必真抽板。蹓著塊蕉皮躀。要揾荷包遮眼。同生蝛猫玩。何難碌落坑渠沜。面若兩家齊反。老虎捉都常慣。唔估猪嚟扮。『玩』，音『挽』。『沜』，音『辦』。

題詞

聲家境界獨翻新，幸不些留炳鑿痕。越縵操縱散花手，南天香雨洗腥羶。

周淳于又漢東方，笑史今纔發祕藏。遊戲人間渾只似，穿花胡蝶舞仙鄉。

詞成料免秀師訶，讀付狂朋倒叵羅。未飲嬌顏已紅煞，忍添羞暈入梨渦。

新粵謳解心

新粵謳解心目録

壬戌稿

癸亥稿

序

序一

詩餘樂府，傳《昔昔》之鹽；劫後樊樓，譜《師師》之令。漸離法曲，競尚新聲。况烟月揚幫，盛同北里；樓船花阜，慣習南音。恍如齊右之清謳，視作院中之秘本。文人好事，爲仿吴歈；騷客寫懷，不嫌杜撰。每纏綿而引興，輒涕笑以成歌，有口皆傳，不脛而走。吾友懺盦主人，跌宕樊川，酒痕尚在；景儀山谷，綺語翻新。觸顧曲之閒情，借彈詞而寄意。博搜諺語，純託鄉音。亦莊亦諧，得風人之旨；若嘲若諷，如下里之謡。香山作詩，老嫗能解；屯田度曲，女伎皆知。嗟乎！日月弗居，江山代謝。飽閲滄桑浩劫，倦回星漢仙槎。自署『夢餘』，足當棒喝。豈效南唐老相，乞食歌樓。儘憑趙莊盲翁，侑觴笙席。甲子仲春，香山程道元覺齋。

序　二

素馨斜畔，遊人買醉之場；紅荔灣頭，詞客徵歌之地。珠簾處處，户習豪華；銀管家家，人諳新曲。畫船霧集，吹來《水調歌頭》；花埠雲連，行去《祝英臺近》。春江喚渡，偶遇桃根；秋月當樓，或逢菱女。言情麗製，涴殘北里之羅裙；索笑香詞，灑滿東隣之粉壁。同醉銷金鍋裏，争思挂玉筵間。則有世綵傳家，幼嫺樂府；海珠流寓，居近花阡。短轡羊車，見衛郎而歎絶；盈篇蠻紙，並韓涓而争奇。以承平之少年，值端居之多暇。於是樊川落拓，多在青樓；山谷欹崎，乃耽綺語。哀絲豪竹，中年之陶寫偏多；楚艷吴歈，英氣之銷磨不少。青衫淚盡，祗爲琵琶；紅粉愁深，自因《羅嗊》。迨夫張騫鑿空，歷盡風沙；宗慤乘舟，閲殘滄海。重來日下，再作朝官，已青鬢之全更，覺華簪之無賴。况乃劫灰驟换，海水長乾，陵谷輕移，蓬池亦涸。頻年羈旅，隨白雁以同飛；滿目江山，睹紅羊而生歎。大有居夷之感，益多思越之吟。遂乃摭拾土風，調諧鄉話，本性情之摯語，狀里巷之形容。或假託倡樓，借嘲詠而寫志；或描摹客况，感飄泊以言愁。或烈士暮年，而暗傷蒲柳；或才人失路，而寓意烟花。或藉兒女之私情，而自抒騷怨；或指市廛之瑣故，而隱託箴規。例以變風，即《匪風》《下泉》之慨；言夫正俗，亦《皇華》《四牡》之遺。或以郢曲荒唐，事皆虚構；蠻音鴃舌，聽者多訛。格律只囿一隅，俚俗難登大雅。彼世儒之目論，實達士所心非。夫《六醜》《三臺》，豈市人之能解；《紅鹽》《白苧》，非下里所可通。暮雨朝雲，何處更徵故實；子虛烏有，誰云定屬時人。自不若白傅歌行，老嫗能識；巴人諺語，估客皆傳。已知咏歎之可尋，彌覺纏綿之有味。趙家莊上，盡唱蔡邕；明曲譜中，盛傳《水滸》。此其例也。況復蘭成北去，故國都非；仲宣南遊，家園安在？牂牁一水，蜃樓起伏於須臾；羅浮兩峰，鼠穴爭持而未已。昔年紅豆，舊跡誰尋？此日朱絃，哀歌欲咽。此尤綿駒善唱，徒留諷世之詞；阿鵲成歌，半是傷心之語者矣！僕以投老關河，藏居人海。燕都擊筑，乞食無方；淮上負琴，行歌何地？哀年杜老，聞斫地以生哀；白首初明，過通天而下淚。早醒揚州之夢，分無遼海之歸。徒以牢愁，謬爲喤引。自非宋玉，誰招嶺外之魂？請叩涪翁，亦是空中之語。甲子二月，歸善李綺青漢父序於京師寓盧之皓鶴亭。

序　三

美哉淵乎，鄉音之感人也！在昔鍾儀既幽，不忘楚奏；莊舄雖顯，猶尚越聲。劉越石吹笳，解胡騎之圍；慎夫人鼓瑟，指邯鄲之道。豈不以凡人之情，懷土者安所習，感物者寄於聲。習之既久，斯聲之入也深；感而遂通，則情之發也暢。劉彦和有言：『樂本心術，故響浹肌髓』。是以齊謳趙曲，各獻新聲；楚艷吴歈，動諧天籟。莫不采及輶軒，被之樂府，有自來矣！粵謳之作，蓋始於招君銘山，綜其屬辭，多涉諺語，大抵託倡家之幽怨，寫人世之情僞，詞俚而旨遠，言小而喻大，流傳至今，家誦户曉，抑亦不朽之作也。粤之珠江，歌舞爲盛。秦淮風月，比其清華；揚州畫舫，遜兹壯侈。當夫夕陽欲下，華鐙始張，茉莉香温，葡萄醲熟。珠孃妝竟，開玳瑁之筵，蜑女船來，弄琵琶之奏。一聲乍起，四座無言。備抗墜曲止之能，極低徊往復之致。趙孟堅之薄醉，牙板應聲；王處仲之擊節，唾壺且碎。此一境也。抑或酒闌人静，燭炧漏長，凉月墮於窗前，曼聲發於水上，揚之則孤鴈嘹空，抑之則潛魚出聽，輒唤奈何，誰能遣此？此又一境也。蓋雖静躁不同，固亦頑艷均感者焉。閲世百年，滄桑屢變，莫聞嗣響，曷盡物情？吾友珠海夢餘生，徧歷五洲，周知四國，既審樂以知政，能登高而賦詩，撫時感事，俯唱遥吟，續爲新謳，歷有年所。前後都百餘首，雖體沿前製，而廣以新裁。其刺時也，託之以微詞；其憤俗也，錯之以諧語。大之而軍國平章，小之而閭巷猥瑣，靡不指事類情，窮形盡態。譬之然犀而水族具呈，鑄鼎而罔兩莫遁。言者無罪，聞者足戒，斯之謂矣！或以文不雅馴，搢紳難言，嶺嶠一隅，僻在南荒，侏離之聲，有勞重譯，歌者自苦，知音者稀，宜其不協《中州》之律，而難登大雅之堂也已。不知候人南音，有娀北曲，而先王樂章備列之；媟辭俚語，長謳短謡，而太原樂府博收之。《子夜四時》，號清商之吴聲；《轉踏》《九張》，稱才子之新調。方其始作，本操土音；逮其傳焉，乃成名曲。若必拘其目論，囿於方隅。是則商婦琵琶，能濕司馬之衫；蠻語娵隅，亦入參軍之句。又何説也！嗟乎！會心自不在遠，解人何遽難索。世有知音者，其在聲音、文字之外也乎？

甲子春正月，廣州李家駒。

自序

辛亥、壬子以後，海内人士大聲疾呼，提倡白話文字。顧一省有一省方言，音别義異，以云普及，戛戛獨難，則惟有出於各藉其土音，以爲誘掖之一道。然而爲下流社會説法，又非擇其平日口頭慣用語，衍爲有韵之文，未易使聲入心通，矍然感覺。《三百篇》不失風人之旨，豈不由於采及里巷歌謡哉！吾粵之有粵謳《解心》，其格調刱自招銘山子庸，知文者夙稱爲神品。粵人無男婦，無老稚，無論知音與否，固無不耳熟而飫聞之矣！余曩客美洲，嘗仿其體，作百餘首，稿輒棄去，不復記憶。近十餘年來，飢驅奔走，無暇及此，此調久已不彈。今春養疴扶桑，朋輩絶尠往還，悉然寡歡，燈窗月夕，棖觸舊游，覺當年珠江東船西舫中，酒闌夜静，人影漸散，有危坐蝦鬚簾下，抱半面琵琶，按腔而低唱者，一聲《河滿》，落淚君前。此情此景，宛然如昨。不禁故態復萌，撚髭微吟，輒成一首。積十餘月，得數十首，多託諸箇中人語。或有謂掇拾時事，謬爲雌黄者，要皆絃外有音，殆非無病而呻吟也。不忍投敗紙簏中，録而存之。坿以舊作《題詞絶句》六首，聊以志鴻雪因緣云爾。

百畝花田曠未開，尋春怕上越王臺。可堪流盡珠江水，猶有秦箏洗耳來。

樂操土音不忘本，變徵歌殘爲國殤。如此華年如此曲，隔窗愁聽杜秋娘。

軟紅何處醉飛仙，一掬胭脂灑大千。不見秦時舊明月，鷓鴣啼破夢中天。

萬花扶起醉吟身，唤醒春風睡蝶魂。多少皂羅衫上淚，未應全感美人恩。

小蠻妝束最風華，螺髻香盤茉莉花。除却後庭歌玉樹，不教重譜入琵琶。

當筵誰遣唱淮南，淵客流傳我未諳。但與哀潮鬬幽咽，簫聲吹滿白鶩潭。

辛酉冬，懺盦主人自識

辛酉稿

解　心

解心啫，有乜新鮮？做乜又叫起『新粵謳』嚟？睇落唔值半箇爛私錢，我想心事咁惡解開，唔到你解一千遍，千遍都解佢唔開。心事咁堅，但係千遍你終須會有一遍解得開。條心就軟，解到條心軟咯，重快活過神仙。你睇銘山當日，撥起琵琶線，對住珠江明月，唱到《奈何天》，春風一曲，教會多少雛鶯同乳燕。無限離愁別限，訴向四條絃，彈出句句真情，兩行紅粉，都要憑眼淚洗面。點止箇青衫司馬，醉到在筵前。自古風月繁華，邊箇話唔艷羨，至好借佢多情風月，超拔你地苦海無邊。咪話舞榭歌臺，祇作閒中消吓遣。但得佢心中無妓，亦使乜當你地係過眼雲烟。且學箇位生公說法，唔把身嚟現，唉！身嚟現！講到慈航普渡，重要去搵如來佛祖，問箇段因緣。

喜　鵲

喜鵲呀，你一叫就天晴。呢陣世界咁慘淡風雲，邊處重聽見你聲。人地喜氣重未臨門，你就先嚟報定。算你係人間第一箇至通情，昨夜燈花已報，我郎歸信，你何不飛到天涯，叫佢起程？若係我郎聽話歸鞭整，我就把香花供奉，當你係神靈。你既有本事填橋，在銀河上面，年年七夕，去渡雙星，咁就何難替我行方便，使我共郎相會？免得兩地飄零。況且水灾箇處，浪蕩流離，咁多百姓，乜你又唔駕起慈航，普渡佢衆生？今日人家有喜，有人家高興，使乜你聲嚟應。對住一輪紅日，好似開籠雀咁樣子，道喜逢迎。

真正累世

真正累世，你話我有邊日開眉？君你去左咁耐重未番嚟，累到你妹茶飯冇思。當初慌究唔好得到尾，點估好到如今，又試別離。人地話食蔗食到變渣，纔知到啖味。君呀，你呢陣過後思量，總知到妹共你咁癡。你睇我平日點樣待人，點樣待你。捨得我待人人都係咁樣，跟佬乜天時。我上廟燒香，唔係爲保佑自己。求籤問卜，第一句就先探你歸期。想起你臨別箇陣，好似心事成籮，唔敢同妹講起。你到底有邊一件爲難，怕乜講過妹知？係咪爲着恩愛夫妻，唔肯話攞妾侍？抑或爹娘管得緊，故此咁大思疑？呢陣你妹臺脚推清，單係聽你聲氣，若果話把妹中途劈落，我就死都未得心慈。

傳書雁

傳書雁，替我帶呢幅彩雲箋，帶去揾着箇薄情，交到佢面前。是必等到佢回書，你正好番嚟見我面。萬一冇書回我，那怕等到佢一年。或者事隔一年，佢情性會轉。箇陣得了回書一紙，你便快的飛先。等我一白拆書嚟睇，一自心盤算。書中情話，必定係纏綿。點估我心係咁想嚟，耳就聽見你聲在好遠。睇白你無書帶返，累我望眼將穿。雁呀！你冇本事叫得佢回書，亦該傳句口信。無奈你唔學得箇隻能言鸚鵡，枉費佢對你講盡萬千言。愁極我想再去寫書，尋筆硯，但係春冰凝結，凍到硯池邊。索性想話夢裏揾著箇薄情，同佢理論一遍。又著你驚回好夢，醒到五更天。雁呀！你既冇傳書，重嚟亂我夢境。唉！該轉。呢陣關河迢遞，我書信叫乜誰傳？

天邊雁

天邊雁，見你一群飛。雁呀！你在故國飛來，箇陣係幾時？滿城風雨，過了重陽未？東籬殘菊，係咪賸得傲霜枝？蘆花蕭瑟秋風起，江上鱸魚，重有冇咁肥？想我天涯游子，唔敢託你音書寄。怕你在關河丟落，會俾人知。雁呀！你在天外咁逍遥，重想飛去邊處？唔通有隻失群孤雁，想去搵佢番嚟？今夜我有夢還鄉，先要囑咐你一句，切莫在樓頭嚟叫，累到我夢境全非。我在夢中聽見你哀鳴，還重估係鶴唳，好似漁陽鼙鼓，逼近城池。早起又見你在霞天，排滿雁字。你在人地錦上添起花嚟，也得咁癡。唉！飄零唔算事。勸你探准吓園林霜信，正好報我歸期。

高飛雁

高飛雁，飛到彩雲邊。雁呀！你在天上望落我地人間，大抵亦見得可憐。歲歲都咁樣子春北秋南，你閱歷唔係淺。見盡山邱陵谷、滄海桑田。人地話十年世界，就會輪流轉。乜你在關河息影，亦有十多年，只見風雲態度，係咁時常變。平沙一望重係棘地荆天。我在江樓吹笛，嚮過行雲遠。你就嘎聲飛起，估錯係弓弦。今日你驚弓之鳥，須要提防人地暗箭。咪估蘆花深處，就得安眠。等到雪盡陽和，我就南北都會同你見面。箇陣數行雁字，襯住晚霞妍。唉！唔到我唔艷羨。但得你雁群争吓啖氣，就早日首尾相聯。

情一箇字

情一箇字，想落有乜相干。人地話人情淡過水，我想佢比水還寒。水到漲起番嚟都會到岸，人情得到冇咯，就怕一滴都乾。往日有過蚊錢，佢嚟孖你拜案。呢陣唔同世界，咁就反眼相看。重想佢再闊吓添，攜帶你揾件事幹。除非佢承埋賭餉叫你去做攤官，講到世界輪流。天唔係冇眼，咪估推人落井，自己就躝得上桅杆。唉！唔信你就看，天時都有變換，呢陣熱頭咁猛，歇吓又試大雨傾盆。

明知到話要去

明知到話要去，當初你何苦開嚟，半站中途，問你把妹點擠。相與箇陣咁情長，點估到呢回咁閉翳。都因爲從前冇試過，共佬分離。情字正係萬丈深潭，深到冇底。邊一箇多情，就邊一箇更累得慘悽。情絲牽扯，佢就難分解。有咁耐交情，點捨得你去歸。轉眼就君在天涯，妹在呢處，好似伯勞飛燕，各自東西。想話杯酒臨歧，同你講句。又怕傷心情話，講半句唔埋。你睇風笛離亭，紅日漸墜。點得佢疏林將就吓，爲我挂住斜暉。今晚你客路孤寒，都係同妹一樣咁惡抵。就算夢中能見面，亦要等過雞啼。你係話念吓前恩，音信就要時常寄。但得平安一紙，我亦情願你錢銀兩字，索性唔提。

我重還惜住吓你

我重還惜住吓你，未敢亂把刀開。就怕開起刀嚟，叫你大少惡捱。輕輕斬吓，我又唔志在。若果開親大口，點重合得番埋。你咪鬧市話你幾蚊錢，送過我買花戴。從來人客，出手冇咁十分低。大衆相好上頭，多少雖係話唔計帶。就怕亞媽知到，又試把我難爲。勸你索性咬實牙根，做一遍涉吓世。唉！唔慌食抵。你想真吓我平日待成你點樣子，就係當埋條褲，都要開嚟。

唔怕熱

唔怕熱，熱極就會有風來。熱到有一陣風來，熱度就漸漸減低。若果熱到唔會有風來，容乜易熱壞。等到熱壞正話離開，怕冇扇撥得番埋。好在熱一陣，又試凉番，鬆吓啖翳滯。呢回重新熱過，正做得恩愛夫妻。唔信你睇熱症至到顛狂，就要用凉藥解。解到唔凉唔熱，正算係和諧。我想世態係咁冷暖無常，天時亦有咁弊。唉！唔使話弊，好醜總係憑天，分付過嚟。

人唔係易做

人唔係易做，總要做到好收科。妹你做呢份人，怕乜受吓折磨。磨吓磨到苦盡甘來，纔有結果。樹頭屈得好，正話會緑葉婆娑。好醜總係由天，分付過我。咪話妹呢條爛命，注定係咁奔波。寨口幾咁繁華，亦唔算點樣折墮，還通花債，就會有個情哥。第一要帶眼識人，咪個學盲佬咁摸。摸啱塘水氹，問你叫乜誰拖。人地半世做人，都唔敢誇口話冇錯。妹你咁輕年紀，世事見得幾多多。若話穩陣行棋，步步都要想過。得到後來知錯，就會悔恨當初。人客總有萬千，知心嘅唔得幾箇。有箇知心人客，又怕你共佢丟疎。邊一箇在世界上做人，唔要捱過吓苦楚？　唉！　冇錯，但得妹呀你捱到透做人箇的苦楚，我就帶你番去，食箇味燒鵝。

春花秋月凡四

春呀！　你唔好去自，聽我講一句都未遲。共你有三箇月交情，亦該講過你知。斬吓眼就春事闌珊，你話容乜易。但係你春光重咁明媚，點捨得共你分離。人地話枯木逢春，都會有青緑意。點解你年年嚟到，我就一自自減少丰姿？　况且你青春辜負我郎年紀，朱顏漸改，兩鬢成絲。我郎別後嬾寄相思字，終日春山顰黛，蹙斷蛾眉。萋萋芳草斜陽裏，不見王孫歸路。我静掩金扉，玉樓人醉。繫馬垂楊地，不是我郎來到，誤聽紫騮嘶。虧我好似天涯燕子，想話隨春去。去到杏林箇處，共佢雙飛。千日都係你春色撩人，惹起我傷春嘅心事。咁我就恨錯留春，累得咁癡。今日惜春詞寫千張紙。唉！　空聽流鶯語，試睇畫橋春柳，都爲着年年送别，瘦損腰圍。

其　二

花呀！　你唔好謝自，聽我訴一句過東風。話佢東風無賴，咁虐待我地殘紅。大抵薄命如花，正係千古痛。飄零金粉，各散西東。你話幾耐正釀得花開？　天唔係懵懂。一年花事，盡在雨聲中。總係開箇陣咁繁華，就要開得耐正有用。乜解開齊有耐，又試落得咁匆匆？箇朵若係鏡裏曇花，我就當佢春婆一夢。夢中人影，就係鏡裏花容。但係佢委實你係朵鮮花，就怕着浪蝶狂蜂嚟舞弄。點得有箇憐香，摘佢番去，護在熏籠。雖則話摘哩，就要趁佢花開情正重。等到無花嚟摘，佢就埋恨芳叢。講到傾國名花，斷冇話塵世種，是必瑶臺月下，正會相逢。唉！借重。好極花香，亦要風嚟送。但得佢東風同我着力，就免使學沾泥弱絮，在水面飄蓬。

其　三

秋呀！你唔好老自，聽我鬧一句風雨無情。做乜就到重陽，又試草木皆兵？我想當初一葉梧桐，墜落金井。暮蟬三五，重在樹上嚟鳴。雖係話窗外唧唧蛩吟，蓮漏都重静。但係遼天鶴唳，幾咁凄清。我閒步空階，隔牆送過鞦韆影。呢雙羅襪，濕透冷露無聲。翠袖寒侵，怕惹起相思病。歸去把珠簾放下，只見幾點疎星。可惜好夢將成，又着霜鐘敲醒。咁就孤燈如豆，坐到天明。好容易有隻鴻雁南來，問佢音書又冇應。樓頭飛去，直入蓼花汀。虧我觸景懷人，獨自闌干憑。望斷茫茫烟水，淚眼盈盈。君呀！你荻花瑟瑟，切莫琵琶聽。怕你學佢江州司馬，遇著箇紅粉飄零。你若話秋以爲期，奴就先去掃徑。東籬松菊，日日盼你歸程。唉！須記省，人瘦比黄花，容貌亦易認。千祈咪當妹係明日黄花，好似秋後扇咁擲。

其　四

月吓！　你唔好落白，聽我問一句月裏嫦娥。問佢照人團聚，抑或照別離多？　你睇月缺就重圓，圓了又試缺過。捨得佢只係圓唔會缺，使也咁奔波。咁佢就不溜常圓，鏡唔會破。天涯海角，都伴住情哥。我話若果不溜常圓，日久亦會厭左。不若有時埋纜，有陣共佢丟疎。況且缺箇陣就一抹蛾眉，睇落亦唔係錯。試問張郎筆畫，比較如何？　可惜佢一月就要缺一回，未免太苦楚。好似我相思成病，一自自玉貌消磨。想起塵世做人，點敢把嬋娟嚟當我。佢雖係形單影隻，總係萬古無他。我地鴛侶成雙，離別就算折墮。生長在琼樓玉宇，亦嬾聽笙歌。今夜貝闕珠宮，却被浮雲鎖。唉！　但得佢雲程唔阻，我就喚仙槎嚟到，共你泛出銀河。

漢宮人柳

漢宮人柳，三起又試三眠。柳呀！　你真正做着人嚟，就咪個咁顛。想你纖腰咁細，人地在樓頭見。箇種温柔婀娜，幾得人憐。點估你弱不勝衣，多半爲著離愁損。灞陵春色，別恨長牽。雖則話態度苗條，人地咁艷羡。虧你腰圍瘦盡，正話摇曳到風前。大抵種得到宮牆，你就唔算係賤。總係呢陣鳳池深鎖，你無路去朝天。漢宮春曉，你唔知醒。都重雙眉不展，係咁帶雨含烟。無力綁得住春光，枉你有千條線。問你獨垂青眼，向乜誰先？勸你陌路相逢，咪話唔識春風面。就算你係風流張緒，當日在靈和殿。點似得佢地玉樹臨風，幾個少年。

銷魂柳

銷魂柳，種在十三橋。你在十三橋上，乜咁魂銷。珠江風月，你領略真唔少。衣香人影，都着你柳陰招。佢地蘇堤弱柳，雖係有湖光照。點似你傍住畫船側便，夜夜聽笙簫。自係共你河梁一別，音塵渺。聽話你形容憔悴，瘦盡纖腰，爲着越王臺上烽烟擾。鶯忙燕亂，累到你蓬鬢飄蕭。況且羌笛聲聲，四面都唱陽關調。曲中吹起，都話折你長條。虧我依人王粲，獨上江樓眺。望斷白鵝潭水，千里迢迢。記得你當日嫩緑嬌黄，顔色咁肖。經幾耐秋霜春露，正話得到今朝。呢陣細柳藏鴉，空自聞啼鳥。唉！春未曉，唔知幾耐正等得到波羅浴日，退出虎門潮。

多情柳

多情柳，種在離亭。净係見你送往，唔見迎來。枉費你咁青青，想你俾人地攀折咁多，柳枝亦無乜剩。問你有幾條枝剩？重係日日咁做人情。咪估你舞腰裊娜，注定係風流命。只怕章臺賣笑，誤你今生。睇你媚眼成雙，對住春光咁靚。做乜年年陌上，又試贈春行。虧你綠鬢婆娑，禁得幾多吓贈。贈吓贈到黃金色落，咁就飛絮飄零。柳呀！你既係咁多情，亦應該轉吓性。咪箇隨風咁擺，好似水面浮萍。唉！你聽，咪話冇人提醒，樹上箇隻黃鸝，都叫了好幾聲。

斬纜

成條纜，一斬就分開。纜到斬斷箇時，點重續得番埋。若係斬斷又試續得番埋，算你本事大。呢回條纜，再冇分開。你妹在花粉場中，受難亦都够曬。只望花債還通，跟佬上街。你既呷醋得咁交關，乜又唔話就帶。偏共箇災瘟嚟雲氣，累到妹咁難捱。郁下就話惱，容乜易壞。若然惱壞，點對得住你箇嬌妻。叫到就行嚟，人唔係扯線公仔。嚟遲一步，就揦起胞腮。我枱脚有番咁多，推亦係弊。每晚查親帳簿，要貼兩三鍇。開口就話東家本錢，父母世界。有人拘管，自己話事唔嚟。劏開箇心肝，你都嚟當狗肺。講到聲喉都破，白白攞氣嚟徙。想起做我呢份人，你話點抵。前世唔修，咁墮落雞。索性你惡起番嚟，我亦唔同你閉。等你過吓思前想後，就知到係把妹難爲。唉！撞鬼。咁我點孖你做人世？不若你當我係衆人老契，我亦當你係水流柴。

瀨灡仔

瀨灡仔，點叫我唔溫。佢靚溜又試衣服趨時，咁引人。自古年少風流，邊箇話唔恨。你睇偷香韓壽，與及擲果安仁。佢面貌生成，件件合襯。唇紅齒白，點止剥殼鷄春。想必命帶桃花，行著卯運。講到溫柔兩字，我地都讓佢三分。咁嘅老舉湯圓，問你去邊處搵。況且口甜舌滑，講到鬼咁情真。弊咯！我共佢溫起番嚟，幾咁烟韌。好似糖癡豆咁樣癡埋，點得甩身。大早亦知到佢唔係敗水亞官，就係失匙甲萬。未敢開刀嚟斬，怕佢惱親。共佢既係講心，亦唔計到白水箇份。總望天長地久，有箇落葉歸根。點估佢脚步浮浮，心又唔把得穩。見親人好樣，就好似勾了生魂。姊妹上頭，又唔好點樣話争論。索性疊埋心水，聽佢去貪新。帳欠落咁多，無乜要緊。替佢受埋的氣，都係怨自己衰神。唉！乜咁笨，到底老成人穩陣。嗣後怕要揀着箇有鬚人客，正話帶歇得我出呢處風塵。

煲唔好亂㓡

煲唔好亂㓡，㓡爛有得箍番。捨得你有幾箇煲嚟，㓡爛一箇亦幾閒。總係㓡過咁多勻，乜嘢煲都啱爛。心肝呀！你啱煲容易，就怕係想箍難。共你有咁耐交情，脾性你妹亦都測慣。做乜無情白事，又試惱餐。你唔怕失禮旁人，亦都唔過得你妹嘅眼。唔通話花槍嚟耍吓，借意疏肝。講笑點得咁多，你都唔怕熟品。雖則係你自己唔見醜，我亦覺得無顏。萬一弄假成真，船駛到上灘。兩頭唔到岸，問你點樣嚟攞。唉！會撞大板，因緣唔著拆散。勸你千祈嗣後，咪揾咁嘅野嚟頑。

身只一箇天津報載三角同盟，感而成此。

身只一箇，點俾得三箇佬開埿。捨得係話一箇咁樣晻人，我將就吓佢亦閒。或者三箇輪流，一人一晚。縱然係箇件事，亦易得交班。至怕三箇一齊，乜咁撞板。你先我又唔肯後，講極都未得埋爛。枱脚走到天光，鞋都好幾對爛。得呢頭歡喜，又要去箇便箍番。若果話共箇一箇好埋，怕呢箇唔過得眼。索性大家唔㨂，又冇膽大得咁交關。佢地話一係就大衆唔撈，一拍兩散。世冇肯減價嚟揸呢口二攤，千日都係我自己把佢地招嚟，故此受咁嘅難。呢陣順得哥情失嫂意，真正左右做人難。唉！睇白呢條鹹魚，唔送完椀飯。不若執埋包袱，趁早收山。

桄榔樹

桄榔樹，一條心。樹呀！若果話人客有箇學得你咁一條心，就在天脚底，我都要去尋。但係我會去尋，人地亦會咁。變做一條心事，著好幾箇人斟。捨得我大早肯話忿吓低頭，井水唔怕有得飲。使乜在呢處烟花留落，累到如今。往日唔係話冇箇人客死心，獨係我脾性帶梗。温著箇花心蘿白，都係怨自己喉擒。把箇多情劈落，佢重心唔淡。苦苦嚟纏，叫我點嚿？冇耐箇箇灾瘟就嚟斬纜，箇陣正話想揾番著箇多情，邊處重有音？唉！我上過呢遍當嚟，斷唔會聽佢再噤，唔聽佢再噤。若係揾過箇，是必摸得佢條心著嘅呢，怕乜向大海撈針。

做我地呢份老舉

做我地呢份老舉，乜咁似佢地官場。想必前世在箇塊花田，𢳂落過秧。故此今世墮落風塵，還呢筆孽帳。一味迎新送舊，咁去當娼。我地修整花容，嚟引脂粉大相。就有貪花蝴蝶，爲著花忙。佢地獻佛借朵鮮花，容易巴結得上。烏蠅逐臭，重比蜂狂。講到快活風流，大衆都係一様。燈紅酒緑，晚晚飲到天光。我地問人客開刀，佢地亦會敲竹杠。唔論你精還定吽，都監硬嚟剷。有陣我地呷醋鬩交，争佬就唔使講。打到頭披髻甩，正得心凉。難怪佢地揸起兵權，就話打仗。嚇到我地魂飛魄散，幾咁心傷。佢地食飽就趨，唔通我地就無的指望。揾著箇知心人客，亦會做上鑪香。所以夜静攝高枕頭，自己就咁想。潮流都有漲落，使乜嚟慌。但係佢地話，世界又咁難撈，連飯椀都要搶。邊一箇靠山唔穩，就邊一箇落埋箱。我地雖則係敗柳殘花，重還講得口響。折墮到收山嚟做寮口，姊妹重係咁好商量。唉！唔似佢地咁上當，净係會彈唔會唱。勸佢打醒十二箇精神，正好歎呢板二王。

人真正係惡做

人真正係惡做，做着我地咁羞家。枉費祖父從前剩落，鋪世界咁繁華。屋大人多，田地又咁值價。點會窮成咁樣子，冇箇腰吔。食飯開搲，都要借錢嚟頂架。但得有人肯借，就唔怕利上增加。借吓借到有借冇還，人地亦唔信你説話。空頭白契，點有帳簿嚟查。漫講甲萬鎖匙，落在人地手下。連條屎褲，都著當鋪嚟揸。點止話倒吊薄包，重怕週身蝨乸。旁人睇見，你話幾咁依牙。衰到塌地咁凄凉，自己重唔想法子變化。成班夥計，重咁起勢嚟鈀。况且兩便東家，好幾年打叉。大衆同埋兄弟，整到咁離啦。若係唔會收科，一架梁就要出馬。累到七零八落，慘過甩芋番瓜。唉！唔係講假，你唔聽我勸就罷。兩便都借錢唔到，試問你呢場官府，有乜揸拿？

盲公竹

盲公竹，帶路俾人行。你帶佢著步行嚟，著步都要好聲。條路係咁難行，你要帶佢行得正。跟住箇條大路，咪俾佢行橫。路上行客咁多，唔好立亂咁梗。萬一梗親人地，又試口角相爭。石級咁高，你越發要帶佢行得醒定。行到掘頭巷篤，問你會帶佢轉灣咯。慢吓冇乜留神，舂佢落井。縱然唔躀死，亦都打爛箇釘釘。罷咯！不若勸佢在屋企匿埋，同自己算吓兜命。唉！同自己算吓兜命，若係有人嚟問卦，就不妨詐帝，揭吓部通贏。

杜鵑啼

愁人耳，怕聽杜鵑啼。雀呀！人地有人地在天涯，使乜你叫佢去歸。捨得佢叫起首就可以番歸，亦唔使你挂繫。盡在佢想歸唔得，白白惹起佢愁懷。你睇關河千里，烟塵咁大，暮雲遮斷，點重有故園棲。唉！你名叫做望帝，想你血淚啼紅，總係傷心家國敗。乜你又唔飛去，我地故園箇處，叫醒吓癡迷。若係叫得醒癡迷，我就唔將你怪，唔將你怪。箇陣青山紅樹，就一鞭殘照，欵段歸來。

花本冇恨

花本冇恨，點奈得情何？　情字重起番嚟，就會到恨字收科。　人地話花咁有情，妹你做花就唔係乜錯。　至怕做著朵薄命桃花，咁就恨更多。　就算做著朵牡丹，富貴㗎容乜易過。　學到蓮花咁清净，亦要好耐正出得泥渦。　究不若妹你係野花，摘到番歸還重妥。　免使在百花叢裏，受盡消磨。　平日當妹係頭上箇朵素馨，温哩亦都温到够咯。　點估温完冇耐，就共妹丟疎。　千日唔到落葉歸根，千日都無乜結果。　重怕狂風吹吓，又試吹妹落河。　箇陣你再流落在烟花，仍舊涴浯。　人來客往，邊箇係你情哥？　講到世事番嚟，大衆都係揞埋雙眼咁摸。　摸著箇多情，又怕佢唔得穩陣，枉費奔波，恨海茫茫。　妹你唔好再墮，情天有位佛，勸你念句彌陀。　或者佢大發慈悲，憐憫妹咁苦楚，你就問韋陀借佢把劍，斬却情魔。　呢回受花粉難囉，養埋三兩箇女，做吓事頭婆。　唉！　唔論邊一箇，斬得斷情根，就唔使種禍。　唔信你睇往日至好收場，重算係肥水艇亞娥。

人要會做

人要會做，咪做著箇薄倖王魁。你若果做到薄倖王魁，你妹就唔恨箇出戲開臺。我想人客有幾多箇真心？情實係碰彩。有箇真心人客，就算係前世修來。講極真心，都唔得幾耐。一到有人踈攬，又試分開。不若當初見你面箇陣時，索性唔倸。兩情唔動，點得埋堆。至弊你我都係當日動起情緣，唔捨得割愛。累到呢陣挂腸挂肚，我自怨癡呆。你就係唔問良心，亦都唔好將妹咁害。做人做到咁樣子，你睇天上行雷。唉！雺氣袋，你有人就唔要妹。除非等你換過副五臟番嚟，我正敢去請月佬爲媒。

無了賴

無了賴，墮落青樓。有邊箇人客開嚟？替我分得吓憂。唔係打開箇揀妝，我重唔曾知到咁瘦。唔係單思成病，你話爲乜緣由？又唔關事一日三餐，唔好燉脰。點解瘦到條籐咁樣？大肉都收。想必係枱脚太多，成晚咁走，捱更抵夜，唱破嚨喉。天光正話埋床，起身就係晏晝。有人嚟叫，正話梳頭。重咁拚命猜枚，飲埋的寡酒。好在臙脂搽起，塊面冇咁黃抛。漫講喫飯近來，唔好胃口。就係米粉都食半椀唔埋，重落到成碟豉油。河底下雖則話繁華，呢的難就够受。況且生意唔係週時咁旺，世界會有輪流。靚極似朵鮮花，人地都話敗柳。甩埋幾伙熟客，就衰過偷猫。廿一二重未上街，人客就當老藕。想到世情咁淡，我就萬念俱休。唉！想到透，前世唔知做過乜野陰功，到今世報仇。

蝴蝶夢

蝴蝶夢，夢裏去尋花。花咁鮮明，都不過係夢裏繁華。蝶呀！你在夢中，點去捐得薔薇架？盡在夢魂顛倒，正會誤入人家。箇家花好，正係春無價。著你把花心攙破，再冇萌芽。今日佢護花重想，去搵金鈴挂。無奈金鈴難護，枉費佢籠紗。唉！算了罷。你何苦來由，得咁霸枒。只怕唔等得到花殘，你就冇曬牙。

送　窮

窮到冇了賴，做首《送窮文》。我一面送箇位窮神，一面問句財帛星君。問佢呢幾文錢，出乜野法了去搵。係咪要先把面皮放厚，正做得成人。係咪要把道德兩字丟開，廉耻喪盡。五倫唔講，净係共錢親。或者做到扭計祖宗，軟皮光棍。閻王買馬款項，都敢嚟吞。或者做官就打開架天枰，帶埋把鐵鏟。鏟起塊地皮嚟稱吓，睇佢重幾多斤。或者入到商場，講到信字亦係聽混。依親口齒，就食抵三分。世界上總係邊一箇錢多，就邊一箇格外慳吝。損人利己，使乜咁均真。我一向忠直過頭，知道係笨。點估揾錢箇件事，亦要變法維新。我説話重未講完，着星君大鬧一頓。佢話龜蛋你想咁樣撈錢，正係發瘟。富貴雖係話無憑，冥冥中會嚟同你着緊。好心自然有好報，使乜嚬喻。蒙正咁窮，宰相都有份。范丹破甑，怕乜生塵。伍子胥吴市吹簫，乞食不過一陣。韓信淮陰受辱，做到開國功臣。大抵抗佬煀蕉，後來都會起粉。唉！唔在嚐，總要天憐憫。你若係睇天嚟做事，冇耐就會斷窮根。

唔好温得咁易

唔好温得咁易，試準吓佢都未遲。正話三兩晚交情，點就會咁癡。算佢白水係多，亦唔曾益得到你。唔通净係顧住老母荷包，自己抓爛塊面皮。若果席上冇的招呼，正話得亞姑唔係事。你既然同佢傾過幾句，就只可聽佢躝尸。千箇單料銅煲，人客都唔睇得起。故此要揾高豈猫嚟叫，醆吓佢正得心慈。佢若係話真心，就唔怕受吓你氣。箇陣你便即時轉舵，綁住咪俾佢丟離。唉！世界尾，重難就會係輕易。妹呀！你學得到七縱七擒箇的手段，怕乜佢會滿天飛。

心

心只一箇，點俾得咁多人？箇箇叫我番嚟，都想話咁認真。捨得我有幾箇心肝，一人俾箇，亦無乜要緊。無奈我只得呢條心事，你話够幾多箇人分？至好我心劏得開幾邊，一人分佢一份。箇陣大衆都話係得心人客，咁就冇半句時文。但係心斷冇話劏得開，叫佢地唔使恨。邊一箇死心嚟向我，我就許落佢終身。我想世界上人客死心，唔係咁容易搵。搵着箇死心人客，怕乜拚命嚟溫。大抵人客死心，重要你妹條命穩陣。唉！至怕唔得穩陣。試睇吓賈寶玉死心成咁樣子，就剋死箇晴雯。

情唔好亂用

情唔好亂用，用錯就幾咁擔心。人客總會有箇多情，勸妹你慢慢嚟尋。若係亂咁鍾情，人地就會拖妹你落氹。條魚上釣都因爲喉擒，大抵十箇男人，著九箇會噤。摸佢箇心唔着，重慘過大海撈針。講極真心，都唔到肚腩。點解你重交頭接耳，共佢嚟斟？睇佢噉起煲嚟，烟都冇霎。累到你唔湯唔水，半不啉吟。你未試準佢係咪真心，容乜易跟佢埋齣冧。箇的露水姻緣，問你有乜好貪？ 唉！ 陪吓飲，就細心成到咁。 妹呀！ 你識透佢係市橋蠟燭，至好就一盤凍水，照面嚟淋。

咪話唔信命

咪話唔信命，又咪信得佢咁靈㗎。 好醜就算係命裏招嚟，亦咪把人事放輕。 有陣人事亦會勝天，唔在話命生得正。 世界事總係半由人做，一半係條命生成。 若果話富貴窮通，都係整定。 唔通你就一便心嚟等，跌落粒天星。 若果話命咁無憑，你又一味同佢鬬硬，只怕命宮磨蝎，點到你嚟爭？ 大抵人事盡到十分，總有好幾分會應。 箇陣正話聽天由命，睇吓造物點樣權衡？ 但係我話人事盡到十分，唔係話同天拗頸。 萬事總憑箇理，咪箇横行。 講到陰騭番嚟，實在唔使算命。 我有本事醫番條命，咁佢算命就唔靈。 唉！ 將人做鏡，你照見人地做人點樣子，自己就有的章程。

咪話唔信鏡

咪話唔信鏡，鏡咁光明。 鏡係光明，故此照得咁清。 水月鏡花，唔算係幻境。 借嚟照吓，就照得出真形。後生箇陣，照見鮮花靚。等到老嚟正照，就無咁靈檗。老起番嚟，唔瞞得過面鏡。額頭打褶，點到你唔驚。人地話鏡至偏心，或者係都唔定。點解照人咁靚，照我地咁無憑？既係佢咁無憑，我就唔怕佢抗。唔曾忿老，怕乜共佢嚟争。争到贏時，我就唔再信鏡。老有雄心，重好過後生。勸你地愁極都咪對住鏡嚟，温咁怨命。吊影唔該，學佢小青。唉！重還吊乜影，鏡裏烟塵，掃唔得乾净。好在天上一輪月鏡，都重係咁照住行人。

鴉片烟

好食你唔食，食到鴉片烟。問你近來上癮抑或係從前，食吓食到手指公咁大口河。你話賤唔賤，近日行情咁貴，每兩賣到十多箇銀錢。食到吹火咁嘅口唇，玄壇咁箇塊面。唔係膊頭高過耳，總係兩耳垂肩。瘦到好似條柴，唔敢企埋著風便，怕一陣風嚟吹倒。你箇位烟仙，挨晚正話起身，晏晝重連影都冇見。盡在縮埋一二閣，晚晚歎到五更天。全靠消夜箇餐，嚟做正㖟。閒餐箇幾粒米，共你今世無緣。開口就話戒起番嚟，會生出病症，其實就係箇條心癮，戒極都重藕斷絲連。又唔捨得咁好燈情，一刀嚟斬斷。故此話兩枝傾吓計，冇好得過一榻横眠。呢陣官府日日都話禁烟，雖則係法子唔曾得善，但係你地人人都肯戒咯，唔到佢話遷延。至怕你地未得心堅，佢就咁嚟敷衍。重怕偵探插贓移禍，幾咁長篇。烟局搜到出嚟，唔到你唔認。就算收入老婆床下底，亦會知穿。況且搭渡開船，都有人做線。惹到成身係蟻，點叫你眼鬼唔冤。罷咯！既係食得咁艱難，何苦唔聽我勸。週時出入，帶定盒烟丸。唉！唔知點算？若話一時唔食，我見你打完箇喊囉，就眼淚、鼻水都齊全。

賣花聲

花哩，一聲咁就叫到埋嚟。托住籃花，轉過對街。你睇鷹爪白蘭，香到翳膩。素馨含笑，穿定一排排。鮮花咁靚，邊箇唔思戴？點解佢在深巷叫了成朝，重未賣埋？過吓花就漸漸將殘，香氣亦壞，送人都唔要，白白咁就嚟嘥。何況我地陌柳牆花，正係隨街擺。三年兩載，算係禁擠。新鮮箇陣，睇見人人愛。得到花殘，就賤過泥。就算有箇唔捨得咁好香花，買嚟戴上髻。温完温罷，又試丟低。想到歸根，我亦唔恨佢買。究不若襯吓箇花籃，聽得自己威。野花雖係話唔矜貴，顏色鮮明，怕乜摘朵嚟伴髻圍。唉！趁早還花債，免使逢人叫賣，做呢的花粉生涯。

你咁爲命

你咁爲命，著乜來由？兩箇都係咁樣鍾情，我實在替你擔憂。就算佢係糖，你又唔係豆。

點解一見就癡埋？容乜易把命收。人地話風流重要有命嚟消受，你咪箇命都唔顧，净顧風流。雖係話乾柴憑火，你捱唔久。至怕佢係燈心，你係箇盞油。一自自油就點乾，情亦知到係咁。但係牛唔飲水，你話點撳得低隻牛頭。恩愛到十分，都要留番的後。後來恩愛，正算係鳳侶鸞儔。故此花好月圓，亦要人長壽。命短許你係情長，點講得終老温柔？唉！但得條命就，冇話鴛鴦唔白首。若果似得晴雯咁短命，怕乜你會補箇件翠雲裘。

無乜好怨

無乜好怨，只怨我爲情牽。捨得我學人地咁薄情，點會共你癡纏？蠶蟲自綁，因爲絲唔斷。縱有利刀難割，佢綁到成團。我既係自作多情，又偏遇著郎你咁薄倖，待人唔同待我，乜咁心偏。我萬樣都可以睇開，單係情字唔過得綫。你見我近來待你的心事，係咪重似從前？你口口聲聲，都話唔虧負我呢遍，咁就何妨誓一句願，對住當天。等我好心忒起心肝，靠埋你一便。免使大海茫茫，撑住隻冇舵船。天呀！你生得我咁多情，乜又俾我條命咁賤？若果我多情唔係命賤，重安樂過神仙。但係世事亦唔曾，刋板話得定。有的千金小姐，都要拆散因緣。唉！唔在幾遠，試睇吓紅樓夢箇林黛玉姑娘，就够你可憐。

錢

你眼孔咁窄，都見盡世態人情。唔知到你力可通神，一向把你睇輕。雖係共我緣份未深，週時蒙你照應。記得個帳困在窮城，得你做救兵。有陣急到燃眉，你又偏要嚟擺景。枉你鑿明係通寶，都不過浪得虛名。萬事非你唔成，乜得咁抗。冇你就會畫符念咒，都使鬼唔靈。遇著個慳哥，佢就要你唔要命。但係闊佬又當你係泥沙，到手就劈清。近日你勢力漸差，唔惡得過番鬼餅。況且紙都當金嚟使，重講乜時興。鑄到銅仙，點叫你唔減頸。十個都換一個唔嚟，我亦替你不平。大抵世界一話轉流，貴極都無難變賤。斷唔估幾千年國寶，呢陣市面亦不通行。唉！整定。除非在攤皮上，正話能見你面。真正令你十分難過咯，孔方兄。

還花債

花債咁重，花呀！你未曾知，得你花債還通，正話有了期。想到花有了期，我就情願花債唔還自。暫且留你在花叢，免使共你割離。鮮花開透，正係唔禁睇。至好花含曉露，不溜都係半開時。花若開透番嚟，冇耐就落地。落花唔會再上空枝，故此花債唔還。我亦隨在你，得嚟保住，咪箇又試花飛。等到債要還時，你話容乜易。總要花間姊妹，肯話維持。得佢地肯話維持，花債亦唔怕再借。唉！就怕冇人肯借，咁就要借到東風無賴，任佢錯拆你薔薇。

同心草

同心草，莫問點嚟生。草亦結得同心，咪話草木冇情。捨得人心似草，亦有欺霜性。受盡咁多寒冷，都重係色青青。點會心似散沙，隨地咁捲。漫講同心冇結，就係團體亦結唔成。重怕你草漸蔓延，鋪到滿徑。偶然打草，就著蛇驚。草呀！你果係想結同心，就要心先正。咁我又怕乜學佢地葵心，向日咁傾。但係你對住同根，唔肯話苔岑訂。有的唔同種類，你偏去結同盟。佢生長在西方，你就當係靈芝認。枉你在淺水蓬萊，照影咁清。著佢馬蹄踏碎，你都重唔知賤。野烟迷斷，唔睇見我地漢家營。勸你及早回頭，唔在等風吹醒。前途雖遠，重有咁好夕陽明。唉！晚景。咪話心唔定，就怕燒起箇座山嚟，不過係一粒火星。

洋遮

唔係落雨，妹呀！乜重唔把遮收？定係開起把遮嚟，遮吓熱頭？人地話落雨擔遮唔顧後，妹呀！你後來唔顧，就會有眼前憂。怕佢路上爛仔嚟撩，撩到你醜。呢把洋遮咁細，亦可以遮羞。若果佢重係騾皮，嚟講爛口。你呢條遮柄，斷冇情留。呢陣男女平權，你地唔會有氣受。咪估佢地係男人，就蝦得你地女流。遮柄一條，揸在你手。况且挂起番鬼招牌，專係泡製佢地班牛。唉！牛亦唔會咁吽啞，激到你要借老番嚟恐嚇，佢就應該想起吓因由。

酒咁有味

酒咁有味，味話濁酒唔清。飲上三幾杯嚟，面色就帶住晚霞明。酒呀！記得我把盞談心，情咁繾戀。點解在離筵餞別，你又試咁無情？捨得酒真正係合歡，唔會亂性。怕乜週時放量，飲曬成埕。但係酒醉唔知，酒嘅弊病，闖出彌天大禍，都因爲醉漢橫行。人地話酒可銷愁，唔怕愁眉不展。借你酒兵嚟破，箇座愁城。醉鄉深入，就係神仙境。把箇紅塵世界，睇到十分輕。我醒眼睇見佢地醉人，醉到酩酊。索性自己都醉埋一份，免使醉得咁零丁。至怕醉到昏迷，未知何日醒。得到醒時知錯，就誤了平生。若果話醉過番嚟，醒得更定。咁我就請君入甕，睇你有乜章程。我地好酒家藏，無柰量淺。監住送人嚟飲，飲到好似長鯨。重話酒逢知己，半滴都唔剩。試問佢一杯領落曬，多謝過你唔曾？

百花生日

花都做起生日，必定想壽與天同。捨得花國係話長春，怕乜學佢三祝華封。但係人到了花甲一週，纔話介眉上頌。壽桃食過，正做得壽星公。你鮮花咁嫩，拜壽亦唔中用。使乜去請諸天神佛，保佑你如柏如松。人地話你九十韶光，情實係詐懵。你今年屈指，不過廿四番風。花鬚咁短，冇得過佢游蜂弄。就算叫得做老來嬌，亦不過係百日紅。你芝蘭玉樹，正話階前種。海棠未嫁，邊箇對你稱翁？況且歲歲都有箇花朝，何必咁鄭重？壽屏壽幛，挂滿蕊珠宮。鶯朋燕友，壽禮紛紛送。收不盡堆黃積白，幾咁情濃。大抵世界繁華，原係你地作俑。試睇荷葉擎珠，點够一浪就空。問你錦上添花，人咁衆，送炭何嘗肯在雪中？雖則係滿地榆錢，近來咁鬆動，既然唔駛得曬，不賑濟吓呀貧窮？呢的無謂花銷，慳得就唔着咁放縱。累到成身花債，都因爲好嘞充。唉！肉痛。你地係話人人省吓的花費，就緩急都可以通融。

桃　花

乜得佢咁靚，笑靨帶住微渦。脂粉搽嘞，都算係淡掃雙蛾。人地話佢艷質如仙，真正冇錯。

你睇武陵春色，醉到顏酡。至好係竹外横斜，開透幾朵。若話種佢在欄干，有的挨憑，就會著月影桃疎。月呀！你既係話愛寫花容，削性就寫到佢妥。免使風吹雲掩，把佢花月一樣咁消磨。大抵命薄至到桃花，怕冇再薄得過。點估我條爛命，重薄過佢好多多。佢命薄得到花殘，還有結果。我後來結果，點知到如何？想話揾著箇世外桃源，嚟避吓禍。又怕桃源誤入，枉費著件漁簑。我睇見佢地桃花，就要回想到我。雖係冇佢花容咁靚，條命亦係咁奔波。世上箇箇都話尋花，點知到花咁苦楚。勸你地惜花人客，咪箇亂把花鋤。唉！睇到破。天台仍舊路阻，千日都因爲劉郎去後，就累到佢桃花帶雨，終日咁淚滂沱。

泡過豆腐

泡過豆腐，講乜世界繁華。你睇過眼烟雲，幾咁冇渣。大抵豆腐重算有渣，話佢泡曬亦假。烟雲過眼，正似得世界離啦。講到豆腐成磚，見水就化。睇嚟世界事，邊樣正叫得做有揸拿。做到花花世界，都係憑空話。花開仍舊會謝，枉佢燦爛過紅霞。我自係出世做人，花債就從箇日欠下。還極唔通，你話花有幾多債過我賒？世上紅粉總有萬千，何難將佢地嚟比吓。比起箇千金小姐，我就賤過泥沙。但係千金小姐，咪話咁容易嫁。嫁著箇貪花人仔，都够佢羞家。到不若我地流落花叢，唔跟佬就罷。梳頭度日，亦有椀淡飯清茶。箇陣我半老徐娘，就算遇著箇青衫司馬，佢船頭過路客，我點肯重再抱琵琶。唉！唔係話自高聲價，實在睇見世情咁泡，唔取落力嚟鈀。

海棠花

你春睡未醒，故此重咁低頭。倚憑在亞字危欄，粉面帶羞。人地見你萬花如海，正話初開透。高燒銀燭，照住妝樓。想必閬苑繁華，會共佢天香鬥。睇吓千紅萬紫，邊箇占得第一條籌。擊起催花羯鼓，重係一味唔兜。我地花間姊妹，講樣唔會落在你後。獨係輸你西施眉黛，帶住二分愁。捨得你係會替我地花愁，亦唔怪得你容貌咁瘦。點解瘦成咁樣子，重著佢蜂蝶香偷。花心咁散，必定係開唔久。就算開久番嚟，香味亦漸收。呢陣濯錦江邊，唔輪到你做群芳首。邊箇從夢中拖起，種你上百花洲？你睇簾前鸚鵡，啄盡相思豆。唉！唔關事醉酒，你晤極都唔曾夠。等到擘大眼箇陣時，就怕你在水面流。

楊花

條命咁薄，又試咁飄零。況且春老正話飄零，身世重更輕。你睇萬樣花飛，都唔係咁冇影。

春光唔留得佢住，幾咁無情。你妹若係似得佢楊花，咁冇定性。風嚟吹吓，容乜易就吹清。好在情絲牽挂吹極都還定。得到情絲吹斷，就化作浮萍。化到了浮萍，就怕君呀你都難認。萍水相逢，邊箇叫我做卿卿？我想妹既係浮萍，君你亦係斷梗。浮萍與及斷梗，根蒂本係同生。同是天涯淪落，君呀！你就要憐同病。點解同病相憐，又試背了舊盟？今日你當妹係水性楊花，我惟有怨命。大抵敗柳變作殘花，亦份所當應。唉！就算我係殘花，君你亦唔好學佢斷梗。斷梗至係無根，問君你知道未曾。

壬戌稿

牡丹花

牡丹呀！你咁富貴，乜我又共你無緣。漫講瘦菊寒梅，艷福讓你享先。就係嬌杏夭桃，都差得好遠。佢地海棠花婢，點配共你爭妍。味估蘭就稱王，氣候重淺。點似你紅雲萬朵，擁住神仙。呢陣你在洛陽，都算紅到出面。紅成咁樣子，問你發乜花顛？累到佢地蜂忙，唔止話蝶亂。都因爲你容顏壓倒，佢粉黛三千。只恨無賴東風，唔吹到你箇便。枉你有香都難送，到翡翠簾前。你千日望人地護花，都唔係上算。試睇落紅滿地，有邊箇哀憐。櫻花野性，佢就終唔轉。虞美人咁好，亦會侵入你百寶欄邊。萬一著但牛嚊牡丹，還重作賤。唉！唔使咁艷羨。至怕錦繡山河變，牡丹芽咁嫩。勸你小心行幾步，咪錯踏金蓮。

如果你話要去

如果你話要去，你妹唔恨你快番嚟。索性耐的番嚟，免使又試去過咁慘悽。我自係落到河底下正知，情字咁累世。往日未試過別離苦楚，點會白把眼淚嚟徙。睇見人地送行流淚，我重會嚟開解。呢吓到我共郎分別，自己就開解唔嚟。捨得係學做女箇陣情竇未開，亦唔怕同你割愛。呢陣割亦難分，我自怨一句獃。情癡顛倒，咪話身唔壞。你睇我地近來瘦到，都好似條柴。君呀！你出路唔比得在家，冇人替你安慰。萬樣都要放吓寬心，切莫介懷。我亦想把你暫且丟離，唔挂繫。點估日低唔挂，夜裏又試夢見你番歸。我日夜想爛心肝，都係望郎你帶。唉！郎你帶。咁就唔枉你妹．年到晚，食盡咁多齋。

咪估話同你咁好

報載美國加拉佛尼省土洛埠驅逐日僑，美政府事後懲兇，日人頗爲滿意。因憶上年洛斯勃冷槐花園各案焚殺華僑千數百人，交涉經年，僅以賠償了結。由今視昔，不禁慨乎言之

咪估話同你咁好，就當佢係真心。情實佢兵行譎計，幾咁陰沉。一自共你相交，一自就嚟

將你噤。噤到你死心嚟向佢，就等你去大海撈針。你睇佢近日點樣子待人，就知到佢平日點解待你成咁。將人比己，問你點得心甘。當日妹你咁爲難，佢氣都唔替你争得啖。呢陣替人地争起氣番嚟，乜又咁易得㪗。思前想後，點叫你話心唔淡。捨得你唔係信曬佢時文，亦唔會累到咁深。我想你躀倒望人地嚟拖，邊有咁錯囓。除非自己脚踭行穩吓，咪跌落萬丈深潭。千箇聽人地手指鋳開埋，都幾係咁慘。咪估做一天和尚就有一日巫喃。捱過了呢一陣風波，或者唔使靠人地做膽。水漲船高重會有風色著啱。唉！在乜撐船就砍。但得妹呀，你纜長灘都拉上去，怕乜使唔到七星巖。

嬌呀你唔好去自 留閣

嬌呀！你唔好去自，係去都要對我講句時文。咪話半句唔聲，一步就奔。索性先帳去左咪箇番嚟，我亦唔使恨。點解番嚟又試去過，咁有麻紋？惱過就正好番，應該就唔會拆散。點估凳都未曾坐熱，話扯又話到咁多勻。大衆相與咁情長，點捨得丟你嚟另搵。就係週時摙吓頸，有耐又試嚟温。呢陣半站中途，誓願都要攏埋你一份。若話静静行開，邊箇做你替身？竹織鴨咁有心肝，怕唔綁得佢穩。有的交情靠得住，又唔肯共我埋群。千日都爲錢債打叠唔通，故此你成晚咁嚌。重怕惡佬起沙尋趁，正係攞命灾瘟。無論點樣子爲難，你都要頂架埋呢陣。

免使受旁人指摘，作賤三分。萬帶有我當頭，你亦唔使肉緊。日後總有箇商量結局，在乜嘸喻。唉！好頭不如好尾啦笨，容乜易等到酒闌席散，咁就一齊拖拉住手，正話行人。

怕乜同佢直接講句 魯案交涉之一

怕乜同佢直接講句，若果係話真情。至怕冇半句真情，就會上佢一遍當添。平日當妹係人，就唔會話咁樣攞景。監埋廿一件，都要你應承。見佬見盡咁多，唔曾見過咁嘅品性。妹唔係冰糖，點解一啖就想嗒清？呢陣知到争氣有人，唔輪到佢使頸。正話想忿吓低頭，共妹細傾。妹你索性一味唔兜，推到佢干净。等到百衆眼頭箇陣，點怕講佢唔赢。道理擺出就係架天秤，輕重都憑大衆去戥。邊頭輕重，總要戥到分明。唉！咪話唔使戥，若係架天秤公道吓。妹呀！你不但唔慌食抵，重會十足收成。

佢又試嚟呃過你 魯案交涉之二

佢又試嚟呃過你，妹呀！乜你重係咁樣子刁難？佢搶你件野收埋，不溜都話俾番。捨得係話當面問佢攞得番，使乜同佢拚爛。但係佢口甜舌滑，你摸唔中佢心肝。臨時反骨，你妹見盡千千萬。況且貪頭咁大，點共佢講得埋欄？你睇往日箇皮條，就係咁樣撞板。幫佢掘成箇氹，丟妹落中間。呢陣削性一句推清，唔聽佢再蹧。免使話妹串同夾計，咁受人彈。事幹擺白出嚟，睇吓但地朋友點辦。或者由天分付，打得過呢箇通關。至怕朋友亦話事唔嚟，一拍仍舊兩散。唉！船駛到上灘。試問妹呀，前途重有咁遠，你點樣把舵嚟擄？

大葵扇

大葵扇，一潑就癡埋。扇呀！你潑得我地癡埋，咪箇又試潑開。你妹流落在呢處烟花，唔係幾耐。銷魂兩箇字，未知到點樣由來。睇見人地孖佬嚟温，我亦都唔志在。用盡幾多橋段，正話把佬嚟推。晚晚雖則係酒綠燈紅，你妹唔睇得在眼内。既然叫到，亦都要勉强嚟陪。河底下叫得做話因緣，我想多半係露水。唔係前生注定，點得共佢埋堆。就算揀着箇知心，好似話同妹登對。兩家情願，使乜月老爲媒。但係我未試準佢心腸，又怕日久脾性會改。況且揀着箇有心無力，枉費佢一表人才。千日唔帶妹上街，千日都仍舊係累。唉！仍舊係累，重怕丟妹在九霄雲外，箇陣息曬心頭點火，你就扇都潑佢唔回。

玻璃油

浮到上面，就怕佢係琉璃油。浮成咁樣子，點解重俾水嚟泖。泖到水咁淡時，情就唔似舊。但係條心未息，重會有的情留。水浸住燈心，熱極都唔得幾透。況且水多油少，幾耐正熱得到心頭。捨得唔係挂住條心，真正咁幼，你呢條心事點有人睺？大抵世界上做人，邊箇肯話嚟認吽。至怕聽人擺弄，就會遇着箇油喉。佢就將箇盞清油，搽到滿口。講出真情一片，把妹嚟兜。論起佢箇種溫柔，都够矖火候。等你箇隻撲火燈蛾，向佢熱處去投。烟花自古就係風流藪，箇的至誠珍重，未必踏到你呢處青樓。故此箇箇共妹相交，都想話糖癡豆。得到認起真嚟，冇箇替你分得吓憂。唉！監人賴厚。妹呀！你睇透佢係琉璃油，咁冇底就千祈咪箇，聽佢度到半句《西遊》。

佢嚟撈你幾句

佢嚟撈你幾句，就係想試吓你有心無。妹你唔係魚生，點怕佢撈。撈吓撈到熟嚟，亞奶都有得做。熟極總係由生箇陣，得妹你招呼。起首淡淡相交，緣份重早。得到緣份深時，怕乜共佢噭煲。噭了箍番，緣份正係到。若然又試噭過，佢自己就會嚟箍。依依不捨，都要行番舊路。藕斷絲連，怕佢想斬又冇刀。咪估話惱到入心，就唔會同妹再好。消完啖氣，佢亦知到自己糊塗。你既係勾得佢生魂，就要趁勢尋定箇圈套。唉！至怕佢唔入你圈套，遇著箇失魂人客，問你點使得應呢度靈符？

你總總唔理到佢某報言：『總理，總總不理。』引伸而成此曲，時某巨公赴天津，故云。

你總總唔理到佢，佢亦係咁樣嚟哤。哤成幾十遍，正話肯番嚟。得你肯話番嚟，佢就唔使閉翳。呢會重新做過箇衆人妻，寮口雖則係咁大間，唔曾有箇姊妹話争得啖氣。況且週時吵鬧，獨係把你難爲。唔怪得你話做呢份人，情願乞米。叠埋心水，索性番歸。落筆聽見你話收山，重還當你係詐帝。點估你真係閉門謝客，收了塊紅牌。惱到極時，重話要削髮入寺。執定袈裟道牒，某公對人説『若過於逼迫，則决計披髮入山，行李已收拾』云。又云『出洋以避』，故云。想去念佛持齋。唉！勸你唔好亂諦。就算去得到西方，亦未必真正係極樂世界。究不若共佢拆通錢債，就任從你劈落呢碗愁眉飯，唔再做皮肉生涯。

烟花地凡二

烟花地，只怕你唔癡。你若癡起番嚟，點有了期。孽緣注定，唔到你話論樣子。情人眼內，會出西施。野花分外撩人意，朵朵都咁鮮明，問你採得幾枝？相逢一面，就話談心事，入到心嚟症就惡醫。青樓女子，有乜真情義。好極風流，不過係溫箇陣時。溫完想落，亦都無乜氣味。金盡床頭，佢又試溫過隔籬。講到海誓山盟，邊箇肯話同你死。勸你地死心人客，趁早知機。花柳害人，唔止係害你自己。家財散盡，是必連累到妻兒。咪箇自作多情，估話佢同你溫得到尾。唉！情薄過紙。你識透佢亦唔輕易，得到識透正話共佢丟離，恨錯就遲。

其二

烟花地，就係地底泥嚟。若果唔係地底泥嚟，點會做到客妻。好命唔落到青樓，嗰樣獻世。總係前生受唔盡箇的難，今世罰佢在柳巷花街。人客遇著箇知心，重話還得了孽債。只怕百中無一箇，帶得佢番歸。雪月風花，點到佢話唔顧睇。至係心煩箇陣，又試聽見絃索開齊。無客就話孤寒，有客亦唔算架勢。客散燈殘，重係一樣咁慘悽。千日唔跟得佬住埋，千日都唔講得話矜貴。唉！真正翳肺。白鵝潭咁深，問你幾耐正撐得到底，點禁得隻水寮鷄公晚晚咁啼？

你唔嫌佢老

你唔嫌佢老，佢就見得你分外殷勤。講極交情，點似白水咁真。白水係多，年紀就咪論。縱然唔落踏，怕乜共佢乾温。酒地花天，唔到佢話謹慎。咪估老成持重，就唔會墮入迷津。你係話攞得佢心肝，就行著大運。把你呢朵殘花，插到上鐏。到底唔學佢地後生，脾性咁冇準。你若然唔肯跟佢，佢亦替你贖得開身。況且老態未係龍鍾，行路重穩。騁起箇的青皮薄壳，略勝三分。若果帶妹上街，生仔仍屬有份。唔信試睇佢紅顏白髮，鬼咁精神。講到快活風流，你就唔使恨。唉！佢死亦心唔忿。大半世做人，唔識話歎咁笨。故此話臨老唔入花叢，就算枉做呢世人。

勸你地唔著嗌

勸你地唔著嗌，相嗌嘵有乜收科？平日睇見你地姊妹同埋，都幾係咁和。點解嗌起番嚟，偏咁動火？想必聽人擺弄，把你地挑疎。就算佢佔吓便宜，使乜話唔睇得眼過。有福分開同享，怕乜讓佢的多多。人地呷醋呷完，重會知道吓錯。乜你總唔知錯，不歇咁醋海翻波。

你自己唔見羞家，亦都唔怕失禮曬我。籠裏鷄作反，點咁𢫏偄。唔通話呢椀飯俾佢食埋，唔抵得肚餓？索性倒埋椀飯，睇白佢奈你唔何？鷸蚌相持，到底益了邊箇？旁人救火，點肯替你褸簑。咪話開起廳嚟，又試爭凳坐。唉！爭乜凳坐？你若係大家饒讓吓，重好過蜜餞菠蘿。

情一箇字

情一箇字，乜咁收人？若係怕話收人，至好就咪共佢温。温到入心，情就越緊。自綁春蠶，點得甩身？咪估話共佢別離，緣就冇份。點知到別離箇陣，重慘過刀割咁難分。別後情思，又試要從夢裏去揾。揾着箇夢裏巫山，叫我怎不斷魂？況且夢裏相逢，不過傾箇一陣。一陣時間，講得幾多句時文？捨得佢講出有半句真情，亦都消吓啖怨恨。只怕佢夢中仍舊，冇半句情真。醒後傷心，重防到人地問。唉！亦唔敢講過人聽咁笨，怕佢地口疎傳出去，失禮同群！

你如果係話想

你如果係話想，重使乜慢慢商量？　上得鑪嚟，我就算係香。前世欠落風流，呢筆孽帳。還通箇日，我就定要從良。若係共你無緣，亦唔由到我話綁。綁極還鬆，邊箇替我主張。點得我呢段恩情，同水一樣。水咁深時，情亦有咁長。我眼淚滴滿江河，君你重未曾知到苦況。枉我枕邊提起，訴到天光。外面强作歡容，全係因你份上。怕人地偷偷睇見，只得把眼淚收藏。你係話有意哀憐，我亦何必再講。講盡千言萬語，你都畫耳埋牆。今日你妹大海撑船，憑在箇枝槳。兩頭都咁遠，正係大海茫茫。你若係話把得定指南，你妹還有的倚傍。船向邊一方嚟，我就跟你去邊一方。唉！　我唔怕風，亦唔怕浪。但得君呀，你帶我到天涯地角，咁就共你甘苦同嘗。

心係咁想

心係咁想，事總難成。若果事唔係咁難成，你嗰萬事都當輕。好事大抵就要多磨，磨到佢應。鐵柱都可以磨針，何況呢眼係釘？　天要把你咁樣子銷磨，聽你捱下逆境。逆境就係難捱，你都咪箇出聲。捱到苦盡甘來，纔有妙景。撥得雲開，正話見月明。你若係心堅，就唔怕再等。等到時嚟運到，枯木亦轉番青。唔信你睇秋菊春蘭，都係憑箇節令。節令唔啱，你話點種得佢生？妹你留落在呢處烟花，唔使怨命。命裏注定你係名花，就會插上膽瓶。唉！真正。你係香花，在乜賣弄風前影。但得佢風嚟送吓，你就有麝自然馨。

拉車仔

拉車仔，歇吓又試拉番。你替人行路，使乜咁嚬噏？馬路通到入城，你天光拉到晚。城牆拆曬，你就拉得到西關。行路幾係咁艱難，點似坐車咁歎。你拉到汗流氣喘，佢坐得咁安閒。講到平等番嚟，真正聽混。十隻手指都唔齊，點話貴賤冇分？你唔肯忿低頭，人地亦唔肯忿。百尺高樓重有萬仞山，若係話貧富必定要搓勻。你有蚊錢，人地就唔過得眼。是必累到零星落索，大衆都冇得開䆁。唉！何必講到共產？試問佢地過激派呢陣當權，重點肯認話無政府咁笨？總要世界好似車輪咁轉，正叫得做係天道循環。

賣白欖

丁香，盡在幾粒丁香。佢香入心嚟，味道更長。白欖生成，靚仔咁樣。青皮薄殼，只會裝腔。一味尖酸，怕唔係福相。落些鹽醋，等佢嚟嘗。色水太深，容易變醬。醃成鹹欖，人地笑佢係鹽倉。炮製得交關，唔得咁爽。俾的甜頭佢食，怕乜落的多糖。口味若係唔啱，唔怕直講。唔曾够辣，又試落的生薑。總要辣吓又試甜番，才知道唔係上當。未受過鹹酸苦辣，點識透世態炎涼。論起五味調匀，佢都消得毒瘴。使乜良醫國手，正話退得灾殃。解悶除煩，全靠甘草四兩。咪估話金銀湯一椀，正算係活命仙方。呢陣百姓瘡痍，你地都未曾知到病狀。萬一藥唔對症，你就枉費商量。究不若我白欖呢船，清得五臟。有人幫襯，就係普渡慈航。唉！唔係過獎，你食完還要再想。咁就何妨試多箇，睇吓我有冇半句荒唐。

廢娼凡二

娼咪話唔着廢，但係咪廢得咁樣子糊塗。你廢佢地唔清，就怕會甩鬚。賤冇賤得過皮肉生涯，邊箇話情願做？青樓墮落，重慘過地獄酆都。呢會趁勢收山，唔算話早。清茶淡飯，總要有箇倚憑爲高。就怕叫起首上街，唔容易揀得着箇好佬。講到因緣兩字，我都把握全無。呢陣寨口係話執埋，你就先要替我地尋定後路。咪等臨時正話，對唔住你地大衆亞姑。箇陣我地正係有冤，無路可訴。唉！唔知點算好？人客借端，都話唔結數。咁就睇白我地呢朵薄命殘花，重要在水上蒲。

其 二

無乜好廢，廢到我地娼嘐。姊妹成群，問你把我地點擠？捨得平日係話入過學堂，學會一門手藝。咁就轉行容乜易，做過別樣生涯。無奈從小就在呢處烟花，流落了半世。除却猜枚唱野，冇邊件叫得做精乖。呢陣話起首就要監我地從良，邊處去搵人客帶？就算有箇知心憐憫，未必箇箇帶得番歸。索性削髮去做施姑，又怕菴堂有咁大。況且塵心未了，點食得長齋。若話打工去做梳頭，還吓舊債。又怕東家唔請，睇到我地十分低。漫講每月工錢，唔够買花戴。重怕媽姊埋行抵制，把我地難爲。容貌重咁銷魂，年紀又咁少艾。孤燈長夜，叫我地點樣嚟捱？鮮花睇見，冇話人唔採。點保得住箇的貪花蝴蝶，仍舊唔向我地花迷？箇陣私門賣笑，點到你話查根底？我地野鶩唔飛，你重要管吓隻鷄。唔信你睇近日女界自由，風氣咁壞，成幫車貨係咁塞滿長堤。論起妓院青樓，未必敢話無流弊。但係逢場作興，大衆都不過借風月爲題。市面幾咁蕭條，就要粉飾吓昇平正係。咪話係都唔顧，先要禁到柳巷花街。一味咁煮鶴焚琴，把風景煞曬。真正無乜所謂，試想吓管仲當日唔係女閭三百，點治得啱箇青齊？

梁上燕

梁上燕，你咁高飛。咪箇飛到高時，又試跌落嚟。華堂闤閱，正係唔堪恃。咪估金張門第，就算有了挨依，你亦知寄人簷下，必定飛唔起。夕陽門巷。乜又錯認烏衣。虧你在簾前絮語，係咁呢喃細。大衆商量，重想各借一枝。人地彈丸在手，都話嚟彈你。大厦垂危，問你一木點支？雖則話毛羽未豐，都重係儌倖事。只怕生齊毛翼，就要把舊巢離。唉！知到未？你嘧嘧係咁銜花，亦算辛苦過世，終須有日得到梁空，就會落燕泥。

世唔估

世唔估，你地呢陣咁開通。一雙蝴蝶，舞在花叢。跳舞雖係話文明，亦要你會嚟作用。百年恩愛，盡在一面相逢。跳吓跳到意合情投，唔怕放縱。花前訂約，分外心鬆。父母做主唔嚟，媒妁亦唔講得你地動。是必兩家情願，正話提得埋籠。就怕生長在深閨，容易聽人地擺弄。遇着個虛浮子弟，佢鼻口角生風。一朝失足，就成了千古痛。點共佢做得呢世人埋，揀着個咁嘅老公。唔信你睇外國離婚，比較我地人數更衆。咪估話文明婚嫁，就唔會有始無終。唉！唔著咁懵。佢係好後生哥，仍舊會慎重。斷唔肯錯結呢段因緣，累到你好似水上篷。

泥菩薩

泥菩薩，任水漂流。你顧得自己嚟，點重替得弟子擔憂？大早當你係位靈神，想話靠你嚟保佑。故此叢林裏便，起到咁大座廟過你嚟蔻。見你相貌幾咁非凡，身裁又咁大嚿。估你驅邪擋杀，是必有的良謀。點估受盡香烟，火氣重唔曾得够。講乜慈雲法力，會把妖收。猫屎痾滿神台，你都唔聞見臭。係咪認真盲鼻，抑或有別樣緣由？冷落山門，枉費話有金剛守。虧你畫符念咒，使唔郁箇班牛。况且財帛星君，唔肯幫你手。問你點金無術，邊處去揾香油？唉！咪咁吽哣。菩薩係泥，你話還有乜救？就算背後有箇扯起線番嚟，你亦不過會叭頭。

估唔到你

估唔到你，咁反骨無情。枉費共你相與呢場，乜野都冇清。平日當你係個箇知心，唔防到你會轉性。點估霎時變卦，當了我係眼中釘。往日箇種患難交情，你都丟歸後便。點重記得十年前事，死過又試翻生？重想話大衆忒起心肝，捱吓逆境。鈀平呢鋪世界，正話趁勢收兵。好好共你商量，你偏要嚟同我摬頸。正係噤人落井，咁就割斷條繩。你唔問自己良心，亦都咪惹人地笑柄。唔計到後來結果，亦都念吓舊日同盟。大早你話收山，亦明知到係詐靚。故此枕頭告狀，我都冇耳嚟聽。今日你呢副辣撻心腸，正係水洗都唔得乾凈。重怕日後死落陰曹地獄，做鬼都唔靈。唉！乜咁行路倒啲。一手遮天，睇白你無咁大本領。唔信試聽吓近日的街巷閒談，都話你聽得箇臭名。

余録辛酉、壬戌兩年所作《粤謳解心》七十餘首爲一帙。壬戌冬，遊京師，同鄉諸君子紛紛索閱，有勸付剞劂者，遲遲未果。癸亥續有所作，合前稿約得百有餘首，索讀者益衆，苦無以應，不得已，乃付手民，禍棗灾梨，所弗計耳。

癸亥冬月，懺綺盦主人附識

癸亥稿

花花世界

花花世界，累盡幾多人？捨得箇箇都問良心，使乜日夜咁奔？你係話問到良心，就會安吓本分。本分唔安，貪字就會變貧。棋局擺開，須要行得穩陣。到底輸贏，總會有分。你咁精時，人地亦唔係笨。讓你先行，不過係呢一匀。做牛做馬，都係替兒孫搵。等到收埸，點帶得上身？富貴只可當係浮雲，隨佢變幻。好極繁華，都咪咁認真。搶到手嚟，就會招大衆怨恨。你搶得他人，人地又向你搶番。冤冤相報，咁就何時滿？講到錢財，邊箇共你有親？唉！只知到著錢字綁緊，點重顧得連天叫苦，我地百姓平民。

唔怕你惡

唔怕你惡，惡就會有惡人磨，惡極都唔輪到你做亞哥。咪估話惡得交關，就冇人惡得你過，橫行啮撞都奈你唔何？揸到咁大兵權，你就種成的惡果。兵餉撈埋，怕你食飽就疴。自古話兵要打人地正啱，打自己就係錯。槍頭調轉，乜咁猷僫。你既係自認話英雄，卸得甩兵權，正算係好漢一箇。解甲歸田，你話舒服幾多。做乜重係咁我唔忿氣你嚟，你又唔忿氣我？攪到鎔鎔爛爛，呢箇錦繡山河。慢吓失曬人心，就怕唔等到你悔禍。衆叛親離，四面都係楚歌。唉！唔係乜妥。呢把交椅，唔慌有幾耐過你坐。咁就何妨聽吓西南二伯父話，大衆嚟和。

真正係唔自量

真正係唔自量。嬌呀！你重膽大過托塔天王。既係托塔天王，使乜又咁慌？慌你就唔着應承，上人地嘅當。應承得過，就要一力擔當。咪話高興就咬實牙根，頂硬呢輌。頂唔得順，又試詐蒂裝腔。做到呢份姑娘，重還有乜好講？又姣又怕痛，你話幾咁心傷。世界事冇的便宜，你亦都唔會咁爽。盡在兜完白水，正話趁勢收繮。錢債欠落咁多，怕唔由到你噉想。縱然趨路，亦趨不到番邦。寮口就要鬥埋，龜公重同你算帳。若唔拉貨，就使到爛仔嚟㖸。唉！㖸亦唔㖸得乜出樣。事頭婆胭脂利，都唔肯再放。重有鬼嚟信你咩？霎戇荒唐。

老將自勸凡二

當呢份老將，就算做到人㞗。聽人號令，都係爲口奔馳。平日大帥啉𠺝招兵，情實就爲自己。週時鬥殺，捨得我地條命咁便宜。只要保得佢祿位安然，怕乜使我地嚟送死。試問死在沙場，點對得住枝國旗？兵餉咁大筆開銷，百姓都唔容易擔得起。唔信你睇雜捐釐稅，剝到佢地好幾層皮。估話養到我地兄弟齊全，替大衆爭得啖氣。單係幫佢箇人争氣，點叫得做血性男兒。大王眼凈係會施啡，何曾帶歇過我地？造埋咁多冤孽，都係佢縱我地去爲非。呢陣累到國咁窮時，大衆都話唔養兵，正有啲嘅日子。我地想做英雄好漢，就要趁早知機。唔係番去耕田，都要學做吓小小生意。況且工廠亦都成立，就係我地飯椀根基。免使佢重揞住良心，話我地唔肯繳軍器。一味等佢荷包入滿，正叫我地躝屍。唉！手瓜唔着揳自。劈落把殺人刀，睇吓佛爺面子。日後倘若同老番開起仗，箇陣正去打過都未遲。

其　二

唔要命，走到軍營。走得到軍營，條命就幾係咁輕。我地係爲民國捨身，唔怪得話唔顧命。咁嚟拼命，死亦唔得磊落光明。大帥信到扶乩，真係險症。屎桶都不難擋砲，若係番鬼埋城。自己同自己打交，天咁淡定。一到孖人駁手，就乜野架都丟清。呢份錢糧，唔係咁容易領。出到幾分錢利，都借債唔成。內事點講得過人聽，講出就係笑柄。天公庇佑有太平日子，使乜養到咁多兵。就係上便話唔裁，我地亦唔着再害佢地百姓。趁早執埋包袱，番去開耕。橋要修時，路亦要整。各行手藝都等我地去歡迎，况且唔係喊嘣唥裁埋。重有咁多箇師團剩，捨得政府係話荷包鬆動，總要練到學人地咁靈檠。唉！咁就要好聲嚟練，終須有日，共人地落天秤戥。千祈咪話，得嚟做吓紙老虎，頂硬住行情。

唔打得定主意閩、粵督理令下，書此志感

唔打得定主意，嬌呀！你點做得成人？大早都話唔肯跟人，乜轉吓又試跟？跟着箇好佬上街，亦都唔敢笑你話笨。跟着呢箇斯文大臭，咁就誤你終身。睇見佢殺氣騰騰，正係生人勿近。點解你重迷頭迷腦，共佢嚟溫？就算佢起起沙嚟，你寮口唔企得脚穩。使乜貼埋私己，賣怕佢三分。唉！賣佢怕亦無乜要緊，但係你該先就唔着，聽曬佢咁多句時文。

唔忿氣

唔忿氣，點捨得廣州城？靠住河南，有密計傾。傾到入心，唔在話靚。形容鬼鼠，點講得過人聽？睇你眼角丟嚟，真正攞命。咁會勾人，盡在對眼睛。你唔係楊花，都係水性。夾埋箇假仔玉，又試撻丁。好人客甩到清光，還有乜剩？怕你續番條纜，都惡搵麻繩。咪估話隔夜素馨，落釐秡戥。雖則唔香，亦都溫吓舊情。你若想話溫吓舊情，煲就唔著亂啲。啲煲你都唔會，顧住吓前程。唉！鋪相生定，唔到你整。唔信試吓去城隍廟，問過陸雲亭。

走馬燈

行到咁快，問你係咪走馬燈嚟？火猛之時，重慘過會飛。火氣漸漸減低，你就行吓又止。燈油點曬，怕你寸步都難移。雖則花樣週身，全係爛紙。但係心頭咁熱，重算有一線生機。捨得係話把定條心，行得到尾。上便咁多人物，都要靠你維持。無奈你風車咁轉，都不過係擺成箇樣子。唔够五分鐘時候，就凍過殭尸。箇陣怕你吊起半天，唔得到地。旁人睇見你話幾咁兒嬉。唉！ 争吓啖氣，咪話神仙篋都箍唔得住。 但得你放大吓眼光嚟睇，就睇得見呢盞琉璃。

和頭酒

和頭酒，擺過咁多回。 擺到咁多回，都未見領落過一杯。 捨得係話領落呢杯，亦唔使咁累贅。 但係暫時領落，未必就講得埋堆。 你地幾位行人，亦都行到脚攂。 拍嚟拍去，越拍越發分開。 你若係話冇半點真心，好亦唔得幾耐。 碰啱條攪屎棍，又試打起交來。 唔信試睇吓你一面話嚟和，一面仍舊同佢作對。 口話嚟和，肚裏帶住鬼胎。 往日上過當嚟，世唔肯再炒呢味菜。 斬脚指嚟避沙蟲，你話點有咁呆。 唉！ 真正係害，咪怪佢話唔㕭。 你遞高脚箇陣時，佢就知道你疴屎嗅疴尿咯，蠢才。

洋貨咁貴

洋貨咁貴，怕乜就當蔘拉。 拉上山頭，都幾够佢捱。 我自係識性做人，唔曾見過咁嘅世界。 官兵同賊，都冇的分開。 今日當兵，明日就係賊仔。 賊都唔算事，重要做到賊亞爸嚟。 賊做到厭時，就想著當兵正架勢。 兵唔發餉，又試做賊去偷鷄。 捨得净係話偷雞，亦都唔會咁弊。 至怕洋蔘都托到，咁就實在難爲。問你係自己精乖，抑或聽紅鬚扭計？勢兇成咁樣子，一步你就躉上天梯。累到佢地上自闊佬，下至緑豆芝蔴，飯都唔吞得啖落咁閉翳。手忙脚亂，慘過老鼠拉龜。唉！真正係倒米。就想話裁兵，又試咁嚟泡裂。攪成一鑊粥，問你點煮得呢餐埋？

龜佢都唔願做　癸亥六月十三日，北京即事

龜佢都唔願做，乜你重趕得佢咁頻喻？使到爛仔嚟啄，問你有乜所因？平日得你大相招呼，佢纔企得脚穩。點估呢回拆寨，又試係你地班人？好箇陣就把佢抬高，唔好就叫佢滚蛋。就算大家唔合意，亦都俾佢薄面三分。點解半站中途，偏要佢交出箇印？况且重拍枱起馬，你話幾失斯文。做過一日龜公，佢亦都唔使恨。試問邊班人客，唔要格外留神？咪估轉過事頭，龜膠就熬得一份。做得龜嚟，佢亦係一樣咁食蚊。唉！咪混，做龜唔係乜過癮。再遇著个惡傜嚟到，又試要趕曬你地龜爪成羣。

又試開刀

算我唔對得你住，又試開刀。開起刀嚟，你都莫怪奴奴。你剷得人多，奴更剷得你好。世

界輪流，大衆都係咁撈。老實話你呢幾蚊錢，唔係嚟得正道。只可在花叢散曬，贃得風騷。造孽錢財，邊箇留得到老。交落箇敗家人仔，你就冇半點功勞。係咁樣來頭，就有咁樣去路。唔問得過良心，你就咪殺佢呢鋪。人就係奈你唔何，天亦會同你計數。唉！天會同你計數。怕乜你慳哥成世，唔肯拔到半條毛。

呢鋪世界

呢鋪世界，攪得咁離啦。十二年嚟，重爛過粥渣。人地話唔着攪時，我話攪正有變化。東風唔攪，邊處有浪中花？索性大攪一場，免使耐耐又試攪吓。唔曾瀉透，點醫得好絞腸痧？唔信你睇天氣翳埋，不久就有風飈打。是必烏雲散曬，正免得把熱頭遮。你若係怕吹風，聽得佢微雨咁灑。天陰就唔知幾耐，正現得出紅霞、大抵人事與及天時，都係同一樣咁會轉卦。但得你咪聽天嚟打卦，呢枝卦就轉得咁差。唉！唔係講假，總要大衆都擔起鋤頭一把，把佢樹底下个的歪根邪蔃，掘到乾乾净净，再爆過新芽。

勸你留番啖氣

勸你留番啖氣，咪學亞崩吹簫。漏氣都重還吹，好心你就咪嫖。千日你唔係話想食天鵝，佢亦唔咁賣肖。白水兜完，食飽就趯。就算揾佢番嚟，供會仍舊問你要。日日都開會唔成，重話兜計正落票。今日你船頭浪大，佢就隨風咁調。調到你呢便風嚟，重未肯把箇便丟。捨得係話船會朝頭，鬆吓纜重妙。就怕佢脚踏住船旁，兩便咁搖。唔等得到還神，佢就先要打醮。萬一捧唔出座城隍，呢炷香就係白燒。箇陣你正係風颸燈籠，半天咁吊。躀到你半生唔死，盡在隻剥皮蕉。唉！鷄都笑。揼完呢帳貨，重唔曾算了。睇白你水緊箇陣時，又試要咃佢搭橋。

容乜易老稿木主人先成二句，因續成之

容乜易老，轉眼又試秋風，想起廿年人事幾咁水面飄篷。自問呢副聰明，唔輸食過大衆。點解一身淪落，就誤在呢副天聰？入世入到深時，睇得箇情字更重。但係心腸帶硬，到底就欠圓融。井水咁清，點泖得河水落桶。你係真金就唔在話，怕佢鑪紅。任佢七夕穿針，乞巧亦唔中用。針冇兩頭都利，重講乜神通。漸漸等到中秋，就會有蟾光送。未必重陽風雨，攪得亂籬

東。但得你殘菊傲霜，捱住吓凍。歲寒唔謝，就比得上後彫松。晚景重咁修悠，識歎就唔算係懵。花前買醉，點重記得係伯嗡公。無事唱幾句解心，重要揾箇會把琵琶弄。唉！琵琶弄，彈一吓烏了仜。人地都笑你呢單廢物前身，就係招子庸。

天有眼

天有眼，點解重唔開、邊一箇在世上做得人成，唔俾佢折墮過來？若果話大器晚成，有福依還在。姜太公八十正遇文王，你話幾衰！捨得真正係話有箇文王，亦唔怕等佢咁耐。就怕文王再世，重未投胎。推過了幾十箇立秋，鬚都白曬。就算唔曾忩老，萬事亦都心灰。况且好好呢座山河，都成了賊嘅世界。算你學得到姜太公咁寧耐，邊處去揾釣魚臺？唉！咁亦無乜礙，總要天能改。等到天眼開時，平地就會響雷。

咁多銀一箇某巨公得意之餘，笑到連眼都看不見，故云

咁多銀一箇，唔係乜抵啫。亞朦三，你當初何苦咁笑口吟吟？呢種行爲，正係臭屎密奄，點解重請旁人嚟睇？你都做吓好心，猪仔客嗅有乜交情，重唔同佢斬纜？街坊鄰里，都話你

試著佢嚟擒。雖係話你寮口開張，全靠佢做膽。若係忒起心肝嚟做世界，亦使唔着壞鬼紳衿。請你都唔在話睇泥菩薩唔保得自身，都係人地拖佢落氹。須要提防白蟻，蛀到你觀音。唉！飲，首先顧住間寮口。臨開口都話，搭着呢隻船嚟，就唔想呢隻船沉。

情唔怕用

情唔怕用，就怕用在花林。着佢情魔，綁到入心。任你鐵石心腸，唔禁得佢浸。浸到心腸軟曬，點到你唔沉。情網自投，唔關事人地拖你落氹。前世帶定呢縷情絲，就會穿入眼針。捨得係話情字，用得着時，亦唔怕你用到咁甚。自古英雄邊一箇，唔係兒女情深？大抵内裏有副義膽忠肝，就唔會睇得箇情字太淡。箇个寡情薄行，斷唔係烈女奇男。論起患難交情，赴火蹈湯，都唔怕話慘。總要流芳百世，正算係界別人禽。唉！如果一味好似花蟲咁，就共佢講到真情真義，都係對牛彈琴。

上街好

上街好，咪話唔捨得青樓。你何苦癡迷，咁冇修？你係話年紀重輕，就怕花債唔還得够。

你今年芳訊，已經係二十齊頭。河底下講極點樣子繁華，都係揾難受。晚晚酒闌客散，就在白鴿籠蔻。人客有幾多箇真正話情長，不過監人賴厚。都係貪圖少嫩，共你耍吓風流。春老漸漸花殘，人事亦都過後。問佢穿花蝴蝶，邊隻替得花愁。有箇想話替你花愁，又怕你唔識得佢透。箇副淹沾脾胃，想起你就心惱。呢陣揾著箇情性合啱，你唔跟佢就吽。怕你眼前錯過，點重再揀得第二條籌？往日姊妹結拜金蘭，亦都欽過杯熱酒。講過邊一箇先係跟人上岸，就會份全收。唉！都番吓舊，因緣還要講到氣候。咪箇等到過了七夕，箇度鵲橋拆曬，邊處去揾箇位牽牛？

裁縫佬

裁縫佬，點叫得你唔裁。揸起把鉸剪番嚟，啄聲吓就開。裁吓又有的唔裁，正係碰彩。唔同色水，睇定吓亦應該。但係裁極都重有咁闊封，你何苦重改？改嚟改去，總係箇幾尺布當灾。輭料你就放膽嚟裁，硬野就防到有碍。唔曾落剪，先就斟酌好多回。裁法有大小之分，演吓你師父手勢。大裁小做，點到你話冤哉？前便去一塊，後便又試添番，亦唔算話慳錢入袋。無非係遮遮掩掩，呃吓人來。往日箇病懵裁縫，裁了有幾耐？呢會你又嚟裁過，豈不是雙胎？啐！咪話唔志在。若果係裁壞冇人肯做，我就定要監你嚟賠。

無情月

無情月，挂在有情天。天咁情長，故此月正咁圓。圓吓又試唔圓，就唔會討厭。若果晚晚都圓成咁樣，月色點有咁新鮮。世事總係圓到極時，將近就轉。只要月圓箇陣，就想到月缺咁心酸。月缺已自孤寒，何況一年要缺十二遍。遍遍都咁孤寒，邊箇重恨做仙？就算做到奔月嫦娥，未必逃得了世亂。箇座廣寒官殿，有陣亦起烽烟。咪估近水樓臺，咁容易見嫦娥面。問佢嫦娥咁靚，結得幾多箇人緣？捨得月裏真正有箇嫦娥，怕乜俾我地凡間見？唉！我亦唔願見，更殘夜又咁短，天光還重點，共月姊癡纏。

無情水

無情水，送呢朵有情香。水呀！你何苦咁無情，累我地斷腸？雖係話水面殘花，都重咁好樣。唔怪得落花流水，自古都話係文章。呢陣水係咁飄流，花亦有咁放蕩。佢鏡花同你水月，都一樣咁茫茫。水就係無情，冇風亦唔會起浪。但得你春潮有信，就送佢到水雲鄉。好在花到一年，又試開過一帳。唔信你明年今日，再去尋芳。好花大抵要等時候放，合啱時候，亦都抵得吓風霜。若果當佢朵朵都係薄命桃花，咁就上當。洛陽箇處，有朵牡丹王。牡丹雖好，重要緑葉扶得佢上。唉！至怕唔扶得佢上，任你花神出乜野法術，都使唔到二十四番花信延長。

癡亦唔癡得你住

癡亦唔癡得你住，咪估係糯米漿糊。糯米煮到漿糊，日久就會發毛。癡有陣重容易拆開，點似咪癡咁好。放鬆條纜，任得隻船蒲。生仔唔知到仔心肝，唔講話係佬。好極恩情，你重未係我丈夫。嬌妻想管，都唔管得到老。我地青樓，點叫得你咪噉煲。就算我係你嬌妻，還要放寬吓量度。講到帶人箇件事，有亦都要當爲無。唉！著乜來由呷醋。若果話大方唔咁眼緊，就冇得嚟嘈。

雙妹嘜

雙妹嘜，分你唔開。兩箇都同埋一樣，咁好身裁。唔關事父母生成，就係一對。有緣千里，亦得埋堆。人地借你做招牌，嚟賣香烟花露水。名聞四海，都識得你係雙妹。水咁香時，烟亦有咁好欵待。引動箇的貪花人仔，著了烟迷。佢係烟水都咁無憑，同你溫得幾耐？枉你替人出面，乜咁癡呆？　唉！　類睡。　花露水揸完，樽都冇愛。　你知唔知到烟頭劈落，垃圾堆來？

官你都唔著做

官你都唔著做，不若伴妹妝樓。　妹係梳頭，你就在側便睺。　睺到隻髻梳成，你癮亦過透。　使乜跟埋人地，去做痧瘻？　你巴結得人來，妹你亦都會伺候。　做官人客，週日都帶便樽油。　搽上髻時，就好似把口。　匏花咁滑，重要俾水嚟泏。　髻心紮住，條線咁幼。　唔通你重想，綁得住隻金牛？　頭路撥開，你有路就走。　至怕走差條路，問你點走得回頭？　挑起鬆䰐，留番的後。　後來享福，就要眼前修。　戴朵鮮花，勞吓你貴手。　千祈咪箇，背手嚟兜。　唉！　吽啞。　你若果係兜埋咁多背手，生仔就會有囉柚。

咪話唔好落雪

咪話唔好落雪，落到世界如銀。　世界有咁多銀，乜又唔俾我地分？　人地都有份嚟分，我地亦應該有份。　佢係世上咁多人口，點得著箇分勻。　分唔到你嚟，亦唔使恨。　儻來富貴，都幾咁閒文。　無奈你話閒文，人地都笑你話笨。　笨仔學到精時，到底輸食過人。　世界至到而家，重還講乜野立品。邊一箇扭得六壬咁應，就使得著袖裏乾坤。唉！怕乜同佢地賭吓命運。試睇吓《西遊記》，箇位齊天大聖，一箇筋斗，就打上九霄雲。

你惱我亦都唔怕

你惱我亦都唔怕，就怕你心多。怕你週時唔歇口，對住我喃嚤。相好到如今，何曾見我有過第二箇。點解搵頭搵路，又試囉唆？我呢陣只有擺白心肝，任從你摸。摸中呢條心事，正話做得公婆。若果摸唔中呢條心，就係你錯。呢回唔准，再起風波。賣笑場中，人客唔只係你一箇。箇箇都你咁思疑，好極亦會疎。索性共你丟離，情字又唔看得破。蠶蟲自綁，都係怨在當初。唉！折墮。正係前世唔修，做著你呢箇戥鉈。

賣布佬

人地都話你係賣布佬，咁冇良心。捨得你有半點良心，我都唔使受咁耐苦鹹。平日講到話知心，情實就係嘥。一味口甜舌滑，揩我嚟咄。咄吓咄到就要過年，仍舊係咁。往日應承過我，點解又試搵第二箇人斟？索性共你嗌過一場，又怕有人幫我做膽。同群姊妹，好幾箇共我唔啱。呢障寮口都話，唔俾我嚟蔻，怕要搬落水鬼氹。想起從前咁起市，點樣估得到如今。唉！咪話得上床，想搴被奄。至弊大衆都傳話我，兜埋你咁多白水，傳到咁墟含。

梅花你

梅花你，點解重唔開？天時咁冷，勸你早的開來。雪地冰天，亦都唔成世界。唔係你梅花鐵骨，點抵得風吹。你睇籬菊傲霜，都著霜嚟凍壞。何況芝蘭咁嫩，幾久正得春回。春色一自自撩人，你都推到咁耐。乾柴憑火，點怪我嚟催。問你花間多少，杏姊同桃妹。邊箇學得你梅花品格，就獨佔花魁？好花要趁年少採。臨老正入花叢，到底就係呆。人地話你花貌孤寒，唔似牡丹咁富貴。點知你前生注定，就係仙胎。做到神仙，還要過呢度海。就怕神仙過海，重未到得蓬萊。唉！瘦到梅花，還有鶴同你配對。虧我綺窗長夜，未必請得到月影相陪。

乜你都話唔管『共管』聲浪漸高，無以饜之，聊撫此曲

乜你都話唔管，人地點管得你咁多多。自己管自己唔嚟，你都幾係咁傻。如果你係有蚊錢，亦都使得鬼推磨。自己做埋頭諾，正係三水佬攞了哥。就怕你自己唔曾，管得自己妥。等

到人嚟管你，咁就奈佢唔何。千日讓人地當家，都係你錯。呢會正話想收番嚟管，人地都做你家婆。唉！做到呢份家婆，日子亦唔係咁容易過。人口有咁大堆，飯都要食好幾籮。

大燈籠

城隍廟，有對大燈籠。外面咁大對燈籠，點解裏面咁空？空你就大過座山，亦都無乜用。漿糊紙紮，一搯就穿窿。點起燈嚟，油都要半桶。你話幾多油火，正爇得心紅？况且綿線做心，唔係實攏。條心咁散，見火點話唔鎔。咪估挂到高時，就嚇得大衆。嚇我唔親，只可嚇廟祝公。想你廟裏咁大對燈籠，都係人地敬送。佢地一心全係爲弟子，邊處爲到神功。唉！真正懵。試問大成咁樣子，點能搬得你動？除非係一場風颶，打到你四便通櫳。

咪估話唔跟佬自

咪估話唔跟佬自，重想受吓消磨。花粉場中，你妹亦都見盡咁多。跟佬上街，唔係話隨便揀箇。未揀著箇合啱脾胃，點共佢做得公婆？就算性情夾啱，怕佢唔容易帶我。有箇帶人容易，又怕我共佢生疎。早知到呢處青樓，咁冇結果，投胎箇陣先該就問定閻羅。呢陣海底撈針，叫我點摸。摸著箇唔跟得佢，重怕惹起風波。若果話亂咁跟人，點得呢世過。唔通一年半載，又試落番河？父母躉過牀頭，身價任從佢擺。是必要我心情意願，正免得日後囉唆。唉！咪話咁就唔會有錯，你睇揀著箇好眉好貌，都會係大抛和。

咪話我唔好口

咪話我唔好口，開口就得罪親人。你妹而家，亦算減頸到十分。人地共我有乜相干，何苦勸諫？勸人一遍，自己都幾咁勞神。無奈姊妹在呢處烟花，都同埋係債躉。得我嚟勸吓，或者唔會墮落終身。勸你地唔聽，我情義就算係盡。夜靜攝高枕頭想過，你話有邊一句唔真？就係得罪你地的多，亦都無乜要緊。算我口才笨拙，唔會講句褒獎時文。唉！唔通重係叺眼瞓，點解我成晚講到天光，你都詐作唔聞？

自題解心後

心有話唔解得，先要把你心事嚟猜。猜中你條心事，正話解得你愁懷。世界弊極都會有番頭，唔在閉翳。咪箇週時都挂住，怕跌落天嚟。退一步海闊天空，就唔同世界。使乜修到條心咁净，去食長齋。心事咁多，唔解你就食抵。解剩一條心事，怕乜晚晚都俾花園。花開花落，佢都年年係。賞罷春蘭，秋菊又試咁威。佢唔係香花，顏色就好睇。色香何必，兩樣都兼齊。鮮花要摘，你亦唔摘得佢曬。咁就不如咪摘，伴吓你妹深閨。風月繁華，未必話唔好得到底。只要心能解透，就唔會著風月癡迷。唉！癡唔癡，看你點樣見解。但係首先你就唔著，把解心呢兩箇字難爲。

新粵謳解心題後

白傅詩，老嫗都解；《秦中樂府》，讀者無不感動，蓋言淺而意深也。元曲本色，多作俚詞，而意味極宛轉濃厚。降及明人，務爲藻飾。至於《曇花記》《水滸傳》句句用典，豈復能令伶人解之耶？吾粵語言特異，其歌詞音調不與中原相接，粵劇根據淺薄聲調，無沈厚婉折之致，其不能與皮黄並驅中原宜也。獨招銘山子庸之《粵謳》，蓋天下之至文妙音也。其言甚淺而意甚深。迴旋往復，幽渺奥折，而音節則極諧婉。每於珠江酒舫九華燈下，聞曼聲低唱，絲絃自撫，低徊欲絶，能使吾心似悲似喜，似迷惘似覺悟，惝恍焉不能自主也。環視座旁，有低鬟欲涕者，文字聲音之美，感人蓋若此哉。吾旅京師近廿年，久不聞此唱矣，每持《粵謳》，間一吟誦，猶惝恍焉不能自主，如曩日也。一日吾弟敷庵持《新粵謳》相示，言懺𢈔主人之作，吾讀既竟，覺其言甚淺而意甚深，置之銘山集中，無能辨别。他時珠江酒舫歌懺𢈔之詞，能使人似悲似喜似迷惘似覺悟，不知低鬟欲涕者，其相待之情又何若也。昔有山陰俞二姑讀湯玉茗《牡丹亭》曲，戀慕以死，不知珠江粉黛中尚有俞二姑其人否耳？

辛酉十一月，癭公

【仙呂桂枝香】豪情天授，逸懷生就。少小便踏京塵，恨未學閒雲戀岫。家園那裏？家園那裏？清明時候。空教南望憶松楸。夙抱鵬摶志，甯爲蠖屈謀。

【前腔】到而今，枯株徒守，焦桐空奏。只這暮景催人，試攬鏡恒河面皺。歎烽烟四起，烽烟四起，問敝廬在否？蓦春鵑啼瘦。卅年來，悔被功名誤，何時志願酬？

【長拍】恁笑罵，由他笑罵，由他文章賤售。比倚市門還醜。慚無長物，喜有旨酒。趁芳辰，約來鄰叟。檢點山家清供，花新月舊。不爲辜負。若論胸中有萬感，這北地何處，覓賞音儔？況是青春難又。閒懷引吭，唱徹鄉謳！

【短拍】試聽這一抹琵琶，一抹琵琶，無端悵惆。問幾時，同泛歸舟。花埭足勾留。奈已變作豺狼郊藪。正詞人淞濱遺尺素，近得潘蘭史徵君海上書。說羅浮睡了不如休。蘭史不以予南歸爲然。

【尾聲】龍蛇起陸驚心久，一樣天涯僝僽。敢說是沈炯，無家獨自愁。

繁霜詞客沈宗畸稿

垓下楚歌摧項籍，城頭篳篥散胡兵。鄉音無改鄉思遠，第一難忘是此聲。

辛酉十一月，惇曼謹題

一曲新詞玉一梭，天風吹水水生波。美人無奈是情多。綺語愛翻調笑令，鄉音別譜懊儂歌。酒闌燈灺意如何？

調寄【浣谿沙】，南海譚祖任呈稿

諷世依盲瞽。一聲聲，街談巷話，渾然成趣。香草美人如何託，歌哭憑君聽取。問覆瓿，文章幾許。瓦缶繁絃齊競響，繞梁間三日猶難去。聆粵調，勝金縷。　曲終奚必周郎顧？且傳來，蠻聲鴃舌，癡兒騃女。廿四橋簫吹明月，那抵低吟清賦。怕莫解天涯悽苦。手抱琵琶遮半面，觸傷心豈獨商人婦？珠海夜，漫如故。

調寄【金縷曲】，仲愷倚聲

舊本珠璣字字香，百年故老幾平章。當時綺唱都傳徧，紙上桃花最斷腸。
情話纏綿意義新，鄉音不改故園春。珠江烟月空相憶，可有當筵絕世人？
花底樽前可奈何，琵琶遮面淚痕多。絃絃掩抑聲聲思，第一傷心是此歌。
趙瑟吴謳亦可懽，何堪殘客燕巢寒。歸鄉莫便嗟垂老，猶有情懷似幼安。

癸亥七月，陳慶龢稿

七年不飲珠江水，萬里移家住燕市。兒息長大未得歸，偶學鄉談生澀耳。粤人土音亦一痼，衆咻能令莊嶽靡。相逢移席聲輒縱，不顧座賓瞠視起。懺綺盦主吾鄉親，召客喜無外江人。酒酣興發誦新作，唾壺碎擊飛梁塵。人言粤謳絶妙辭，美人寓意問靈均。百年此調被絃管，銘山豈是君前身？就中多着勾欄語，喁喁恩怨癡兒女。分明諷諭託廋詞，此是白公新樂府。轉思古歌隨意造，敕勒巴歈皆工操。候人開母始南音，輯濯王商成越調。後生近喜俚白詞，娵隅蠻語更非奇。解詩似欲煩老嫗，學語公然師小兒。主人此道肱三折。鄙語翻新如鑄鐵，傳與北人知者稀。手校奇文自怡悦，我是東坡不解歌，敢緣綺語訶涪皤。爲君傳抄讀萬遍，幾輩聞聲喚奈何！

關賡麟初稿

調寄【東坡引】，黎國廉六禾

嬋娟縹緲，新聲彈舊怨。啼破雙雙雁。吴歈越調情凄戀。有人知一半，有人知一半。層臺步緩。雨樓星窗竟誰見？輕陰日暮愁千變。牆花枝拂面，牆花枝拂面。

南音詰屈教珠兒，譜入嬌喉侑酒卮。從此珠江花月夜，檀槽傳徧懺盦詞。

吾家昔住漱珠橋，二月春陰盪畫橈。待得九華燈盡上，有人低唱按紅簫。

憐君樂府變新聲，行盡天涯感易生。我亦文姬早歸漢，胡笳舊拍不勝情。
百年格調剏銘山，幾歷紅羊劫未殘。好是廣陵遺散後，再留妙曲在人間。
笙歌今又數東隄，不減當時畫舫西。唱到烟花淪落地，水邊無那聽鷄啼。
未醒春睡海棠花，此調還應付瞽娃。一點犀心盲不了，短腔和淚訴琵琶。

龍谿蔡琦子昭甫稿

不將風月譜西厢，自作彈詞付窈娘。他日東隄樺燭夜，幾人聞笛話滄桑。
北人愛聽鼓兒詞，不解竹枝與女兒。欲趁好天良月夜，盡翻蠻語教伊知。
妙語纏綿可解心，酒痕猶認舊青襟。愛君四譯言通盡，未肯輕拋是越吟。
四絃彈出調凄清，座上停杯側耳聽。我抱鮫絲千斛淚，恨無秋喜向誰傾。招本有【弔秋喜】一闋，最爲傳誦。
苦思乞食向歌樓，一技無成只自愁。願授傳頭作盲叟，負琴唱偏海珠頭。

歸善李綺青漢父稿

涉想豈更此而境，聞謌輒喚奈何聲。世間自有真天籟，約略風詩見性情。
十里輕烟覆大堤，行郎臨發馬頻嘶。檀槽半咽餘音裊，弦月彎彎夜向低。

曉風殘月大江東，不是憐儂便惱公。曲子頭銜原不惡，秋堂燭淚引宵紅。珠海珠江我所思。碧瀾寸寸見秋漪。越吟正自憐莊舄，不薄巴人下里辭。

曾習經蟄盦

侏儺能辨異方音，莊舄終難忘越吟。渺渺余懷蘇子賦，喁喁昵語穎師琴。小紅低唱宜親教，大漢銅琶恐未任。最是酒醒茶熟候，倩君爲解美人心。

杜鵑盦主初稿

重印新粵謳解心前言

廖恩燾(一八六四—一九五四),字鳳舒,號懺盦,一個耳熟能詳的名字。不單緣自廖仲愷、何香凝、廖承志、廖暉、陳香梅等顯赫的家族名字;更在於當時家傳户誦、膾炙人口的《嬉笑集》和《新粵謳解心》兩書。《嬉笑集》的流傳較廣,我在七八十年代寫過多篇文章推介,也有編入了我的散文集《筆花六照》(天地圖書有限公司,一九九七年)之中。但是,以『珠海夢餘生』名字出版的《新粵謳解心》,却被忽略,到了七十年代,已是坊間罕見的了。雖然在七十年代後期,本港曾有影印出版,惜亦流傳不廣。當時我從老朋友張初先生手中得了一部,讀後覺得其精彩之處,實不下於《嬉笑集》。在一九八二年見於《商報》的『有文筆録』專欄中,撰文介紹。三十年轉眼過去,仍然知道《新粵謳解心》的人,已經不多了。讓她湮没無聞,是非常可惜的。現在天地圖書公司的有心人,將《新粵謳解心》重印出版,是一件大好事。我也舊事重提,把閲讀《新粵謳解心》的一些感受,説出來和大家分享。

廖鳳舒以外交家的身份,餘事作詩人,出版了這兩本奇書。所謂『奇』者,其實亦尋常不過,是用當時常用的口語寫當日常見的事物而已。換句話説,就是用廣東話入詩。對於用廣東話入詩，廖鳳舒自有一些見解，認爲推廣文化，普及教育，必須從方言入手，文從字順，同聲同氣，加以韵律成誦，更能聲入心通。《新粵謳解心・自序》云：『辛亥、壬子以後，海外人士大聲疾呼提倡白話文字；顧一省有一省方言，音别義異，以云普及，戛戛獨難，則惟有出於各籍其土音以爲誘掖之一道。然而爲下流社會説法，又非擇其平日口頭慣語，衍爲有韵之文，未爲使聲入心通。』這番説話，完全掌握中文的語言特性。

廖鳳舒的廣東話詩，不論咏史、紀事，往往啓人深思。其中描畫舊社會諸般令人可笑又可恨的事物，都是兼具『藝術性』和『社會性』的佳作，在《嬉笑集》中觸目皆是。《新粵謳解心》，一九二四年（甲子）出版，是廖鳳舒在一九二一年（辛酉）春到日本養病，至一九二三年（癸亥）間所作。形式是倣照嘉慶年間招子庸《粵謳》的。《粵謳》（因第一首《新解心事》甚爲傳誦，故又俗稱《解心》），是師娘的唱曲，内容寫妓女離恨之怨，男女相悦之情，加以俗詞俚句，鋪以粵語韵律，變調處理而成。形式自由，保留了木魚、南音的特色，是雅俗共賞的説唱文字，坊間廣爲傳誦。廖鳳舒的粵謳，繼承了招子庸的形式，而内容則更多樣化，不單只談風月，題材甚爲廣泛，寓意亦相當深遠。

其中有一種很特别的體裁，是借『歡場百態』來作時事評論的。例如《咪估話同你咁好》，曲詞前面的小序，説明文意是批評美國處事不公：『報載美國加拉佛尼省士洛埠驅逐日僑，美政府事後懲兇，日人頗爲滿意。因憶上年洛斯勃冷槐花園各案，焚殺華僑千數百人，交涉經年，僅以賠償了結。由今視昔，不禁慨乎言之。』詞云：『咪估話同你咁好，就當佢係真心。情實佢兵行譎計，幾咁陰沉。一自共你相交，一自就嚟將你噤。噤到你死心嚟向佢，就等你去大海撈針。你睇佢近日點樣子待人，就知到佢平日點解待你成咁。將人比己，問你點得心甘。當日妹你咁爲難，佢氣都唔替你争得啖，呢陣替人地争起氣番嚟，乜又咁易得斟。思前想後，點叫你話心唔淡。』弱國無外交，真是一語道破。

又如《你總總唔理到佢》一首，慨歎國事混亂。小序云：『某報言總理總總不理，引伸而成此曲。時某巨公赴天津，故云。』借妓女争風，言民國十一年，奉直大戰，曹錕逼宫，徐世昌黯然下臺，退居天津之事。詞云：『寮口雖則係咁大間，唔曾有箇姊妹話争得啖氣；況且週時吵閙，獨係把你難爲。唔怪得你話做呢份人，情願乞米。叠埋心水，索性番歸。落筆聽見你話收山，重還當你係詐帝。點估你真係閉門謝客，收了塊紅牌。惱到極時，重話要削髮入寺。執定袈裟道牒，想去念佛持齋。』貼切抵死，極盡挖苦能事。

至於《身只得一箇》，是言『三角同盟』。《怕乜同佢直接講做》《佢又試嚟呃過你》兩首，是言『魯案交涉』。《龜佢都唔願做》，是言『癸亥六月十三日北京即事』。這幾首的作意，都在小序中説明。其餘没有説明的，内容都極具譏諷意味。好像《做我地呢份老舉》云：『做我地呢份老舉，乜咁似佢地官場。』就話當老舉同做官都係一樣。甚至『佢地話世界難撈，連飯碗都要搶，邊一箇靠山唔穩，就邊一箇落埋箱。』真是官不如妓了。嬉笑怒駡，對官場諷刺得入木三分。又如《錢》：『近日你勢力漸差，唔惡得過番鬼餠。況且紙都當金嚟使，重講乜時興。鑄到銅仙，點叫你唔減頸，十箇都換一箇唔嚟，我亦替你不平。大抵世界一話轉流，貴極都無難變賤。斷唔咕幾千年國寶，呢陣市面亦不通行。唉！整定。』這首題材，無關風月，反映當時社會，洋錢紙幣逐漸通行，銅錢已無地位可言了。書中以時事爲題者，份量甚多。正如《自序》所云：「或有謂掇拾時事，謬爲雌黄者，要皆絃外有音，殆非無病而呻吟也。」《新粵謳解心》，繼承了『文章合爲時而著，詩歌合爲事而發』的傳統，處處關心國家人民，由國際大事寫到國家政事，以致光怪陸離的社會現象，皆有關注。這種寫法，一言以蔽之，可謂『似談風月實時評』。

另外，《新粵謳解心》亦承繼『詩言志』的傳統，借談『風月』論『人生哲理』。例如《唔話唔信命》，一開首就説『咪話唔信命，又咪信得佢唔靈檗』，跟著又説『有陣人事亦會勝天，唔在話命生得正。世界事總係半由人做，一半係條命生成』。還有《咪話唔信鏡》説：『唔曾忿老，怕乜共佢嚟争。争到贏時，我就唔再信鏡。老有雄心，重好過後生，勸你地愁極都咪對住鏡嚟，温咁怨命。』『信鏡』和『信命』似同而不同，『信鏡』是多於『信命』的。但精神的力量，也可以和『鏡』相抗。説出『人定勝天』的道理，在二十年代就有這樣卓越的見解，確是令人佩服。此外，《無情月》《無情水》兩首，都是借咏物來寫世情，兼及人生哲理的。説到月光『若果晚晚都圓成咁樣，月色點有咁新鮮』，指出世事雖然常變，而世事的可愛處又在變化無端，説明『缺陷美』的道理。又説『就算做到奔月嫦娥，未必逃得了世亂。箇座廣寒宫殿，有陣亦起烽烟』，説明『世外桃源』之難見，不如自力更生。詞意反用了東坡詞、義山詩，落想更具新意。説到流水雖然無情，而花却有情。『無情水』送得『有情香』，則水亦未必無情了。鼓勵人生需以積極態度面對。書中處處流露作者的積極人生觀，與純是咏歎風月的《粤謳》，又高出一格了。

《新粤謳解心》雖以粤語入詩，但一點也不覺得俚俗低下。不似得何淡如的聯語，只有字面上的詼諧，僅是令你笑破肚皮而已；廖公具有深厚的文言文根柢，更能掌握精妙的修辭技巧。例如《銷魂柳》叙述珠江風月，就寫得甚爲典雅，當中運用了很多典故。『自係共你河梁一别音塵渺』，用了《文選》李陵與蘇武的詩：『攜手上河梁，游子暮何之。』『虧我依人王粲，獨上江樓眺』，就用了王粲避亂荆州，依附劉表，失意登樓，作《登樓賦》的典故。這是直用手法，也有暗用典故，如『况且羌笛聲聲，四面都唱陽關調。曲中吹起，都話折你長條』，就用了王之涣《凉州詞》『羌笛何須怨楊柳』、王維《渭城曲》『客舍青青柳色新』、李白《春夜洛城聞笛》『此夜曲中聞折柳』等詩語，句句用典，句句寫柳，用典之妙，如水著鹽，不見痕跡。又如《多情柳》收句：『唉！你聽，咪話冇人提醒，樹上箇隻黄鸝，都叫了好幾聲。』就用杜甫《絶句》『兩個黄鸝鳴翠柳』，借用典故，言外寄意，翻出新義，而造句更覺生動活潑，尤其是神來之筆。看過這些詩句篇章，還有誰人敢講：説粤語的，不能寫好中文。

以上嘗鼎一臠，只是獻曝之言；各位嘗蔵啜羹，當有更多更深的體會。

梁羽生，二〇〇六年寫於澳洲悉尼

團匪魁

新串京調西皮團匪魁

戲無全齣唱一調門者，今以『西皮』爲名，故不得不作西皮之板以應之

〔外白面員外裝上，唱〕我本是，義和團，一罪魁。逐康梁，議廢立，功業巍巍。老佛爺西巡心膽碎，算萬幸，四百兆，纔得鑾回。我本該，終守舊，怕人作對。無奈何，假維新，火救燃眉。我亦曾，開學堂，八股盡廢。我亦曾，辦教案，把款來賠。我亦曾，派親王，番邦謝罪。東華門，起下了，紀念豐碑。武衛軍，改練洋操隊。東三省，發祥地，任爾分肥。講商務，有多少，官員賽會。論外交，不住的，賜宴在宮闈。巴結好，洋大人，免得淘氣。那時節，野蠻手，狐假虎威。〔轉二六〕沈克誠，不怕死，危言犯罪。還有那，《蘇報》館，議論國非。我這裏，賣山河，宮廷行賄。軍國事，何須爾，兔死狐悲。有的是，李大叔，威振朝内。吕海寰，和蔡鈞，或俛或推。有慶寬，好牙爪，搜羅善類。這都是，熟洋務，大有施爲。經濟科，雖無用，熙朝人瑞。管甚麼，大清國，社稷安危。西王母，開瑶池，蟠桃大會。怕只怕，鬧天宫，惹出事非。〔坐，白〕老夫盧才，本是外黄人氏，寄居老大國土，他家治亂，本不關心，争奈身受國恩，官拜庸碌大夫之職，自愧頑冥，多遭指罵，只得遮人耳目，聊竊皮毛。新造西式花園，爲我偷安之所。看那天色已晚，待我秉燭夜遊。家員！

〔雜上〕有。

〔外〕掌燈。〔唱〕雲暗風淒月黑天，洋樓電火大花園。世人多苦予心樂，一樣偷閒學少年。

〔白〕園内一般清客，那裏去了？來此書齋，賈秀才在麽？

〔内應〕啊哈！

〔丑公子裝上，白〕金絲眼鏡雪茄烟，新詞滿口唱平權。自命英雄識時務，洋文不識識洋錢。小生賈二毛，曾在大師兄壇下，當了一名教徒，只因京城失守，無處棲身，是我投在外國府内，多蒙德公爺垂憐，薦與盧才門下，虧我這副嘴臉，混得一身榮耀，好不得意人也。門外有人，想是盧恩師駕到，待我出迎。〔見介，請安介〕恩師在上，學生有禮。

〔盧〕罷了！

〔丑〕未知恩師駕臨，不曾遠迓，尚乞恕罪。

〔外〕豈敢！老夫終日在朝，今喜假期無事，故爾園中走走，國事艱難，先生有何見教？

〔丑〕恩師呵！〔唱〕自幼兒，進書房，書包抱定。讀時文，和試帖，爲的功名。那曉得，二千年，大夢初醒。舊日的，頑固性，一概不行。自由鐘，敲不住，風雲革命。由不得，鐵石人，亦講維新。本來是，西洋人，事事可敬。争奈我，老大國，無此精神。創海軍，設船政，心血耗盡。講甚麽，鑛路事，不如讓人。我有心，報不平，把洋人滅盡。恨只恨，紅燈照，神術無靈。自那年，講了和，一蹶不振。守舊鬼，黑暗裡，愧對文明。到不如，索性兒，把鬼來混。亦免得，世界上，指摘紛紛。雖然是，真和假，難逃公論。一時間，且遮蓋，博個虚名。在頭上，第一件，把青絲剪盡。在身上，脱下了，舊日衫裙。高領頭，窄袖口，多們乾净。再學上，三兩句，淺白洋文。洋行中，當買辦，吃穿不盡。裝體面，就充作，出洋學生。再不然，講福音，教堂來進。那怕你，惡官府，誰敢欺凌？管甚麽，瓜分事，身家性命。只要我，氣揚揚，混過如今。

〔外〕先生呵！〔唱〕先生講話欠思論，説甚麽，氣揚揚，混過如今。你既是，有心人，識時英俊。爲甚麽，亦近來，賣弄聰明。那一班，維新黨，朝廷嚴禁。你須要，見機早，處處留心。你難道，真流血，不顧性命？無非是，假時髦，博個前程。仗洋務，通内線，終南捷徑。謀富貴，亦省得，奔走侯門。你看他，千金賞，高官登進。那纔是，忠報國，血汗功勛。做一個，半新舊，免遭輿論。最好是，兩面人，無臭無聲。考特科，你何苦，康梁同姓。街道局，工程事，你何必認真。説西法，都不過，口頭酬應。誰叫你，飲冰室，當作新聞。任憑你，好經濟，通天學問。到不如，裝聾啞，粉飾太平。〔轉快板〕只要你，事事多僥倖。只要你，民教善調停。只要你，英法大餐吃得進。洋奴鬼僕，待作上賓。公事含糊，不要緊。七天禮拜，數得清。盜賊如毛，辦甚麽巡警？只要你，鄉團民勇，改扮作巡丁。興商勸工，有甚麽效應？只要你，奏摺上，開報幾個章程。學堂林立，已徧十八省。只要你，善堂書院，改換個花名。借一個，洋字招牌，怕甚麽官來問。趁的是，洋債未了，鏟個地皮平。説甚麽，外國富强爲國本。説甚麽，西法重專門。老臣報國，心用盡。開科舉，培士林，浩蕩皇恩。

〔丑起，唱〕聽他言，喚醒我，夢裡南柯。好叫我，背地裡，細細揣摩。我本當，靜閉門，長眼高卧。都只爲，打不破，睡夢妖魔。我本待，放大膽，英雄來做。怕的是，平地裡，惹起風波。我只得，號寒蟲，得過且過。靦奴顔，屈婢膝，無計奈何。轉面來，謝過了，恩師教我。且放下，新思想，去擢高科。

〔外笑介〕先生，果然除去悖逆之想，還我固守之思，方不愧我盧才門下士，亦於老夫面上有光，定當奏明聖上，保爾前程。

〔丑〕多謝恩師。

〔外白〕正是：心傳妙法皮毛相，莫叫新人笑舊人。

〔丑〕朝朝上諭頒新政，墮落青年愛國魂。

〔全下〕

《新小説》第八號，清光緒廿九年十月出版

京調維新夢

維新夢序

感慨今時，傷心往事，遂有《維新夢》之作，用東海詩句意也。作者喜談筆墨革命，欲於嬉笑怒罵，發啓新思。甫有西皮之唱，刺時人之善學皮毛者，余復促其爲此，奈當日事，未能一一省記，適客海外，又無書可藉稽考，而好事若余，索觀太亟，匆匆脱稿，挂漏之處，在所不免，閲者諒焉。初擬作爲傳奇，奈崑曲近成絶響，而滬上所演《鐵公雞》《左公平西》之類，發揚蹈厲，感人實深，聲色并傳，雅俗共賞，亦别開演説一生面也。京調與廣東戲不同，傳情惟肖，流行尤遠。此作排場板拍，一一入扣，知音者當共賞之。春夢生識於新世界。

維新夢

〔雜扮四宫監引上〕

〔小生帝服上，引〕玉闕金甌，錦乾坤，從新結構。〔坐，白〕芒芒歷史中原血，燦燦星旗革命魂。玄黄世界群龍舞，黑白棋枰萬馬騰。朕，大唐天子，自征遼陽，國步乖艱。武太后撤簾歸政，中外望治殷殷。朕亦曾下詔求賢，力行新政，且喜東海先生，提倡士林，羣英並進，日來維新百度，大有中興氣象。内侍！

〔雜〕有！

〔帝〕展放龍門。

〔雜〕領旨，展放龍門。

〔老生鳳翅冠白蟒，丑尖翅紗帽緑蟒，副黑蟒，生紫蟒，仝上。白〕

〔老〕大學士洪士孚，

〔丑〕工部尚書江異，

〔副〕禮部尚書回得步，

〔生〕户部侍郎章虹眠，

〔仝〕見駕。吾皇萬歲！

〔帝〕平身！

〔仝〕萬萬歲！

〔洪白〕自我主拔用賢才，力行仁政，中外歡頌，仰望昇平。

〔帝〕朕爲國爲民，尚賴衆卿股肱王室，同布新猷。

〔仝白〕臣等奉命。

〔生黑袍烏紗，手捧本章上，白〕丹心貫虹日，赤手逆龍鱗。下官黄朝，聖主求賢，大開言路，英俊同登，山川生色。争奈庶政待理，奸官未除，我黄朝雖是官卑職小，一片忠心，敢辭刀斧，修得封奏一本，轉請那位大臣代呈。來此朝廊，那位大人在？

〔回〕那一個？

〔黄〕下官黄朝，今有封章，求大人代奏。

〔回〕你等又來多事！

〔黄〕聖天子賢路宏開，小臣忠言入告，分所當然。尚求大人方便。

〔回接本看介〕我道爲了何事，原來誹謗朝政，罔知忌諱，内中還牽涉老夫同輩，諸多不便。黄朝！

〔黄〕在。

〔回〕是誰叫你來的？

〔黄〕乃是下官一片丹忱，情願上達！

〔回怒介〕哇！ 膽大黄朝！ 你有多大前程，就敢毁謗老佛爺的心腹？ 難道你，就不怕死？

〔將本摔在地介〕

〔黄〕好個回得步！　交結官宦，把持政府，上惑聖主之聽，下集國民之怨，施盡野蠻壓制之毒手，阻我文明進化之新機！　自古道：忠臣不怕死，怕死不忠臣！　我黄朝就是粉身碎骨，亦不與爾干休！　你與我閃開了！〔唱摇板〕駡聲奸賊理不端，不該倚勢壓朝官！　那怕官袍來血濺，定要撥日見青天！

〔帝白〕宫門何事喧嚷？

〔洪白〕主簿黄朝有封章入奏，回得步阻攔，故爾喧嚷。

〔帝白〕大膽回得步！　身受皇恩，擅阻言路，應即罷官爲民。　黄朝不畏强禦，傳旨褒嘉。　所有表章，卿等代呈朕覽。

〔下〕

〔江、章仝下〕

〔洪白〕聖上有旨，回得步罷官爲民，黄朝封章呈上。

〔回、黄仝白〕臣領旨！

〔黄呈本介，白〕皇恩真浩蕩，頑黨太猖狂！

〔洪、黄仝下〕

〔回白〕一點無情火，能燒萬重山！

〔下〕

〔小生白袍上，白〕意氣薄雲霄。

〔生黑袍上，白〕衝天舒鳳毛。
〔末藍袍上，白〕中興翊聖主。
〔小生紅袍上，白〕年少出英豪。
〔各報名〕檀賜桐、婁廣地、陽遂、凌淑。
〔檀白〕列位請了！
〔仝白〕請了！
〔檀〕想我同志寥寥，知音有幾？今日鴻毛遇順，共佐中興。聖上封我等樞密院學士之職，參議朝政，酬報良難。燕都節度庸碌，又是武后腹心，身握重兵，心懷不軌，時思廢立，希擅威權。此賊不除，終爲後患，趁此下朝無事，且與東海先生一議。諸公意下如何？
〔仝白〕就此走走。
〔仝下〕
〔生儒巾道服上，唱原板二黄〕嘆中原，四千載，文明神聖。自唐虞，到孔孟，世界昇平。恨只恨，坑群儒，詩書焚燼。眼睁睁，舊文物，斷送在强秦。漢以來，尚戎服，江山無定。在馬上，取天下，鞭策群雄，禁錮豪俊，奴隸臣民，誰敢不遵？這一家，霸中土，草菅人命。〔行介〕那一家，通西域，萬里長城。可憐是，自殘同種，把人心喪盡。只要你，朝天冠，衮龍袍，就是仇人，亦要稱臣。唐天子，大一統，宗堯法舜。四百兆，黄龍種，誰不震驚！只奈何，碧眼兒，齊驅並進。從此後，腥羶了，錦繡乾坤。怕的是，我國家，萎靡不振。那時節，止不住，禍啓瓜分。保國會，喚一聲，邯鄲夢醒。休笑我，論經濟，一介書生。〔白〕山人張愫，本是嶺南人氏，自幼感慨時艱，天下己任。曾在長興講道，原欲成就一二英才，挽回大局。乃奉朝廷徵選，借此時機，一抒懷抱。正是：經綸韋布書生業，玉帛干戈天子光。

〔小生青巾儒服，内唱倒板〕莽莽風雲海氣生。〔上，唱西皮〕自由鐘，喚起了，愛國精神。舞臺上，翩然好，飛鸞影。昨夜龍泉匣劍鳴。〔白〕任當世，幼讀奇書，長通時務，曾在張愫先生門下。辱承荐與當朝，今奉聖旨，命我主持學界，編譯同文，以爲教育英才之本，將有南行。且到先生處去者。〔行進介，白〕草堂春似海，風雨故人來。〔見介〕參見先生。

〔張〕罷了。坐下。頃聞樞密院傳旨，有何上諭？

〔任〕非爲他事，只因八股毒人，國成文弱，主上命我大闢書城，開通學海。

〔張〕此是富强根本，難得聖明洞見！〔笑介〕哈哈哈！〔接板唱〕這纔是，二十世紀黄龍運。打破了，混元包，一線光明！有的是，富强料，文章革命。安排着你，成就個，亞陸風雲。〔白〕我國文教重光，在此一舉！

〔任唱〕要使天人占優勝，須知世界未來因。

〔下〕

〔四學士上，白〕來此東海先生門口，我等同進。

〔進見介〕參見先生！

〔張白〕列公夙抱奇才，今遭隆遇，珍重前途，可喜可賀！

〔仝白〕尚求先生指教！

〔分坐兩列〕

〔張白〕維新日淺，争奈守舊人多，諸公有何高見？

〔檀白〕我等正爲此事。昨日朝門罷去回得步，京中后黨，側目痛心，外有庸碌，身握重兵，心懷不軌，又是后黨的腹心、奸人的領袖，及早宜圖。

〔張白〕諸位作何辦法？

〔檀白〕有一侯三捷，本是將門之後，遼東一敗，憤憤不平，倘能縻以好爵，令其統轄兵事，藉奪庸碌之柄。

〔張〕此人心地如何？

〔檀白〕高官厚禄，世人皆喜，或肯爲王效力，亦未可知。

〔張〕諸公呀！〔唱西皮〕諸公須要細思量。天下事，怕的是，變起倉皇。爲上書，我亦曾，公車三上。豈容易，學古人，拜手賡颺。我同胞，四萬萬，隨風逐浪。那有個，松柏性，節操冰霜。衣冠隊，有多少，狐羣狗黨。那一般，犬牙爪，惡似過虎狼。滿朝中，有幾個，知名將相？尼山老，車和馬，徒遇見楚狂。有列公，英雄氣，光燄萬丈。好一似，風遇順，天馬騰驤。黄龍旗，不住的，空中飄蕩。怕的是，萬里浪，大海茫茫。仗高義，佐清時，風流自賞。學一個，好男兒，萬古名芳。

〔武生青巾花氅上，唱〕江山未改滄桑换，匹馬縱横畫裡傳。〔白〕張博，只因兄長得遇主知，焕新朝政，惟恐奸臣阻撓，是我在内庭行走，藉衛聖躬。適纔主公言道，后黨頗有風聲，要想謀害新人，叫我預先防備，并催任當世早日南行。萬一變生，亦好有個接應，免得同斃一網。就此報與兄長知道。〔入見介〕兄長請了。〔見衆介〕列位請了。

〔張白〕爲何來得如此慌忙？

〔武白〕兄長聽道。〔唱開口調〕恨賊臣無道亂西宮，圓明園設計害群雄。怕的是一旦刀兵動，同向櫻門血染紅。

〔張白〕列位之計，須要及早而行。

〔仝白〕正是！

〔檀唱〕大山西走水流東。

〔婁〕自古忠奸道不同。

〔陽〕有朝一日春雷動。

〔凌〕身在凌烟畫閣中。

〔仝下〕

〔張白〕天心未太平，

〔武生〕怕聽海潮聲。

〔仝下〕

〔二花面氅衣武士巾，内唱〕大喊一聲天地翻。〔上，唱西皮〕三十年，緑林客，淪落在人間。力拔山，氣盖世，英雄好漢。看龍争，和虎鬥，擾亂了中原。自幼兒，生就個，銅肝鐵膽。錬就了，手中刀，七寶連環。愛的是忠臣，恨的是奸官，恩報恩來冤報冤。想當初，走天涯，江湖遊倦。這幾年，林下隱，涸足在塵寰。每撫髀無限英雄憾，說什麽秦時明月漢時關。〔快板〕長夜漫漫何日旦？怕的是，長春覺兒，睡不得安然。紫薇垣，帝星暗。還有甚麽心腸，作你亂時官。骯髒身世一條漢。前日裡，遇見個瀏陽公子，結下了生死歡。他道是，好個聖明天可汗，招甚麽賢才，整頓舊河山。好頭顱，向誰斷？遇着了知己，我亦要驚天動地作一番。邁開大步往前趲，來探一探，慷慨激昂新少年。〔白〕俺黄武，自幼感慨時事，隱身緑林，仗著手中一口大刀，江湖好漢，那個不知，誰人不曉？近在燕京一帶，做了個保鑣的營生，一來聯絡舊日的弟兄們，二來亦作些仗義扶危的勾當。巧巧遇見個檀公子，俠義可欽，與我結下了生死之交。今日閒暇，特去一訪。來此已是，門上那位？

〔雜扮僕上，白〕睡觸屏風夢未休，封侯那似見荆州。那個？

〔黄〕你家公子，可在家下？說黄武要見。

〔僕〕有請公子。

〔檀花氅公子巾，手執書上，白〕少年三傑新羅馬，老國千秋睡祖龍。何事？

〔僕〕黄五爺到。

〔檀〕說我出迎。

〔見介〕黄五兄！

〔黄〕檀公子！

〔仝笑介〕

〔檀白〕正思走訪，恰好五兄駕到！

〔黄〕未知朝中，近來有何動静？公子爲國辛苦了！

〔檀〕好説！要想鋤去奸黨，恢復主權，但恐内庭有變，故此深費躊躇。

〔黄〕真正可惱！想我當年緑林的朋友尚多，倘有甚麽風吹草動，當報知已。

〔檀〕五兄呵！〔唱〕生隨李廣真奇數，死傍要離實壯遊。洛下埋名王貨畚，蘆中託命伍操舟。

〔黄〕公子！〔唱快板〕説甚麽，龍文兼鳳詔。説甚麽，虎嘯與狼號。果然是，蒼生浩劫龍蛇到。當報你生平刎頸交！〔白〕就此告辭！

〔檀〕恕不遠送了！

〔黄下〕

〔檀白〕成軍自是須君子，亡國偏來作大夫！

〔下〕

〔正旦扮太后，黄緞便服上，白〕國禎儀鳳至，家索牝鷄鳴！哀家武后，自從先帝晏駕，是我希圖大位，擁立幼主，垂簾聽政，作他一代女皇。本非我家天下，治亂何必關心？但求粉飾昇平，威福儘人作用。二十年來，幸得中外名臣輔助，尚得無事。去年是我壽誕，正好大搜金寶，供我泥沙。偏遇遼東一敗，上下歸咎一人，萬般無奈，只得暫退離宫。當日雄心，至今未減。每思藉端廢立，還我牝朝，喜得朝中尚多心腹。燕都節度，是我甥男，予以重柄，盤据要路；内侍皮旦，深得我歡，認作御兒乾殿下，常居左右，窺伺朝廷，正是我用心之處。

〔丑扮皮旦，金冠緑袍上〕忙將國内事，報與佛爺知。奴婢皮旦見駕，母后千歲！

〔后〕平身。

〔皮〕千千歲！可惱！

〔后〕何事發惱？

〔皮〕我的老佛爺，恁還不知道嗎？近來主子不知聽了那家大臣的謡言，招了一般漢奸，朝朝變法，日日維新，又説甚麽大開言路，將咱娘兒們的事情，由得他們胡謅。這且不言。那日回得步在朝，不知得罪了個什麽王朝烏漢，主子降旨，將回罷官。可憐他的母親，向奴婢哀求老佛爺的恩典，免得這班漢奸猖狂，翦盡咱們羽翼。别説孩子們都會没飯吃，就是老佛爺的威風殺氣，也滅影兒了。况且又封了個甚麽猴三，執掌兵權，謀害庯禄。有道説先下手爲强，請佛爺作主。

〔后〕有這等事？我一面密召庯禄，帶兵入京，你且隨時稽查宫内動静，速報我知。

〔皮〕領旨！

〔下〕

〔后〕放出野蠻手，最毒婦人心。

〔下〕

〔净金盔黑袍鎧上，白〕狼心誰識笑中刀，且渡銀河撤鵲橋。游魚那管狂風暴，一手推翻大海潮。俺侯三捷，遼東一敗，待罪京師，令我怨恨不平，無可奈何，拜在庯禄門下。幸喜無人識破，反爲新黨保奏，授爲兵部侍郎，統帶禁軍，意欲翦除后黨。我想一時榮耀，固出非常，但恐事或不成，於我的前途，大大有碍，我不免暗中告知庯禄，帶兵入城，一來討好太后，二來共圖廢立大事，不怕無封侯之位。我就是這個主意，呵呵！新黨呀新黨，管教你，明鎗容易躲，暗箭最難防。

〔下〕

〔雜扮三軍執旗槍八人，引上，副扮中軍，上，旁立。花金盔黄袍鎧上。後一人執帥字旗跟上。引〕執掌兵權，奉國母，威鎮燕南。〔坐，白〕紅頂花翎爵禄高，功名富貴邁群僚。但求仰眷慈恩好，甘効奴才犬馬勞。節度使庸禄，本是清門世僕，少年供職内庭，太后見喜，屢命提督九門兵馬。今授燕南節度之職，統轄全國之軍，堂上一呼，階下百諾，好不榮寵！國事如何，且不理會，自恨年老，恐失慈歡。今當新黨初萌，亟思撲滅，再奉國母臨朝，既博内眷之隆，亦可長保禄位。左右伺候了！

〔雜〕呵！

〔侯上〕功名思汗馬，詭計欲屠龍。來此庸帥軍門，中軍那位？

〔中軍〕何事？

〔侯〕侯三捷求見大帥！

〔中軍跪啓〕啓稟大帥！侯三捷求見！

〔庸〕胆大侯三捷！聞得你趨附新黨，博得高官，奪我禁軍，暗中下手老夫。今日大胆來投虎口，不給你些利害，諒爾不知！命他報門而進！

〔中軍〕大帥有令！侯三捷報門而進！

〔侯〕哇呀呀！我好心將機密事報爾知道，你不但不知感情，反將官勢欺我，難道我怕你不成！且住！我欲仍附新黨害你的狗命，只恐新黨道我反復無常，那時富貴難保，豈不空負此行！唉嘢！我且忍耐片時，再作道理！〔進介〕侯三捷告進！

〔衆〕呵！

〔侯〕大帥在上，三捷參見！

〔庸〕好個侯三捷！你身受老夫多少恩典，今敢叛附新黨，僥倖升官，奪去老夫的禁軍，還要下手於我！你有何面目前來見我？講！

〔侯〕大帥呵！〔唱西皮〕我自從恩帥封章奏保，每日裡，自思想，答報恩褒。只因爲，維新黨，龍吟虎嘯。因此上，施巧計，假意籠牢。爲的那，機密事，前來通報。望恩帥，開大恩，饒恕這遭。

〔庸〕原來是老夫心腹人到來，我恰錯怪於你，左右退下。

〔衆〕呵！

〔下〕

〔庸〕侯三捷！

〔侯〕恩帥！

〔庸〕隨我來！

〔仝下〕

〔洪、江、章袍笏，仝上，白〕諸位大人請了！聖上臨朝，宫門伺候！

〔四監引帝上，唱西皮〕金烏東升玉兔墜。這幾日，爲國事，頃刻安危。實指望，煥乾坤，雲蒸霞孤一蔚。無奈何，守舊人，顛倒是非。武太后，發密召，徵兵入衛。怕的是，衆志士，有翅難飛。召外兵，勤王人，不足惜，宫廷幽廢。只可嘆，維新事，九仞功虧！修下了，衣帶詔，行行是淚。內侍臣擺駕金殿內。等候了，衆公卿，議論軍機。室，再振國威。

〔洪等仝白〕參見龍顔。

〔帝〕衆卿有何國事？

〔江白〕臣江巽，有本啓奏！只因我主，用了一班年少新進，擾亂國事，摇惑人心，現在各處，漸長刁風，安肆横議，臣恐漢奸暗中圖謀不軌，應請立罷新進之官，永禁造謠之報。正是：天下本太平，壞在讀書人！邪説駭人聽，保國不保君！尚乞聖裁！

〔洪〕住了！〔唱二六板〕罵聲江巽亂朝綱，不該一語喪家邦！説甚麽清議刁風長，你愚蠢黔首，國靠誰强？道高自有羣魔障，蕭何國士本無雙！你無風自起掀天浪，你陰霾妖霧，黑暗了日月光！你好比竭澤漁，打盡一網！你好比喪心人，病到了顛狂！你試想，自古來，漢家鈎黨。挾私仇，害公理，國破身亡。我聖朝，四萬里，江山無恙。趁如今，澄清世，天子當陽。你何苦，阻新猷，出言無狀！光天化日，豈容爾，當道豺狼！

〔江唱〕在朝堂，罵得我，無地容身。背地裡，自思忖，巧計叢生。我去到，御園中，哭奏一本。那怕你，洪士孚，三代元臣！

〔下〕

〔帝唱西皮〕新舊交，玄黃戰，紛紛無定。怕的是，風雨惡，草木皆兵。倘若是，有甚麼，杯弓蛇影。〔白〕章愛卿！〔唱〕這一封，衣帶詔，照事施行。百日裡，新朝廷，徒成畫餅。望天下，有志士，再起文明。

〔下〕

〔章白〕老太師！〔唱〕手捧血詔心慘悽。

〔洪〕扶桑枝上杜鵑啼。

〔章〕但能鞭得蒼龍起。

〔洪〕那怕櫻門血濺衣。

〔仝下〕

〔内更鼓，章内白〕掌燈！〔唱〕聽樵樓，鼓打三更天。〔墨緞袍烏紗上，雜扮僕提燈引，章唱原板二黄〕爲國家，晝夜裡，那得安然！秉忠心，保清朝，新法來變！又誰知，頑固黨，結下仇冤。滿朝中，賣國賊，結成鷹犬。恨蒼生，喚不醒，沉醉年年。想當初，仗旌節，環球曆徧。乘長風，破萬里，好一似張騫。西王母，鬧天宮，風雲改變。這江山，怕付與，滄海桑田。起中宵，望北斗，星辰慘淡。問明月，何日裡，長似秋圓。〔白〕章虹眠，奉了衣帶草詔，連夜來訪知音，商議大計，往張愫先生處去者。〔唱〕掌紅燈，御街走，鼉更聲轉。好叫我，拴不住，意馬心猿。

〔僕打門介〕有人麼？

〔雜扮書僮上〕秋風陣陣催殘葉，愁聽三更雨打門。那位？

〔開門介，僕白〕章大人到！

〔僮〕有請東人。

〔張上〕閉户著新史，中宵望帝星。何事？

〔僮〕章大人到。

〔張〕有請！

〔章進見，坐〕

〔張白〕大人國事在身，深夜來造敝廬，有何見教？

〔章〕先生有所不知，只因后黨生心，暗布羅網，欲害新人，并圖廢立，主上有衣帶草詔，命我交與先生，一見自然明白。

〔遞詔介〕

〔張接看介〕唔呵呀！原來國事有變，亟須早圖！〔唱西皮〕滄海飛波百怪横，唐衢痛哭萬人驚。國民有血朝官狠，上帝無言鬼子獰。〔白〕報國未成，小臣萬死！今夜已晚，明日約得同人會於新亭，共商大事。

〔章〕届時老夫當往一會，告辭了。〔唱〕聖軍未戰薔薇道，黨禍驚聞瓜蔓抄。

〔下〕

〔張〕書僮！

〔僮〕在！

〔張〕筆墨伺候！〔作書介，唱二六板〕波摇滄海蟹初横，雷火奔馳世界驚。當道豺狼向人狠，曾見深林，燕啄了王孫。黠虜未平思去病，功名自古妒匡衡。風潮已急舟難穩，尚願同胞共死生。數行血詔天心認，相約明朝會新亭。〔白〕這有書信一封，命你連夜送至檀學士家，不得有誤！

〔僮〕遵命！

〔下〕

〔張白〕微聞黄禍鋤非種，欲爲蒼生賦《大招》。

〔下〕

〔四監引帝上，白〕帝殺黑龍才士隱，書飛赤烏太平遲。

〔洪上〕盍簪喧立馬，束帶聽鳴鷄。老臣見駕！

〔帝〕國事紛紛，老太師爲國辛苦了！

〔洪〕老臣恩承三世，身相兩朝，爲國盡忠，敢言辛苦？

〔江内喊〕走！〔佩劍捧旨上，白〕守舊報國母，扶清鋤漢奸。昨日在朝，受盡辱罵，分明是漢奸作怪，要滅我滿門世僕。是我下得朝來，哭奏國母，要想殺盡二毛子，另立大阿哥，方去我心頭之病。怕的新黨借勤王之名，號召義兵，那時咱這些老廢無用之人，怎敵得他們轟轟烈烈一班年輕小夥子，豈不反誤大事？因此先削去洪士孚的官爵，做个當頭炮，嚇退他們。等他紛紛鳥散，那時一網打盡，再下毒手，亦還不遲！來此朝堂。〔見帝介〕老臣奉太后懿旨在身，恕不參駕了。

〔帝〕有何懿旨？

〔江〕洪士孚聽旨！　太后有旨：爲大學士洪士孚引進亂黨，把持朝政，離間兩宫，罪有不赦！　姑念毓清有年，暫予褫職，驅逐回里。　欽此！　朝上碰頭。

〔洪〕臣奉旨！

〔帝作失色介〕

〔生内喊介〕反了！

〔生、末袍笏仝上，唱摇板，生〕可恨賊黨亂清朝。

〔末〕青天白日鬼神號。

〔生〕國旗不見黄龍曜。

〔末〕宦海推翻白馬潮。

〔生〕捨生忘死上御道。

〔末〕拚个猩紅血染袍。

〔生白〕羊耆壽。

〔末〕余志清。

〔生〕新政初行，急有罷去洪相之旨，大局攸關，你我身爲言官，須要力争纔是！

〔余〕請！

〔見江介，仝白〕江大人，那裡走？

〔江〕你等敢來抗旨？
〔同白〕未見明諭，何言抗旨？
〔江〕這不是太后懿旨？
〔仝白〕皇帝親政，何用太后分勞？
〔江〕哇！〔按劍介〕你等難道反了不成？好漢奸，你要與我小心了！你要與我打點了！
〔急下〕
〔仝下〕
〔仝白〕事已難挽，且候洪太師下朝，再作道理。
〔帝白〕老太師！
〔洪〕陛下！
〔帝唱二六板〕黄鐘毁棄釜鳴雷，滄桑陵谷劫成灰！二千餘年鈞天醉，卿雲復旦才夢見了熊飛。老太師，數十載，鞠躬盡瘁。朱顔緑鬢，不愧我的臯夔。相國已隨麟閣貴，有的是泰山如礪，鑄就爾的豐碑。中興時代人才萃，華夷一統，振起了聲威。好容易，武后撤簾退，多虧你，宫中事，朝中事，調護我的宫闈。争奈魚龍成鼎沸，國母降旨，不念爾的前徽。卿去後，誰共我，萬幾經緯？尚望你，戈揮日，再把天回。我本待，棄官走，别圖機會。可憐是，江山無主，社稷就傾危。無奈何，暫忍住，千行淚。君臣們，共患難，一旦分離。
〔洪〕陛下！〔唱西皮〕想臣門，三世相，恩深澤厚。提起了，當今事，臣辱君憂。自古來，爲黨禍，朝朝都有。因變法，戰玄黄，貽害到清流。商妲己，傾覆了，獨夫紂。還有個，褒姒女，滅却宗周。天有意，召女戎，顛倒宇宙。那有個，臨朝呂武，不貽罵，到千秋？〔轉快板〕世界群龍方見首，無端黑暗我神州。杞人憂天將誰咎，何事新亭泣楚囚！臣指望帝星光北斗，那時節，拿雲手段，重把月來修。英雄時勢待造就，終有個雲雷壯志酬。望陛下努力回天手，準備着風雨未來謀。

〔帝白〕老太師！

〔洪白〕陛下！

〔各歎介，下〕

〔張儒服，任白花髦，仝上，揚鞭，張唱〕旭日曈曈大道開。

〔任〕争看天馬絶塵來。

〔張〕素衣不怕緇塵灑。

〔任〕沙蟲已變劫餘灰。

〔張白〕來此已是新亭，天色尚早，你我登高一望。

〔各下馬介，隨引隨指點介，張白〕看這厢是……

〔任〕花神祠。

〔張〕那厢是……

〔任〕鸚鵡塚。
〔遠望介〕
〔張白〕猩猩啼烟鬼嘯雨，古來歷歷興亡處。
〔任〕按劍四顧心茫然，北望中原在何許？
〔内鐘聲，任白〕先生，你我對此茫茫，百感交集，聽到晨鐘，好不悲愴人也！〔唱西皮〕自由鐘響意飛馳，
灃蘭沅芷最相思。誰爲埋香葬鸚鵡，東風無力護花時。
〔張白〕你且不要悲傷，來來來，看這壁上幾句詩，不知是何人題的？
〔任〕一同看來。
〔看詩介〕
〔張白〕黄河去東溟，白日落西海。興廢雖萬變，知經幾成敗！〔點頭介〕静思屈原沉，遠憶賈誼貶。獨招湘水魂，二豪俱不見。這詩悲壯淋漓，亦是吾輩中人，淪落世上，恐遭俗忌，故隱姓名。果然此番大事不成，不慮後來絶響，亦是中國新機一線也。〔唱〕揮戈不返魯陽日，破浪願乘宗慤風。儘有乾坤等甌脱，天留時勢待英雄。
〔張白〕遠遠錦轡聯鑣，四君子來也！
〔檀湖色花驄，婁藍驄，陽月色驄，凌粉紅花驄，各揚鞭上，檀白〕國破山河在，
〔婁〕城春草木深。
〔陽〕感時花濺淚，

〔凌〕恨別鳥驚心。

〔各報名，檀白〕昨夜東海先生有柬相召，看樹下有馬，想必來也。

〔各下馬介，進見介，各坐〕

〔檀白〕先生相召，有何教言？

〔張白〕主公有衣帶草詔，言道内庭有變，新政將翻，尚欲網羅吾黨，故此相約，大家商議。

〔任白〕侯三捷有何下落？

〔張〕此人心術不端，恐有反覆。諸公謹備纔是。

〔四人同白〕先生高見！

〔檀唱〕屠門大嚼過天街。

〔婁〕十年一劍待時來。

〔陽〕好男兒熱血終須洒。

〔凌〕安能落魄走天涯！

〔同白〕我等視死如歸，此志不奪！但願先生爲道自存，以圖再舉，我等生死俱榮矣！

〔章黑袍鳥紗揚鞭上，唱〕燕雲八月秋風起，催人離別雁南飛。〔下馬介，相見介，白〕一步來遲，諸位早到，尚乞原諒！

〔衆白〕爲國奔忙，可敬可感！

〔章〕風信愈緊，諸公去留早定爲妙！

〔張〕正在商議。

〔四人同白〕我等爲國流血，萬死不辭！且恐大衆全逃，賊黨必不干休。那時到處搜尋，反擾無辜。

〔章〕殺身成仁，令人可敬。只是張、任二公，當爲大局保全生命，以待時機。務望早離都門，免遭鑾毒！

〔張〕主辱臣死，分所當然。只有任公子曾奉朝命，可以及早南下。

〔任〕君門恩重，師友情深，豈忍偷生自全，爲天下英雄所笑！

〔章〕任兄呵！〔唱快板〕好一個任公子，忠肝義胆！可算得新中國第一個少年！說什麽，馬革裏尸錚錚漢？滿腔熟血，洒向中原。你須要，爲後來，留一道光明線。同拚一死，亦是罔然！

〔任〕哦？〔唱西皮〕聽他言，到叫我，英雄夢醒！回頭來，勸一聲，張愫先生！爲蒼生，我本待，犧牲性命。怕的是，中興業，後起無人。夢櫻雲，幾回首，千秋公論。自有那，瀏陽諸俠，占盡了英名。天岸馬，人中龍，當年自命。如鴻毛，風遇順，委贄到君門。二千年，大一統，河山如錦。四百兆，天神種，最古文明。打疊起，富强料，便占優勝。百日裡，佐新政，想見太平。又誰知，洪水禍，天人争競。推翻了，大海潮，石破天驚。好一似，火燎原，玉石俱燼。到不如，覓桃源，暫避强秦。〔轉二六板〕我與你，且浮海，學個孔聖。我與你，訪蓬萊，遥指東瀛。海外同胞聲相應，大唱勤王起義兵。再不然，立説著書，把維新來論。唤醒那，世界上，愛國精神。美花歐錦，把人心來印。學一個少年意大利，把祖國來重新。年華逝水休抛盡，爲國且愛自由身。

〔章〕事不宜遲，二公就請登程纔是！

〔張〕還是任公子先行出都，安排東渡。在下戀主情深，果有不測，再走未遲。死生有命，諸公不必多慮！

〔章〕既然先生落後，可暫避居舍下，稍掩耳目，萬有不測，我當設法保你出城。任公子不必挂念，即刻起行，上慰君心，下繫民望，亦令老夫放懷一二。〔接板唱〕安排好，生死去留，兩條路徑。那怕你，世路崎嶇，亦看得坦平。問前途，中原事，是天心注定。只望你，大擔負，再造乾坤。

〔張博上，唱〕放開大步往前進，要救那衆豪傑，虎口餘生。

〔作闖進介，白〕諸位大人、兄長！今有武后密召庸碌，帶兵入京，即日就到，一鋤黨人，二廢主公。我主得此消息，憂悶成疾，命我速報衆位得知，即速遠走，暫慰聖衷，徐圖恢復罷了！

〔衆作驚介〕

〔章〕諸公心事已定，任公子立請上馬！

〔任〕諸公！〔唱摇板〕悲聲聽罷，言來怒衝冠！去本無心駐亦難。風塵莽莽中原亂，烟雨蕭蕭易水寒。青年心死秋梧悴，老國魂歸蜀道難！〔別章介〕多謝你知己垂青眼，尚望你調護聖躬安！〔別二張〕你伯仲之間，去留便。莫把那血淚絲絲，託杜鵑！

〔別四學士〕鐵血關頭如夢幻，馨香事業甚莊嚴。十九世紀風雲慘，都付與青史與青山！忍不住，淚珠兒，花上濺，願變成法雨洒三千。橫腰尚有三尺劍，宇宙何寬自往還。〔下〕

〔章〕張先生且到敝廬暫避一時，衆位義士，各自檢點，老夫即欲進宮，探候聖駕。正是：中興而後英雄謝，問天何日聖人生。

〔下〕

〔張白〕發興自我輩，

〔衆同白〕太平竟何時？

〔同下〕

〔帝黄衫便服，扶一監，作病狀，上，唱原板二黄〕嘆清時，春夢曉，睡獅初醒。莽無端，老大國，黑暗了黄塵。排閶闔，叩帝天，爲民請命。〔坐〕何日裡，吹散了，大地風雲。

〔倚案卧介，内鼓聲，黄龍出舞，繞臺，下〕

〔帝〕呵！〔唱摇板〕適纔間，東海上，黄龍出現。地軸旋，天柱折，濁浪掀翻。莫不是，到混沌，乾坤變幻。〔醒介〕呀！〔作驚訝狀〕分明是，太平夢，一刹那間。

〔章上，唱〕漢家城闕烟塵滿，一夕秋風繞夢邊。極目河山盡荆棘，隻手難擎已破天。

〔白〕臣見駕，敬候龍安！

〔帝〕内臣請坐。

〔章〕謝座。

〔帝〕章愛卿呵！〔唱原板二黄〕自那日，朝罷歸，深秋風緊。因此上，感時事，夢斷黄昏。自幼年，入宫闈，如同監禁。受盡了，專制苦，虎口餘生。一心心，思想把，社稷重整。難得是，衆豪傑，共輔昇平。前席陳詞，把經綸布定。實指望，中原事，攬轡澄清。怨西風，作威權，滄桑俄頃。怕的是，同化作，血肉泥塵。

〔章〕主公不必憂傷，已與衆志士商定，張、任二人出走求援，其餘諸士捨身報國了。

〔帝〕這也難得他們！

〔章〕臣自外國帶有丹丸，安神壯志，請主上服用，静養待時，天若不亡中國，聖躬自有神佑。

〔皮上，作掩人狀，向内望，作退步，又竊聽介，作呼哨，叫旁立内侍介〕

〔監出見介，白〕原來是大總管到來，叩見總管！

〔皮〕内面何人？

〔監〕章虹眠章大人。

〔皮〕講些甚麼？

〔監〕探候聖安。

〔皮〕將纔呈上的紅紅兒的，是甚麼東西？

〔監〕乃是補身藥丸。

〔皮〕那裡甚麼藥丸，分明是他們又來作鬼，還瞞得過你大叔嗎？〔拔劍介〕好小子，你提防了，無風能起浪，斬草不留根。

〔下〕

〔帝問介〕外面何人？

〔監〕皮總管。

〔帝〕章愛卿，你且退下，免得若輩猜疑。

〔章辭出，唱〕可恨奸黨幻譸張，居然宮掖變蕭墻。老臣報國心猶壯，忍看宗社竟淪亡。

〔嘆介〕

〔下〕

〔張儒巾披衣按劍上，唱快板〕男兒意氣薄雲天，光陰似水恨年年。一生辜負牀頭劍，未曾黑海斬蛟還。〔白〕張懐自從新亭一會，豪傑去留，風雲變幻。章公囑我暫避他家，思想起來，好不悲悶人也。〔內打更鼓，張去劍，關門介，斜坐臺口，唱二黄〕一輪明月落堦前，未到中秋盼月圓。望東海，神旗風自捲，西山王氣尚龍眠。伊川披髮百年憾，玉會圖開萬國翻。人慨滄桑多變幻，佛言世界未周全。幾時弱水渡到了前岸，何處星球別有天。金仙有淚悲辭漢，鐵騎無人夜渡關。直上舞臺排雲殿，上飛龍虎下捷鸞。六合杜高，忽被那横風斷，天上琦花，散作了荒烟。前朝歷歷興亡感。〔行入正坐〕望天涯，數歸雁，身世茫然。〔看書介，內二更，唱〕愁腸人，不忍聽，鼉更轉。怕的是，少年壯志，暗裡催殘。你看那，列國史，英雄好漢。那一個天地菁英，不鍾毓在華年？民約論，翻動了，千秋鐵案。自由鐘，打破了，世界迷團。鑿空航海開生面，中興羅馬海成田。革命西歐經百戰，合羣北美，創起了民權。補天只要石能鍊，入海何愁恨難填。〔倚手作倦介，內三更，唱倒板〕禁城更鼓三更天。〔轉快板〕好叫人，對影自悲憐。中華歷史光霄漢，蚩尤一敗滅凶蕃。三代遺風文化遠，可憐一炬葬送了驪山。梟雄馬上誇强戰，女戎禍水助波瀾。神種變成牛馬賤，從此文明染作腥膻。國士橋邊蒼凉感，當年俠骨換奴顔。博浪沙沈要離斬，狂歌擊筑，何處問燕丹？古來黨禍心腹患，爲防家賊空野蠻。我上天山縱英盼，七零八落舊山川。拔劍狂奔一聲喊，〔撫劍嘆介〕爲何卧榻尚酣眠？

〔仍假卧，内四更，鑼鼓齊作〕

〔庸箭袍黄馬袴佩劍，侯黑團龍馬袴佩刀，雜十二人扮兵卒號衣洋鎗上，庸白〕專制心雄壓萬夫，

〔僕〕任他黄種變黑奴。

〔各報名〕

〔庸〕奉了太后懿旨，捉拿新黨。校尉們，四下搜尋！

〔繞場下〕

〔章執燈上，唱〕仰看豐城星氣暗，忽聞中夜海濤翻。急忙來把英雄唤，莫待雞鳴度漢關。

〔打門介〕

〔張驚起，唱〕一夜心潮隨漏轉，五更魂夢向燈殘，門外何人作聲唤？

〔開門介〕

〔章唱〕爲的國事有變端。

〔張白〕明公爲何這等驚慌？

〔章白〕侯三捷反向庸碌，連夜帶兵入城，搜拿新黨。此處不是安身之所，趁此黑暗未明，你速速逃走了罷。

〔張〕侯三捷，反復小人，早已料到。想我一身逃走尚易，只是賊黨入京，聖躬難保，尚望明公爲國要緊，同志諸君，不及一辭，但能無恙，後來或有恢復之期。天呀！〔唱快二六板〕可嘆中原竟陸沈，風聲鶴唳萬家驚。海内卧龍暫歸隱，國門桀犬解驕人。北宋黨人碑未泯，東林名士獄初興。保國不成終遺恨，是非功罪後來論。帶詔南行收漢運，勤王西去哭秦庭。回頭血淚一齊并，多謝你生平知己恩！天涯雖遠音書近，海外同仇，亦報得了聖明。龍潭虎穴抽身穩，他日應思魯二生。

〔内五更，張手計更數介，白〕時已不早，拜别明公，俺就此去也。

〔下〕

〔張博急走上，白〕賊兵入城，撲滅新黨，四學士聞已被擒，速救兄長要緊。

〔闖進介〕大人，兄長呢？

〔章〕你兄長已走，你爲何不逃？

〔張〕君在危難之中，國處顛沛之際，何忍生爲？我想兄長走之不遠，待我赶上前去，拜别一番。就此去者。

〔章欲挽介，張不顧，急下，章下〕

〔庸、侯領兵上，繞場，張上，作迴避狀〕

〔庸白〕甚麼人？拿！

〔卒拿張，張罵介〕反了！反了！大胆逆賊，戕害忠良，傾覆王室，難道不怕天下人百口罵死！

〔庸問侯〕此是何人？

〔侯看介〕好個張博！你弟兄同謀不軌，我等正來拿你，綁了！

〔張罵介，二卒擁下，衆打進章府〕

〔章上，白〕庸帥帶兵到來，有何公幹？

〔庸〕爾等作的事情，難道你還不知？　速速將張愫交出，饒爾不死！　如若不然。〔披劍介〕叫你知道俺的利害！

〔章大笑介〕哈哈哈，張愫麼？　他並不在我家。

〔庸〕我却不信，四面搜來！

〔卒繞場，報〕並無張愫。

〔庸〕怪道！　難道他飛上天去不成？　章虹眠，你是他的同鄉，定知下落，講！

〔章笑介〕哈哈哈，同鄉京内尚多，同是中國之人，那個不是同鄉同種？

〔庸〕不必多言！　校尉們！　留守他家，我等另去搜尋。

〔皮帶四校尉捧旨上，白〕太后有旨：章虹眠私進紅丸，一體拿問！

〔衆擁章下〕

〔皮白〕老弟，你拿得人怎麽樣了？

〔庸〕檀、婁、陽、凌四學士，羊、余兩御史，與及張博，俱已拿到，黄朝早已脱逃，只有張、任二人搜尋未獲。

〔皮〕待我與你轉奏，你是咱們老佛爺的人，可别放走他們一個。要是跑到外洋，大唱保皇，鼓動天下人心，人人愛國，個個自强，那時候還有咱們的道嗎？　好兄弟，交代你了！

〔庸等衆兵繞場下〕

〔内鳴角鑼鼓，卒十六名執旗槍，黑、白、紅、緑各四。　又護勇八名號衣持洋鎗上〕

〔侯黑盔鎧上，作排場，白〕軍容一何猛，家賊尚難防！

〔旁立〕

〔庸金盔黄袍鎧，後一人執帥字旗上，大開門過場〕

〔庸上坐，白〕紅牛纓絨黄金羈，腥風捲地馬驕嘶。寧使河山不帶礪，摧殘鱗甲怕龍飛！本帥庸，捉獲新黨，候旨行事。

〔皮上〕旨下！

〔庸接旨介〕

〔皮讀旨介〕太后有旨：章虹眠趨炎附勢，尚非新黨，發往新疆。余志清因伊子余人傑替父認罪，情節可憫，加恩發赴軍臺。張愫、任當世未獲，懸賞十萬購拿！所有檀賜桐、婁廣地、陽遂、凌淑、張博、羊耆壽，均着正法。欽此！

〔庸〕領旨！

〔皮下〕

〔庸白〕聚三軍，押赴法場！

〔同下〕

〔内鑼鼓嗚角，衆兵隊擁六人披髮背縛上，繞場下〕

〔二花内喊〕走！〔奔上，唱摇板〕五百健兒齊護擁，萬頭鑽孔看英雄！恨聲蒼天大懵懂，白日無光血氣紅。〔白〕黄武連日探訪國事，力勸檀公子諸人高飛遠走，争奈他諸位英雄，心胆堅如鐵石，義氣高比日天，百折不回，無計可挽。今早傳旨下來，綁赴法場，就要開刀。我亦曾與公子商議，有的是手下弟兄們，來劫他的法場。公子言道：『男兒抱熱血，君子不偷生。光彩留今史，馨香貽後人！』嗳！好不光明磊落人也！你看天地變色，草木驚心。且到法場走走。

〔下〕

〔内鼓角齊鳴，四劊手上，分立兩旁〕

〔檀内唱〕御營中，放罷三聲號炮。

〔内鑼，檀上，唱西皮〕真男兒，不怕死，笑撫屠刀。問青天，你何日，扶桑夢曉？御清風，騎白鶴，暫返九霄。

〔内鑼，婁上〕不羈鳥，鵷與鸞，翱翔八表。歎文鳳，下非時，自負奇毛。珊瑚樹，琅玕枝，烟霞繚繞。過罡風，忽吹折，傾倒了蓬瑶。

〔内鑼，陽上〕雨淋漓，點污了，奇花異草。月沈鈎，吹不起，紫洞仙簫。下天門，俯塵世，掀髯一笑。看獄吏，典屠卒，繞膝的兒曹。

〔内鑼，凌上〕向中原，争逐鹿，風塵擾擾。伏櫪馬，志萬里，攝魄向天驕。對錦瑟，恨無聊，年華美好。度金針，擘破了，混元包。

〔内鑼，羊上〕九重天，忽飛下，黄麻草詔。五百年，名盛世，起鳳騰蛟。安排著，好乾坤，從新構造。又誰知，大瀛海，起下了風潮。

〔内鑼，張笑上，快板〕説甚麼，文人重學校。説甚麼，武事改弓刀。説甚麼，文明好似朝陽鳥。

説甚麽，主權好似冠山鼇。傀儡兒，一場真热鬧！依然是，反轉老來嬌。婢膝奴顔空醉飽，虚堂燕雀處危巢。馬如龍，長安道。車如水，玉溝橋。等到那蒼生刧運紅羊到，鬧得個天昏地暗鬼神號！我願世人警醒早，莫把國魂暗裏銷，好似今人看歷朝。

〔内二鼓，黄攜酒上，唱倒板〕到法場，不由人，肝腸痛斷。

〔見衆人介，白〕衆位英雄，你看皇天浩浩，去路遥遥，這就是你成仁取義的關口、捨身祈福的道場！我成全你的壯志，不來救你了。有的是美酒，來來來，與你飲餞一番，願你努力西方，再來東土！

〔同白〕感謝多情！

〔黄唱反二黄〕尊一聲，衆好漢，細聽吾言。恨國殤，大陸沈，英雄命短。再來人，重提挈，剩水殘山。〔斟酒介，白〕檀公子！〔唱〕大教衰，有凌遲，鐵輪風轉。望江東，一片月，黄鶴樓前。

〔檀白〕雙親爹娘，恕孩兒移孝作忠了！

〔黄斟酒介，白〕婁、陽二公！〔唱〕悲日月，擲雙丸，陰陽交戰。下滄海，扶燭龍，照徹魔天。

〔婁、陽同白〕得一知己，死亦無憾！

〔黄斟酒介，白〕凌公子！〔唱〕抱清芬，你世守，箕裘無玷。争得個，蓬山譽，磊落青年！

〔凌白〕是忠臣子，莫負君親。

〔黄斟酒介，白〕羊侍御！〔唱〕諫草堂，秋花落，烏鴉聲斷。向南臺，幾回首，愧煞千官！

〔羊白〕天子聖明，臣罪當誅！

〔黄斟酒介，白〕張二哥，多飲幾杯！〔轉二六，唱〕可嘆你，謝草池塘春不管，一任東君再弄權。從此風流盡雲散，問燕市，有幾個，舊日黄衫。望東南，不見羅浮面，可有那九牛仙兆，出現了白鵝潭。且喜張、任二公同出險，他把那主權、民智向海外去演説一番。太平洋水寬無岸，他替那四萬萬人做個救生船。菜市愁雲哀慘慘，〔叫〕衆位英雄！〔哭介〕噯呀！

〔内三鼓，花旦素裝執花上，向凌點首一笑，下〕

〔黄唱〕且向那天女拈花笑裡看。

〔内鑼鼓，衆兵齊上，擁六人下，黄左右望介。内鼓一通、鑼一捧〕

〔黄披襟咬牙頓足喊介〕哇呀呀！

〔衆兵卒旗槍軍隊復上，繞臺下〕

〔黄作滚跌介，或翻一跟頭，白〕蒼天呀！呵呵，蒼天！歷歷維新夢，分明百日中。前途看飄忽，後起孰英雄。怎不叫人痛哭！〔哭介〕且住！我想衆位英雄捨身救世，乃是一件大大的功德，只怕該應要笑纔是。〔笑介〕噯！我在此自哭自笑，何濟於事，但願張、任二公，奮起爱國的精神，早早成就你維新的事業，下舒民望，上慰忠魂，亦不負這一場流血了！正是：賸好頭顱酬死友，去留肝胆兩崑崙！

〔下〕

《黄蕭養回頭·維新夢合刊》，新小説社，清光緒廿九年十二月廿三日鉛印本

學海潮傳奇

學海潮傳奇目録

叙事

西曆一千九百〇三年十一月二十七號，爲古巴學生流血之紀念日。是日，香花歌管，舉國若狂，事固慘烈，然亦古巴自主之一原因乎？聞其事者，足觀感焉。故樂得而紀之：

西班牙之撫有古巴也，不以其屬地殖民之政略，剥削膏腴，而蠻力以壓制之。士人苦苛法久矣。此事則起于西班牙人之報館主筆加但農。加固負文名，乃襲祖傳專制之謬論，日肆攻訐，以售其奸宄，激而成變。古人乃邀戰於凱威士之墟，加率駐防軍往，殲焉，輿加尸歸海灣厚營葬。由是仇益深，而駐防人時思一報其前耻。適有僧徒以加墓被毁告，誣及醫學生。稽查員欲結西人之歡，羅織學生四十人，入之罪，皆古之世族也。總督羅百士故庸懦而貪，欲得賄而赦之，又不敢辨其誣，獄未成。駐防衆擁集督衙，索罪人，衆喧塞途，羅欲脱身事外，乃詭辭，自署後遁。統駐防將軍堅大拿縛學生八人，置之法，餘以財贖免死問徒。

方八人之流血也，坐之海旁舊兵房之壁前。自五尺之童，無不往觀而流涕者。授高德微拉刀，命斬之，高曰：『吾不能殺無辜！寧斷吾刃！』斫石，刀折。乃易人鎗斃八人。高，故武官，具熱血者，後卒，葬山坳古巴省。今追念前烈，遷海灣焉。乃彼事未久，加之子以聞其父墓毁，來奔視，親往遍查，則加墓末稍損，盖誣獄也。其側有歌亭，近大隄，風晨兵房後燬，土人留其片壁，樹之石，紀其事，已相去二十年矣！月夕，海水湯湯，回首千八百七十一年之事，相去曾幾何，而興亡旦暮間耳！夫流血至慘也，而古之人紀念其事，祝花擊鼓，若有餘歡。則以三十年來，而古巴脱藩籬慶自主矣。豈非當日數少年造之福而今日國民食其報也歟？八人者，家屬猶存，前因後果，及身得見，不亦快哉！我戊戌、庚子去今幾何年矣，能無餘悲、能無厚望？用繹其事，紀以傳奇，願爲有心人道焉。

楔　子

〔末古裝，執拂上〕

【蝶戀花】故國江山無恙否？　遼鶴歸來，城市都非舊世界群龍方見首，興亡細數十年後。着力東風獅子吼，血海波翻，滌盡中原垢。　時勢英雄天造就，謝他相助野蠻手。

【鷓鴣天】風静滚滚浪花飛，烈士功成血濺衣。　四百餘年新世界，不堪重讀劫餘碑。城郭是，主人非，斷頭臺上杜鵑啼。　已經多少滄桑變，歷歷星條獨立旗。

吾乃費德力高靈魂是也，生爲西班上將，名防家賊，暗護民權。　争奈舊政府恃專制之餘威，失羣藩之屬望，雌虎狂噬，鋌而走險，年來各島分頭自立。　今屬古巴學界流血之期，彼都追行紀念，謂予當日有功民社，由山地古巴遷葬海灣城。　春草已灰，悵墓門之鐵鎖。　蠻花似錦，布祇土之金錢。　載道謳歌，發人猛省，新國氣象，自爾不同，令我俯視塵寰，愴懷往事，好不悲感人也。

【駐馬聽】你看那虎嘯龍游，燦燦星旗光北斗。　你看那山清水秀，茫茫烟海接西歐。　月裏山河幾次修，壺裏乾坤新結構。　多少血人頭，换得來花錦明如繡？

有道是，經一度流血，便高一度風潮。　幾百年寄人籬下的人民，也居然成就個完全自主之國了。　這也是那般民賊與那些文妖相迫而成的，雖曰天運，豈非人事呵！

【沉醉東風】那時節，爲君的，獵中原，鬥雞走狗。那時節，爲臣的，媚一人，應馬呼牛。推翻了覆水舟，決開了防川口。一任的指桑駡柳，便贏得瓜分玉闕，豆剖金甌。千年醉酒。問人間何世，蒼天知否？

自來革命之舉，都是禁錮民權、束縛自由而起。你想十九世紀而後，那裏還有你專制政體容足之地？不過替那新時代作個過渡罷了。況且民智之開，首在學界，風潮之起，豈是禁得來的？

【七兄弟】氣昂昂，發達的清流，議論的自由，輸進文明的樞紐，那少年便似風塵騮，那同志便似個陰陽鷸，那舞臺便演出個魚龍鬥。

到今日得見太平，都是前日種成的善果。你看國民追念遺徽，立碑紀念，當年情事都演上舞臺了，不免駕起祥雲，前去一觀則箇！

【雙調新水令】好男兒，詞筆换兜鍪。是英雄，天生非偶。將星自西落，海水尚東流。獨立千秋，有豐碑銘不朽。

〔下〕

第一齣　文妖

〔丑學士裝上〕

填胸八股臭文章，製造專門奴隸場。殺人如草那見血，只憑信口説雌黄。俺西班牙老大君主國一個博士加但農便是。想我國祖傳專制，鞭策群雄，恨自美起民權，法創革命，世界一變，人心動摇，自由、平等之論，出自遊學中人。荒唐悖逆之思，遍及上下社會。我家領土遥遠，群焉思動。是我在古巴，大張旗鼓，力矯邪説，專爲壓制士人起見。有的是駐防官軍、清門世僕，狼狽爲奸，誰敢不服？本非我家土地，治亂何必關心？樂得藉手他人威福，儘我作用！哈哈！我諒爾等生來注定的奴下奴，也只好忍氣吞聲罷了！

【皂羅袍】有的是，名場黄金烏帽。到今兒，亦管不得，後日的風潮雨潮。龍門狗洞向人驕，奴顔婢膝腰囊飽。西王燕笑，賣個時髦。東林鶴淚，害個同胞。唾駡來，則索性睡他個糊塗覺！

我就是這個主意，一來博我的前程，二來制他人的死命，那時任我欲爲，便你改革黨、游學生，其奈我何！

【林園好】我便把自由鐘孽海來抛，《民約論》鬼火來燒！任我輩國魂顛倒，管叫你華盛頓意也消，拿破侖見也逃！

你古巴人便有千般苦楚、萬般不平，又待怎麼？

【四門新】休笑我這樣龜頭蛇腦，道我是凉血動物，又駡我是文字魔妖，滿廷闒老知己交，宫門大叔太山靠，南黨北黨，網兒打撈，大官小官，秤兒低高。弄威權，我只索打個瞎嘲報！

〔雜扮防勇上〕奉了堅將軍之命，遞書加先生處，就此呈上！

〔丑看書介〕呵呀！我道何事，原來古巴土人謂我等苛虐太甚，衆心不服，聚于凱威士地方，大膽竟來宣戰，想必又是那般學生的運動。我有駐防官軍，怕他怎的！

【醉東江】原來是革命黨，英雄號召。國民軍義勇戰挑。水滔滔，白馬來，浩劫劫，紅羊到。一霎時風雲變了，只拚個秦關瓦解，漢闕金鎖。俺倉皇且混過這遭，俺報復且等個來朝，商量着狐羣鼠隊一窩蜂，争他個異常勞績新章保。趁熱鬧拿出殺人手段，藉勢招摇。

你且回復你家將軍，多多拜上！整齊人馬，我即前往！

〔雜下〕

【尾聲】我筆尖兒權時當作義和刀，便赤手空拳擒一毛，只怕是百口駡死的冤無處叫！

〔下〕

第二齣　黨獄

〔副净官服上〕

【秋夜月】是官場，便有奴才性，百計千方到紅頂，一身血本錢爲命。將天家孝敬，將地皮剥盡！

强盗心腸婊子口，文丹面殼橄欖頭。任他笑駡不知醜，保得功名萬事休！老夫羅百士，身在西班爲官，好容易鑽營，放了古巴總督之任。喜的是，天高皇帝遠，便弄他個官富萬民窮。仗著上國使命，欺壓異族人兒。只要敷衍外交，巴結政府，管什麽閭閻痛苦，士類凋殘。年來民智漸開，國權日削，我要放出辣手，施展一番！

【粉蝶兒】漫説人權貴，須識朝官狠！便遮天一手本領，只毫端弄生殺。未死的祖龍餘燼，逞威風，斗大黄金帥印。

自從凱威士一戰，加但農被戕，民間氣燄日大。怕的有游學中人，鼓動革命，那時我的官兒難保。正是：一朝權在手，便把令來行！

【折桂令】倚仗着千百年，民賊凶横。順着我的牙爪來張，逆着我的玉石來焚。更詔諭紛紛，黨人搜尋。趁個風潮作進身，殺幾個青年後進，拿幾個報館先生。若有人提起共和主義啊，便喪却良心，禁却新聞，討個兵丁，報個肅清。

〔副丑扮警察官上〕警察，警察，想的警察，升官發財，殺人放火我都來。俺警察官是也，自恨官卑職小，不能任意妄爲，但能覓個机會，討好上頭，便是我的前程萬里。我想凱威士一敗，西班牙與古巴結下仇恨，只惜無因得報，巧巧墳山的和尚，與我往來甚密，設下一計，枉報加但農的墳，被人掘毁。彼處與醫院學堂相連，就誣作該學生等所爲。生此波瀾，定興大獄，那時西班人念我大功，不怕没有好處。我雖是古巴人，爲了飯碗，根芽亦顧不得同種，就此報與督帥知道！

〔跪見介〕大帥在上，小官叩頭！

〔副净〕何事禀報？

〔副丑〕今有加但農的墳墓被人掘毁，特來通報！

〔副净〕你可曾訪問何人所爲？

〔副丑〕總又是那班學生們多事了。

〔副净怒介〕胆大留學生！爾生成奴種，竟敢侵犯天朝的威嚴。前日凱威士一役，是我諱敗言勝，故此不曾請兵，剿滅爾的巢穴。今又損壞加墳，明明是心懷不軌，不給你些利害，諒爾不知。警察官！

〔副丑〕有！

〔副净〕即命你查拿學黨，不得有誤！

〔副丑〕遵命！

〔背語介〕哈哈！報事亦是我，拿人亦是我，只憑一面話，捏成三字冤。傷心龍頸血，得意狗頭官。我索性狐假虎威，一網打盡則箇。

〔下〕

〔副净〕學生啊學生，你要與我打點了！

【雁兒落帶得勝令】望烽烟满地，風鶴驚，起波濤疑案弓蛇影。說甚麼，精衛冤，東海平。怕甚麼，杜鵑啼，西風緊。呀！你看那舉國的人呵！甚裙釵，喚起女龍吟。甚鬚眉，鞭得雄獅醒。那學堂，便似眼中釘。那少年，便似喉中鯁。我想這學生，多半是富家子弟，此番如不送枉死之城，亦可做我個生財之道。我自有道埋。狠心魚肉蒼生命，人情苞苴白日行。任你天大的英雄，亦門不過我做官兒的机巧。正是：莫言疆吏龜頭縮，自有中丞犬政奇。

〔下〕

第三齣　市鬨

〔浄軍服上〕

【破齊陣】撲滅紅燈世界，燒殘碧瓦樓臺。妖焰沖天，戰雲滿地，無奈軍容腐敗。紙砲臺黄土千年壘，蠟鎗頭烏烟一寸灰。大家錢買來。

生來不識字，馬屎憑官勢。趨附權宦門，竟作天朝使。本帥堅大拿，奉了西班王命，統領古巴駐防，鎮守此城。怕的家賊難防，亦曾設法剥膚吸髓，收拾他們土人。誰想民氣日囂，衆怒難犯，在凱威士挑起戰來，竟把官軍殺得大敗。自然我這緑營兵不是會黨的敵手，正要尋個閒隙，報却此仇。聞得有人告道加但農的墳墓被毁，督院派人捉拿囚犯，果然借此撒些威風，消些惡氣，亦是好的。且聽來人一報！

〔副末扮軍將上〕本是河山主，甘心作官奴。倚威仗人勢，同類自相屠。俺駐防首領便是，奉了將令去到督轅，打探毁墓一案如何辦理，就此稟知軍帥。

〔進見介〕軍帥在上，末將參見！

〔浄〕命你打聽事件，怎廢樣了？

〔副末〕啓稟軍帥！　羅督帥捕學生四十人，本欲即行正法，只因受人財賄，竟將此案含糊了結，全行開釋。我駐防各營，心中不服，大爲鼓噪，尚求軍帥作主！

〔净〕有這等事？前仇未報，還不趁此打盡一網？問甚麼國法，講甚麼人情！那知這老兒私受錢財，亦不與我分肥，有意賣放，真正豈有呵！

【山坡羊】忍不住，肚腸兒氣壞。說不出，心口兒暗昧。則爲他法網情開。輕放鬆，這一起國民會。甚因緣假惺惺兩面好，你便把人情賤賣。我待要例條苛派，費多少安排，纔捉得幾個學生隊，弄乖。甚監督，銷鬼差。發駘。向公使贖罪魁。

〔內鼓噪介〕

〔净〕我等人多勢衆，攻圍督署去者！

〔內鑼鼓衆防軍齊上繞臺〕

〔净〕來此督衙，請羅大人前來答話！

〔副净扮羅官服上〕不好了，不妙了，我的禍事惹到了。原想弄些錢財，賣放此案，偏偏他們武營裡又不依。這便如何是好？噯！有道是三十六著走爲高。他等來勢兇兇，我且避開一時，免遭拖累，向前去著。呀！前門人滿，水洩不通，待我走後門而遁。

〔下〕

〔衆打進介〕

〔净〕

【前調】一陣陣人聲兒鼎沸，一個個癲狗兒狂吠，忽然間蚊市成雷，半空中折斷了黃龍旆。

〔找尋介〕甚時候，這官兒逃去也，你便道脱身事外，我便把案情翻毁。有甚麼低徊，早了却一樁兒冤孽債。下面聽者，今將爲首學生八人問斬，餘人勒令捐金贖死，發配遠方。活該。暴風雨，落花摧。慈悲。血頭顱，芳草堆。我便往法場去者！

〔衆下〕

〔净〕

【尾聲】黑雲飛，黄塵灑。乾坤朗朗霎時改。這也算野蠻官府的威風，殺氣到頭來。

〔净下〕

第四齣　流　血

〔生戎裝提劍上〕

【戀芳春】菜市雲愁，櫻門夢曉，男兒热血煎煎。望斷蒼凉烟水，國士橋邊。海上波濤無限。看大地玄黄龍戰，雄心健。好叫我一笑掀髯，横刀仰天。

藩籬未脱新羅馬，鱗甲摧殘死祖龍。無量頭顱無量血，天教時勢造英雄。俺，高德微拉是也，感慨時艱，無聊史隱，曾任西班軍將之職，只恨無權無势，徒負苦心。看這十九世紀大局所趨，我國專制政體，斷非久長之計，有志之士，都重民權。這古巴雖是僻壤窮陬，又困於苛法壓制，喜得人民尚有自立的氣概，今日寃獄無端，妄加羅織，士類破胆，全體寒心，不啻天助之成，早一日脱離苦海。堅將軍命我前來監斬，自念尚有人心，何肯助紂爲虐？是我來在法場，一祝義士的前途，二警國民的觀聽。遠遠望見旗鼓喧天，敢則來也。

〔衆上繞臺下〕

〔生〕

【懶畫眉】那萬頭鑽孔看群仙，禁不住血淚絲絲泣杜鵑。問鈞天，何事醉年年？〔作色介〕髮衝冠，叱咤風雲變。提醒了國魂猛着鞭！

〔衆擁八學生上〕〔生〕

【针綫箱】你看那十九周滄桑變幻，二千年洪流泛濫。幾英雄，赤手乾坤轉。天下事，只在人爲，莫因一時流血，便墮落了青年志氣，把鐵血關頭曆遍。替後人留道光明線，總有個雲斂風收月再圓。爾學生們乃是國民的先覺，須要轟轟烈烈振起後來的精神，留一個大大的紀念！　犧牲薦，捨身祈福，含笑黄泉！

〔净上〕高德君，我命你前來監斬，何不動手？

〔生〕

【梁州新郎】天涯人遠，花間淚濺，辜負雙龍匣劍。〔自忖介〕欲待同拚一死，這臜下的舊河山付誰管，誓不能妄殺無辜，吾刃寧斷！〔拔劍斫地介〕我便狂歌斫地，抽起屠刀，擲落群魔胆。人類無終古不平之等，世界無千年不替之朝，你權貴專横，亦不過激動改革的機關，釀成破壞的結果罷！引革命潮走如電，這荒亭斷石，留這念紀學海血流年！

〔衆泣介〕

〔净〕休得饒舌，待我親自監斬！

〔衆擁下〕

〔生〕

【煞尾】白人休笑黄人賤，我一生主義唱平權。願天下的少年啊，你珍重前途萬千！

《新民叢報》第四六至四八號合刊（清光緒三十年十二月十九日）、第四九號（清光緒三十年六月）

集外詩文拾遺

集外詩文拾遺目録

詩

詞

文

詩

遣　懷〔一〕

年來枯菀兩蹉跎，白眼青天醉後歌。萬事拚同塵土視，百年争奈鬢絲何。無多鶴俸償書債，有限光陰被墨磨。匣裡龍泉吟不得，與君奚日斫蛟鼉。

休將蹋躇怨鹽車，紫絡金韉却笑余。處世但能留退步，居官遑敢釣虚譽？無裨時局空籌策，聊慰親心密寄書。何日扁舟歸栗里，黄雞白酒飯園蔬。

邱煒萲《菽園贅談》，清光緒廿三年刊本

紀古巴亂事有感〔二〕

環島一萬一千里，紀年四百十四春。人傳羅馬舊遺種，地闢閣龍新殖民。突屹霸圖開鎖鑰，繁華夜氣洩金銀。劇憐海上田横客，隸作秦王羈旅臣。

幅員三倍我臺灣，徜有强梁起揭竿。半世紀曾爭獨立，古巴五十年中，革命軍凡三起。幾英雄已受招安。血流枯草無窮碧，心死降旛有底丹。寂寞山城吹畫角，王師高唱大刀鐶。

魚麗于網雉罹羅，只怨嬴秦法太苛。鋌鹿失途終走險，戰龍流血漸成河。奇兒帳下頭顱賤，革命軍初起，黨酋爲西班政府捕逮者三百餘人，盡以鳥銃擊殺。老將燈前涕淚多。一千八百十三年，土人揭竿再起，主動者多三十年前革命舊人，蓋世代與政府爲讎者。麥時母高摩斯與今總統巴爾瑪年皆七十餘。欲作包胥何處哭，那堪衢巷有笙歌。時西班督師用兵鎮静，每夜公園陳軍樂，游女如雲，又開跳舞會，以安

〔二〕邱煒萲《菽園贅談》卷十四《羈香雜綴》：『歸善同年廖碧侯孝廉恩熊之兄雪崖太守恩燾風雅好詩，殆深於情者。予此行羈香，始訂交焉。知予編輯《贅談》，承鈔舊作見示，尤好倚聲，惜予性粗浮，不能悉心領取耳。兹録其《遺懷》律詩二首。』（《菽園贅談》，清光緒二十三年刊本）

〔三〕梁啓超《飲冰室詩話》：『鄉人懺餘生以使事駐美洲之古巴，頃以《紀古巴亂事有感》十律見寄，且騰以牋云「古巴民政兩黨因爭選舉搆亂，美國遽以兵艦相加，奪其政柄。雖以美總統盧斯福之義俠，或不致顯背萬國平和約章，古島容有珠還之日，然黨界之足以亡國、内亂之足以召外兵，則南美洲一帶諸國覆轍甚多，不獨古巴爲然。正不可不爲我國人警告也」云云。此真有心人之言，不能徒以詩目之。即以詩論，杜陵詩史亦不是過矣！亟録實《詩話》。』（《新民叢報》第四年第十三號原第五十八號，清光緒三十二年七月一日發行）

民心。

一聲霹靂浪花飛，鐵艦沉江召釁奇。美國戰艦名棉者，泊海灣城保護商民，忽爲炸彈轟沉。美班兵釁，由此遂開。探穴遂成騎虎勢，蹊田奚恤奪牛譏。杯中影訝弓蛇現，美艦之沉，美國以爲亂黨所爲，而西班政府則謂美與亂黨有謀，藉此遣兵相助。至今猶存疑案。局外棋看鷸蚌持。監國五年動遠略，門羅主義至今疑。

香花祝鼓迓兒童，鑄像巍峩紀戰功。政界脱離專制軛。國魂敲起自由鐘。歸元先軫都無恨。麥時母高摩斯山度明，古島人，兩佐古巴革命軍，土人自立後，麥死，輿櫬歸葬以總統之禮。殉國離騷尚可風，古巴文豪河西瑪帝以民權獨立鼓吹國民，卒爲西班所殺。惱煞共和閒歲月，蕭牆無故仗兵戎。

强鄰戰舶急南行，爲踐當年白馬盟。美古專約本有代平内亂之權。此約即所謂勃勒阿緬文。諭蜀相如偏有檄。美總統盧斯福致書駐美京古使，令其傳諭島人謂美之遣兵不得已也。出師諸葛豈無名？庸知卧榻滋他族。誰遣開門召寇兵，忽聽途人驚走告，將軍舊部又從征。美艦中多昔年美班戰時舊將，盧斯福又諭前古巴總督胡德節調諸軍艦，識者已知其有干預古政之意矣。

來朝走馬轉倉皇，父老攀轅泣數行。美遣陸軍大臣塔扶監古巴國政，古總統巴爾瑪退位後，乘火車還鄉，部臣議紳率國人送行，途爲之塞。無不泣數行下，有議紳某竟哭至失聲。亡國大夫甯有勇，閱牆兄弟忒無良。四年紀念留殘碣，半壁蒼茫賸夕陽。忽聽軍前還奏樂，黃塵不見舊沙場。

報説城頭趙幟存，塔扶傳檄島中仍留古巴國旂，以示必交還意。部民猶感漢家恩。寒沙當日曾埋戟，細柳今時復駐軍。美撤古巴，駐兵僅三年耳。未必田真歸郿闡，可憐車欲裂商君。副總統格勃提爲士人所憤，每欲得而甘心之。魯連義士先逃海，將軍緬那嘉者，辭官隱山寮中，素爲民政黨所信服。此次出而調和黨界。美干預後，已航海赴他國矣。誰與人間再解紛？

如此膏腴一片土，鯨吞蠶食已分明。强權世界忘公理，天演生存起競爭。幾見中原還逐鹿，頗聞列國漸銷兵。頻年無限滄桑感，懶與閒鷗海上盟。

今古興亡付酒杯，閒愁淘盡海潮來。未歸遼鶴家何在，已變沙蟲劫尚灰。大地人才一鑪冶，當年王氣半蒿萊。夜來悽絶聞鄰笛，故國山河更可哀。

《新民叢報》第四年第十三號，清光緒三十二年七月一日發行

灣城竹枝詞〔一〕

音樂亭西映夕曛，如雲仕女集公園。香閨紀念哥侖布，簇簇花毬挂墓門。

衣香鬢影趁風斜，十里沙堤賽汽車。到底玉顔怕吹皺，桃花人面薄籠紗。

〔一〕梁啓超：《飲冰室詩話》『懺厂復有《灣城竹枝詞》如干首。灣城者，古巴首都也。其詞亦感均頑艷，且可作地志讀。』（《新民叢報》第四年第十三號原第五十八號，清光緒三十二年七月一日發行）

夜涼愛納海邊風，數騎香塵牡蠣宫。海旁新築馬路曰牡蠣宫，蜿蜒十餘里。不怯露寒怯月暈，歸來一路上車篷。夕陽西下，遊人如鯽，夜深始散。島中婦女最畏月，謂月曬人面黧黑也。

歌場散後不勝情，羅綺叢中逐隊行。生怕教郎見憔悴，街前背立電燈明。

簾櫳望見屋如舟，樓下居人臨街開窗，行人從窗外望見卧室中陳設，故雖小户貧家，其榻帳屏幮皆極整飾。一笑嫣然阿帝優。『阿帝優』見面頌祝之詞，言上帝庇佑也。儂是小家名碧玉，此間聊借築香巢。

小立窗櫨月色明，閨中人每黄昏時輒倚窗以待所歡之至，至則立窗外談至夜深。喁喁私語口脂馨。昨宵阿母叮嚀囑，莫浪敲門唤妾名。男女雖極相悦，無父母命不得擅自訂婚，男來訪則屏諸門外，不許入室昇堂也。

弦管清宵聒耳嘈，大宫戲院月輪高。院規模壯麗，爲城中戲院之冠。風流裙屐花園角，院前公家花園，四面酒樓，茶館林立。紈絝少年，獵艷其間，終宵徵逐，華人目爲花園角人物，蓋輕之也。挽臂來餐慢地糕。『慢地糕』即英語埃士忌廉也，花園傍某酒肆製者極佳，歐美人來遊者謂甲地球云。

百萬青蚨不翼飛，繁華浪説小巴黎。一夜竟耗中人産，怪底街名散拉揮。婦女衣飾店多設在此街。

鄰家姊妹舞婆娑，鬬得纖腰一掬多。況更弓鞋似纏足，窅娘流毒較如何。島中婦女自幼以極小革靴約足使纖，如中國纏足者然。

酥胸微袒艷如仙，長曳羅裙顧影翩。跳舞歸來花露重，繡巾斜搭護香肩。

村姬争羡效顰妍，别有生涯勝揀烟。盼到明朝剛禮拜，香囊積得買花錢。烟行僱女工揀烟葉，休息日則盡以所得傭值購粉奩脂盝及一切玩物，華商業此者獲利頗厚。

鬼臉佯裝諫那譁，每歲二月間，有節名諫那譁。癡兒女皆戴面具作種種怪狀，遊行街市，舉國若狂。蓋鄉人儺之濫觴耳。是月城中俱樂部皆開跳舞會，赴會者男女皆戴面具，或以帕蒙首，不使人見。幽期密約，掩耳盜鈴，不知凡幾，洵惡俗也。妍嗤摸索費疑猜。車中果漫潘郎擲，多少遊人認易差。接連十日，紅男緑女，遊騎如雲，皆以五色紙條或絲帶花果之屬，逢人拋擲。遇識者擲之愈狂，佻□少年以得女郎擲己多者爲榮。

徑寸朱唇齒雪般，目光炯炯髮拘攣。笑他漆曆塗脂澤，粉本初臨墨牡丹。當隸西班牙國時，黑人最受約束，足不許踏公園，衣服不許麗都。自主以後，黑白平權矣。而黑婦效顰，尤足令人噴飯。

燈光四壁整容堂，一色玻璃大鏡鑲。翦髮匠都渾解事，多將香粉傅何郎。男子翦髮後以香粉搽面，爲他國所無。

沉沉院落撤燈光，島中天氣溽暑。人家夜静，雖客至不掌燈，畏火氣薰蒸也。西人戲謂婦女藏拙之道云。笑語深宵過隔牆。吸到椰漿冰雪冷，可憐風味似南洋。島中多椰樹，人家多吸椰子漿以解渴。

雪縠冰綃軟透風，香肌慰貼轉玲瓏。銷魂十字耶穌架，繡到閨人爽臂鬆。婦女内衣也，奢侈之家製以紗綢，刺花朵名字其上，亦有刺作十字架形者，示崇奉宗教之意。

一丈紅牆覆落花，美境居住最奢華。城外十餘里地名『美境』，多富貴人家住宅。小姑休道無郎慣，昨與姨夫坐馬車。島俗：閨女不許踽踽獨行，每出入，非父母則必有親眷男女相伴。

有約來觀滄海日，相將躍入華清池。西風吹岸緑波皺，知是楊妃出浴時。美境一帶，跨海築室爲浴堂。盛夏時，男女結隊，平明而往，海日東昇則浴罷而歸矣。

妾住劍茆郎隔河，荒畦十畝種波羅。郎今愛啖波羅蜜，怪底甜言餌妾多。距城五十里外村落名劍茆，有波羅園，環居多小户人家。隔河爲汽機製酒工廠。

漫將夫婿問羅敷，似海侯門鎮日趨。嬌憨那知黄種貴，上街人笑拜山奴。華人業貨郎者，謂之『上街拜山奴』，猶言鄉人也。先是華人與華人遇，互相稱謂，土人遂尚以爲華人之名稱。

家家閨閣供慈悲，人家閨閣供一女神像，華人輒稱爲觀音菩薩，殊可笑也。奩鏤沉檀像繡絲。一樣神權笑迷信，豈惟中土有淫祠。

豐年景象自懸殊，誇説烟糖價有餘。座滿幾家凉水館，閒談細嚼淡巴菰。灣城之有凉水館，猶滬上之有茶館也。

《新民叢報》第四年第十三號，清光緒三十二年七月一日發行

題詞絶句六首[二]

百畝花田曠未開，尋春怕上越王臺。可堪流盡珠江水，猶有秦箏洗耳來。

樂操土音不忘本，變徵歌殘爲國殤。如此華年如此曲，隔窗愁聽杜秋娘。

軟紅何處醉飛仙，一掬胭脂灑大千。不見秦時舊明月，鷓鴣啼破夢中天。
萬花扶起醉吟身，喚醒春風睡蝶魂。多少皂羅衫上淚，未應全感美人恩。
小蠻妝束最風華，螺髻香盤茉莉花。除却後庭歌玉樹，不教重譜入琵琶。
當筵誰遣唱淮南，淵客流傳我未諳。但與哀潮鬭幽咽，簫聲吹滿白鵞潭。

《粵謳新解心》卷首，民國十年刊本

〔二〕梁啓超《飲冰室詩話》：『鄉人有自號「珠海憹餘生」者，熱誠愛國之士也，游宦美洲，今不欲著其名。頃倣《粵謳》格調成《新解心》數十章，且自爲題詞六首：「百粵雄藩鎮未開，尋春怕上越王臺。可堪流盡珠江水，猶有秦箏洗耳來。」「樂操土音不忘本，變徵歌殘爲國殤。如此華年悲錦瑟，隔窗愁聽《杜秋娘》。」「軟紅何處醉花仙，一掬胭脂灑大千。不見秦時舊明月，鷓鴣啼破夢中天。」「萬花扶起醉吟身，想見同胞愛國魂。多少皂羅衫上淚，未應全感美人恩。」「小蠻妝束最風華，螺髻香盤茉莉花。除却後庭歌玉樹，不教重譜入琵琶。」「當筵誰唱《望江南》，流徧珠江亦美談。一樣俠情今日記，簫聲吹滿白鵞潭。」云云。芳馨悱惻，有《離騷》之心。吾絶愛誦之。其《新解心》有《自由鐘》《自由車》《呆佬祝壽》《中秋餅》《學界風潮》《唔好守舊》《天有眼》《地無皮》《趁早乘機》等篇，皆絶世妙文，視子庸原作有過之無不及，實文界革命一驍將也。』（《新民叢報》第三十八、三十九號合本，清光緒二十九年八月十四日發行，《飲冰室詩話》，人民文學出版社一九五九年版，第五二一—五三頁）録存以備校勘。

題潘蘭史徵君江湖載酒圖二首〔二〕

世界久榛莽，江湖猶歲年。青樽名士酒，紅藕美人船。醉拾滄海月，夢遊雲水天。鐵簫驚野鷺，銜起白蘋烟。

今日扁舟處，明朝散髮時。志從浮海大，才自著書奇。溢浦青衫淚，珠江紅豆詞。千秋一悵望，涼月浪花吹。

庚午春自美洲歸晤雙照樓主人於東京約詣三河屋小飲即席口占

笑上高樓倒玉樽，憑欄共抖素衣塵。下臨谿壑疑無地，再造河山賴有人。酒後怒呼遼海月，花時慙對故園春。天教博浪沙錐誤，留與陰符擊暴秦。

《同聲月刊》第一卷第四期，民國三十年三月廿日出版

次溪世講近著汪精衛先生年譜爲題粵白話詩二律

先生年譜肯遲修，材料堆齊枕得頭。天脚底窿捐百足，百足蟲多爪，猶言搜羅富。人心裏便挂千秋。身經險過應無險，血望流完咪再流。撑到隻船將近岸，竹篙揸穩向前鈎。

痛苦艱難儘管多，成條鐵柱當針磨。捉蛇就算燒埋草，趕雀無妨打定鑼。年月有人幫去揾，江山有鬼敢嚟摩。呢編書若評親價，點止黄金鑄戥鉈。

張江裁《汪精衛先生年譜》卷後，《北京圖書館藏珍本年譜叢刊》第一九九册，北京圖書館出版社一九九九年，第六六八頁

〔二〕《同聲月刊》編者按：『懺盦先生以詞名，絶少爲詩。偶得其舊作三章，亟爲刊出，他日好爲詞林增一重故實也。』（《同聲月刊》第一卷第四期，民國三十年三月二十日出版）所謂『舊作三章』即《題潘蘭史徵君江湖載酒圖二首》及《庚午春自美洲歸晤雙照樓主人於東京約詣三河屋小飲即席口占》。

疏肝齋廣州俗語詞漫存題詞三首

聲家境界獨翻新，幸不些留炳鑿痕。越縵操縱散花手，南天香雨洗腥薰。

周淳于又漢東方，笑史今纔發祕藏。遊戲人間渾只似，穿花胡蝶舞仙鄉。

詞成料免秀師訶，讀付狂朋倒區羅。未飲嬌顏已紅煞，忍添羞暈入梨渦。

詞

金縷曲題友人《仗劍東歸圖》〔一〕

萍梗悲身世，滿天涯、酒襟塵帽，飄零如此。萬里還家猶帶劍，不減當年豪氣。算赤手、屠鯨閒事。一桁畫樓簾外卷，早有人、笑向兒童指。騎白馬，君歸矣。　淵明竟遂田園計。便而今、奚奴分付，琴書料理。三徑未荒秋已老，休負韶華似水。且拚對，黄花沉醉。從古蛾眉遭

〔一〕邱煒萲《五百石洞天揮麈》卷七：『歸善廖鳳舒太守恩燾，余著《贅談》時已載其詩。今又得其詞題友人《仗劍東歸圖》，調《金縷曲》。太守於詞本非慣家，出筆便能不俗，殆性之所近者。太守居羊城河南，其弟碧侯孝廉恩熊於余爲同年。丁酉夏，五兄弟來港，余遇之蔡君寓，知欲作粤遊，堅約至時必主其家。後雖不果往，而殷殷之意，則有令人難忘矣。』（《五百石洞天揮麈》，清光緒二十五年粤垣刊本）

嫉妬。向尊前、莫拭英雄淚。聊起舞，珊瑚碎。

邱煒萲《五百石洞天揮麈》，光緒二十五年刊本

失調名壽歌。許親家母朱太夫人六秩榮壽，倚聲奉祝

永晝錦繞，慈雲千尺，寶婺星輝在南極。祝清苦節，三鳳齊飛，萊舞處、恰喜萱齡六十。驪鞭早著，難弟難兄，腰箭功成學風植。溫嶠稀年，燈影機聲，記辛苦、畫殘窗荻。待鶴壽、頤杖扶鳩，已飽看、兒曹河山收拾。

據廖恩燾手迹

玉樓春和心畬

蓬萊仙島迷雲色，下界鐘聲天半隔。洪崖棲處是花多，花落花開空九陌。無邊烟雨江南北，送盡征帆悲去國。暮鴉終古咽垂楊，頭白長安歸不得。

葉恭綽選輯《廣篋中詞》，《遐庵叢書》本，民國二十四年刊本；溥心畬《寒玉堂詩集》附《凝碧餘音詞》，新世界出版社一九九四年版

花心動

休問茶烟，怎雕闌、黄昏殢人殘醉。紗逗語香，詩染簫痕，記聽隔花彈指。捲簾收了真珠串，垂一串、還如珠淚。噪鴉外，林聲又唤，怨蟾東起。　莫道魚龍海氣。裝點好樓臺，勝他紅翠。雲影片帆，塔勢清江，過眼百年興廢。浪淘畫鷁笙歌去，淘不散、羌邨燈市。無那也、鉛仙暗流恨水。

初印本《懺盦詞》卷二

三部樂

展堂題梁節厂詩集有『落花飛絮尋詩處，明月清風送客時』句，隱栝其意爲詞

真箇詩仙，占罨畫水堂，對峰如滴。峭闌聊倚，得共閒鷗分席。雨簾外、聞木樨香，註梵經蠹卷，且休吹笛。絮飛欲寫，淚迸落花飄墨。　黄公故壚在否？酹酒杯試灑，暮山秋色。記掀美髯一笑，終成頭白。武昌魚、早都厭食。廊月暗、南園謝客。簫韵怕續，西州路、扉蘚捫碧。

初印本《懺盦詞》卷四

永遇樂 三月朔日，譜依竹山

黏蝶紅牆，殢驄青陌，雲正行處。媚水回眸，秀巒覿面，春已留人住。葱盤齏甕，蝦罾魚艇，舊訂鷺盟猶誤。何須問，將歸燕子，妒花者番風雨。　韶華一瞬，輕彈僵指，錦瑟繁絃澀柱。絡緯鐙前，鞦韆索畔，芳恨添幾許。茫茫誰授，斑斕才管，寫盡黯然南浦。堪憔悴，江關庾信，暮年又賦。戊辰和稼軒此調云：『記得當時，洞簫吹過，花底鳴鑣路。幾回猶聽，隔船蠻女，學打青腰小鼓。從渠問，人間尚有，廣陵散否？』節録於此。

初印本《巘盦詞》卷五

雙雙燕 友見余丁卯所作此曲，因鈔示公度舊詞，欣然如逢三十年前故人。詞爲和潘老蘭與夫人有偕隱羅浮之約而作，循誦數四，依均再賸一解

羅浮睡了，便擬叱金蚘，山靈鞭醒。潭花妝覶，半浸簪痕玉冷。曲唱屯田泉井。誰更覓飛瓊舞鬢。待看合十開巖，都向衆生摩頂。　村徑。梅招未隱。任雙蝶騎來，盟香先穩。濃雲似雨，怕又林昏鴉暝。眉照古天秦鏡。莫畫得、霜娥瘦影。記人間世結廬，早闢千年詩境。

附録原詞

羅浮睡了，試召鶴呼龍，憑誰喚醒。塵封丹竈，賸有星殘月冷。欲問移家仙井。何處覓風鬟霧鬢。衹應獨立蒼茫，高唱萬峰峰頂。荒徑。蓬蒿半隱。幸空谷無人，棲身應穩。危樓倚遍，看到雲昏花暝。回首海波如鏡。忽露出、飛來舊影。又愁風雨合離，化作他人仙境。

初印本《懺盦詞》卷七

水龍吟己卯荷花生日，自題《半舫齋詩餘》

移燈夜語西窗，芙蓉心上三更露。泠空淡碧，煙江一舸，虹河平溯。別岸圍紅，送人雙槳，萬妝争妒。聽鳳笙吹下，飛軿天際，新鴻喚，半汀鷺。　洲上青蘋生處，載清吟，數聲柔櫓。低簾籠燭，翠翹欹鬢，游情如霧。峭石帆收，裴郎歸後，幾番風雨。記行雲夢影，隔花時見，等閒留住。

水調歌頭 前闋成，棖觸近事，媵以此解

天氣乍晴朗，日轂弄朱羲。永和三月，修禊千載却同時。不意華燈初上，忽報東風猶惡，倒向柳條吹。蜃際市囂集，雲杪陣鴉飛。　哀莫過，王孫又，唱彈詞。衣冠滿座如雪，泣者最多誰？百甕宣城未辨，十碗盧仝聊借，壘塊一澆之。醒漫隔花語〔一〕，花也有良知。

《甲戌玄武湖修禊·豁蒙樓登高詩集》，民國二十四年排印本

【校勘記】

〔一〕『壘塊一澆之，漫隔花語』，按律闕一字。

水調歌頭 限賀東山體

樓月引簫起，燭漸向花移，歌筵人倚，鬱輪袍勸鶴南飛。多照秦簪丫髻，一撥湘絃么字，彈淚溉江蘺。吾本蒼生耳，哭罷峴山碑。　笑共工，頭觸處，裂天維。紺塵何世，英雄成敗付斑騅。香散堂前酒氣，光卸簾間珠翠，翠臺沼入愁漪。燈火今宵事，明旦訪鴟夷。

《如社詞鈔》第六集，民國二十五年刊本

高陽臺 限『訪媚香樓遺址』題四首

筵燭摇情，杯漪弄影，秦淮幾處迷樓。歌箑翻殘，行雲黯向芳洲。血猩染就桃花瓣，那更堪、絲管痕留。費銷凝，憑弔苺苔，鴛瓦凋秋。　風塵閱盡誰知己，對簾間飛燕，雨外言愁。心有靈犀，盆蘭早悟前修。人天今古蕭條甚，只淚珠、滿貯箜篌。付年時，彈與江南，聊譜清謳。

烟蹙林容，風收花氣，遊人此地魂銷。華屋山邱，歡場忍向前朝。鵑紅濺上新羅扇，畫折枝、惱煞歌嬌。太無端，一點燕支，一寸鮫綃。　詞流百輩渾多事，又頹闌敲韵，淺岸停橈。何處珠簾，當時翠袖曾招。雲痕雨影昏鐙夜，正秣陵、與訴迴潮。不堪聞，城上吹笳，城畔吹簫。

一曲鵾絃，三生鴦譜，淘愁有酒如淮。珠箔籠妝，玉顔羞比寒鴉。新詞解寫江南怨，怕錯翻、扇底桃花。管興亡，人隔秋烟，曾抱琵琶。　青桑東海尋常恨，醒笙歌閒夢，裙屐伊家。溝不流紅，情根斷向天涯。芳名孰與梅嬌重，任素娥、鏡裏猜他。歎山川，才思都無，猶共韶華。

啼鴂山河，飄花身世，相逢未嫁羅敷。甚惡東風，愁痕吹上蘼蕪。娉婷慣是天憐惜，墜畫樓、不碎明珠。裊垂楊，便作千絲，分付鶯扶。　當時扇上斑斕點，看似桃蔥蒨，比靨清臞。送客江頭，幍巾有淚沾濡。笙塲散盡衣冠隊，悟劫灰、篆鼎消餘。但香巢，一抹荒烟，尋徧城隅。

《如社詞鈔》第七集，民國二十五年刊本

倚風嬌近懷倦鶴海上

行篋新詞，麗情歌滿江左。萬花喧海、樓中坐。笙壁語丹螭，柳陌囀黄鸝，憶得當時，雨卧長淮燈舸。應唤歌嬌，妝閣眉峰低鎖。吹徹銀簫遥和。夢綺霞，光翠瀾流釵飛墮。鳳雲正掠紗窗過。〔二〕

倚風嬌近半櫻讀若飛、呋盦、秋岳、衆異觀舞詩有感，依草窗均成詞示余，因復繼聲

迴屧生蓮，練裙看似冰縷。燕偎鶯抱、聯翩舞。肌雪沁香城，臉玉轉雲屏，十足娉婷，淡素西顰添嫵。休放春心，勾煞蠻腰纖處，仙隔蓬山何據。過眼群芳帶層霧。翻鴛譜。漫猶醮筆花梢露。

《如社詞鈔》第九集，民國二十五年刊本

紅林檎近 閏三月立夏遣懷

谿草青彌遠，經桃紅尚鮮。步石度危巘，撥雲聽流泉。勝如珠偎翠擁，醉後卧笛鶯邊。只惜放耳歌天，風緊殢新蟬。　枉擊燕市筑，空著祖生鞭。腰間扇在，元規塵却依前。問夷吾江左，平原座上，暮年博得詩幾篇。

《如社詞鈔》第十集，民國二十五年刊本

〔二〕吴梅《瞿安日記》一九三六年三月十八日：『下午應如社課題，作《倚風嬌近寄同人》。此調僅見草窗詞，拾遺所載張少峰説，鄙見當兩從之。已見初十日記中。遷延至今，方托稿云。得廖鳳書此作，不以玉韵爲是，此各人見解不同，無妨也。但詞不甚佳。今録下。《前調·倦鶴自滬寄示〈泛清波〉詞因括此調率贈》：「行篋新詞，麗情歌滿江左。萬花喧海、樓中坐。笙壁語丹螭，柳陌囀黄鸝，憶得當時、雨卧長淮燈舸。應唤春嬌，妝閣眉峰低鎖。吹徹銀簫遥和。夢綺霞光翠瀾涴。杯飛墮、鳳雲正掠紗窗過。」塗金錯采，不知於意云何，此學夢窗而得其晦澀者也。』（《吴梅全集》日記卷，河北教育出版社二〇〇二年，第六九一頁）

燕歸梁乙亥冬，偶檢《尊前集》，嗜其小令風神，仿作數十闋。丙子初夏，録爲撫宸仁兄先生正之

白雁銜霜不度關，歲晚游雲寒。杯行無酒酹闌干。醉霞光，頳孱顔。　若漪一片奩紋外，人境隘，天水寬。平生丘壑幾盤桓。駐游繮，整欹冠。

玉磬飛聲落紺塵，衆耳凈聞根。僧厨傳飯又黄昏，看炊烟，起鴉群。　鳴雞不喚逃禪去，空頂禮，叩金身。鶯花時節總逢君。半瓢詩，滿山雲。

不放銀鈎押畫簾，夜久篆香添。離懷中酒漸厭厭，卸殘妝，伴冰蟾。　挑鐙卜就鞋兒卦，鴦枕夢，幾曾忺。熏籠猶著嫩寒尖，聽鈴聲，語風簷。

據廖恩燾手跡

繞佛閣哭展堂，聲依清真

故人紺海，層霧阻絶，書雁初斷。花信吹暖，乍聞病起，飛旌指江畔。望霓大旱，霖降否，風怕呼轉。天道乖舛，隕星在野，城烏叫愁亂。這局未收拾，怪似浮雲今古變。從此漫吟，蓬頭摇羽扇。記論世、挑鐙春韭同薦。可憐巢燕。自翠影迷離，芳事消散。忍銜泥、畫簾

教捲。展堂游歐洲回，以畏寒留粵。入夏，病良已。苟無泥之者，則北來有期矣。乃方共協之對弈，猝患急疾，遽爾下世，悲夫！

女冠子 限用牛松卿體二首

蝶尋花到，比較花枝嬌小，不禁風。幾度摇珊佩，多般動玉容。過牆欺舞燕，翻檻怯喧蜂。一上鞦韆架，隔芳叢。

密圍紅霧，此際銷魂無數，入蘭房。粉臂蟬紗透，冰肌鳳簟凉。撕磨親耳鬢，移動觸衣香。莫遣佳人唤，薄情郎。

《如社詞鈔》第十一集，民國二十五年刊本

訴衷情 限用温飛卿體二首

簾卷，天晚，人去遠，小闌干。和淚倚，臨水，翠衣單。影落玉簪寒，珊珊。凌波微波難，徑苔斑。

花貌，娟好，春易老，只樓前。衣帶水，長翠，浪痕圓。湧出月團圞，年年。嫦娥還，在天弄華妍。

《如社詞鈔》第十二集，民國二十五年刊本

歸國謡依温庭筠體之三

欹枕。轉漏到花天尚暗。小規凉月窗浸。被鴛翻蜀錦。忍聽念奴鄰飲。吼笙喧擾甚。粉顋紅雨飄衽。認梅嬌姓沈。姓作上聲。

《午社詞》，民國二十九年刊本

定西番《語溪徐氏三世遺詩》題詞

三世遺詩手澤。兵革後，蠹蟫餘，夜光珠。進士幾人不櫛，矧爲簪與裾。待看石渠籤署，語溪徐。

《語溪徐氏三世遺詩》，民國二十九年排印本

雪香梅七十六自壽詞成，夢招袖示秦頌堯《六十初度詩》八章索和，即書以應之二首

甚頭白，行年七六未衰翁。只傷時清淚，黏來袖墨微濃。瓶水滋梅蕊垂蠟，珱漪搖月影疑弓。忍寒鶴、漫試霜翎，飛上峨松。　神龍。首先見，壁點睛成，料總騰空。寶匣塵埋，怎還膏沐爲容。巨浪滔天鷺孤立，雜花蓮苑蝶相通。囊詩在，江上信美，分付奚童。

健腰腳，虬藤蠟屐訪奇峰。但侵尋愁病，平途步屧慵。寧引驕猧倒棋局，好隨馴蝶繞花叢。小梅萼，向鬢嘲人，頭腦冬烘。　無風。也因便密把書辭，付與賓鴻。已劫心魂，那關雨滴階桐。海氣樓台勝陳跡，洛城歌管入殘烽。晨來聽，喧簷凍羽，知報霜濃。

《群雅》第一卷第二期，一九四零年

荷葉杯依皇甫松體之一

鳳鑰獸鐶雙綰，深院，簫寂畫樓寒。粉塗朱堊舊迴欄，曾染袖香繁。　凌亂踐猧殘局，休續，傳語折花人。尋花須只趁清晨，花怕見黄昏。

霜花腴重九，潘園置酒，籬葩未放，僅瓶供者嫣然對客。拈夢窗韵，約大厂、秋齋、春草同賦

媚瓶瘦菊，笑早開紅萸，怕伴簪冠。秋老花遲，鶴飛琴碎，青山欲買應難。帶忘沈寬，唤醽杯、堆藉窗前。便園林暮色蒼茫，噪鴉依柳幾曾寒。

仙曲鳳簫休按，春草能度曲。自風騷不作，賸唱低蟬。吹角天昏，蟠籬根秀，題詩漫怯裁箋。那煩載船。理畫幗，椎髻人娟。待研珠、繪影陶潛，九華鐙下看。

定風波眉孫、貞白招社集。是日適爲陸放翁生日，同人約以爲題，拈翁此作，并用原均率成

團扇歌殘帶月回，可曾圖影陸家梅。應諒南園翁作記，毋謂，千秋集矢一人來。今祝生辰聊酹酒，叉手。且教吟社逐樽開。强半狂朋霜壓鬢，懽甚。詞成休聽鼓蛙催。史載陸游爲韓侂胄作《南園記》，見譏清議。按：侂胄定策伐金，與秦檜主和議，皆出於當時事勢，不得不然。近世學者辨之詳矣。熙、豐、元祐間，士類門户之見深，雖程、蘇尚水火不相容，何論於荆公之行新法！狺狺狂吠，舉國盲從，古今一轍。平原在相位，無禍國誣民之跡。玉津園之禍，識者哀之，自不可與惇、京、確、抃輩同詆爲神姦巨蠹。觀於朱熹之歿，僞學禁方嚴，無一人敢往弔，獨辛稼軒毅然爲文哭之。辛殆亦正人也，而《沁園春》《西江月》二詞，極

稱平原勳業，或疑詞非辛作，然玩其語氣，實辛作無疑。則《南園》一記，烏足爲放翁詬病乎！余是以有千秋集矢一人之歎耳！　半舫齋附記。

長亭怨慢 詠瓶中蠟梅

慣消受、千巖風露。點染殘冬，色香瓶貯。庾嶺人回，暮雲横岫最憐汝。屐痕黏了，誰擲上、斜陽樹。樹不比梅寒，結細萼、枝枝還古。蝶妒。記蜂黄夕褪，粉墜又遭簾雨。檀奴在也，漫贏得、月欄偷覷。第一是、淺淺妝成，笑勻額、何曾留譜。算裊似金釵，難引鈿娥飛舞。

《同聲月刊》第一卷第四號，民國三十年三月二十日出版

瑶華 收燈乍過，又近花朝，春陰殢愁，依聲夢窗譜此

春光早洩。柳綫千絲，向苑墻青拂。喧簾燕子，先放教、金井闌干飛越。鑪熏微燼，卸頭上，釵鸞聊撥。倒翠尊、憑酒酬歌。夢影嬌鶯能說。　愔愔細雨斜陽，解花後催花，不任香歇。雕鞍繡轂，游隊裏、惜取泥黏羅襪。老夫耄矣，且漫怨、芳菲鳴鴂。恐鳳靴、挑菜人歸，未了蜂腰殘雪。

唐多令三首

高閣倚晴空，明霞幻海虹。閱滄桑、人世匆匆。二十四番花信過，又零落、幾香紅。愁釃酒偏釀，澆殘塊壘胸。問草間、偷活昆蟲。孰與半間堂促織，鳴得意、玉盆中。

燕華屋幾山邱，笙歌處處樓。舞當筵、漫錯伊州。除是周郎能顧曲，爲誰誤、拂箜篌。子觸簾鈎，無聊豁醉眸。忍題紅、暗付宫溝。欲託魚書傳恨去，渾怕逐、水東流。

山窗月太多情，陪人到五更。隔簾櫳、萬籟無聲。只有猧兒嬌喘細，答蓮漏、聽分明。黛兩痕青，犀心一點靈。怎偏教、喚作傾城。酒入愁腸都化淚，窮塞主、可憐生。

彩雲歸六月二十三日，德、義、芬、羅對蘇俄宣戰，歐局益趨惡化。淫雨匝旬，夜不成寐，檢柳耆卿此調，惘惘譜成。昔有人譏辛稼軒《永遇樂》詞用人名過多，余是作亦難自解嘲也

颼然戰雨悔西荷。舊京十刹海，荷花最盛。夢驚回，舞蝶婆娑。光透窗，半榻殘燈在，揮扇手、嫩撲飛蛾。無端費，女媧天補，有共工恁多。此恨付，故年書眼，次第銷磨。稱戈。將軍功狗，笑功人、又只蕭何。玉蟾蘸盡花淚，翻作萬頃愁波。恐不須、虞淵换景，地滿荆棘銅駝。休

《同聲月刊》第一卷第十期，民國三十年九月二十日出版

攜酒、猶忍憑高，目送山河。

玲瓏玉

梓彝園中看菊聽歌，主人新購得牡丹一盆，花大如盌，紅艷欲絶，座客咄咄稱奇。據云滬上有二盆，價逾百金，其一已屬沙吒利矣。秋齋索詞，因賦，亦社選姚調

花對笙筵，早叢菊、博得清謳。仙香忽洩，絳紗淺護燈篝。我也浮雲在眼，問東籬高士，誰肯低頭。嬌羞。非人間，紅粉一流。　恨煞花神醉筆，向牌名輕點，教殿殘秋。倒鳳顛鸞，願情天、譜漫鴛修。争知孤芳寒瘦。再添箇、環妃國色，本可消憂。兩娥黛，怕難容，還鬭未休。

瑣窗寒

昔年放琴客口占送之云：『到底游絲總情薄，砉然輕放落花飛。』夢窗詞涉及去姬事，數見不鮮，誠有如《海綃説詞》所印證者。渺兮予懷，黯然成均座中某君將營金屋，故借以調之。

春冰解。但酒香染得，青衫痕舊，浣除須待。無奈。傷懷倍，見夢翠盈窗，怨紅入海。雲裳絮影漫天，黏花惹蝶，此情今改。王孫恨草，野火劫殘猶在。算腰刀、對河便抽，亂流斷若

幻想，頓渺徽圖容彩。只釵鸞，還抱故恩，幾曾爲，惜歌舞買。記當時，范蠡湖邊，早約吴艭載。

紫萸香慢夏映老以社課選詞，酬余《瑣窗寒·追賦昔年放琴客》之作，步均滕一解報呈，索同社諸君和章。因寄榆生金陵、海綃翁粤中

暮年抛、芬芳穠緒，壁蛛嬾作盤絲。誦君貽佳咏，囀鶯舌、隔牆枝。唤起幽窗閒睡，又春懷撩動，未覺吾衰。恨青山，無故玉瘞劇多時。姬琵琶別抱後，紫玉成烟八年矣。杳鏡裏，兩痕淡眉。尋思。感舊成詞。休歷歷，叩前期。記章臺走馬，乘鞭拾取，飄粉零脂。幾回笑桃人面，悔崔護，浪題詩。想嬌禽，繡籠愁閉。放教飛去，林壑隨處生機，紅翠四圍。

《同聲月刊》第二卷第一號，民國三十一年一月十五日出版

水調歌頭羅君仟挽詞

君髮尚垂額，我挈渡鯨洋。學成重又邀約，遵陸辦歸裝。君年十一，尊甫命赴越南習法文。適余有星洲之行，因囑攜同航海。光緒丙戌，君畢業倫敦牛津大學。余賀英皇加冕畢，取道西比利亞回國，復約偕行。轉瞬雄飛虎嘯，迭掌法曹譯部，勛業杜黄裳。年甫過强仕，冠挂直須忙。論人品，癡絶似，

顧長康。勃然使酒罵座，誰諒灌夫狂。不死覆盆冤獄，不死覆巢戰禍，脱屣豈容傷。待看峴山麓，碑淚發秋棠。

八寶妝

訒盦以吴諺『螺殼道場』喻吾人今日處境。丐朱君繪圖便面，賦《玲瓏玉》一闋。映盦和焉，詞均極工。午社因拈作課題，并限《八寶妝》調。余從李景元體，勝得此解

尋鎛逃囂，鬬嫌蝸角，礙我嘯歌環堵。蛇影杯弓成底事，擾擾恒河沙數。諸尊色相便空，吹法螺來，迴旋猶引天魔舞。那管駕輪如齒，行蟲迷路。　憑扇畫稿工描，縮人變蟻，一方乾净誰土。訴煩惱，梵王座下，衆生似，蠅頭瓜聚。歎齋粥，僧貧未煮。粒中無現金身處。甚信手兜羅，蠶餘半葉還爬取。

《同聲月刊》第二卷第二號，民國三十一年二月十五日出版

木蘭花慢

海綃翁挽詞

對南風不競，弔詞客，越王臺。似鵾墜深潭，雲崩絶嶠，珠割飛厓。生涯。白頭槖筆，賦高邱無女爲誰哀。獨記織綃成海，登壇拜將江淮。　雄才。十五年來，彊老去，晦翁埋。數晨星幾點，天猶幻作，野馬塵埃。安排。霜花篋稿，問名園感舊甚時開。忍聽端陽簫鼓，送歸仙鶴

蓬萊。

《同聲月刊》第二卷第七號，民國三十一年七月十五日出版

婆羅門引 太疎約過橋西草堂賞桂，酒後折贈一枝，歸供案頭，感香成韵

吳剛砍處，著花依舊緑婆娑。詩人笑覆杯螺。休憶木樨香裏，曾惹秀師訶。問西風吹過，醒未顔酡。　蟾宫綺羅，怎贈比握蘭多。前日侵籬蕣種，一一都鋤，憑持斧柯。共雲氣當空頻盪摩，重潤色咫尺山河。

《同聲月刊》第二卷第九號，民國三十一年十月十五日出版

探芳信 禊集橋西草堂，以杜詩《狂夫》一首分均，得『稚』字

又修禊，問永和徂今，幾何年矣。尋流觴佳處，橋西半泓水。劫灰殘墨谿山賸，畫本將軍李。漫還猜弄燠鶯纖，蘇晴柳稚。　擲了酒杯起。看鐙檻乾坤，岫雲磨洗。簇緑池臺，天爲添羅綺。草堂從有詩人宅，只一袈裟地。向鐙樓夜放，如虹劍氣。

《中國詩刊》創刊號，一九四二年

瑶　華

潘子頤藏書畫甚夥，以花朝後二日爲五十生辰，招粤劇團奏技宴客。客有嫻絲竹者，子頤如夫人引吭歌一曲，颯颯移人。大厂、秋齋、春草約爲詩，余不能也。拈此詞爲壽

簾餙熯日，幾樹嬌鶯，報好春消息。懸弧在户，開畫堂、歌管朋樽喧席。遽年彈指，正尼父潛心周易。點鬢絲遲了吴霜，袖果車中擲。而今頓嬾嬉游，有天女拈花，獨伴摩室。哦松嘯竹，閒卧起，不運陶公城甓。小神仙也，睹世外衣冠如奕。種紺桃千畝成蔭，笑倚圖書東壁。

《小説月報》第十八期，一九四二年

春從天上來

癸未元旦立春，時方對英美宣戰。用王秋澗聲韵，索得此解。按：王作與吴彦高作上段三字不叶韵，白朴、邵亨貞則叶韵，似較諧暢，從之

雲裹珠宫，正兩降佳辰，裝飾春容。雋播釵試，牛土鞭融。漫道帖子裁紅。白羊隨禮去，賸革故天意偏同。笑相逢，記迎年鬧偏，城闕笙鐘。　銅駝幾回荊棘，冷燈火秦淮，不見鶯櫳。一色旌旗，千門刁斗，鐵蹄敵騎潛蹤。喜謝堂新燕，巢更穩，傳語飛鴻。引杯空，醉把花扶起，還倩東風。

《同聲月刊》第二卷第十二號，民國三十二年一月十五日出版

金縷曲久不得榆生書，忽一紙飛來，知患牙痛，倚此寄懷，聊博莞爾

久歎書鴻杳。忽飛傳故人病齒，竟同温嶠。我齒摇摇懸旌似，輸爾堅如城堡。算雞肋食殘能保。痛定緣何還思痛，豈金針度處遲收效。些箇患，患猶小。　吾儕大患憑誰療。只除非伐毛洗髓，仙丹靈妙。幾夜詩吟渾難落，贏得菜根常咬。漫二豎再容侵擾。列戟建牙他年事，願衆生無疾無煩惱。持此語，向君報。

《同聲月刊》第三卷第八號，民國三十二年十月十五日出版

霓裳中序第一癸未十月十七日，橋西草堂招集拜放翁生日，以翁《六十吟》分韵賦詩。余未赴，主人爲拈得『葉』字索詞，依聲白石

千秋漫再説，記作南園虧士節。公論翁然判決。説見余庚辰集午社拜放翁生日所作《定風波》詞附論。向懸像獻觥，催詩飛牒。將軍興烈，正草堂西共橋接。豪吟罷，一痕淺碧，繞郭帶淮月。　聲咽。畫廊殘葉。冷酒夢笳鳴遠堞。乾坤無數戰骨，簇錦池亭，斂影蜂蝶。放翁名未滅，

萬世後芳馨尚擷。生辰也，移樽同看，樹樹野梅發。

《同聲月刊》第三卷第九號，民國三十二年十一月十五日出版

燭影摇紅 贈錢仲聯

班馬文章，蔚然奇氣通詞賦。萬邦龍戰血玄黄，飛向毫端訴。呵壁捫天漫語，夜沈沈霜虬起舞。舊家宗派，江上峰青，千年心素。不换兜鍪，儒冠肯被蟫貂誤。男兒三十立功名，豈必爲房杜。吾道干城寄與，遏頹波中流砥柱。河山淚點，甚采芳馨，紐囊同貯。

《同聲月刊》第三卷第十二號，民國三十三年六月十五日出版

高山流水 汪主席輓詞

夜風瑟瑟響霜竿，倒陶籬、花更闌珊。鸞翅九霄來，東皇詔敕遥頒。凄然覩、斷索鄰旛。安危事，鎣薑誰同掃滅，唱煞刀鐶。但形銷影在，颯颯燦雲端。黎元。甯惟口碑也，勳業早信史流丹。裘劍冷西州，老却灑淚羊曇。下邳游，掌故掀翻。擊秦暴，公較留侯膽勝，半壁扶殘。想生前，本當奇絶古人看。

《同聲月刊》第四卷第三號，民國三十四年七月十五日出版

虞美人

天亡楚豈虞兮咎？魂化珊芭秀。不堪訛解謫仙詩，忍道名花傾國是環兒。　迎風猶作傲傲舞，無復重瞳顧。十年劍血□痕多，紅處分明長認漢山河。

六州歌頭四聲、陰陽、平仄，悉依稼軒而換其韵

含毫蘸墨，寫得雨和晴。濃澹染，上縑素，勢難平。貌棱棱。雨也山同瘦，競奇處，嵐添翠，雲補色，神融洽，跡分明。休道年隨筆老，聞心寄，冷落丹青。想風摇葉動，驚起聽禽鳴。填海銜來，倘功成。　對瀟湘景，棋幾局，飛一子，響殘枰。仙約醉，那平聲便到，汲泉瓶。話逢僧。掃緑苔詩就，方欲拜，换茶烹。固妙在，渾繪盡，者時情。洗刷莓牆月鏡，呼鸞舞、叱鶴前行。引故園夢影，坐試笛柯亭。畫是通靈。

惜餘春慢 和逸仲均

墜月沈鈎，行烟拖綫，亂入閒年詩草。光陰迅羽，去住清波，塵世正迷昏曉。惟有商春暫留，含雨梅子青還小。向鐙床、頻起籤聲，猜徧夜眠拚少。　知頃刻、偷取歡娛，偎花難捨，定賺多般煩惱。饒些鎮静，賸點芳菲，待夢艷鬟廊掃。寧道華韶弄人，癡蝶枉忙，流鶯空老。到翁凫、邀醉追凉，荷渚影亭亭繞。

賀新凉 步東坡韵並四聲陰陽平

有樹因爲屋。小池成、巖湍引水，可凫鷖浴。叵耐先生熱腸慣，饌久食無鱠玉。夢醉倒、筝旁方熟。簷溜淋漓聲到枕，是秋娘、按譜吴娘曲。更協以，真絲竹。　越娥破曉眉峰蹙。數來鴻、去燕雙也，只伊偏獨。宜趁夾衣未披上，先將綃裙檢束。□損了、湘江拖緑。却早合征袍寄與，鐙前怕翦尺手觸。墜粉汗，尚蔌蔌。

玉京秋依草窗聲韵

秋景闊，郊行信笻去，眼明心切。亂石生雲，急湍導籟，流殘溝葉詩覓。驢應跨上指前溪，橋未封雪叫音別，勃姑飛過，向人如說。夕近啼鴉寒怯，庇歸巢、長條翠缺。路蔓烟昏，籬葩霜勁，杯螯休歇。牧笛村邊，醉記卧、橫瑟當壚時節。底歌咽，鬟動峰螺閃月。

《𢛯社詞鈔》，一九五三年八月十五日稊園油印本

臨江仙堅社同人醵資祝余初度，戲以古人姓氏故實，各相符合者，分嵌成詞，敬爲聲謝。

序次先後，則信手拈來，迄無軒輊，希曲諒焉

老朽壽儕胡果，九老會中胡果年八十九，爲諸老冠。諸公才媿香山，劉歆任昉主騷壇。林逋翔健鶴，區册泛舟寬。昌黎居山陽，區册夜泛舟乞詩序，按即鍾嶸云『若孔門用詩，則公幹升堂，子建入室，潘、陸坐廊廡間』意。糾正群言曾鞏，工吟三影張先。比紅兒早成百篇。羅虬賦詩百篇，曰《比紅兒》。畫梅樓筆妙，清湯貽汾，字雨生，有《畫梅樓集》。應竝二王傳。烟客、石公，世稱『二王』。

王韶生《當代人物評述》，香港里仁書局，一九八五年版

粵謳新解心

粵謳新解心六章

自由鐘

無乜好贈，贈你一箇自由鐘。想你響起鐘嚟，叫醒世界上個的癡聾。人話六十分鐘就係一點鐘，容乜易把韶光來白送。故此要及時猛省，唔好一刻放鬆。大抵鐘有十二箇時辰，就有十二箇作用。你肯把精神振刷，唔怕打疊唔通。人若果似得個鐘，就時時都係咁奮勇。你係鐵嘅都會磨穿，漫講係銅。你睇鐘箇的事件，咁多都靠一條心嚟運動，就與合群團體箇的物理相同。我想鐘有同聲，人就有同種，同聲要相應，同種就要咪箇相攻。捨得盡法條驚醒，等到時辰唔錯，就有機會嚟。逢中國捱到呢箇時辰，重有乜機會好碰？只望人心固結，咁正奪得天工。呢陣賠款好似催命符，滿洲就係妝嫁槓，內盤破壞，外面亦穿凹。你唔睇天色做人，都要按住鐘來發夢。花瓶月上，重有幾耐夕陽紅？　唉！　唔好咁懞懂，奉告四萬萬主人翁，問你食時鐘送飯哩，重有邊一日歡容？

自由車

自由車，走遍全球。我想世界如輪，你唔會走亦吽。唔怕崎嶇條路，你就咪把鐵軌嚟收。近日人地箇的機汽越出越新，怕你唔够佢鬬。除非大衆齊心合力，正話趕得過佢頭。若果唔振起精神，慢吓就墮落人後。重怕一時失足，跌在深溝。你睇各國都咁樣子争雄，問佢邊一箇肯罷手？　讓人半步，自己就輸了一籌。咪箇見人地步步攬先，就要顶住把口。你估講頑笑咩？好似細蚊仔驢錢牛。我呢陣中國講話維新，都重係講吓嚟湊。語到飛天咁本事，唔見佢出得乜野謀。捨得搾定指南，向住个康莊大道。但係馳驅就範，咁就覆轍無憂。唉！　真正醜，唔會行點解先學走？　你若係把車頭弄壞咯，重怕要火上添油。

天有眼

天有眼，見盡千古興亡。个的變幻嘅風雲，點掩得過佢眼光。我想眼淚唔乾，都好似落雨咁樣。等到天嚟開眼，正話放得出壹線。太陽天呀，你眼總唔開，問你烟遮還係霧障？　抑或哈埋雙眼？　捱過呢陣雪雹冰霜，你在玉宇瓊樓，點知到人間瞰望？　好極廣寒宫殿，轉眼怕做了沙場。我平日坐井觀天，眼界都唔係乜廣。重怕天穿難補，枉费个的鍊石女皇。天你重話眼見唔會出聲，乜得行雷咁響？總要你放長眼睇吓，中國个的少年行。日月都有升沉，就係天嘅現象。應該幾千年睡國，都會白到東方。唉！唔禁想，英雄眯咕冇擎天掌。怕你眼鬼冤時，就要變法改良。

地無皮

天都有眼，地咪話無皮。做乜地皮剷盡，你天眼總唔知？我想天地有情，都係同一樣。氤氳氣只怕暗無天日，你話地點得挨依？咁好一段錦繡山河交過你，整到七穿八爛。邊處搵得補地青泥？呢陣草都冇條，諒你亦唔過得意。故此我呼天唔愿叫地，你亦無詞。講到地厚天高，就對唔住踐土食毛箇的赤子。鋤頭咁利，問佢重有乜活肉生肌？人話地獄計起有十八層幾時，鋤得到底，點估一時鋤吓，就鋤到鮮血淋漓。你鋤極唔完，重要留番的手尾，等佢列强蠶食，共你分肥。唉！該死，人肉食埋，問你滋味唔滋味？地皮薄郵，咁點樣插得穩旗杆，嚟豎起箇枝國旗？

趁早乘機

打乜主意，重使乜思疑？國亡在旦夕，你好趁早乘機。世界係咁艱難，空自歎氣。况且虎狼官吏，又試剋剥無時。若係任佢施爲，我怕你無地可企。你睇臺灣箇陣啫，箇箇都魄散魂飛。邊個唔望得好官，同我治理？點想好官緲做，亦不過敷衍毛皮。近日柴米係咁難籌，你咕因乜野事？賠還九百兆，我地要共佢包。支生意固自幾微，各樣苛捐又來箇不止。各商承餉，累得舉國迷痴，因此盜賊咁多唔盡，怪得佢睇川。近年瘟咁殺，實在見心悲自。古話民爲邦本君爲次，紂王無道，就被箇個周武焚屍。有的話既屬係蟻民，唔該逆旨。點曉得人生世上，各有權宜。今日中國無人，箇滿政府來得咁放恣，賣民賣國，佢重詐作唔知。你信唔到吓，通商口岸中華地，洋人勢力叫佢點肯更移？或有住落香港與及滬江，似覺安樂過世，瓜分完滿，恐怕你故國無歸。更有的入籍西洋，佢話無上嘅架勢，家亡國破箇日，佢當你犬馬奔馳。我勸大衆的起心肝，學吓東洋仔，當初佢俾人凌辱，今日氣象咁輝。廣東地大，人非細只，怕你無血性，唔怕太事難爲。即話單手獨拳，慌到無人繼。豈知人人都有我，便是興國生機。大家若係有心，還要想過法子，民權自治。重等到幾時？山岳有靈，還降義士。太平之後，自見妍媸。世界翻新，唔係希罕事。歐亞文明，我地獨遲。你估十八省等齊，然後作致。我怕烏鴉頭白，我中國重一樣低威。時勢可以造得個的英雄，做乜英雄唔可以造時勢？唉！容乜易，廣東先自治箇陣，平權萬國，怕佢十七省唔追住跟嚟。

呆佬祝壽

呆都有乜要緊，最怕你係咁窮。人地話你窮，做乜你把珠寶金銀重咁亂用？有的應該要用，休又話打算唔通。睇吓王母个日壽辰，我真正心痛。攬出滿天神佛，好似着了顛疯。三界八仙都離了玉洞，如來老祖不在西蓬。玉葉瓊枝都向金盤捧，奇葩異草咁就献到仙童。我想海錯出珍，唔係咁容易進貢。撒開珊瑚鐵網，都打唔盡箇的東海金龍。你睇瑶池咁大，唔係冇蟠桃種，點解收埋咁多壽禮，塞滿天宮。呆佬你託在娦嚎，正係恩如出。重話來祝壽，點好妙手空空。衹有剗起箇塊地皮，當係神仙嚟供奉。削埋咁多膏血，正話釀得壽酒一盅。你撒潑得咁交關，唔怪得人話你呆得幪懂。呢鬭昏天黑地，問你重點乜祝壽燈籠？唉！你唔係壽星公，正係把財星送。想必係箇的灾星惡煞，共你條老命相沖。唔信你睇祝過咁多回壽哩，都遇著天魔浩劫，鬧到妖霧迷濛。

《新小説》第七號，光緒二十九年七月十五日發行

粵謳新解心四章

學界風潮

好學你就唔學，學把性命嚟丟。不堪提起學界風潮，當初遊學出洋，正係青春年少，好似花含曉霧，照住太陽咁嬌。中國個的受病根出，你亦都盡曉。就把國民義務，俾你一擔嚟挑。估話學人地富國强兵，邊一件最緊要？維新政策，總要把舊弊一筆勾銷。自古時勢造出英雄，重

係神龍咁夭矯。趁箇陣風雲運會，你就早日騰霄世界，一箇絶大舞臺，要演出龍驤虎嘯，唔通打起大鑼大鼓，任你一味咁叫囂。講起革命上嚟，唔係同你講笑，怕你氣魄唔够，重慘過阿崩吹簫。你若果話革命正係尚武精神，學問就係奴隸嘅材料，點解泰西咁多豪傑，都從學界上捞標？唉！學唔學事小，難道中國前途，咁就罷了。重怕你沖親野蠻個的獅鼻，斷送你驚天動地嘅硬命一條。

鴉片烟

好食你唔食，要食鴉片烟，問你近來上癮，抑或從前？我想一盞紅燈，不過係無聊嘅消遣。揾個知心嚟傾虾偈，最舒服係一榻横眠。烟具打整得咁精良，無非爲應酬起見。果然唔會上癮，我都由得你食一口添。點估你越食越多，自己唔會檢點。食到口唇黑過火炭，又試兩耳垂肩。想你茶飯三餐，食唔食都有乜要緊，總係過江龍幾口，日日至少都要一兩八錢。你近來瘦骨如柴，都係自己作賤。好人唔願做，偏要做個烟精。日出三竿，你重唔曾轉便。捱埋個的夜，咁就攬到幾更天。問你係自己㧾衰，還係關款。就把靚溜後生一個，弄到冤鬼咁癡纏人埋。唔怕得罪你一聲，都叫你做鴉片鬼，就係恭維你兩句，不過當你係烟仙。咁好大厦高樓，你住都唔得乾净；縱有嬌妻美妾，怕你都共佢無緣。你癮起番嚟，就係美味珍羞，都唔食得一件。打完幾個喊嚹，就要口角流涎。只恨當初林則徐，唔曾把個的烟來燒盡，呢陣通行十八省，重要抽到上稅膏捐。上至富貴人家，下至轎夫，同著更練官場幕友、房科差役與及門簽。武營又有將官和哨弁，唔搓烟屎，都要吞幾粒烟丸。雖則攞起烟鎗都唔計得数店，但係拈來當炮，怕唔敵得人地嘅鐵甲兵船。睇吓咁黑暗一個支那，怕乜你有烟點？問你一燈如豆，點照得偏世界三千老番叫做阿芙蓉？我想芙蓉開得咁嬌艷，你好似玄壇咁嘅面，重怕係火坑蓮。唉！聽我勸戒，得幾多就幾多，正算你唔聽見人地話，心堅石都會穿。

唔好發夢

勸你唔好發夢，我想花花世界，都在夢中。你若果夢裏平安，就係夢一千年，我都由你去夢。只怕滄桑變幻，就會驚醒你夢。眼朦朧，人地把你皮肉瓜分，難道你都唔知劏痛？就算你會莊周化蝶，亦不過化到沙蟲，眯把黑甜鄉沉埋我黃種。你睇酣眠卧榻，邊一個係主人翁？估話咁響嘅鼻鼾，都會嘈醒吓大衆。點想你苟延殘喘，重帶住的惺忪。你好極精神，夢裏都係唔中用。東方春曉，正話等到旭日初紅，箇陣你便抬起頭嚟，放開吓眼孔。夢魂驚覺自由鐘，太平洋上風潮湧，把個雄獅鞭起，又試叫醒吓女龍。我四萬萬國民，就伸一吓腰嚟，都震得全球動。捨得你呢回唔發夢咯，重怕乜運會難逢。青年才氣騰蛟鳳，我共你舞臺飛上去，演一個蓋世英雄。

中秋餅

中秋餅，月咁團圓，月咁團圓，餅及咁鮮。你睇咁好月光，都係一月圓一遍，餅到中秋月，就隔了一年。捨得世界光明，係同月瞰不變，使乜日日都話維新？好似畫餅一般，人地話畫餅充饑，唔知點算。我想月圓還有缺哩，就係世界都會回旋。餅既蒸熟個時，正係熱到中心點。月在白雲深處，就唔見得青天？人若果冇箇點热心，真係水拘油咁散，攪到唔湯唔水，問係點得埋團？箇陣總有月華，都唔照得幾遠。重怕你受人箝制，慘過餅在蒸籠日夜咁煎。唉！餅呀餅，人地將你壓成齏粉，你省唔省？都爲你咁好膏腴一塊，引佢垂涎。你好趁銀河秋浄把蟾光認，問聲明月，做乜照住我祖國長眠？

《新小説》第九號，清光緒三十年六月二十五日發行

粤謳新解心四章

勸學

你若係唔肯去學，咪想做得人成。你有箇副聰明，況且年紀又咁輕。睇吓國步係咁艱難，除非學正話能立得脚穩。你唔爲四萬萬同胞争吓啖氣，亦都要顧吓自己前程。講到國富兵强，

是必以學爲起點。就係謀生箇兩個字，都要一藝專精。想起中國平日咁樣子，讀書總之無乜應驗，學嚟冇用，枉費你皓首窮經。近日各省開辦學堂，正話初初培植英俊，果然學界上就放出一線光明。人地外國箇的教育科條，唔知點解得咁盡善？窮鄉僻壤，到處都有學堂興。學生幾歲箇時就送入幼稚園，畀字母佢認，體操常練習慣。唔係預備叫佢去當兵，專門格致，就有聲光同著化電、繪圍、測算、律法與及醫生，件件學齊都救得國家嘅生命。唔通講大話，咁就浪得虛名。你在舉堂就唔好躐等，自然有箇次序，教到你考得文憑。想我民智未開，重有女學都係同一樣咁要緊，國民咁衆，總有一半係唔識字嘅弱質娉婷，平日禁錮在深閨，就唔怪得佢嫁了都係咁蠢笨。問你見過泰西强國箇的女博士唔曾？唉！使吓頸把從前呢種積弊除乾净，等到人人都讀書識字咯，箇陣就漸進文明。

開民智

民有智，做乜總唔開？不幸做著呢的國民，禁錮在黑暗時代，好似十八層地獄咁樣收法，問你邊處洩得出一線光來？禁錮有幾千年，亦都算係咁耐咯，重門扃鎖，總唔揾得鎖匙開。有的揾出鎖匙，又被頑固黨阻碍。佢實在怕開通民智，就唔施得佢嘅羈勒鞭箠。平日我四萬萬同胞，佢都當係牛馬看待，要你自稱螻蟻，重賤過奴隸輿儓。你睇吓人地箇的世界文明，就該怨吓自己唔肯改。況且敢頭換面，總唔擋得過時灾，漫講國勢受盡欺凌。就國民都要遭人地陷害，咁都重唔回心想吓點樣子種禍成暗。我想民智唔係自己會開，冇慈航怎能渡出苦海？就算神仙咁曉事，都要指點，正到得蓬萊。計起泰西識得自由都唔係幾耐，全靠有的婆心佛口，咁就叫醒癡呆。我中國箇的公理唔係自古就唔明，不過近時正話沉晦，你唔睇春秋戰國個的議論人才。恨只恨秦始皇真正造孽得大，將讀書人坑盡，重把書籍化爲灰，流毒至深。都重係以八股取科第，五言八韵，又叫做試帖體裁。英雄入彀終無悔，壯志消磨委實可哀。唉！唔使攞采，總之民智一日唔開，一日都係咁累睡。唔信你睇吓外國新聞紙上，畫出一箇龐然大物，就有群雄逞起刀劍嚟，臠割佢嘅尸骸。

復民權

法要變，變法就要復民權。捨得民係有權，國政就唔在咁倒顛。自古民唔係有權，但係被政府奪盡。呢陣手無寸鐵，問你點奮得空拳。況且權字講起番嚟，就係强字嘅起點，有權就唔强得起，枉費你講了幾千年。中國盡在唔講民權，故此睇得民咁賤。點估到綁埋手脚，被人地當牛馬嚟牽。大抵性質自由，都係國民嘅天演。斷冇話甘爲奴隸，自己咁就墮落在深淵。我想專制共自由，真正差得遠，一則收埋地獄，一則重快活過神仙。你睇刑法慘得咁交關，專係收買人命，重出盡野蠻壓力，唔畀你見得青天。開口就話政府有權，任佢嚟施展。粒聲都唔出得，重苦過啞佬食黃連。佢若果軫念民艱，就唔該積埋咁多怨。做乜人地將國民嚟魚肉，佢總有的哀憐？人地識得國家就係國民所建，做到國民嘅公僕，國政就唔敢自專。法律科條，總由議院議定，文明程度要合得公理爲先。細考各國政治原因，都唔似立憲法咁善。唔信你試睇吓英國就知到，十足完全君唔係有權。不過重在民個一邊，君民共主算係無黨無偏。唉！道理咁淺，我四萬萬主人翁，唔知打乜算？若然唔聽我勸，我怕猶太、波蘭箇的慘禍，遠雖在天邊，近即在眼前。

倡女權

無乜好怨，怨吓做着女流。我想生長在支那，就算係神明嘅華胄。點估在深閨藏匿，重慘過地獄幽囚。唔通真係薄命紅顔，就要畀氣佢受？你睇千年咁多女子，有邊一箇叫做自由？烹妾饗軍，就有張巡咁荒謬。殺妻求將，佢共吴起有乜冤讐？總之千古蛾眉，都當作係芻狗。講起野蠻的典故，真正前世唔修。算你就有咏絮嘅才情，好似謝道藴咁講究，我怕王郎天壤咯，都要自怨鸞儔；就係西子毛嬙咁靚，都喪在昏君手。不幸遇著箇朱洪武，重話要殺盡箇的粉黛骷髏。想我國勢唔强，都係女權禁錮得久。樊籠鸚鵡，點飛得上百尺高樓？況且女學唔興，就監佢要見識淺陋，重要纏埋雙脚，整到佢骨軟肮柔。老母若果精明，生仔就唔會蠢吽。講到種强兩箇字，就要溯起源頭。試睇吓人地外國箇的女權，自己亦該見醜。積弱成咁樣子，問你點得干休？捨得我中國生箇羅蘭夫人，箇陣女權唔怕有救；再生箇維多利亞，就把自由鐘響遍全球。唉！要思想透，唔好一樣咁愚黔首。咪估話長起雌風，就怕有河東獅子吼。民智開後，女權倡到够。等佢二萬萬同胞嘅血性女子，都做得敵愾同仇。

《新小說》第十號，光緒三十年七月二十五日補印發行

新粵謳三章

珠江月

珠江月，照住船頭，你坐在船頭，聽我唱句粵謳。人地唱箇的粵謳都重係舊，我就把新名詞譜出，替你散吓個的蝶怨蜂愁。你聽到箇陣款款深情，就打你係鐵石心腸，亦都會仰住天嚟搔吓首。捨得我銅琶鐵笛，重怕唔唤得起你敵愾同仇。只爲我中國淪亡，四萬萬同胞，問邊一個來救？等到瓜分時候箇陣，就任你邊個都要作化佢嘅馬牛。你睇我咁好山河如錦還如繡，做乜都有個英雄獨立，撞一吓鐘嚟唱一吓自由。我百粵雄圖，自來都稱富有。論起天然形勢，就有蒼梧西首。更環帶著碧海東流，雲、貴、汀、漳都接連在左右。就話長江一帶，亦係天畫就嘅鴻溝。只恨無人把乾坤嚟從新結構，趁呢陣群龍世界，便成就個戰國春秋。唉，眯守舊，睇一吓人地歐洲與及美洲，虧我心血常如斗，莫只向新亭泣楚囚。硬要把虎嘯龍吟，換一片婆心佛口。

口頭禪語便唱出一串珠喉。等到你鈞天醉夢醒來後，好共你唾壺擊碎咯細話從頭。

八股毒

八股毒，毒到有人陪，點估佢流毒中原，重慘過水火兵災？就算你作死，金聲都不過係膀胱消吓滯，成篇發囈話叫做乜野文才。都係平日箇點熱中，故此就傳染得咁快。箇的高頭講章與及文府，都係引毒嘅良媒。箇陣你雪案埋頭，都唔想到終身受害。你睇吓邊一個八股先生，唔係被毒氣攻到癡呆。你腦氣本來已經沖壞，唔通半條人命，重要被佢收埋。睇吓你搜索枯腸，重辛苦過生仔。未清餘毒，問你點樣成胎。想起你識字讀書，都唔知捱了幾耐。正學得箇幾個且夫，嘗謂今天下與及之乎者也矣焉哉。你過後思量亦都或者會改。總係十年遺毒，就怕歷劫都唔化得成灰，有時得意秋風，亦算你一場好采。若果孫山名落，就一世唔救得你生回。唉，早該燒毀，莫與兒孫留下呢的冤孽債。重話乜老臣報國心猶在，你請睇吓老學究叩閽，都演出戲來。

青年好

人生世上最好係青年，好似春來箇的花朵咁鮮，又好似清秋月色咁圓。箇的逝水光陰，問你怎生消遣？莫把呢陣風雷運會，當做了過眼雲烟。你睇世界上箇箇絕大舞臺，有多少豪傑把俠情嚟演。總係箇般血性男兒，正做得出動地驚天。捨得把龍血玄黃，造就了英雄出現。點肯似東方病叟，叫佢老大徒憐。擘破混元包，替國民放一道光明線，重要你打疊起愛國精神嚟挽一吓主權。唉，我愛才如命，天生慣你，珍重前途萬萬千。你錦瑟年華，點得不令人羨？好叫你縱横匹馬，從新提挈起箇片錦鏽山川。

《新小説》第十一號，清光緒三十年九月十五日補印發行

粤謳新解心五章

黄種病

黄種病，痛得迷癡。人話病到危時，都還有藥可治。點解你咯，總有箇名醫。你睇吓人地點樣子嘅强固精神，就該想吓自己，想起番嚟咁弱，點得了期？陰邪内伏傷元氣、四肢麻木，真係針灸難施。縱有仙丹，怕唔救得你。沉疴起寒凉削伐，試吓改用參蓍。百病叢生，大抵都由養癰起。苟延殘喘，問你重有乜生機我？想諱疾忌醫，都係個班頑强累事。同胞四萬萬咁就祸速燃眉、性命關頭，總要拏得穩主意。咪箇任人作主，誤信箇的庸醫獨步單方，只有一味整團體起死回生，做過一箇血性男兒。唉！黄種，你勿藥，何時占有喜？我都爲同病相憐，故此切肉總不離皮。

離巢燕爲旅美華人而作

離巢燕，飛向天涯。你飄泊到天涯，問你向邊一處棲？舊日你在王謝堂前，就無乜挂繫。爲著杏林春好，故此把故國丟離。海上縱有珊瑚，總唔似舊巢咁可恃。寄人籬下，難怪你不敢高飛。人地話你毛羽未豐，就係飛都唔得起。重怕鷹鸇同你争食，逐得你魂魄唔齊。想你幾千年嘅種類凌夷，問你知到来烏衣門巷，空聽個隻鷓鴣啼。都爲你箇主人總唔憐惜吓你，畫簾深處，重有的篆烟迷你。若果念吓同群，就要争一啖氣，咪箇自相殘啄，好似梟鴟。我想講到合群人物，都係一理，你唔信睇吓咁多昆蟲水族，邊一樣唔合群嘅，就邊一樣受異種嘐欺。唔信你又睇吓印度波髓與及猶太，遭人践踏重甚過燕啄香泥，亡國個的慘悽都有得過。你睇故宫禾黍，忍不住淚眼雙垂。咁好雕樑，都係自己抛棄。上林有樹，叫你點樣子揾得一枝？唉！唔好戲燕雀安知鴻鵠嘅志，總要想吓燕巢危幕，就唔好呢喃細語，咁樣講嘻嘻。

人心死粵謳《花心蝶》原調

人心死，死了就唔知，點解國民責任都敢推辭？國賴有人，人賴心唔死，人心未死，故此國有生機。大抵國脈人心，都要留點生氣。唉！無乜恃，叫我救國真正唔輕易，除非是大衆一片丹心，照住國旗。

争氣

咪話唔好争氣，氣要争得磊落光明。人若争起氣番嚟，萬事都當輕。有的氣唔著争，就怕理虧及唔好頸，一時争氣闖出大禍隨身。如果争得磊落光明箇的氣，就係乾坤咁正。忠肝義胆，咁就亘古流傳。我想人唔係畜生，都有點血性。若然唔争得呢一啖氣，問你血性何存？縱使争佢唔贏，亦都怨吓命。斷有話被人羞辱，眼白白半句唔聲，自己争氣唔嚟，重望旁觀來救應。你唔睇吓戲臺上箇箇二花面，好打不平。唉！唔好光景，大衆都在夢中，唔叫得醒，唔信你睇吓國民受盡咁多氣，有邊一箇替佢争過唔曾？

秋蚊

秋風起，重有咁多蚊。蚊呀，俅常時得令，都係在夏天箇陣。到了秋凉後，你就唔會針人。呢陣秋行夏令天時反，你便趁著炎威大嚼一輪。你睇大衆都在夢中，咁就嚟行。你嘅僥倖，若果有人醒咯，問你點樣子藏身？化日光大，唔知你向邊處揾？每逢黑夜就嘯聚成群，聽你把聲好似雷咁震。見你飛來飛去，用顯微鏡都睇你唔真。你係沙蟲變化，故此毒得咁要緊。食埋咁多膏血，秤吓睇你重得幾多分？我潑起扇嚟，怕你隨風咁滚。偶然拍掌，你就要變做微塵。唉！真正笨，算你嘴重利過針，都唔係乜穩。總要擘開你蚊蟣咁大隻眼，睇吓呢的新世界嘅人民。

《新小說》第十六號，清光緒三十一年四月發行

花落了

花落了，花又會開番。妹呀！你青春年紀，使乜自怨花殘？人地話花落開番，唔會開得咁燦爛，我想落完又試開過，更顯得咁靚花顔，唔經過雪壓霜欺，花靚極亦都有限。唔怕蜂狂蝶浪，點使靠到護花旛。睇得見明媚春光，花未必有眼。無奈霎時花落，就春色闌珊。潮水亦會番流，開落你花都見慣，講到循環天道，總有人事在其間。人事得到盡時，要憑天降判斷。大衆齊心協力，正打得破呢度難關。四萬萬合做一條心，人地總有點忌憚。江山唔見左，不久亦會合浦珠還。唉！唔會撞板，唔信你睇逆水撑船，就撑得到上灘。

《申報》民國二十八年四月十五日第五版《新粤謳》專欄

文

虎嘯圖跋

弟婦香凝素習繪事，研究日本新派美術，略有心得。庚戌暑假，遊京師，既以山水圖軸獻霽老，顧筆墨清秀，不及所繪猛獸饒有鬚眉氣。是秋，香凝復東渡，瀕行，檢笥中得此幅以示余。余以霽老賞鑒眼法較余凡高，因以奉贈。歸善廖恩燾懺盦甫。

何香凝《虎嘯圖》卷端，清光緒二十七年庚子作

致梁啓超函

古巴民、政兩黨，因争選舉搆亂。美國遽以兵艦相加，奪其政柄。雖以美總統盧斯福之義俠，或不致顯背萬國平和約章，古島容或有珠還之日，然黨界之足以亡國，内亂之足以召外兵，

則南美洲一帶諸國，覆轍甚多，不獨古巴然也，正不可不爲我國人警告也。

梁啓超《飲冰室詩話》，《新民叢報》第四卷第十三號總第五十八號，清光緒三十二年七月一日發行

上總理函民國二年九月十五日

中山先生閣下：海天遙隔，翹企德暉，溯回綦切，惟道履與時增綏為祝。茲有美洲舊友謝君德彝、容君顯麟，為紐約某公司經理，回華調查鐵路建築諸事，知先生世界眼光閎鉅，於鐵路事尤抱特識。鳳詳此數行，介紹照謁，遂其瞻仰之誠也！匆此致頌箸安，不盡欲言！廖恩燾頓首。九月十五日。

據環龍路檔案

致外交部電民國四年十二月十九日

據古巴中華商會稱，託廖仲愷爲選舉代表，乞知照農商部。燾。

《民國外交檔案文獻匯覽》第四册，第一五一五頁，全國圖書館文獻微縮複製中心，二〇〇五年

上總理函民國八年八月十六日

中山先生閣下：夏間往來海上，驅車走謁，得聆先生崇論閎議，覺雖片言攝要，亦爲恩壽三十年讀書聞道以來未嘗夢見之境。至於酒食之饗我，猶其愉快之小焉者耳！東渡時航行七晝夜，風浪恬静，日坐舵樓中，得以盡讀先生新著學説，胸中豁如，有所穎悟。蓋不讀先生之書，無以知先生數十年事業艱苦之狀况，亦無以知先生學理精奥之發明，且無以知先生救時方針，隨世變以爲程序。夫子之墻數仞，無得而踰焉，安得不使中外人士讀先生之書而五體投地耶！恩壽抵東後，依舊山居，東京使館，偶或一至，因盛夏歐美各使均避暑旅行，交涉遂簡。彼都人士，數數晤談，所言略皆如内田康哉在報紙上宣言之意，惟軍閥派則仍未戢其野心。然彼政府諸人，既惕於時勢之遷移，其對我手腕自必不能堅持到底，將來或不得不讓步也。閲報知王揖唐代朱啓鈐爲議和代表。論人品，王不如朱；論柔滑，則朱不如王。未知將來作何結束，恐良效美果不易收成也。匆匆布臆，海天遥隔，不盡欲言，敬叩道安！　廖恩壽頓首上書。八月十六日。

據環龍路檔案

總理批：元冲作答。

致外交部電民國十一年六月三十日〔二〕

北京外交部：九新。頃親送國電至外務省，晤内田。據云：間島頭道溝日本領事分館被燒，擊斃日本領事一名、傷多人，萬不得已由朝鮮邊界派警四十餘名馳往保護日人生命財産，中日重要交涉解決後，邦交日益親密，本大臣業經力阻本國調兵前往，倘中政府不趕即設法將匪氛遏止，予以相當保護，敝國僑民勢不能不要求政府亟籌自衛，已訓令小幡向中政府提議，請將情形再爲電達等語。謹聞。嗣及庚子賠款展期事，答稱當視各國政府意嚮如何，方能決定云。恩燾。三十日。

《中日關係史料·東北問題》第四册，臺灣『中研院』近代史所，一九九六年，第二二五一頁

〔二〕《中日關係史料·東北問題》（四）題作『收駐日本廖代辦（思燾）電（民國十一年七月一日）』。（臺灣『中研院』近代史所，一九九六年，第二二五一頁）按：作『廖思燾』，顯誤。

賀衆議院繼續開會電民國十一年八月五日

參、衆兩院鑒：　國會重開，中外稱慶！　謹賀！　燾、江。

《衆議院公報》，民國十一年第二期常會，一九二二年九月

致國務院電民國十二年一月六日

國務院張總理鈞鑒：　榮膺總揆，中外臚歡！　謹賀！　恩燾六日。

《政府公報》，總第二四六四號，一九二三年一月十九日

致外交部電民國十二年二月二日

詢問據外務省稱，越飛由北京致函日俄協會之長，後藤擬以個人資格來東養疴，後藤復允本日已抵東，一切均後藤招待，政府毫無關係等語。　對於其人態度，尚無表示，容隨時密探再報。

《北洋政府外交部·報告越飛抵東事》，臺灣『中研院』近代史所藏檔

致外交部電民國十二年二月四日

越飛在東，只有後藤私宴，且連日會晤，促其速赴熱河養疴，並無公式讌會。惟探聞越飛此行實有運動長春會議復活之意，後藤邀其來東，必經日政府諒解等語。又聞越飛對人云：各國駐東公使，素昧平生，擬不拜訪，惟伊在中國逗留甚久，對於中國頗有感情，將來或拜訪中國公使等語。果有其事，應如何應付？俯乞鈞示！

《北洋政府外交部·報告越飛在東情形事》，臺灣『中研院』近代史所藏檔

致外交部總長次長電民國十二年三月二十一日

詢聞日政府擬設法挽留越飛於未回中國之前，先與訂約。越飛秘書來館一次，尚未談及，但聞越飛已聲言與日訂約有礙中國主權，斷不還就等語。擬俟伊下次到來切告已能拒絕先與訂約更妙，是否有當？鈞乞示。

《北洋政府外交部·日政府擬越飛訂約事》，臺灣『中研院』近代史所藏檔

致外交部電民國十二年三月二十一日

姚飛病，難行動，尚在熱海，已電約伊秘書來館面告。

《北洋政府外交部·復二十七日電姚飛病難行動已電伊秘書面告》，臺灣『中研院』近代史所藏檔

致外交部電民國十二年五月二日

日前姚飛秘書來館，謂姚飛病勢增劇，乃近日各報紛傳姚飛將與日政府議約，密探確有其事，且後藤已代定旅館，姚飛星期五由熱海遷東京，昨晚歐美局長松平在後藤處攜回姚飛致外務省節略一件，聞系答覆日前由後藤提出三條：一是否注重開議關於承認問題；二對於結束尼港案持何方針；三有無割讓出薩哈連島之意。至答覆内容，尚未探悉，擬俟姚飛抵東京時，遵照鈞部上年九月二日電先向雙方正式聲明。姚飛應否用文或面告，仍候鈞示。

《北洋政府外交部·日俄訂約事》，臺灣『中研院』近代史所藏檔

就任旅滬惠州同鄉會名譽會長致辭

同鄉會爲敦睦鄉誼、講求互助而設，用意甚善。古人云：『同聲相應，同氣相求。』實饒有深意，既屬同鄉，則聲應氣求之感益切也。要在各人有熱心毅力宏願，共策會務進行。鄙人此次遠行，經過各埠，極力勸導海外同鄉捐款，建築會館，創辦學校等舉，俾早日觀成，務必有以副同鄉諸君之期望。

《申報》民國十五年三月十六日第十四版

致外交部電民國十八年三月二十三日

古巴政府允即將使館遷往南京，並電知該國駐平代辦，先行結束南下，其駐使則定四月初旬啓程赴滬。總理奉安典禮，若公使未到，即由代辦攝行。所贈樹秧，徑由古巴運華。

《申報》民國十八年三月二十三日第八版

致龍榆生函民國二十五年九月二十日

榆生我兄詞長吟席：前得惠書，適又病入中央醫院一星期，出院病體雖痊，然氣體精神尚未復元，故懶握筆作答，故人當能見原也。拙詞再續稿删完後，擬於本年冬杪再付剞劂。其署檢請兄代求夏吷盦先生手筆，其尺寸與弟初集同。懇裁定紙樣交去爲托。兄能作一短叙言更感。精衛先生已起程，想秋杪可到寧矣。何日台駕來此，望示一音，俾圖暢叙。此頌吟祺，不盡所言！ 小弟熹頓首。 九月廿五日。

張暉《龍榆生先生年譜》，學林出版社二〇〇一年，第七八頁

致龍榆生函民國二十五年九月二十九日

榆生詞長兄大鑒：頃讀手書，慰藉無似。粵方吾兄不去亦好，俟海濱回，如渠來京，弟再與面商，另行設法，或較現局爲佳。弟昨已去信小婿志澄，將此意告知。如海濱到粵，囑志澄先對其言之，或志澄管理下有中學校校長，月薪在三百元以上，可兼一事更佳。日前報章謂汪公與戴或鄒同行回國，嗣後又不見提及，據訪聞則汪子彈尚未取出，應俟取出後始能歸也。拙稿即

名『懺盦詞再續稿』，因原集均以稿命名，故取一律。署檢即云『懺盦詞再續稿』，不必云『集』也。此稿存上海德鄰公寓三百六十八號鄭雪菴處，因大盦取閱，故托鄭代送去。今已函托鄭君向大盦處取回，轉送兄處。閱畢三五日可仍飭人送回鄭君。有可改寫處，請大匠加以斧斤，尤感。因節後鄭君來寧，可帶來交還與弟耳。匆匆不盡所懷。即頌節禧！弟燾頓首。中秋前一日。

張壽平輯釋《近代詞人手札墨跡》上，臺灣『中研院』中國文哲所二〇〇五年，第三十五頁

致龍榆生函 民國二十五年十一月二十日

榆生詞長兄閣下：得書並小令三闋，不惟托意深遠，寄情幽婉，讀之如聽五夜山陽之笛，如聞孤舟嫠婦之歌，令人回環數四，拍案叫絕。其音節直追五代南唐，豈金元之後作者所敢望其君背哉！尊跋拙稿已由滬寄到，藻飾過情，愧不敢當。其字體並不如雪盦所述之小，可不重煩再寫，付刊時即照交手民可也。孫、梁日間大約可到，届時常專訪一談，最好經鄙人初步疏通後，再乞於公一言，較重於九鼎也。尊意以爲然否？手復，即頌秋祺！弟燾再拜啓。十一月二十日。

同上，第三十七頁

致龍榆生函民國二十五年十一月二十二日

榆生詞長兄史側：昨發函後，閲報知孫、梁回京，當即趨訪，乃口即午，又乘機赴滬，晤寒操兄，與談尊事，彼甚傾慕，惟展堂學院，現僅開始計劃，經濟困難，一時尚未能著手，俟籌足款項，方有端倪等語。又與之商量暫行設法，俾維目前梁謂立院高級位置，無可騰挪，中山文化館又無國學詞章等事可辦，容俟孫院長回京，再行從長設法，第圖應命等語。所言似非虚與委蛇，仍俟孫回時，弟再向之切商，另爲想法可也。前和作三首，愈看愈劣，雖已改易數句，仍不成詞，乞勿示人，免令人肉麻也。匆此，即頌台安！　弟熹拜上。十一月廿二日。

同上，第三十九頁

粤東詩話序

誦芬居士國學湛深，文辭瀏亮，纘翁山之騷緒，揚沅茝之清芬，所交者多當代之詩豪，所考究者兼鄉邦之文物，具斯懿美，於説粤詩尤宜。予嘗以吾粤自曲江而後，風雅之道，蔚然炳然，代多作者，而僻處嶺海，自成風氣，蓋有足述，苟有人焉。著爲詩話，以爲置心吾粤文獻者考見一二，亦藝林之大快事也。且也時不我與，再閱幾年，更無人肯與斯役，則終成幻想而已矣。甚足惜也！閒嘗以此爲念，適誦芬居士以《粵東詩話》四卷眎予，細讀之，狂喜，歎爲相需甚殷之作。夫維詩話而專説粵東，前人所無，是爲創作——特色一；持論透闢，必盡其辭，無影響語，無玄虛語——特色二；説詩多爲全篇，間有摘句，與全首有關者必盡録出，閲者無翻□之煩，得全豹之窺，不衹稱便，實助研求——特色三；同光以前詩事尚可於諸家著述中窺見鱗爪，同光以後絶少聞見，此作於同光後作者談説特詳，而同光以前亦前人所略者始及之，絶不蹈襲——特色四；自來作詩話者，多先見到可説之詩，然後論説，此作則多是先欲論説某一種詩，然後徵引，以實其話，頗異於全是以意就詩者——特色五；又，作詩話者常存標榜之見，此作注重切磋之益，有時不免説及時賢作品之小小疵，賴以顯其意，作者具此善意，絶非吹毛求疵者比，且見仁見智，作者本無自是之心，亦聊備一説云爾，固無損於賢者之大純焉——特色六。有此六特色，謂宜亟刊布之，以爲藝林嘉話，邦人君子，倘亦樂於討論歟？民國三十七年孟春，惠陽廖恩燾懺盦序於淞濱捫蝨談室。

屈向邦《粵東詩話》卷首，民國三十七年鉛印本

聯語

鶯語亂，恨重簾不卷，翠屏平遠·，吾廬小，在龍蛇影外，風雨聲中。〔一〕

《夏承燾集》第六册，浙江古籍出版社、浙江教育出版社一九九七年，第一四一頁

〔二〕《天風閣學詞日記》一九三九年十月十日記：『早十時，過懺厂翁，送去《半舫齋詞序》。談汪憬吾先生遺事。憬老前月新作古。懺翁謂憬吾《雨屋深燈詞》從清人朱、厲入手，後從玉田，於夢窗工力不甚深也。懺翁自謂十餘齡即作詞，讀五代小令甚熟，近亦好爲小令。以集稼軒句囑予書聯，句云：「鶯語亂，恨重簾不卷，翠屏平遠。吾廬小，在龍蛇影外，風雨聲中。」上《錦帳春》，下《沁園春》也。燈下爲寫二副，仍不佳。』《夏承燾集》第六册，浙江古籍出版社、浙江教育出版社一九九七年，第一四一頁